Blutspuren.
Frankfurt ...
Amerika

Klaus Barski

Klaus Barski

Blutspuren. Frankfurt ... Amerika

Roman

Shaker Media

Bibliografische Information der Deutschen Nationalbibliothek
Die Deutsche Nationalbibliothek verzeichnet diese Publikation in der Deutschen Nationalbibliografie; detaillierte bibliografische Daten sind im Internet über http://dnb.d-nb.de abrufbar.

Coverbild: ©Casther, Fotolia.com (104533763)

Printed in Germany.

ISBN 978-3-95631-638-8

Shaker Media GmbH • Postfach 101818 • 52018 Aachen
Telefon: 02407 / 95964 - 0 • Telefax: 02407 / 95964 - 9
Internet: www.shaker-media.de • E-Mail: info@shaker-media.de

INHALT

ALBTRAUM: NEW MEXICO

Sie werden hineingejagt, hineingeprügelt. Stolpernd rutschen sie die Rampe hinab. In den verkoteten, blutverschmierten Schlachthofeingang, der in die Ruheräume führt. Dicht gedrängt, durch die offenen Tore gepresst. Diese wachen, entsetzt aufgerissenen Augen – Schlachtschweine.

Mit kühlendem Wassernebel besprüht, verhalten sie sich rasch wieder ruhig, fast schwermütig. Nicht mehr aggressiv, in Panik. Die Fleischqualität darf nicht unter dem Adrenalinstoß leiden. Ahnen sie die nahende Hinrichtung?

Ich erledige den Treiberjob am Ende des Käfigs und prügele, das Ausrutschen in der Scheiße vermeidend, die Todeskandidaten gezielt Richtung Grube, wo Miguel sie energisch übernimmt. Mit dumpfen Tritten seiner Gummistiefel manövriert er sie über den verdreckten Fliesenboden in die richtige Stellung, um sie fachmännisch mit der Stromzange zu betäuben.

Meine Pumpe flattert immer, wenn ich hinübersehe. Ich fühle mich dabei wie ein Verräter. Die Tiere schauen mich, den Gehilfen ihres Mörders, mit großen braunen Augen stumm leidend an.

Irgendwie sehen sie in meiner fiebrigen Fantasie fast wie Menschen aus: Ich erkenne Kowalski, Sänger, Kornbauer, Bartels, Schulte, Feller und sogar Kati.

Molo, der schwarze Schlachter, sticht die Schweine an der Hauptschlagader ab. Die Tiere zucken kurz und bluten still aus.

»Caramba, ich muss noch meinen Becher vollbluten lassen. Mein tägliches Quantum frisches Blut saufen, ein Segen für meine Körperenergie. Bringt Manneskraft«, brüllt Molo und grinst fies über unsere angewiderten Blicke.

»Und wenn diese rosa Sau hier gleich warm an der Kette baumelt, wird sie von mir durchgefickt. Das ist billiger und sicherer als bei den geschlechtskranken Chicas im Alhambra-Puff.«

Bei Tieren, die weiterzucken und nicht sterben wollen, nimmt er sein riesiges Henkerbeil von der Wand und erschlägt sie mit der stumpfen Rückseite.

Ich zittere und werde davon wach. Endlich meinem immer wiederkehrenden Albtraum entronnen.

SUPERBLONDINE

Letztes Jahr sah ich die alte Frau zum ersten Mal. In diesem ungewöhnlich nasskalten Frühling. Sie saß auf meiner Bank, einer versteckten Bank mit Vormittagssonne, in der südlichen Ecke des am Opernplatz endenden Anlagenrings. Wo die Macht der Großbanken beginnt und mit aufgereihten Hochhausfingern einschüchtert. Der alte beigefarbene, ozelotgefütterte Wollmantel der Frau, ihre abgeschabte Louis-Vuitton-Tasche und eine dreifüßige Alu-Gehhilfe blockierten den Rest der Sitzfläche. Meiner Bank! Ihr verknittertes Gesicht, das blondierte Haar mit grauen Strähnen, dazu eine kleine Puppennase unter der wuchtigen, pechschwarzen Chanel-Sonnenbrille, verrieten, dass sie einmal eine Schönheit gewesen sein musste. Eine Superblondine?

Verärgert humpelte ich weiter. Quälte ich mich doch jeden Tag extra dreihundert Meter weiter südlich, auf diese versteckt gelegene, meist freie Bank. Bislang war sie nicht von den Bewohnern des nahen Westend-Altersheims entdeckt und besetzt worden. Aber jetzt? Scheiße!

Als ich endgültig kapierte, dass ich mich nicht setzen konnte, hielt ich an. Drehte, gestützt auf meinen elfenbeinernen Krückstock, um und zuckelte langsam zurück Richtung Opernbrunnen, um auf seinem beigen Steinrand Platz zu nehmen. Dabei schlug mir, versteckt in der Manteltasche, meine Kornflasche ans Bein. Als ich an der alten Frau vorbeischlurfte, musterte sie mich misstrauisch mit graublauen, zusammengekniffenen Augen. Sie summte eine alte, mir vertraute Melodie. White Cliffs of Dover? Ich wäre am liebsten stehen geblieben, denn schlagartig stürzten viele Erinnerungen auf mich ein. White Cliffs of Dover: Der Saisonhit eines Syltsommers in den Endsechzigern. Gogärtchen. Buhne 15. Hörnumstrand. Liebesnacht im FKK-Sand. Wie hieß sie noch? Katharina, kurz Kati gerufen.

Kalter Wind kam auf. Nachdenklich tappte ich weiter. Erreichte den Brunnenrand, setzte mich auf die kalten Sandsteinbrocken, schielte kontrollierend nach links und rechts, zog die Buddel raus. Ich öffnete sie und soff einen großen Schluck. Tat das gut. White Cliffs? Ich sah wieder Katis Gesicht vor mir. Gefühlsfragmente. Nach all den Jahren nur ausgedünnte Spuren: Katis Jugendfrische, das spöttische Lächeln, kitzelnde Haarsträhnen, die Wärme der

Brüste, Katis Kichern, ihre herrische Verweigerung. Aber auch Aufrichtigkeit, Ehrlichkeit, Anteilnahme, leidenschaftliche Hingabe. Ich hatte Kati geliebt.

Glucksend floss eine viertel Flasche Doppelkorn in meinen Schlund. Nach Luft ringend setzte ich die Buddel ab, verschloss und verstaute sie. Hustete, räusperte mich frei und lehnte mich entspannt nach hinten. Ich träumte von meinem ehemaligen braunen Rolls Royce Silver Shadow. Cruiste langsam um die Hauptwache herum. Natürlich mit Sondernummernschild: RR 1. Geile Show, denn alle Leute starrten mich an ...

Schon als Knabe hielt ich mich für etwas Besonderes. Ich wollte ein Macher werden, ich Blödmann, von allen bejubelt. Natürlich auch von den hübschen Frauen. Der Traum meiner schlaflosen Jugendnächte war die geile Betty Page, das berühmte amerikanische Nacktmodell. Allen Pornoheftwichsern dieser Zeit bestens bekannt.

Ich bin 1,90 Meter groß und kräftig. Leider habe ich ein hässliches Gesicht: leicht gekrümmte Nase, Weichei-Kinn und abstehende Ohren. So war es mir damals nicht vergönnt, mit einer lässigen kleinen Geste, einem leichten Augenzwinkern vielleicht, das andere Geschlecht anzumachen. Kreative, hart erarbeitete Anmache war meine einzige Chance. Als Teenager entwickelte ich mich durch viel Übung zum begnadeten Märchenerzähler, der die jungen Weiber mit seiner honigsüßen Mischung aus Frechheit, Charme und einer fantasievollen Lebensgeschichte zur Strecke brachte. Ich registrierte schon während meiner Schulzeit, dass es nur zwei Frauentypen für mich gab: ungewöhnlich hübsche, die von der freien Auswahl verwöhnt und gelangweilt waren, sowie schwärmerische, kluge Mädchen mit gutem Durchschnittsaussehen. Beide konnte ich leider nur in der Anfangszeit mit meiner Story des interessant-bizarren Machers blenden. Sie sprangen bald wieder ab. Waren dann meist mit Schülern der höheren Klassen liiert.

Was machte ich falsch? Ich kapierte einfach nicht, dass das Gesetz der Teenagerjahre galt: Gleichaltrige Mädchen werden über kurz oder lang von den erfahrenen, älteren Schülern gekapert.

Dann lernte ich Kati kennen. Sie war nach Friedberg gezogen und in meine Klasse gekommen. Natürlich wurde sie meine Traumfrau. Hellblond, frech und aggressiv war sie, ihre blauen Augen blitzten. Die schöne Katharina-Lieselotte von Traber. Litauischer Adel. Gute Schülerin. Klug und immer gut drauf. Eine richtige Baroness. Damals war ich sechzehn. Träumte Tag und Nacht von ihr. Von einer Sekunde zur anderen verbannte ich meine Wichsvorlage, die schwarzhaarige Betty Page, aus meinen Gedanken. Erträumte mir mit Kati alle perversen Dinge, von Französisch bis Sado. Aber in Wirklichkeit hatte ich keine Chance bei ihr. Absolut keine. Sie verpasste mir bei meinen nervös-dilettantischen Annäherungen herablassend lächelnd Abfuhren. Mit spöttisch gespitzten Lippen. Und ich hoffte weiterhin auf ein Wunder. Ihre Abfuhren bauten sie in meinen Wunschvorstellungen zur Supertraumfrau auf, zur unerreichbaren Göttin.

Auf den Star unserer Klasse, Karl Kowalski, fuhr sie voll ab. Der war charmant, gutaussehend und einer der besten Schüler.

»Führungseigenschaften sind angeboren. Man kommt entweder als Chef oder als Loser auf die Welt. Und wenn dich auch alle auf Scheiße drücken, Bernd, glaub ihnen nicht. Glaub, dass du der kommende Obermacker bist. Beweis es denen und dir. Tag für Tag. Auf ewig ... und die Zukunft wird dir gehören«, belehrte er mich: »Ja, uns, der Elite, gehört diese Welt. Irgendwann fahren wir Mercedes und bumsen die schärfsten Blondinen, Klein-Bernie. Wir haben das Zeug dazu.«

Dabei legte er mir gönnerhaft seinen braun gebrannten, muskulösen Arm auf die Schulter und borgte sich von mir zwei Mark. Ich Dummbart gab sie ihm, war wie hypnotisiert. Meine letzten zwei Kröten. Vor allen Leuten. Begriffen die eigentlich, dass ich zu seinem auserwählten Freundeskreis zählte?

Er war der Einzige, der mir in meiner Kindheit sagte, ich sei ein Auserwählter. Welch ein Glück für mich. Durch seinen großspurigen Spruch traute ich mich etwas in diesem Leben. No guts, no glory!

Ja, er besaß Macht über Menschen. Führte sie hemmungslos vor – oft vernichtend. Irgendwann standen wir versteckt im Schulhofgebüsch, Karl Kowalski, ich und mein dunkel gelockter Freund Miroslav Schulte, dessen jugoslawische Mutter in zweiter Ehe mit einem deutschen Lehrer verheiratet war. Wir pafften verbotene Zigaretten. Ich sah Katharina vorbeigehen. Weil ich mit schmachtendem Blick ihren wohlgeformten Körper abtastete, fragte Kowalski amüsiert: »Bist du scharf auf die Schnalle?«

Ich nickte erschrocken. Ertappt!

»Baroness. Riesentitten, adelige, kuschelige Hügel. Klasseweib, aber leider versaut.«

Er gab ihr ein Handzeichen und schüttelte sich vor Lachen. Weil ich so entsetzt guckte?

»Kati, komm mal her zu uns! Schock ihn mal, unseren kleinen Bernie-Arsch, der nichts ahnt von der Bösartigkeit dieser Welt«, rief er ihr zu.

Ich bemerkte kaum, dass Schulte sich kopfschüttelnd entfernte. Er ahnte Scheußliches und wollte es nicht miterleben.

Kati grinste rotzfrech und kam zu uns herüber. Sie packte mit beiden Händen meinen Kopf und brüllte mir ins Gesicht: »Hosen runter, Beine breit, das ist mein schönster Zeitvertreib.«

Sie ließ mich los, stieß mich zur Seite, kicherte triumphierend und schlang ihre Arme um Kowalski. Beide weideten sich johlend an meinem Gesichtsausdruck. Mir war zum Kotzen. Ich drehte mich weg und rannte davon. Auf dem Klo wusch ich mein heißes Gesicht.

Diese verzogene, anmaßende, widerliche Kröte! Und ich Idiot liebte sie weiterhin. Idealisierte sie. Und sie? Sie rotzte mir einfach so ins Gesicht.

Mein Schulfreund Miroslav, den alle den Weisen nannten, hatte meine Demütigung anscheinend mitbekommen. Als wir ein paar Tage später wieder zusammen im Gebüsch rauchten und ich erneut nach der schönen Kati gierte, sagte er mitleidig: »Merk dir was fürs Leben, Kamerad. Wenn du weder große Kohle hast noch gut aussiehst, bist du klug beraten, nicht einer Superblondine nachzurennen. Wenn sie dumm ist, tanzt sie dir bald auf dem Kopf herum. Ist launisch, maßlos und vögelt schnell mit dem Nächstbesten. Ist sie aber klug und raffiniert, manipuliert sie dich. Macht dich zu ihrem Sklaven, der nach und nach seine Selbstachtung verliert. Sie lässt dich sofort wie 'ne heiße Kartoffel fallen, wenn sie jemand anmacht, der ihr mehr Lebensqualität, Geld oder Status bietet. Sei nicht blöd! Tu dir das nicht an! Such dir eine kleine, nette graue Maus. Eine, die dich liebt, verwöhnt und bejubelt. Möglichst eine, die klug ist und dir auf allen Lebenswegen weiterhelfen kann, eine Akademikerin oder betuchte Erbin. Kapiert?«

Der Schlaumeier. Ich, der zukünftige kleine Metzgerlehrling, mit 'ner Akademikerin oder Erbin. Er war unser Klassenprimus, ein netter Typ. Ich mochte ihn, obwohl er 'ne Besserwissermacke hatte. Glaubte tatsächlich, er hätte den Durchblick überhaupt. Armleuchter!

Ich wurde nördlich von Frankfurt geboren. In einem typischen Arbeiterdorf. Hier gab es ein paar Bauern mit großen Höfen. Die mit der kleinen Landwirtschaft – Bauern mit klein geteilten Nebenerwerbshöfen und ihre nächstgeborenen Geschwister ohne Landbesitz – arbeiteten meist in der umliegenden Industrie als Fach- oder Hilfsarbeiter. Kulturimpulse liefen über Zeitungsartikel, das Fernsehen und unsere Vereine. Vom Geflügelzüchterverein bis zum Skatklub, vom Schützen- bis zum Taubenzüchterverein: In ihnen spielte sich ein Großteil unserer Freizeit ab. Klar war die Nummer 1 unser Fußballklub. An den freien Abenden und am Wochenende liefen ständig Vereinsfestlichkeiten ab. Da wurde gefeiert, gesoffen und fremdgevögelt. Es gab Kuckuckskinder und Inzucht. Aber was machte das schon, es blieb ja sozusagen in der Familie. Bei uns war fast jeder mit jedem verwandt. In dieser Hackordnung waren wir, die Familie Behr, ganz unten, denn meine Eltern hatten nichts drauf. Vater war früher, als junger starker Typ, Kopfschlachter gewesen. Akkordkiller und -ausbeiner. Im alten Frankfurter Schlachthof. Das war seine Glanzzeit. Da verdiente er Spitzenkohle und wurde im Dorf geachtet, weil er immer teure BMW-Motorräder fuhr. Darauf standen die Dorfschönen, und Mutti auch. Ich sollte ebenfalls Kopfschlachter werden. Blutbesudelter Akkordroboter mit Superbizeps. Wie früher mein Alter. Ein Muskelmann, mit Fäusten wie Schmiedehämmer. Mein Vater spielte schon früh mit mir Schweinekillen: Er war der Profi und ich die arme, kleine Sau. Er »betäubte« mich mit leichtem Handkantenschlag, griff mich am Bein und warf mich auf die Seite zum »Töten«, dem unangenehmen Durchkitzeln. Ich lachte mich halbtot dabei. Vater hatte seinen Spaß. Und saufen konnte er! Die älteren Alkoholiker schwärmten von seiner Trinkfestigkeit. Ich allerdings erlebte ihn in meinen späteren Teenagerjahren als Alkoholwrack, das oft bereits vor dem Haus auf dem Trottoir pennte, besinnungslos in seiner eigenen Kotze und Pisse liegend.

Bei uns zu Hause gab es keine Bücher. Eigentlich las ich in meiner Jugend nur »Tom Sawyers Abenteuer« von Mark Twain und »In 80 Tagen um die Welt« von Jules Verne. Und sonst: alle bekannten Comics von Mickymaus über Tarzan zu Fix und Foxi. Irgendwann entdeckte ich dann das erste große Boulevardblatt. Das kaufte ich mir ab und zu am Bahnhofskiosk. Interessante, preiswerte Zeitung. Ganz nach meinem Geschmack. Es machte Spaß, sie zu lesen. Miroslav, der Lehrersohn von gegenüber, später ein Linker und eingebildeter Gymnasiastenarsch, sagte, als er sie in meinen Händen sah: »Wie kannste nur so 'nen Abfall lesen? Ach, ist auch egal: Ist extra für Gehirnamputierte fabriziert worden, für Idioten wie dich!«

Dafür bekam er von mir einen schmerzhaften Tritt in die Eier. Ein zukünftiger Kopfschlachter hat schließlich auch seinen Stolz. Und er weiß sich Respekt zu verschaffen.

Auf mich machte es Eindruck, das neue Sensationsblatt. Es war gut aufgemacht, kein überflüssiger, langweiliger Text. Fesselnd geschrieben, und dazu die vielen knalligen Bilder. In ein paar Minuten informierte es über die wichtigsten Ereignisse. Ich und Hunderttausende von anderen Menschen, die es nie von sich erwartet hätten, waren durch dieses Blatt zu täglichen Zeitungslesern geworden!

»Wenn du die schräg hältst, fließt das Blut raus«, witzelte Kowalski.

Absoluter Blödsinn: Das grelle Rot und die gigantischen Lettern der Überschriften gaben bestimmt mancher Unglücksnachricht ein Übergewicht, aber mit etwas Grütze weiß man zwischen wichtigen und unwichtigen Nachrichten zu unterscheiden. Über politische und gesellschaftliche Verhältnisse und Manipulation dachte ich damals nicht nach. Mir imponierten die Reporter der Zeitung mit ihren aufreißerischen, provokativen Texten. Die kriegten mich mit Haut und Haaren. Zeitungsschreiber war von nun an mein Traumberuf. Wurden die auch so gut bezahlt wie Kopfschlachter? Ich hatte meine Zweifel.

Als Vater älter wurde und zudem nach einem Motorradunfall seine gut bezahlte Anstellung verlor, weil er in seiner Bewegungsfähigkeit eingeschränkt war, wurde er Auslieferfahrer. Er träumte oft von der guten alten Zeit im Schlachthof und nannte sich nun, wenn er zwei Doppelkorn drin hatte, König der Autobahn und freier Ritter der Landstraße, keinem direkt untertan. Ich hasste ihn, er war ein Idiot. Wenn ich jetzt, Jahre später, an ihn denke, spüre ich noch diese Angst vor ihm, der mich immer fertigmachte. Und er baute sich daran auf.

Schon beim Frühstück, obwohl selten zu Hause, grunzte er mich an: »Du stinkst aus dem Maul wie 'ne Kuh aus dem Arsch! Haste dir nicht die Zähne geputzt?«

Hatte ich, aber der Hieb saß.

»Logo hat er dich gehasst«, meinte mein kleiner Bruder Jahre später. »Er glaubte doch, du wärst vom Leutnant.« Mit dem ging Mutti vor Papa.

Mutter jobbte halbtags im Bahnhofskiosk. Ihr Idol war Marika Rökk, die berühmte Tänzerin. Jede vom Mund abgesparte Mark gab Mutti für die Revuefilme mit der Rökk aus. Danach folgte Romy Schneider. Mit glänzenden Augen kam Mutti vom Filmtheater zurück und heftete glücklich, die Filmmelodie summend, das Begleitheftchen ab. »Eine Nacht im Mai« hieß einer der Filme. »Welch ein hübsches, elegantes Paar. Irgendwo gibt es sie doch wirklich, die tolle Welt der Stars und Prominenten«, schwärmte sie. »Ich wünschte mir, ich wäre ein Mäuschen. Da würde ich mich heimlich einschleichen bei denen, um teilzuhaben. Sie wohnen doch alle nur ein paar Kilometer weiter. In Frankfurt am vornehmen Lerchesberg. Die Millionäre, Ärzte and Stars. Ich glaub, die Jacob Sisters auch.«

Ich fand das spitze. Hörte ihr gerne zu.

»Wenn ich groß bin, werde ich berühmt sein«, sagte ich. »Dann fahren wir beide, du und ich, an die Riviera. Da tummelt sich die Prominenz.« Den Alten wollte ich nicht mitnehmen.

Sie lachte hell auf. »Du kleines Dummerchen. Die da oben, wir hier unten. Die lassen uns Armleuchter nicht hoch. Große Träume hat er, mein kleiner Bernie. Richtig so, denn Träume braucht man, um dieses Leben zu überstehen.«

DER COUP

Bei der sechsköpfigen Familie Kowalski hing zu Hause der Hering an der Decke. Der Alte war Alkoholiker, und am Donnerstag, dem Zahltag, lauerte Rita Kowalski bei Feierabend oft hinter dem Werkstor auf ihren Ehemann. Besser gesagt, auf seine Lohntüte. Sonst startete er von dort aus seine wöchentliche Sauftour. Die Kowalskis konnten die nächste Woche nur überleben, wenn es Rita gelang, dem Alten den Lohn sofort abzunehmen.

Eines späten Abends traf ich Karl Kowalski, der seinen besoffenen Vater nach Hause schleppte.

»Die alte Sau hat sich den halben Wochenlohn durch die Gurgel gejagt. Hat die Arbeit clever durch das Verwaltungsgebäude verlassen. So hat Mama ihn nicht filzen können. Da fressen wir diese Woche nur Steckrübensuppe und Senfeier. Hilf mir mal auf der anderen Seite«, jammerte er. Gemeinsam schleppten wir seinen lallenden Vater Egon nach Hause. Das wäre an sich nicht schlimm gewesen, weil es bereits dunkel war. Aber der alte Nazi grölte:

»Es zittern die morschen Knochen ... SA marschiert ...« Karl störte das nicht, der war froh, dass er einen Helfer hatte. Ich aber schämte mich für seinen Vater und hielt dem Alten die Hand vor die Fresse. Er biss mir wütend in den Daumen. Ich brüllte wie ein Stier, hatte zuerst das Gefühl, der Alte hätte mir den Finger abgebissen. Ich ließ ihn los und umwickelte den Finger mit einem frischen Taschentuch, das sich sofort rot färbte. Karl zuckte mit den Schultern und schleifte seinen Vater alleine weiter.

»Sorry, ich hoffe, er muss nicht amputiert werden. Bei uns ist nichts zu holen«, rief er und war hinter der nächsten Ecke verschwunden. Mir stand das Wasser in den Augen. Es tat gemein weh. Mensch, war ich froh. Mein Alter soff zwar auch, aber nicht bis zum Familienbankrott.

Obwohl er nie einen Pfennig Taschengeld bekam, gönnte sich Kowalski kleine Leckereien: teure Schokoriegel, luxuriöse Coca-Cola, und er startete früh mit Bier und den für mich unbezahlbaren Zigaretten. Unter den Nachbarjungen gab es Gerede über Diebstähle und Kleinbetrügereien, an denen Karl angeblich beteiligt war. Ich hielt es für Quatsch. Als er eines Tages mit einem heruntergekommenen, aber fahrbereiten Mofa herumfuhr, riss ich staunend den Mund auf und dachte an Gangsterstorys. Karl grinste cool.

»Der smarte Geschäftsmann ist heutzutage motorisiert. Ein Gelegenheitskauf. Verscheure ich zum Niedrigpreis. Muss Schulden begleichen. Lausige hundertachtzig für dich«, sagte er und bot mir eine Probefahrt an. So ein Mofa war eigentlich immer mein Traum gewesen, und die Anschaffung schien mir durchaus realistisch. Mein Geburtstag stand unmittelbar bevor, und der Glückwunschbrief meiner Tante Elly aus Amerika, Mutters älterer Schwester, lag bereits bei uns auf dem Buffet. Sie schickte mir jedes Jahr zwei Zwanzig-Dollar-Noten, umgerechnet fast hundertsechzig Mark. Mit meinem zusätzlichen Ersparten konnte ich mir das Mofa leisten. Schwitzend vor Aufregung willigte ich ein. Jetzt war ich der King!

Stolz fuhr ich mit der Solex, eigentlich ein französisches Fahrrad mit Hilfsmotor, durch die Friedberger Straßen. Auch morgens zur Schule. Als ich am Geburtstag meine Geschenke und den Brief aus den USA öffnete, traf mich fast der Schlag. Diesmal lag kein Geld in dem Umschlag. Die Tante wünschte mir alles Gute zum neuen Lebensjahr und schickte, in der gefalzten Karte verklebt, ein hauchdünnes Goldkettchen mit einer winzigen Goldmünze. Darauf war der beschützende heilige Christophorus geprägt. Welch ein Schock! Am Abend traf ich Karl in der Konditorei Schwan – zur Übergabe der Kaufsumme. Ich bot ihm zerknirscht an, das Mofa zurückzugeben. Da hakte er aus und trat mir unterm Tisch wütend gegen das Schienbein.

»Du verdammter Blödmann! Bist du des Wahnsinns? Ich hab das Geld aus der Vereinskasse der Taubenzüchter geborgt. Im Grunde genommen unterschlagen. Ich kann das Mofa nicht zurücknehmen! Freitag muss ich abrechnen.«

Ich schnappte nach Luft. Das durfte doch nicht wahr sein! Ich erklärte ihm den Grund meiner Zahlungsunfähigkeit.

Er schüttelte verärgert den Kopf, packte mich an beiden Ohren, zerrte mich hoch und zischte: »Da gibt es nur eins, du Blödmann: Du musst mir bei meinem Coup helfen. Eigentlich sollte der Bahn-Schorsch mitmachen, aber jetzt bist du mein Partner.«

»Partner? Bei welchem Coup?«

»Schnelles, einfach verdientes Geld, Mann. Gegenüber beim Juwelier Franke. Haste etwa Schiss?«

Als Angsthase wollte ich gerade vor Kowalski nicht dastehen und willigte ein, ihm zu helfen.

»Okay, du gehst morgen so gegen zehn Uhr in den Laden. Dann ist er hier im Café und macht seine Kaffeepause bis elf Uhr«, flüsterte Kowalski und lugte vorsichtig in alle Richtungen, um eventuelle Zuhörer zu vermeiden.

»Seine junge Verkäuferin ist für 'ne Stunde allein im Geschäft, und du lässt dir von ihr die Dupont-Feuerzeuge zeigen. Dazu holt sie, langsam wie 'ne Schnecke, den Schlüssel aus dem Hinterzimmer und schließt damit die Schaufensterklappe auf. Angelt sich das Samttablett mit der Feuerzeug-Garnitur und bringt es dir zum Tresen. Während sie zur Klappe marschiert, langst du unter den Tresenrand. Dort«, er zeigte auf die große Glaseingangstür des Juweliers direkt gegenüber, »fast dreißig Zentimeter rechts unter der Kasse, klebt er. Mein geklauter Diamantring. An 'nem Kaugummiklumpen. Ein risikoloser Coup, sag ich dir. Du steckst ihn einfach in die Hosentasche. Danach lässt du dir ganz cool die Duponts zeigen. Sagst ihr, du würdest dir die Geschenkidee für deinen Vater noch mal überlegen. Und das war er dann, dein schneller Verdienst. Bleibt sogar ein bisschen Kohle für 'ne Orgie – mit der willigen Baroness.« Kowalski lachte gehässig.

Das schien wirklich simpel.

Ich sagte zu. »Zieh ich mit links durch.« Und schlug in Kowalskis geöffnete Hand ein.

Kowalski hatte von dem Trick in einer Zeitung gelesen und erzählte mir, wie er den Ringklau vorbereitet hatte. Als er am Wochenende so richtig stier war, kaufte er zwei Stränge Kaugummi, betrat am Montagabend kauend den Laden und bat die Verkäuferin, ihm die kleine Auswahl von preiswerten, viertelkarätigen Brillantringen aus dem Schaufenster zu zeigen. Dabei stieß er – aus Versehen – das Tablett mit den Ringen von der Verkaufstheke. Beim Bücken klebte er einen der Ringe mit dem Kaugummiklumpen unter den Tresenrand. Gemeinsam suchten sie auf dem Boden nach den verstreuten Ringen. Als die Verkäuferin einen der acht vermisste, betonte er ausdrücklich, es seien nur sieben gewesen. Die Verkäuferin wusste nun, dass er log. Sie keifte genervt herum, weil sie die Anzahl vorher gewissenhaft gezählt hatte. Der aufgeregte Chef kam dazu und die Polizei wurde gerufen. Nach einer Leibesvisitation gab der alte Juwelier auf. Er verzichtete auf eine Anzeige und der empörte Karl durfte gehen.

»Das können Sie gar nicht mehr bei mir gutmachen. Psychisch gesehen. Da ist jetzt für alle Zeiten bei mir etwas kaputt. Eine geistige Vergewaltigung, jawoll!«, hatte er geschrien und die Glastür hinter sich zugeknallt.

Wir bezahlten, verließen das Café und gingen zum bereits geschlossenen Juwelierladen hinüber. Ich bückte mich, fummelte an meinem Schuhband herum und lugte gleichzeitig durchs Schaufenster unter die Kassentheke. Unglaublich! Dort funkelte der Ring.

Am nächsten Tag sah ich schon von weitem, dass der Chef ins Café humpelte. Ich ging ruckzuck in den Juwelierladen rein, meine Pumpe schlug mir bis zum Hals. Ich machte alles so, wie Karl es geplant hatte. Beinahe hätte ich vor Aufregung den Ring fallen gelassen. Aber alles lief reibungslos. Zu perfekt. Zitternd verließ ich das Geschäft. Cool schlenderte ich die Hauptstraße entlang. Plötzlich griffen mich von hinten zwei Polizisten und verfrachteten mich in ihre grüne Minna. Ich dachte, ich müsse sterben.

Der erfahrene Juwelier hatte nach dem Raub die Situation rekonstruiert und schnell den Ring entdeckt. Den ließ er in Absprache mit der Polizei als Köder für uns an Ort und Stelle kleben.

Die Sache brachte Karl und mir eine Jugendstrafe ein. Nun hatten wir etwas Gemeinsames, das uns bis ans Lebensende miteinander verbinden sollte. Meine Eltern verziehen mir diese Geschichte nie.

Irgendwann stand ich mit Kowalski auf der Zeil, als ein funkelnagelneuer Opel Kapitän vorbeifuhr. Kowalski pfiff begeistert durch die Zähne.

»Spitzenkarre. Rot, vielleicht war der Fahrer Elvis Presley. Hatte der nicht 'ne Friedberger Nummer? War doch hier bei der Army stationiert, vielleicht ist er nun zurück? Mein Auto, sag ich dir.«

»Der ist vor X Jahren zurück nach Amerika. Für immer«, unterbrach ich ihn, aber er fuhr fort:

»Elvis ist die Ausnahme. In dieser Welt kommst du nur durch Geburt an den Rahm. Wir Armleuchter müssen uns das Schöne erdienern, erschuften oder ergaunern. Scharf drauf sein, einen Plan haben und den durchziehen. Nicht träumen. Machen! Mit fünfundzwanzig bin ich Millionär«, dozierte er.

Kowalski war ein linkes Arschloch. Großspurig und hinterlistig. Ich mochte ihn nicht besonders, fand aber seine Sprüche spitze. Er war es, der mir einbläute, dass auch wir von ganz unten eine Chance haben, ganz groß zu werden. Mit seinen guten Noten wollten ihn die Lehrer zum Gymnasium schicken. Das scheiterte aber an seinen Leuten. Sein Vater war Nachtwächter in der Fleischfabrik. Da sollte sein Junge ohne Lehre als Hilfskopfschlachter anfangen. Akkordarbeit. Das brachte schnelle Kohle in die arme Familie.

Die Mittelschule lief noch zwei Monate weiter. Mein Alter besorgte mir 'ne Stelle als Metzgerlehrling in einem Meisterbetrieb. Gegenüber vom städtischen Schlachthof in einem bekannten Filialgroßbetrieb.

»Das ist edler als Kopfschlachter. Du kannst geachteter Meister werden. Verdienst später gut und hast, selbst in den schlechtesten Zeiten, immer ein saftiges Stück Fleisch im Topf«, belehrte mich mein Alter und kniff mir dabei schmerzhaft in die Wange. Weil mir Metzger etwas zu langweilig klang, gab ich später als Beruf Kopfschlachter an. Damit erntete ich stets respektvolles Gruseln.

Wir saßen auf der Niddawiese und schauten den vorbeifahrenden Frachtkähnen nach.

»Man muss seinen Platz in dieser Gesellschaft erkennen und genau ausloten, wie man sich als kleines, funktionierendes Rädchen geschickt in sie einordnet«, sagte mein Schulkamerad Walter Schrippe.

»Damit du Wurm als Teil des Ganzen dazu beiträgst, dass es perfekt arbeitet«, ergänzte ich, ohne hämisch zu sein.

»Das gibt dir und den anderen Sicherheit. Haben wir doch nötig in dieser wohltuenden Zeit des Friedens, der Erneuerung nach der Hölle, dem Chaos des letzten Krieges.«

Ich lachte auf.

»Hau nicht so auf den Putz. Du bist doch, so wie ich, 1948 geboren und hast mit den Kriegsjahren keine direkte Berührung gehabt. Was weißt du schon? Nichts! Deine Einstellung ist eigentlich Stillstand. Zur Erneuerung gehört die Vision von Fortschritt und ihre Realisierung. Nur das kann uns Menschen weiterbringen. Erst wenn der Mensch satt ist, hat er Zeit für wahre, höhere Werte. Was willst du eigentlich später mal werden?«

»Ich mach 'ne Einzelhandelslehre, das ist was Sicheres. Arbeite danach bei meinem Alten im Laden. Ich brauch nicht viel, um glücklich zu sein: eine Frau, Kinder, einen kleinen Bungalow und ein schnelles Motorrad. BMW 500. Und genug Geld für 'nen Urlaub im sonnigen Süden. Klingt wie ein Spießerroman, was?«

Jemand stellte sich hinter uns. Ich drehte mich um. Karl Kowalski stand breitbeinig da und grinste uns an.

»Wo willste denn hinfahren?«, fragte Karl.

»Nach Spanien natürlich. Mit Motorrad und Zelt nach Alicante.«

»Und dann auf 'nem Campingplatz mit tausend anderen langweiligen Spießern rumhängen«, feixte Karl.

»Ich finde Alicante gar nicht so schlecht. Die Côte d'Azur kostet zu viel. Aber Campingplatz? Nein, danke«, fügte ich hinzu.

»Also drei, vier Wochen Spießerurlaub im Jahr bis ans Lebensende? Nee, das ist für mich ein abscheulicher Losertraum. Ich mache Kohle und fliege in den wahren Abenteuerurlaub. Nach Mexiko, Florida oder British Honduras. Da treff ich garantiert kein Spießerarschloch aus der Nachbarschaft«, sagte Karl und setzte sich zu uns ins Gras.

»British Honduras? Nie gehört«, sagte Walter.

»Das ist ein kleiner Kolonialableger der Queen. Liegt südöstlich von Mexiko, am Meer. Einsame Traumstrände und willige schwarze Nutten. Da kannste die ganze Nacht für'n Heiermann«, sagte Karl.

»Und die Schankerbehandlung beim Hausarzt kostet dann das Hundertfache«, grinste Walter.

Wir lachten uns schief.

Ich nahm mir vor, im Lexikon nachzuschauen. Mehrmals schon hatte Kowalski über sein Paradies British Honduras gesprochen.

Von Kowalski erfuhr ich, dass zwei Mitschüler zur Oberschule wechseln wollten: Katharina und Miroslav, der aufgrund seiner ersten Schuljahre in Jugoslawien zuerst in der Mittelschule untergebracht worden war. Seine guten Leistungen, auch in Deutsch, wurden durch die Gymnasiumsreife belohnt. Das letzte Schuljahr, eigentlich die schönste Zeit meiner Jugend, war nun bald für mich gelaufen. Zum ersten Mal freute ich mich nicht auf die Ferien. Die Gedanken an die folgende harte Arbeitswelt machten mich nervös. Das war alles nicht kalkulierbar.

Karl Kowalski war mehr als kräftig, der war bärenstark. Zu Hause arbeitete er jeden Tag mit Hanteln. »Gut zur Selbstverteidigung, und es formt dir einen muskulösen Superkörper«, prahlte er. Mitten im Klassenzimmer zog er sein T-Shirt hoch und zeigte allen seinen Waschbrettbauch.

»Darauf stehen die schönen Weiber«, ergänzte er und grinste zur Mädchengruppe hinüber. Leises Kichern von dort schien seinen Spruch zu bestätigen. Er war ein frecher Hund, der sich nicht nur mit kessen Sprüchen Respekt verschaffte. Wer ihn näher kannte, wusste, wie er zu nehmen war, und konnte ihm ungefährdet mit Schlagfertigkeit begegnen. Aber man durfte nicht übertreiben, weil er zu unkontrollierter Jähzornigkeit neigte. Als wir in unseren letzten Schultagen einmal ungestüm über die vierstufige Marmortreppe ins Schulgebäude rannten und er mit einem polnischen Schüler der nächsthöheren Klasse zusammenprallte, geschah es: »Pass doch auf, du Blödmann«, brüllte der Ältere und drückte Karl verärgert zur Seite.

Kowalski griff mit hochrotem Kopf nach dem anderen und schubste ihn brutal die Stufen hinunter. Der Pole lag auf dem Boden und schrie mit schmerzverzerrtem Gesicht: »Du gemeiner Penner!« Da sprang Karl, flink wie ein Wiesel, zu ihm und traktierte ihn wie ein Wahnsinniger mit Fußtritten in den Unterleib.

»Du hergelaufener Saupollack wagst es, einen Arier zu beleidigen?«, brüllte er völlig außer sich. Hätte ihn wahrscheinlich umgebracht, wenn Miroslav, ein kräftiger Sportsmann, ihm nicht von hinten die Arme festgehalten hätte.

»Lass doch die Leiche, sie hat genug. Willste 'nen Toten schänden?«, flüsterte er Kowalski eindringlich ins Ohr.

Das stoppte Karl. Er guckte den an der Nase blutenden Jungen an, dann Schulte und mich. Als hätte sein Gehirn für ein paar Sekunden ausgesetzt. Er drehte sich weg und schlurfte ins Gebäude hoch. Dabei schimpfte er leise: »Ein Kanake hilft dem anderen. So weit ist es also schon bei uns gekommen.«

Ich konnte Karl einfach nicht verstehen. Warum musste er bloß das Gedankengut von seinem Nazi-Vater übernehmen?

Sommerferien! Da meine Eltern kein Geld für eine Urlaubsfahrt hatten, machte ich mir schöne Tage in den Spielzeugabteilungen der Kaufhäuser und mit amerikanischer Abenteuerliteratur aus der öffentlichen Bücherei. Ich trank oft aus dem Wasserhahn der Bedürfnisanstalt unter der Hauptwache und fläzte mich danach auf eine Bank am Niddaufer. Eines Tages kam Kati vorbei. Weißes Tennisdress, Tasche mit Schlägerfach. Keine Reißverschlüsse, sondern mit modernen Klettverschlüssen. Hübsch sah sie aus. Sie leckte ein zitronengelbes Waffeleis und nickte mir zu. Wie gerne hätte ich ihre zartrosa Zunge gekostet.

»Du hast sie ja noch hingekriegt, die Aufnahme zur Oberschule. Meinen Glückwunsch«, rief ich verlegen.

Welch ein Wunder, sie setzte sich zu mir auf die Bank und küsste mich auf die rechte Wange.

»Danke. Im zweiten Versuch. Was bin ich froh. Kann jetzt doch noch Lehrerin werden. Bei den ganz Kleinen in der Volksschule«, jauchzte sie fröhlich und rückte nah zu mir heran. Mir wurde heiß. Diese einmalige Gelegenheit wollte ich nicht vermurksen. Und so plauderte ich drauflos wie ein Alleinunterhalter. Erzählte ihr von verwegenen Lebensträumen und dass ich über das Metzgergewerbe eine Selbstständigkeit anstrebe. Das gefiel ihr. Als sie sich verabschiedete, stotterte ich verlegen: »Kati, ich mag dich sehr. Wir haben so viel gemeinsam, wäre es nicht schön, wenn wir uns zusammentäten, uns regelmäßig träfen?«

Sie war gar nicht schnippisch, sondern sah mich mit ihren großen, schönen Augen nachdenklich an.

»Oder gehst du vielleicht mit Karl Kowalski?«, ergänzte ich.

Da schrie sie überrascht auf. Lachte und rief kopfschüttelnd:

»Mit Kowalski? Bist du von Sinnen? Nein! Der ist zwar amüsant, aber ein Tier. Ein primitives, wildes Stück Vieh. Nein! Treffen wir uns am Samstag. Zur gleichen Zeit. Hier.«

Überwältigt sagte ich zu.

Am Abend traf ich Kowalski.

»So ’ne Metzgerlehre ist doch für’n Arsch. Dauert drei ewige Jahre, und du stinkst ständig nach Blut und Scheiße. Bist lebenslang Malocher«, verhöhnte er mich, obwohl er im nächsten Monat als ungelernter Kopfschlachter anfangen sollte.

»Und irgendwann Meister mit eigener Firma, Mann. Werde dich dann trotzdem noch kennen, wenn wir uns treffen.«

Er grinste schief.

»Wenn ich einundzwanzig bin, mach ich zu Hause die Mücke, schmeiß den ekligen Job und zieh was ganz Heißes auf. Geschäftlich. Frankfurt wird staunen«, sagte er und drehte sich eine Zigarette.

»Wie willste das hinkriegen?«

»Ich steige ins Maklerbusiness ein. Da kannste bei kleinen Immobilienmaklern auf Provisionsbasis als freier Mitarbeiter einsteigen. Fängst in der Vermietabteilung an. Später, wenn du genug Hausbesitzer kennst und die Chose kapiert hast, steigste aufs Makeln um. Unser Nachbar hat mir den Tipp gegeben. Früher war der Busfahrer, ist vor zwei Jahren in diese Branche gewechselt – und jetzt fährt er Porsche.«

Das klang gar nicht schlecht. Kowalski war kein Dummkopf.

»Warum fängste nicht sofort dort an?«, wunderte ich mich.

»Weil meine Alten mich nicht lassen. Als Schlachthofhilfsarbeiter verdiene ich schon jetzt. Mit Überstunden über hundertfünfzig die Woche. An meinem einundzwanzigsten Geburtstag sehen die allerdings nur noch 'ne Staubwolke von mir.«

Ich war beeindruckt. Kowalski, ein armes Schwein wie ich, hatte Durchblick.

Am Wochenende traf ich meine Traumfrau Kati. Sie trug einen modischen Pferdeschwanz. Wie Romy Schneider. Dazu einen sehr engen Mohairpullover. Fliederfarben mit blaugrünem Schottenrock. Eigentlich eine entsetzliche Farbkombination, aber nicht bei ihr. Kati konnte Lumpen tragen und sah trotzdem aus wie ein Covergirl. Sie war so ungewöhnlich hübsch, dass viele Männer sich, weil sie sich keine Chance ausrechneten, erst gar nicht ranwagten.

Bussi. Ich war trunken vor Glück! Wir sprachen über dies und das. Ich stellte leider schnell fest, dass sie sich eigentlich nur für drei Sachen interessierte: Mode, Schönheitspflege und Stargeschichten.

Die Bardot, Lollobrigida, Curd Jürgens, Skandalnudeln wie die Eckberg oder die Monroe. Sie kannte tausend Geschichten über ihre Lieblingsstars. Ich fand das blöd, saublöd. Aber ich verzieh ihr sofort jeden Unsinn, den sie von sich gab. Die aufkeimende süße Liebe zu ihr machte mich blind. Ich wollte gar nicht kapieren, dass sie nicht zu mir passte.

Eines Tages gingen wir am Mainufer entlang und hielten am Kiosk an. Ich kaufte eine Cola, die wir uns teilten. Da sah ich sie zum ersten Mal: Die *BilligZeitung*! Sie kostete nur zwanzig Pfennige und war wohl eine neue Konkurrenz für das Massenblatt aus Hamburg.

»Seit wann gibt es denn die?«, fragte ich den Kioskbesitzer.

»Seit heute im Testmarkt. Nur im Großraum Frankfurt. Ein unbekannter Friedberger Verleger. Der hat das Pleite-Wochenblatt aus 'nem Konkurs geschenkt gekriegt. Mit viel roter Farbe und Bildern aufgemotzt und durch Hardselling-Anzeigenakquisition profitabel gemacht. Jetzt erscheint es schon täglich im Citybereich Frankfurt. Ist in ein paar Monaten auf über dreißigtausend Exemplare geklettert. Der Mann ist eine richtige Krake, die sich Woche für Woche fetter frisst. Wie er das bloß finanziell schafft? Das liest sich noch besser als die *BILD*«, meinte er und schenkte mir ein Probeexemplar. Ich faltete das Blatt und steckte es in meine Jackentasche. Das war die erste Begegnung mit dieser Zeitung, die mein Leben nachhaltig beeinflussen sollte. Doch zunächst nahm ich dieses neue Käseblatt gar nicht ernst.

DER JOB

Das Angenehme an dem Job als Metzgerlehrling waren die kostenlosen Fleisch-
und Wurstzuteilungen. Spaß machte mir auch ein ganz anderer Aspekt meiner
Ausbildung. Meine Lehrfirma, ein großer Metzgereibetrieb, der mit seiner
Wurstfabrikation erfolgreich den Lebensmittelhandel belieferte, stellte auch
Werbemittel her: Kleinprospekte, Verkaufsdisplays und Verpackungsaufkleber.
Dafür war der Seniorchef zuständig. Alles wurde mit zwei kleinen, unermüdlich
ratternden Rotaprint-Automaten gedruckt. Die wirkten wie bessere Vervielfäl-
tiger, waren aber kostensparende, brauchbare Qualitätsdrucker. Nach ein paar
Tagen Einarbeitung konnten selbst Laien schon ganz gut mit den Maschinen
umgehen. Wenn wenig Händleraufträge kamen, wurde ich an den Druckern
angelernt. Weil ich mich gut anstellte, wurde ich zum Hausdrucker. Ich bekam
damals ein Lehrlingsgehalt von lausigen hundert Mark im Monat, obwohl ich
nun berufsfremd neun Stunden täglich an den papierspeienden Offsetdru-
ckern stand. Das war zwar keine gute Berufsschulung, lohnte sich aber für die
Firma. Ab und zu half ich im angrenzenden Fotoatelier, besonders im Herbst
bei den Vorbereitungen zum Weihnachtsgeschäft. Für das vierfarbige Titelbild
des Weihnachtsprospekts bastelten wir aus Pappe, Watte und Klebstoff eine
Weihnachtslandschaft mit Hexenhäuschen und Holzfiguren aus dem Riesen-
gebirge. Tagelang half ich dem Chef beim Schneiden, Malen und Bekleben
der Geschenkkörbe und Konservendosen. Alles sah sehr geschmackvoll aus.
Dann baute er seine große Linhof-Plattenkamera auf und befahl mir die Sze-
nenaufstellung.

»Hexe mit Gesicht mehr zu mir. Rentiere hintereinander vor den Wald,
etwas mehr links. Davor gestaffelt die Dauerwurstkringel. Gut so.«

Danach ließ er mich durch den Sucher schauen und erklärte mir die Kamer-
afunktionen. Als die Titelseite stand, stellte er eine dekorierte Platte auf den
Nebentisch und sagte: »Und jetzt die separaten Produkte. Einzelaufnahmen mit
Deko. Kasseler mit grünem Hintergrund, Dosenfleisch mit braunem Karton,
Wurstkonserven vor rotem. Ich stelle Ihnen die Beleuchtung ein. Abstand und
Kameraeinstellung bleiben, ist immer derselbe Schuss. Sie bauen immer links
das Produkt auf. Gesicht nach halb rechts, umgeben von ein bis zwei Figuren

aus der Titelseite. Kleine Produkte mit kleinen. Große, also zum Beispiel die Dauerwürste, mit großem Hexenhaus, Hänsel und Gretel. Lassen Sie sich verschiedene Kombinationen einfallen, je mehr, desto besser. Sie haben den Rest des Tages Zeit.«

Er erklärte mir die Kamerahandhabung und wies mich auf das Vermeiden von Schatten hin. Dann ließ er mich allein. Es machte mir Spaß. Stundenlang platzierte und knipste ich Waren und Weihnachtsdeko. Das Fotografieren war für mich eine neue, fesselnde Erfahrung. Am übernächsten Tag rief er mich zu sich und zeigte mir die Fotos. Die sahen spitze aus. Er wollte gar nicht glauben, dass ich über keinerlei Fotografiererfahrung verfügte.

»Sie haben ein klasse Raumgefühl für Sachaufnahmen und Produktplatzierung. Glückwunsch! Ich werde Sie, wenn es Ihnen Spaß macht, weiterhin mit Fotoarbeiten beauftragen. Sie haben Begabung. Vielleicht ein interessanteres Berufsziel für Sie: Fotograf. Da fängt man mit 'ner kleinen, harten Knackwurst an und landet irgendwann beim großen blonden Model mit Knackarsch.«

Aufgeregt und trunken vor Freude sagte ich zu.

An einem Feierabend traf ich Kowalski. Der hatte schmutzige Arbeitsklamotten an. Kopfschlachter sind Schwerarbeiter, die den ganzen Tag mit massigen Tierleichen hantieren müssen. Schinderei. Ich grüßte ihn locker: »Na, wie geht's unserem Helden der Arbeit? Du siehst, ich spucke nicht auf Hilfsmalocher. Arbeit adelt.«

»Red nich so 'nen Stuss, Mann! Ich mach von morgens bis abends Bodybuilding und werd noch gut dafür entlohnt. Fass mal meinen Bizeps an«, grunzte er und hielt mir seinen Arm hin. Ich kniff ihn in den Oberarm.

»Eisenhart«, grinste ich spöttisch und fuhr fort: »Oben hart und unten Ziegenzitze. Geht vielen Muskelmännern so.«

Er tat den Spruch mit einer lässigen Handbewegung ab und wechselte das Thema:

»Hab gehört, du gehst jetzt mit der Baroness? Wenn du dich da mal nicht überhebst.«

Sein Hieb traf nicht, ich dachte nur: Karl ist neidisch.

»Wir sind schon länger ein Paar. Werden in zwei, drei Jahren bestimmt heiraten. Die Kati ist ein Supermädchen.«

Er sah mich fassungslos an, sagte dann nachdenklich: »Ja, deine Katharina ist 'ne außergewöhnliche Superblondine. Aber nicht für dich bestimmt.

Mach dir da nichts vor. Hast du noch nie vom Blondinenengpass gehört? Als Normalo von unten haste keine Chance, eine hübsche Top-Blondine, eine, bei der alles stimmt – Gesicht, Figur, Beine –, zu halten. Die heiraten erfolgreiche Macher oder Erben. Ist eben ihre Bestimmung. Darum sterben auch so viele von denen jung, weil sie wohl dem elenden Los, ein Leben mit reichen Langweilern verbringen zu müssen, nicht anders entkommen können. Denk an die Monroe. Guck dir die Frankfurter Hochhäuser an. Die oberen Etagen. Da hocken sie doch, die Gewinner der Nation: vom Banker, Industriellen, Großmakler, begnadeten Steuerjongleur bis hin zum Zahnarztmillionär, der die Krankenkasse bescheißt. Alle haben heutzutage 'ne hübsche Blondine an ihrer Seite. Zum Ficken oder Repräsentieren. Deine wird dich über kurz oder lang sitzen lassen. Wirst sehen. Vorbestimmt vom Urtier, mit dem wir alle als Teil eines großen Lebewesens durch unsere Nabelschnur verbunden waren.«

Kowalski – ein Schlaumeier mit einer blödsinnigen Urtierpsychose. Hatte er die Blondinen-Weisheit von Schulte? Das arme Schwein. Irgendwie tat er mir leid. Hoffentlich kam er da wieder raus und würde nicht in der Klapsmühle landen.

Unser Fabrikationsgeschäft lief wie verrückt. Immer häufiger setzte mich der Boss für knifflige Fotoarbeiten ein. Von reinen Produktaufnahmen für Kataloge oder Anzeigen steigerte ich mich allmählich zu größeren Projekten: Fotos mit Hausfrauen- und Kochmodellen, die unsere Würste bejubelten, und viele Wurstküchenszenen mit fröhlichen, fetten Metzgern, die stolz vor den Leckereien posierten. Von der blutigen, harten Schlachthausarbeit war nichts zu sehen.

Vom ersten Angesparten baute ich mir meine zukünftige Fotoausrüstung auf. Ich kaufte ein preiswertes, gebrauchtes Hasselblad-Gehäuse, ergänzte es mit billigen, aber guten japanischen Objektiven und knipste nun auch in meiner Freizeit von früh bis spät herum. Schwarz-Weiß. Farbe war zwar im Kommen, aber für mich zu teuer. So wurde ich zum Profi, ohne dass es mir bewusst war. Nebenbei machte ich meine Lehre weiter. War richtig gut drauf, damals, 1965/66. Die Zukunft schien rosig.

Zwei Dinge beherrschten mein Leben: das Fotografieren und Kati. Manchmal war ich schon den ganzen Tag scharf auf sie. Wenn wir uns trafen, wollte ich ihr sofort an die Wäsche. Konnte mich kaum beherrschen. Das war ein Problem.

Macht das viele Fleischessen so geil? Wir wohnten beide bei unseren Eltern und hatten kein Auto. In den Sommermonaten gingen wir im Stadtwald spazieren, da gab es manch verborgene Ecke. Aber im verregneten Herbst und im Winter kam es nur ab und an zu einem intimen Zusammensein, wenn unsere Eltern nicht zu Hause waren. Ein paar flüchtige Momente der entfesselten Leidenschaft. Zu selten für mich. So war ich schnell erregt und bezahlte das oft mit vorzeitigem Erguss. Nicht genug für sie. Jedenfalls machte sie abfällige Bemerkungen. Von Schlappschwanz bis Niete. Das meinte sie aber nicht nur sexuell, denn sie war eine krankhafte Nörgeltüte. Ständig suchte sie nach meinen Fehlern und tat mir weh: »Du stinkst nach Blut und Tierkadavern. Kannste dich nicht besser waschen?«, maulte sie oft.

Anfang 1966 erzählte mir ein Lehrling der *Billig-Zeitung,* der meine Fotoleidenschaft kannte, von einem Nebenjob als Nachtfotograf. Ich rief den Verleger an, und wir verabredeten uns für den folgenden Tag. Bis in die Nacht hinein arbeitete ich an meiner Präsentationsmappe. Sie zeigte Bilder aus dem letzten Jahr meiner erfolgreichen Fotografentätigkeit. Besonders gut machten sich die Seiten mit Originalfotos und den daneben eingeklebten, gedruckten Prospektblättern. Die Zeitungen brachten damals nur Schwarz-Weiß-Fotos. Meine Demo sah spitze professionell aus, demonstrierte sie doch, dass Behr-Fotos bereits gedruckt wurden! Dem Verleger George Sänger gefiel meine Arbeit auf Anhieb: »Für unsere Promigeschichten suche ich noch den zukünftigen Boulevardreporter, der knallharte Unterhaltung aus der Frankfurter VIP-Szene liefert. Schockierende Nachrichten. Viel Bild mit wenig Text. Da müssen Sie sich zielstrebig ein Kontaktnetz aufbauen: bei Türstehern, Hotelportiers, Barkeepern, Polizeibeamten und Feuerwehrchefs. Die geben Ihnen die heißen Tipps. Sie verstehen? In Ihren Unterlagen sehe ich, dass Sie Metzgerlehrling sind. Schweinemörder! Super! Da haben Sie ja gelernt, wie massakriert, geschlitzt und abgestochen wird! Haha! Eine gute Basis für den Job bei mir. Wir Boulevardreporter müssen das Volk anmachen: mit Blut, das nur so spritzt! Mit packender Häme und Schadenfreude, die zum Opium wird! Darauf sind unsere Leser aus. Das bringt Auflage! Fangen wir mit einer viertelseitigen Rubrik an. Jede Nacht scharfe Fotos knipsen und kurze informierende Bildunterschriften. Am nächsten Morgen bringen wir dann den neuesten Klatsch zum Frühstück. Frisch aus der Räuber- und Promigosse. Haha! Zahle Fixum, wenn Sie Ihr

Vierteljahr Probezeit gut meistern, tausend im Monat, später mit Zeilenmenge kombiniert mehr. Noch sind wir ein kleines Käseblatt. Wachsen Sie also einfach mit uns. Die Chance für einen Fulltime-Job ist bei uns gegeben. Ist es nicht ein langweiliges Leben, ewig an der Wurstmaschine zu wurschteln?«

Ich war sprachlos, willigte sofort ein. Mein Traum realisierte sich. Der Zeitungschef hatte wohl noch nie was von 'nem journalistischen Ehrenkodex gehört. Na ja, er kam ursprünglich von einer Anzeigenzeitung, war erfolgreicher Anzeigenvertreter gewesen und kannte nur drittklassigen, geschwätzigen Kaufjournalismus als Umsatzhebel für Vorstadtverramscher und Billigdiscounter. Sängers unethische, menschenverachtende Äußerungen waren mir damals wirklich egal. Die Texte machten die anderen, und ich war nur der Bildreporter. Und so stand ich jeden Abend auf der Matte: bei Wohltätigkeitsveranstaltungen, in Promibars und In-Restaurants. Als verfolgender Paparazzo immer hinter den Promis her. Die Nächte wurden lang, oft furchtbar lang. Das tat weh, weil ich ja tagsüber meine Lehre durchzog. Zudem musste ich schnell texten. Aus anfänglichen Bildunterschriften wurden Kurztexte und später Interviews. Die VIP-Spalte knipste und schrieb ich unter Pseudonym. So merkte keiner in der Großmetzgerei von meiner lukrativen Nebentätigkeit. Und es ging finanziell aufwärts. Mein Sparkonto wurde vierstellig.

Als VIP-Reporter erlebte ich recht häufig die Niederungen im Leben bekannter Persönlichkeiten aus dem öffentlichen Leben mit: Ehekrach, Fremdgehen, Steuer- oder Kundenbetrug, Alkoholmissbrauch oder Protzschau. Das alles stellte ich aber nicht einfach sensationslüstern in der nächsten Ausgabe bloß. Ich verstand nämlich meinen Job. Ein erfolgreicher Gesellschaftsreporter braucht die Promis genauso wie sie ihn. Guter Kontakt und eine allmählich aufgebaute Vertrauensbasis bringen in der Zukunft mehr interessante Storys als das einmalige, auflagenstärkende Abschlachten. Erst wenn alle, auch die Konkurrenz, auf den gestürzten Helden einschlagen, dann haust du noch obendrauf. Gibst ihm ganzseitig den Todesstoß. Das bringt noch einmal eine Traumauflage. Dann wartest du etwas ab und kannst irgendwann den Nachruf ausschlachten – wenn der gefallene Star ganz unten ist, bis zum Hals in der finanziellen Kacke steckt oder sich im Knast oder Fluchtversteck selbst bemitleidet. Mit einem zu Tränen rührenden Leichenfledderer-Interview, das ihn in der neuen, elenden Misere zeigt. Darauf ist der Leser scharf: Die da oben unter sich zu sehen.

Kati war entzückt, als ich ihr das Geheimnis meiner Reportertätigkeit verriet. Begeistert blätterte sie in meinen Zeitungsberichten.

»Fotoreporter. Da wirste sie alle mal vor der Kamera haben: Karin Baal, Barbara Valentin oder die Christine Kaufmann. Ich bin stolz auf dich, mein Schatz!« Und wie wild sie mich küsste.

In diesem Winter rief unser Nachbar Sorge an. Ein pfiffiger Taxifahrer. Der hatte im Frankfurter Hof mitgekriegt, dass Romy Schneider zum frühen Abend einen nicht einsehbaren, separaten Tisch im Restaurant reserviert hatte. Romy war damals nicht mehr die Nummer 1 auf der deutschen Beliebtheitsskala, weil sie sich einst mit dem französischen Filmstar Alain Delon verlobt hatte und nach Frankreich verschwunden war. Obwohl seit kurzem mit dem Schauspieler und Regisseur Harry Mayen verheiratet, kam sie wegen ihres erfolgreichen französischen Filmengagements nur selten nach Deutschland. Das hier war nun die einmalige Chance auf ein Interview mit der legendären Schneider. Ich schnappte mir meine Blitzlicht-Kamera, versteckte sie schussbereit in einer unauffälligen Aktentasche und machte mich auf den Weg. In der Hotellobby setzte ich mich in einen Sessel nahe beim Fahrstuhl, bestellte mir einen Whisky-Sour und wartete. Der Tisch war für neunzehn Uhr reserviert. Um halb acht trat sie mit einem kleinen Pudel im Arm aus dem Fahrstuhl. Vorsichtig setzte sie den Hund auf den Boden. Er kläffte sofort den Pagen an. Als der ihn ungeschickt streichelnd beruhigen wollte, rannte der Hund wie ein geölter Blitz in die offene Restauranttür. Meine Chance! Ich sprang auf und hechtete hinterher, kriegte die kleine Heulboje tatsächlich an den Hinterbeinen zu fassen und brachte den Ausreißer der peinlich berührten Schauspielerin zurück.

»Ins Restaurant sollte er nicht hinein. Um Gottes willen. Vielen Dank! Haben Sie Lust, mich zu begleiten, junger Mann? Ein paar Minuten Gassi gehen, einmal um den Block«, bat sie mich.

Hatte ich richtig gehört? Wahnsinn. Sprachlos nickte ich zustimmend, während sie eine dunkle Sonnenbrille aufsetzte und mir die Hundeleine reichte. Und dann waren wir schon draußen, im grellen Neonlicht der nahen Mercedes-Benz-Schauräume. Die legendäre Romy Schneider mit mir auf der

Kaiserstraße! Aber leider bekam das keiner mit, weil es dunkel war und die Brille ihr berühmtes Gesicht verbarg.

»Das war mir wirklich peinlich. Der Hund fast im Steigenberger-Restaurant! Wie kann ich Ihnen danken?«, hauchte sie.

Ich bat sie um ein kleines Interview, in dem sie mir dann ihre Pläne für die nächsten Jahre erklärte. Das Gespräch war am nächsten Tag die Pressesensation. Deutschland dürstete nach der verlorenen Sissy, aber mit dem nächsten Flugzeug flog sie nach Paris davon, und erst der Freitod von Harry Mayen brachte sie Jahre später bei einer breiten Öffentlichkeit wieder ins Gespräch.

VIP-REPORTER

Als die Lehre beendet war, konnte ich endlich wieder ausschlafen. Und ich bekam einen festen Anstellungsvertrag bei der *Billig-Zeitung* mit einem Top-Einkommen. Über zweitausend Mark verdiente ich im Monat, viel Geld in den Sechzigern. Allerdings leistete ich harte Arbeit Tag für Tag und Nacht für Nacht, oft geschwächt von Müdigkeit und Alkohol. Ich mietete mir in Frankfurt-Sachsenhausen eine Einzimmerwohnung. Die wurde mit einem Bett und dem offenen Koffer möbliert. In der Küche stand ein vom Vormieter zurückgelassener Tisch. Eine Hälfte diente als Arbeitsplatz mit Schreibmaschine und Telefon, die andere als Futterplatz.

Schritt für Schritt erfüllte ich Sängers Vision. Baute überall mein sensibles Spinnennetz auf, bei Politikern, dem Geldadel, im Showgeschäft, bei der Polizeibehörde, unserer Feuerwehr, den Kirchen, der Bundeswehr, der Kunstszene und natürlich im Rotlichtviertel der Kaiserstraße. Ein Netz, das hochempfindlich mit Neid und Missgunst reagierte. Und ich war, ohne es zu merken, korrupt geworden und ließ mich auch dazu missbrauchen, mies zu sein, wenn unser Blatt diese Spritze brauchte. Die Auflage stieg und stieg. In nur zwei weiteren Jahren wurden wir das auflagenstärkste Boulevardblatt in Hessen. Verleger Sänger suhlte sich in den neuesten Erfolgszahlen: »Wusste ich doch, dass dies der richtige Weg ist – auch die große Meinungskeule teilweise abzukupfern. Bei denen läuft, wenn du sie schräg hältst, das Blut raus ... Hahaha! Am liebsten hätte ich mein Blatt Blut-Zeitung genannt. Alle haben mich ausgelacht, als ich es schließlich *Billig-Zeitung* taufte. Man muss die Boulevardblätter nicht nur imitieren, sondern sie mit Geschmacklosigkeit übertreffen und deren Scheiße vergolden!«

Der Erfolg veranlasste den Chef, erstmals einen Redaktionsleiter einzustellen. Einen hässlichen, cholerischen Journalisten, dem in jungen Jahren die Flucht aus Ostberlin gelungen war: Ernst Kornbauer. Vom kleinen Redaktionsvolontär hatte er sich – ohne Beziehungen – zum Vize-Chef der drittbedeutendsten Lokalredaktion Berlins hochgearbeitet. Er konnte gut schreiben, hatte einen genialen Instinkt für konstruierte Sensationsgeschichtchen und war von Ehrgeiz getrieben. Ein idealer Auflagenmacher für ein aufstrebendes Boulevardblatt. Er presste mit Erfolg das Letzte aus uns heraus. Gut für den Erfolg beim Leser, aber nicht für uns, denn er war als Leiter ungeeignet. Er führte mit Erniedrigung und Missachtung, war äußerst respektlos. Schon einen Monat nach seiner Einstellung kündigte ein guter Kollege der ersten Stunde.

»Dieser dumme Mann versucht, meine Selbstachtung zu schwächen. Hofft, es damit leichter zu haben, mich zu führen. Liebt nur jasagende Schreibroboter, die seine bösartigen Spielchen mitspielen. Nicht mit mir! Unter diesen Bedingungen kann ich nicht arbeiten«, sagte er auf der Abschiedsparty zu mir.

Ich verstand ihn, wollte aber um jeden Preis überleben.

Irgendwann hörte ich von einem Kollegen den Spruch, dass Journalist ein Beruf für eitle Menschen sei: »Schon toll, wenn man Tag für Tag in einer großen Tageszeitung seinen eigenen Namen unter einem Artikel sieht, oder?«, grinste er. Ich konnte das bestätigen.

Ich wurde in Frankfurt richtig bekannt und zum Liebling der Verräter, Karrieresüchtigen, Spekulanten, Blender und Emporkömmlinge. Das Zubringersystem dieser Gruppe sicherte mir meine Stellung und war obendrein ein spannendes, unterhaltsames Intrigenspiel. Verbrechen, Sex, Rauschgiftmissbrauch oder Rampenlicht kamen da nicht mit, weil dieses Spiel hier mit Macht zu tun hatte. Dabei fing es ganz harmlos an. Eines Tages, als unsere Auflage regelrecht zu explodieren begann, erhielt ich einen empörten Anruf von Inge, meiner Rathausspionin: »Unsere neue PR-Chefin, die Schmitt-Klein, sollte geschlachtet werden. Sie unterschlägt! Das kann ich nicht mehr mit meinem Gewissen vereinbaren. Seit über einem Jahr rechnet sie überhöhte Spesen ab. Ich faxe es Ihnen rüber, wenn Sie's mir mit 'nem Bericht honorieren.« Natürlich sagte ich ihr, der Assistentin der PR-Chefin, einen Artikel zu. Minuten später spie mein Faxgerät achtzehn Belegkopien aus. Ein Gemisch aus Restaurantquittungen, Tankbelegen und Fahrtenbuchkopien von für Privatfahrten benutzten Dienstfahrzeugen. Es folgte ein maschinengeschriebener Begleittext, der auf die mit kreisrunden Markierungen versehenen Fälschungen hinwies, plump veränderte Zahlen und Daten. Der Gesamtschaden war aber lächerlich. Grob gerechnet tausendzweihundert Mark. Mit dem Dienstfahrzeug war sie viermal privat nach Norddeutschland gefahren, hatte aber die Hinfahrten für eine richtige Dienstaufgabe genutzt. Die Schmitt-Klein konnte gut mit dem

Oberbürgermeister. Von meiner täglichen Arbeit kannte ich sie beide als tüchtige, sympathische Macher. Im Begleittext schrieb Inge, dass ihre Chefin den Schaden bereits mit einem Kleinkredit ausgeglichen habe. Allerdings nach dem Donnerwetter vom Chef, der zufällig auf die Belegkopien gestoßen war. So war der Fall intern bereits vom Tisch.

Wenn die Schmitt-Klein eine Linke gewesen wäre, hätte ich sie bedenkenlos fertiggemacht. Ich war vom Elternhaus her geborener Rechtsliberaler und CDU-Wähler. Die Schmitt-Klein war parteilos, eine freundliche, faire PR-Frau, von der ich so manchen nützlichen Tipp über eintreffende VIPs erhalten hatte. Während ich noch grübelte und alle Belege Seite für Seite sorgfältig durchsah, kam Sängers neuer Topredakteur, der fette Ernst Kornbauer, unbemerkt von hinten an meinen Schreibtisch.

»Blöder Saure-Gurken-Tag. Schönes Wetter, jeder hat Spaß und wir Schreibtischtäter müssen irgendwelche langweilige Scheiße erfinden, um unsere Leser zu amüsieren. Was haben wir denn da Interessantes?«

»Einen typischen Denunziantenfurz. Jemand will seine Chefin vom Sessel bumsen. Lächerlich. Obendrein arbeitet die Beschuldigte seit Jahren gut mit uns zusammen. Das kommt bei mir in den Papierkorb«, sagte ich und knüllte die Blätter zusammen. Die Ratte riss mir wütend die Seiten aus der Hand, glättet sie, überflog den Text und brüllte: »Sind Sie noch bei Verstand? Ich kenne sie, diese linke Fotze, die Schmitt-Klein. War mal beim *Abendblatt* 'ne Kollegin von mir. Eine arrogante Lesbe, sag ich Ihnen. Damit zerr ich sie an die Öffentlichkeit. Da muss sie ihr heißes Höschen runterziehen, damit alle die rote Farbe sehen. Hahaha! Bringen Sie das halbseitig im Lokalteil. Sechsspaltig: Unterschlagungsskandal im Rathaus. Oder so was.«

Ich schüttelte den Kopf.

»Ist doch 'ne ehemalige Kollegin und eine gestandene PR-Frau, die ihr Handwerk versteht. Dazu parteilos, bringt uns nichts.«

»Der Leser der *Billig-Zeitung* hat ein Recht auf die Aufklärung von Korruptionsfällen bei städtischen, von unseren Steuergeldern finanzierten Angestellten. Hier, in meinen eigenen Händen, halte ich die Betrugsbeweise für über tausend Mark Schaden, Mensch! Kapieren Sie doch, die gehört an den Pranger! Ist garantiert nur die Spitze des Eisbergs.«

»Okay, ich rufe sie aber vorher an. Gib ihr 'ne Rechtfertigungschance.« Ich sah auf meine Uhr. »Von zu Hause, weil es schon so spät ist. Hab dort ihre

Privatnummer«, sagte ich, nahm Kornbauer die Blätter weg und verabschiedete mich. Er schüttelte verärgert den Kopf, sagte aber nichts.

In meiner Wohnung schaltete ich den Fernseher an, stellte den Hessensender ein und zog mir meine auf dem Boden herumliegenden Freizeitklamotten an. Ich griff mir eine angebrochene Flasche Rotwein, das Telefon sowie mein Adressbuch und warf mich aufs ungemachte Bett. Als auf dem Bildschirm ein Bericht über die hessische Haushaltslage anlief, erinnerte ich mich an die Schmitt-Klein. Ich genehmigte mir einen ausgiebigen Schluck Carta de Plata und wählte ihre Nummer. Sie hob ab und ich kam sofort zur Sache. Erzählte von den Faxkopien und fragte sie, warum sie ihren guten Job für die paar Hunderter riskiert hatte.

Sie war schockiert. Mit bebender Stimme legte sie los: »Mein Mann und ich haben uns vor acht Monaten getrennt. Der Kerl ist einfach nach Bulgarien zurück und zahlt seitdem keinen Pfennig Unterhalt. Ich habe zwei Teenager und die hohe Miete, und dazu laufen die gemeinsamen hohen Monatsraten aller Verpflichtungen weiter. Oh Gott, bin ich pleite. Weiß nicht mehr ein noch aus.« Sie stoppte schluchzend und weinte. Verlegen beruhigte ich sie und versprach, feige und verlogen, weil ich es selbst nicht glaubte, dass sie im Artikel, wenn er überhaupt erscheine, nicht namentlich genannt werde. Sie dankte mir mit gebrochener Stimme. Wir beendeten das Gespräch.

Ich hievte die Schreibmaschine auf meine Knie und hackte angewidert meine Story runter. Mit bagatellisierendem Inhalt, der über einen Veruntreuungsfall im Rathaus informierte, verbrochen von einer geschlechtslosen Person. Lobte den wachsamen Oberbürgermeister, der den Fall entdeckt und zur Zufriedenheit aller abgeschlossen hatte.

Am Sonntagabend, kurz nachdem ich dem Chef vom Dienst meinen Text gegeben hatte, rief mich Kornbauer zu sich und brüllte: »Machen Sie so weiter und Ihre Tage hier sind gezählt! Da muss ein Bild von ihr rein und auf der bewiesenen Abzocke von Steuergeldern herumgeritten werden. Lassen Sie um Gottes willen den Bürgermeister da raus. Den Schwachkopf auch noch loben? Dass ich nicht lache. Der wird nur wiedergewählt, wenn ich das will! Und dafür muss er mir vorher ganz schön den Arsch küssen. Die letzte Wahl entschied sich nur unter den letzten tausend Stimmen.«

Die Ratte warf mir meinen Text vor die Füße und beendete den Auftritt mit: »Neuschreiben und die Alte fertigmachen!«

Wortlos hob ich die Seiten auf, ohne mich zu ärgern. Nicht umsonst hieß der unbeherrschte, feiste Choleriker bei allen Kollegen »Ratte«, biss er doch tagtäglich jeden mit seiner Schauhäme ins Gesicht.

Ein paar Tage nach dem Erscheinen des Berichts kündigte die Schmitt-Klein. Sie nahm ihr letztes Gehalt, gab die Wohnung auf und verschwand mit beiden Kindern nach Spanien. Dort führte ihre Schwester eine Pension. Erst einen Monat später erzählte mir Inge, die neue PR-Chefin, von dieser Flucht. Mit dieser Geschichte wurde ich zum Arschloch.

Kornbauer ließ mich danach nur deshalb in Ruhe, weil ich mit meinen auflagenstärkenden Erfolgsstorys immer wichtiger wurde. Verleger Sänger indes kam mir mit viel Lob entgegen. Mit einem Füllhorn voll von Führungstricks peitschte er uns zum Erfolg. Stets war er freundlich und hilfsbereit, niemals gemein und brutal. Lobte, spornte uns an und gönnte uns ein wohlwollendes Schulterklopfen. Und nutzte den alten preußischen Offizierstrick mit dem zwischengeschalteten Unteroffiziersrammbock. So hatte er für Arschtritte seine Ratte. Gleichzeitig demütigte er uns und stachelte uns mit seinen Tricks an: Alle sechs Monate druckte er ein Impressumsblatt. Das Ding sah aus wie ein Stammbaum mit vielen übereinandergestapelten und durch Linien verbundenen Namenskästchen. Im obersten Kasten war sein Name: George Sänger, Verleger. Darunter, in fast gleicher Höhe, sah ich die Reihe der Abteilungschefs: Walter Wein – Controller, Albert Ross – Vertriebsleiter, Ernst Kornbauer – Chefredakteur, Gerd Hamm – Chef vom Dienst. Und daneben ein Sonderkasten, in dem irgendwann Bernd Behr – Chefreporter – stand. Ich freute mich natürlich, war gleichzeitig schockiert. Denn ich bemerkte sofort den kleinen Grafikfehler: Von den fünf Kästchen lagen nur drei auf einer Linie, zwei waren zwei, drei Millimeter tiefer montiert: die Kästchen von Kornbauer und Gerd Hamm. Ich stand, als einziges Redaktionsmitglied, in der höheren Gruppe. Es sah wie ein Satzfehler aus, war aber gezielt, um Kornbauer auf meine Kosten eins auszuwischen. Hamm, der Chef vom Dienst, war erst ein paar Tage bei uns und deshalb nicht verärgert. Aber Kornbauer! Der sah mich jetzt als echte Konkurrenz an. Scheiße! Da stand mir was bevor.

Katis Eltern stammten aus der Nähe von Danzig.

»In den Fünfzigern, nach der Vertreibung, wohnten wir in der heutigen DDR, wo ich geboren wurde. Über Berlin sind wir eines Nachts mit der S-Bahn in den Westen geflohen. Vom Stammsitz unserer Familie, Burg Traberstein, ist nur noch eine Ruine übrig. Zerstört beim russischen Einmarsch. Die Zeugnisse von fünfhundert Jahren Familiengeschichte liegen verkohlt unter den Trümmern. Von der Ahnengalerie bis zur Waffensammlung, alles vernichtet. Papa hat mir verraten, wo noch auf dem Grundstück zwei Kisten antikes Silbergeschirr und unser Familienschmuck vergraben sind. Wenn die Grenzen mal geöffnet werden sollten, fahren wir rüber und buddeln sie aus. Zum Glück hatten wir noch das kleine Reetdachhaus auf Sylt, ein Erbe von Mutters Seite. Großvater erwarb es günstig vor Kriegsbeginn, und so lebten wir das erste Jahr nach der Flucht in dem viel zu kleinen Haus. Es liegt mitten in den hohen Hörnumer Dünen, direkt vor dem FKK-Strand«, erzählte mir Kati eines Abends. Wir saßen gerade entspannt im Friedberger Eiscafé. Ich trank ein Bier und sie verschlang einen großen Amarena-Eisbecher mit viel Schlagsahne und knallroten alkoholgetränkten Kirschen. Ich dachte über unseren Sommerurlaub nach.

»Gehört euch das Sylter Haus noch?«

»Ja. Als Vati die Stelle in Frankfurt fand, zogen wir hier in unsere Mietwohnung. Aber in den Schulferien sind wir immer dort. Ein Traum von einem Reetdachhaus. Mitten im Naturschutzgebiet gelegen, mit Meerblick.«

»Dann werde ich dich nächsten Sommer auf Sylt besuchen«, dachte ich laut nach.

»In der Hauptsaison wirst du kein Zimmer finden. Bring dein Zelt mit. Wir haben im Garten eine schützende Heckenumrandung und genug Platz, das Zelt aufzustellen. Das wäre toll! Wir könnten jede Nacht ausgehen, und die Tage verbringen wir an unserem sagenhaften Strand.«

Ich musste grinsen.

»Dem FKK-Strand?«

Sie küsste mich und schlang ihre Arme um meinen Hals.

»Natürlich. Meine Mutter kommt aber immer mit.«

Die war 'ne Schönheit. Ein Traumweib von kurz über vierzig. Auch nackt? Allein der Gedanke …

Anfang Februar 1969 lief tagelang nichts, kein Promiklatsch, nicht eine interessante Veranstaltung. Ich schrieb ein paar aufgemotzte Texte über zweitklassige Promis, die im Interconti übernachteten, über einen indischen Botschafter auf Europatour und Anghar, eine geflohene Tochter von Idi Amin, dem mörderischen Diktator in Uganda. Sie übernachtete in Frankfurt, weil sie ihre Maschine nach Kuba verpasst hatte. Ihre Verbrecherfamilie war immer für eine Gruselnachricht gut.

Plötzlich wurde ich von Herrn Wald angerufen, einem aufgebrachten Vermieter aus Frankfurt-Sachsenhausen. Eigentlich wollte er Kornbauer sprechen. Der befand sich im Kurzurlaub in Österreich, und so hatte ich die Geschichte am Hals.

»Im Erdgeschoss meines Hauses in der Wallstraße, bei Hippiemietern, laufen seltsame, perverse Feiern. Bereits zweimal habe ich die Polizei rufen müssen, weil die anderen Mieter durch nächtelange laute Musik um ihre Nachtruhe gebracht wurden. Es ist kaum leiser geworden, und es steckt wohl mehr dahinter: schwarze Messen und Drogenorgien«, klagte er.

»Wie lange wohnen die Leute schon bei Ihnen?«

»Fast ein viertel Jahr. Die Wohnung wurde von einer gepflegten jungen Dame im Businesskostüm angemietet. Als sie dann mit ihrem Freund einzog, verwandelten sich beide in gammelige Typen. Ich bin über dreißig Jahre im Vermietgeschäft und lass mich nicht so einfach blenden. Sie musste mir eine Arbeitsbescheinigung vorlegen, die war von der Arab International Bank ausgestellt, wo sie angeblich als Sekretärin arbeitete. Natürlich eine Fotokopiefälschung. Weil sie einen guten Eindruck machte, stundete ich ihr bis zum Einzug zweihundert von den sechshundert Mark Kaution. Seit letztem Monat kriege ich auch keine Miete mehr. Ich habe ihr nach dem Mietgesetz gekündigt und sofort die Räumungsklage gegen die drei eingereicht.«

»Drei Personen?«

»Richtig. Ein zweiter Mann zog später dazu. Die drei Typen sind schmuddelig und lärmen Tag und Nacht mit ihren Heavy-Metal-Gitarren. Sie haben keine Möbel, nur drei auf dem Boden liegende Matratzen. Da pennen sie wohl und treiben 'nen flotten Dreier. Jede Nacht werden sie von einer Horde angekiffter, besoffener Herumtreiber besucht und grölen bis zum Morgengrauen.«

»Musizieren sie?«

»Ja. Und hinzu kommen irgendwelche fremdartigen Rituale. Sie töten auch Tiere.«

Das saß. Wahnsinn! Vielleicht war da eine wilde Story drin. Wir vereinbarten für den frühen Abend ein Treffen.

Minuten später rief Kornbauer an und fragte, was ich für die nächste Ausgabe auf Lager hätte. Ich erzählte ihm vom Anruf und wunderte mich nicht weiter, warum er schon aus seinem Kurzurlaub zurück war.

»Ich kenne den Wald. Ein vernünftiger Mann. Sehr zurückhaltend und bescheiden. Hat mit Frankfurter Immobilien Millionen gemacht. Kein leichtes Geschäft, der tägliche Kampf mit den Horrormietern. Schreiben Sie einen anklagenden Dreispalter. So aufwühlend, dass Leser und Nachbarn empört und verärgert sind. Dazu will ich ein gemeines Foto für unsere Tierfreunde. Möglichst mit einer gekreuzigten Katze oder so«, sagte er und legte auf.

Um neunzehn Uhr traf ich Hausbesitzer Wald vor seinem Haus, in dessen Erdgeschoss sich ein ehemaliger Schusterladen befand. Die Tür des Ladens stand weit auf und Möbelpacker beluden einen davor parkenden VW-Transporter mit Mobiliar und Schuhmacherutensilien.

»Der alte Schuhmacher ist im letzten Monat gestorben. Hat hier über vierzig Jahre gewirkt«, sagte Wald, als er mir die Hand reichte.

»Sie sagten, die Wohnung befindet sich im Erdgeschoss?«

Er nickte und gab mir ein Zeichen, ihm zu folgen.

»Hinter dem Geschäft. Hat 'nen schönen, großen Garten.«

Er öffnete das Hoftor und wir gingen zu einer offenen Terrassentür, die in die Wohnung führte. Im Wohnzimmer stand der grinsende Kornbauer.

»Zücken Sie Ihre Kamera! Die Mieter sind nicht da. Das gibt ein paar wilde Fotos. Haha! Vielleicht gehen wir damit auf die Titelseite«, frohlockte er.

Ich schnallte ab, als ich das Zimmer betrat. An den Wänden hingen riesige, ungerahmte Aquarelle mit entsetzlich blutigen Dämonen, kopflosen gegeißelten Nackten und Schwerter schwingenden Maskenmännern. Überall waren venezianische Masken mit großen, spitzen Nasen angebracht. Sie umrahmten das Foto eines in Leder und Metall gekleideten Sado-Paares. Die Mieter? Und dazu Peitschen, Ketten, Lederriemen. Mitten im Zimmer hing an einem Strick von der Deckenlampe eine leicht aus dem Maul blutende, tote Katze.

Der Hausbesitzer staunte angeekelt, während Kornbauer zum Scherz nach einer Peitsche griff. Wald deutete aufgeregt mit dem Zeigefinger auf das Foto und rief: »Das sind sie, die Perversen!«

»Katze fotografieren, als Hintergrund das nette Lederpaar-Foto mit aufs Bild«, befahl Kornbauer. Damit es dramatischer aussah, hängte er die Peitsche über das Foto.

Ich tat meinen Job und verknipste einen Film. Als ich die Kamera einpackte, klopfte es an der Tür.

»Ordnungsamt Frankfurt«, sagte ein ziviler Beamter und präsentierte seinen Dienstausweis. Er besichtigte und fotografierte die Wohnräume, während ein Helfer die Katze abnahm und in einem Plastiksack wegbrachte. Kornbauer verschwand unauffällig. Hausbesitzer und Amtsmitarbeiter setzten gemeinsam die Anzeige auf. Wald schilderte in weinerlichem Ton, dass er vom Garten aus einige Male den halbnackten, maskierten Mietern beim Tanzen zugesehen habe.

»Dazu peitschten sie sich und nahmen irgendwelche Pillen. Und jetzt auch noch Tieropfer!«

Ich schrieb mit. Mir war nicht besonders wohl bei der Sache. Später baute ich meinen halbseitigen Sensationsbericht unter die Überschrift »Die Monster von Sachsenhausen«. Die Hälfte des Platzes nahm das Katzenfoto ein. Das Lederduo im Hintergrund war gut erkennbar.

Am nächsten Vormittag, ich war kaum fünf Minuten in der Redaktion, erhielt ich den ersten Anruf. Eine Nachbarin informierte mich, dass die Katze tags zuvor zwei Häuser weiter von einem Auto überfahren worden sei und ein älterer Mann sie entsorgt habe. Vermieter Wald? Der nächste Anruf kam von der weinenden Mieterin.

»Warum haben Sie uns das angetan? Das ist ein gemeiner Trick, um uns fertigzumachen und rauszuekeln. Der hinterhältige Häuserspekulant hat seit dem Tod des Ladenmieters eine große Restaurantkette an der Hand. Denen ist das Ladenlokal zu klein. Die brauchen unsere Wohnung zur Erweiterung und den Garten für bauamtliche Parkplätze. Darum geht es in Wirklichkeit!«

»Sie haben weder Ihre Mieten noch die Restkaution bezahlt.«

»Das ist falsch! Die Restkaution haben wir, leider nur mündlich, mit einer Reparatur verrechnet. Als wir die Miete am Zehnten noch nicht bezahlt hatten, sagte Wald uns, dass wir sie zusammen mit der nächsten bezahlen sollen. Auf ein neu eingerichtetes Konto. Das war zwei Tage nach dem Ableben des Schuhmachers. Wir hätten, als letzte Woche unangemeldet Architekten auftauchten, um das Gebäude auszumessen, kapieren müssen, dass etwas nicht stimmt. Jahre hat Wald davon geträumt, auf den Tag gewartet, an dem der unkündbare Schuster, ein Freund seiner Eltern, das Geschäft räumt.« Sie schluchzte.

Mir war zum Kotzen. Jetzt begriff ich, dass Kornbauer mich, meinen Namen, benutzt hatte, um seinem Freund Wald beim Rausekeln seiner Mieter zu helfen.

»Sie haben am Dritten des Folgemonats laut Mietgesetz nicht bezahlt. Da sind Sie draußen, verlieren jeden Räumungsprozess. Ziehen Sie am besten sofort aus. Sie sind jung und elastisch genug, um schnell wieder ein Dach über dem Kopf zu finden. Es tut mir leid, wenn der Vermieter sich nicht fair verhalten hat. Wie sollte ich das wissen? Nur die Tatsachen zählen«, stammelte ich.

»Eine Wohnung finden wir. Aber ganz Frankfurt hält uns jetzt für perverse Schweine. Wie sollen wir damit leben?«, schrie sie verzweifelt und knallte den Hörer auf.

ALBTRAUM: NEW MEXICO

In meinen Nächten stehe ich verzweifelt an der endlos langen, stinkenden Innereienbank. Entsetzt über mein Dasein, mitten in der glitschigen Masse aus Urin, Scheiße, Blut, Fett und Innereien. Die Luft steht im Raum. Ich bin nass geschwitzt, Schweiß brennt in meinen Augen. Ich sortiere die wabbeligen Innereien. Meine Hände stecken in gelben, schleimüberzogenen Gummihandschuhen. Därme, Mägen, Nieren, Herzen, Leberstücke auf die Seite, der Rest wird zu Tierfutter verarbeitet oder wandert in den Abfall. Quetsche Kot, Schleim und Blutreste weg. Und ekele mich vor dem Geruch der herabrinnenden Körperflüssigkeiten. Alles dampft und stinkt in dieser Vorhölle. Dazu spielt zur Unterhaltung schrille Mariachimusik aus krachenden, mit Plastiksäcken verklebten Lautsprechern. Die Gesichter der sechs Amigos unter den übergroßen breitkrempigen Sombreros scheinen nur aus schwarzen Schnurrbärten zu bestehen. Die Männer wiegen sich zu den Rhythmen der mexikanischen Gassenhauer. Die Musik verändert sich plötzlich, klingt jetzt wie »White Cliffs of Dover«.

Nur verschwommen sehe ich meine Kameraden, die hart schuften. In gelben Gummischürzen, jeweils einen Kettenhandschuh über die linke Hand gezogen, schwingen sie ihre scharf geschliffenen Messer. Verbissen, im aufpeitschenden Takt der Musik, die spielt, um die Akkordquote zu erhöhen. Töten, Ausbeinen, Zerteilen. Töten, Ausbeinen, Zerteilen. Töten.

GIER

Die »Monster von Sachsenhausen« präsentierten wir in drei weiteren Ausgaben. Die Berichte bezogen sich kaum noch direkt auf die drei »Verbrecher«, sondern handelten, um Aufmerksamkeit heischend, von Hexen- und Satansverehrung sowie vom Drogenmissbrauch durch Linksradikale. Dass die drei jungen Leute dadurch verleumdet wurden, interessierte niemanden.

Wenn ich in den nachfolgenden Tagen die Redaktion betrat, erblickte ich jedes Mal einen bestens gelaunten, fröhlichen Kornbauer.

»Sehen Sie, sehen Sie mal in die Auflagenmeldungen! Zwanzig Prozent Zuwachs im letzten Halbjahr! Zwanzig Prozent mehr Leser im Großraum Frankfurt! Das schaffen unsere heißen Monsterstorys«, rief er mir begeistert zu und verschluckte sich beinahe an dem dampfenden Krustenschinkenbrötchen, das ihm der jüngste Redaktionsvolontär vom Metzgerladen nebenan geholt hatte.

Als ich eines Morgens im legendären Caféhaus Schwille in der Fressgass unsere Zeitung las, tippte mir jemand von hinten auf die aufgeschlagene Seite, genau auf einen reißerischen Artikel.

»Dahinter sehe ich keinen besonders klugen Kopf. Dass du bei denen gelandet bist, furchtbar«, sagte der schmunzelnde Miroslav Schulte und schlug mir auf die Schulter. »Darf ich mich setzen?«

»Na klar doch. Ich mag sie auch nicht, diese Artikelserie, aber die Leserschaft findet sie anscheinend klasse.«

Schulte vergrub theatralisch seinen Kopf in den Händen, dachte einen Moment nach und sagte dann vorsichtig:

»Was ihr da treibt, ist unverantwortlich. Ihr bietet dem Sexsüchtigen die Überfrau. Eine mit vier anstatt mit zwei riesigen Titten. Die macht ihn doppelt so geil, und er übersieht dabei leider, dass sie nur ein lausiger Mutant, ein fehlentwickeltes Monster ist. Ein faszinierendes Zerrbild, das das wahre Leben verdeckt. Ja, er übersieht, dass er eigentlich betrogen wird.«

Ich nickte, protestierte nicht.

»Das ist also aus Bernd Behr, dem ehrlichen, rechtschaffenen Metzgerlehrling, geworden. Einer, der seine Killerinstinkte nun eine Stufe höher ausübt, an seinen Artgenossen! Das Blut fließt genauso warm und rot wie zuvor, aber es ist das von Menschen.«

Leider hatte er recht.

»Journalist wird man aus idealistischen Gründen. Am Anfang ist die Ethik da, doch du musst fressen«, stammelte ich.

»Okay, aber nicht bei der *Billig-Zeitung*. Wie schaffst du es eigentlich – vorausgesetzt, du hast noch ein bisschen Ehrgefühl im Leibe –, jeden Tag die erniedrigende Arbeit als Volksverdummer zu meistern? Was gibt dir die Kraft dazu? Alle ethischen Grundsätze werden für die Auflagensteigerung über Bord gekippt. Welch ein furchtbares, selbstzerstörerisches Scheinleben. Die Selbstmordrate in eurer Berufssparte muss irre hoch sein.«

»Um in dieser Welt etwas verändern zu können, musst du stark sein, Macht ausüben können. Sänger, unser Verleger, ist ein Idealist. Er meint, zuerst einmal müssten wir die Ärmel aufkrempeln, um uns bei der Dreckarbeit ganz unten nicht schmutzig zu machen. Da muss halt geklotzt und geknallt werden. Zu manch fragwürdigem Preis. Aber wenn wir fest im Sattel sitzen, ganz oben, dann können wir zehnmal so viel gutmachen, positiv beeinflussen, verändern.«

»Irgendwie kapier ich nicht, warum euer Sänger so hoch hinaus will. Der Medienmarkt ist seit Jahren aufgeteilt. Meiner Meinung nach kopiert er doch einiges von der *BILD*. Nur gemeiner. Bei halbem Preis. Rechnet sich das denn?« Schulte griff nach meiner Zeitung und blätterte sie nachdenklich durch.

»Natürlich«, antwortete ich. »Springer hat damals mit 'ner Zehn-Pfennig-Zeitung angefangen. So ähnlich und mit guten Werbeeinnahmen geht das heute noch.«

»Was treibt Leute wie deinen Sänger an? Warum diese ewige Gier nach grenzenlosem Wachstum? Jetzt erscheint sein Blatt schon in ganz Hessen, und letzte Woche hat er die *Höchster Anzeigenwoche* dazugekauft. Irgendwann besitzt und kontrolliert dieser Kerl über hundert Zeitungen. Über hundert überflüssige, schlecht gemachte Abfallblätter. Dann kippt er auf einmal um und krepiert überraschend, Herzinfarkt, vielleicht ein Schlaganfall. Und wofür, war das dann alles?« Er gab mir die Zeitung zurück. Machte dabei ein Gesicht, als müsse er spucken.

Ich grinste, tat, als würde ich mir den Hintern mit der Zeitung abwischen, und warf sie dann im hohen Bogen in den Abfalleimer des Cafés.

»Die Gier nach endlosem Wachstum? Ich meine, auch wenn Springer scharf darauf ist und ich seine *BILD* für genauso überflüssig halte ... ist er trotzdem mein Held!«

»Bist du von Sinnen?«

»Vor der *BILD* habe ich, außer zwei Kinderromanen, nichts gelesen. Keine Bücher, keine Zeitungen. Keine Zeitschriften. Mein Alter war da genauso. Durch die *Zehn-Pfennig-BILD* hat der Springer Millionen zum Lesen gebracht. Millionen kleine Arschlöcher wie dich und mich hat er vor dem Analphabetentum bewahrt. Du hättest mal damals bei meinem Alten im Schlachthof die alten Arbeiter erleben müssen, wenn sie ein simples Formular oder einen Arbeitszettel ausfüllen sollten. Die hatten ihre schamvolle Qual. Davor hat Springer uns bewahrt. Mit seinen aufdringlichen Überschriften und den billigen, vollbusigen Weibern auf den Fotos hat er uns Schlichtbürger, uns faule Nichtleser, zum Lesen gebracht. Dafür hat er eigentlich den Nobelpreis verdient.«

Schulte sagte nichts, guckte nur konsterniert, winkte kurz mit der Hand und ging.

SYLT

Sommer auf Sylt. Ich reiste mit meinem ersten, eigenen Wagen über den Hindenburgdamm an. Als die Autos in Westerland entladen wurden, schien die Sonne, und ich klappte gut gelaunt das Verdeck meines gebraucht gekauften, weißen VW-Cabrios herunter. Ich steckte eine der neuen kleinen Tonbandkassetten in den Rekorder und hörte meinen Lieblingssong »White Cliffs of Dover«, gespielt von Acker Bilk.

Wie lange hatte ich von diesem Urlaub geträumt! Kati wohnte im Süden der Insel. In Hörnum. Die Fahrt durch das düstere Wattenmeer war vielversprechend gewesen, doch zunächst spürte ich nur die Tristesse der Inselhauptstadt und war ein wenig enttäuscht. Westerland sah aus wie jedes norddeutsche Langweilerkaff. Die hässliche Bahnhofsgegend lag nicht am Meer, deshalb konnte ich die schönen Seiten der Stadt noch nicht sehen. Ich folgte den Wegweisern und war in Minutenschnelle auf der einzigen nach Süden führenden Straße. Schnell verwandelte sich die Kleinstadtszenerie in eine fesselnde friesische Dünenlandschaft. Mit Strandgräsern, reetgedeckten Häusern, Holzdecks, wehenden Flaggen, einladenden Kneipen und vielen Ausblicken auf den Strand und die heranrollenden Wellen. Es war sehr warm und überall tummelten sich Badegäste. Kati hatte mir eine Lageskizze gegeben, an der ich mich orientierte. Als ich eine halbe Stunde später in Hörnum ankam, erblickte ich gleich die Rüm-Hart-Flaggen der berühmten Café-Pension. Hinter ihr befand sich das von Trabersche Ferienhaus. Langsam fuhr ich mit dem Cabrio über die ungepflasterte Sandstraße bis zum vorletzten, auf einer Düne thronenden Strohdachhaus. Ich hielt, weil ich die braune Flagge mit dem Familienwappen erkannte: zwei weiße Schwerter unter einem weißen Mond. Die Einfahrt war geöffnet. Ich fuhr zum Haus hoch. Als ich ausstieg, stand die strahlende, süße Kati schon neben mir. Aufgeregt wie beim ersten Kuss, umarmte sie mich. Dann kamen ihre Eltern dazu, Katis bildschöne junge Mutter Hedda und der uralte, greisenhafte Vater Knut, ein eingebildeter Rechtsradikaler, Ex-Obernazi, in Lodenklamotten und mit einer Pfeife in der Hand. Die freundliche Umarmung der vollbusigen, knackigen Mutter ließ ich mir gerne gefallen, dem abweisenden Alten gab ich energisch die Hand und lobte sein hübsches Ferienhaus.

»Ein Jammer, junger Mann, dass nun der bescheidenste auch der letzte Besitz unserer Familie ist. Aber wir werden dem bolschewistischen Gesindel irgendwann wieder unsere Güter entreißen. Solange geht ein Baron von Traber nicht in seine Kiste. Und wenn ich hundert werden muss«, knurrte er.

Ich schlug die Hacken zusammen. »Jawoll, Herr von Traber!«

Er lächelte zufrieden. Katharina grinste, denn sie hatte erkannt, dass ich sofort wusste, wie der alte Narr am besten zu nehmen war.

»Das Problem mit unserer kleinen Ferienkate ist, dass sie nur drei Zimmer hat. Da ist leider kein Platz für Gäste. Aber du hast ja dein Zelt mit«, sagte Kati.

»Hat auch seine Vorteile, da belästigt uns nicht dauernd irgendein Langweiler aus dem Freundes- oder Verwandtenkreis und will in unserem Haus wohnen«, meckerte der Alte, der mich mit seinem eingefallenen Gesicht stark an eine Mumie erinnerte.

»Kommen Sie erst einmal mit hinein. Ausladen können Sie später. Ich habe heute extra für Sie Labskaus gekocht, eine norddeutsche Spezialität. Sie müssen ja von der Fahrt ganz hungrig sein. Ich wärme Ihnen schnell Ihre Portion auf«, sagte Hedda mit einladender Geste. Sie trug ein Dirndlkleid mit großem Ausschnitt, in dem es nur so wackelte. Und ihre Beine erst: lang, sooo lang. Kati sah genau aus wie ihre Mutter, nur eben jünger, weniger reif.

Ihr blöder Spruch schlich sich in meine Gedanken: »Hose runter, Beine breit, das ist mein schönster Zeitvertreib.« Kaum zu glauben, dass Kati sich so verändert hatte.

Bevor wir ins Haus gingen, genoss ich kurz den Ausblick. Im Süden lag eine nach einer Sturmflut sich nun regenerierende, abgesperrte Sandzone mit Neubepflanzung. Dahinter verdeckte eine schützende Dünenkette teilweise die glitzernden Wellen der Nordsee. Himmel, Sand und Meer, das war Sylt pur! Unterhalb des Hauses stand ein sonnengebräunter, muskulöser Mann und winkte kurz zu uns hoch. Dann arbeitete er wieder an dem zum Meer führenden Holzsteg. Kati und ich gingen durch den mit rotem Ziegelboden ausgemauerten Flur und betraten die Küche. Hedda hantierte am Gasherd. Sie erhitzte eine mittlere Bratpfanne und füllte sie mit braunroter Kartoffelpampe. Wir setzten uns in die rustikale Essecke aus Eichenholz. An den mit blau-weißen Holland-fliesen gekachelten Wänden hing blank geputztes, antikes Kupfergeschirr und ein alter Stich von einem Schloss. War das der Stammsitz der Familie? Die Mutter brachte mir Besteck, den dampfenden Labskausteller und ein Glas Bier.

Auf den aufgetürmten Brei legte sie zwei süßsaure, dunkelgrüne Gurken und klatschte ein Spiegelei obendrauf. Der Seemannsfraß schmeckte spitze. Hedda entschuldigte sich und verschwand diskret. Kati erzählte mir nun von ihren ersten Ferienwochen, von langen Badetagen am Strand, schweißdurchtränkten Tanznächten in der Disco, vom Promirummel im Dorf und den vielen Abenteurern unserer Altersgruppe, die für Übernachtung, Essen und Taschengeld in Backstuben, Hotels oder Nachtklubs jobbten. Ich trank ein zweites Bier, diesmal direkt aus der Flasche, die ich mit nach draußen nahm, als wir, nur ein paar Schritte vom Haus entfernt, mein kleines Zweimannzelt aufstellten. Beim Aufbau merkte ich, dass zwei Stangen fehlten. Der Zeltsack hatte vorher Monate im für alle zugänglichen Keller meiner neuen Bleibe gelegen. Irgendjemand hatte die Stangen wohl geklaut. Was nun? Kati rief zum Holzdeck hinunter.

»Georg, helfen Sie uns bitte!«

Der freundliche Mann kam sofort zu uns, sah sich das Problem an und zwinkerte Kati vielsagend zu. Er holte zwei solide Holzleisten von der Baustelle, ergänzte damit die Träger und half mir, die Plane aufzustecken. Kati stellte mir den Mann als den begabten Dorfschreiner Georg vor und küsste ihn auf die Wange. Ich bedankte mich höflich bei ihm. Er grinste komisch und verschwand wortlos.

Wir räumten meine Sachen ein, schlossen das Autoverdeck und setzten uns im Westwindschutz des Hauses in einen alten, schmuddeligen Strandkorb. Kati ging ins Haus, um sich ein Glas Rotwein zu holen, während ich zufrieden an meiner Buddel nuckelte. Als sie wiederkam, setzte sie sich auf meinen Schoß, was mich sofort anmachte. Als ich ihr an die Bluse ging, schob sie sanft meine Hand beiseite. »Später, Liebling«, hauchte sie. Kurz darauf setzten sich ihre Eltern zu uns, und der Baron erzählte schon leicht angesoffen, wie er seine Frau kennengelernt hatte und gleich von der Idee besessen war, mit ihr »wertvollen, blonden, blauäugigen Nachwuchs« fürs Vaterland zu zeugen. Als er zu schlüpfrig wurde, hielt Hedda ihm einfach den Mund zu und zog ihn mit sich ins Haus hinein. Sie schob ihn aufs Sofa, und wir hörten schon bald sein lautes Schnarchen.

»Jetzt schläft er wie ein Toter und lässt uns in Ruhe. Es wird etwas kühl, ziehen wir uns doch Pullover über. Was hältst du von einem Spaziergang zum Hafen hinunter?«, flüsterte Kati. Wir räumten die Sachen ins Haus und Minuten später marschierten wir eingehakt auf der Sandpiste Richtung Marktplatz. Eine warme Sommernacht, die Durst machte. Wir guckten in ein paar lärmende Touristenkneipen hinein, tranken und aßen etwas und kehrten weit nach Mitternacht wieder zurück. Ich hatte ganz schön einen sitzen. Als wir einsam durch die Dünen spazierten, küsste ich sie und spielte mit ihren Brüsten. Erregt wie ein Rammler drückte ich sie auf die sandige Dünenwand, zog ihren Rock hoch und das Höschen runter. Dann liebten wir uns leidenschaftlich. Aber es dauerte nicht lange, dann war bei mir der Ofen aus. Sie zischte verächtlich:

»Ein Zweiminutenquickie? Du Schlappschwanz! Richtige Männer wissen, wie man eine Frau befriedigt und glücklich macht.« Kati zog sich an.

»Etwa Kowalski?«, fragte ich verletzt.

»Lächerlich. Nein, ich sagte nicht halbstarke, sondern richtige Männer!«

»Euer Briefträger?«

Sie ohrfeigte mich und schrie: »Georg, der Schreiner. Achtunddreißig Jahre. Ein richtiger, ausgewachsener Kerl. Muskulös und kein Gramm Fett am Körper. Der hat 'nen kräftigen Hahn und kann damit zaubern. Häng du dich besser auf.«

Ich stand gedemütigt als Superloser da. Sie rannte ins Haus. Ich hielt sie nicht auf, fühlte mich wie tiefgefrorene Scheiße. Irgendwann erreichte ich mein Zelt, fiel besoffen in den kalten Schlafsack und schlief sofort ein.

Am nächsten Morgen herrschte ein richtiges Sauwetter! Es regnete, und eine Ecke im Zelt war voll Wasser gelaufen. Ich erinnerte mich Katis schmerzender Worte in der vergangenen Nacht. Mir war zum Kotzen, wenn ich an die Demütigung dachte. Trotz verschiedener Erfahrungen mit dieser Art Reaktion von Kati verzieh ich Idiot ihr immer wieder. Ihre äußere makellose Schönheit war für mich zugleich Spiegelbild der inneren. So wollte ich sie einfach sehen. Ich sah alle jungen Mädchen so! Dass sie genauso hinterlistig, rücksichtslos, machtgierig, anmaßend, hemmungslos, berechnend, herrschsüchtig und betrügerisch sein konnten wie Männer, ging mir einfach nicht in die Rübe rein.

Ich nahm meinen kleinen Handkoffer, lief zum Auto rüber und fuhr einfach los. Richtung Norden. Der Gedanke daran, wie der kräftige Georg es ihr gekonnt besorgte, machte mich wütend auf sie und auf mich selbst. Zugleich erregte mich dieser Gedanke aber auch ...

War ich einer Hexe verfallen?

Als ich am frühen Nachmittag im Kampener Gogärtchen ankam, schien wieder die Sonne. Ich fand einen Parkplatz und schaute mir die vielen Sportwagen an: ein Mercedes 300 SL, mehrere Porsche, Jaguar E ... und mein Traum, ein offener Rolls-Royce Corniche. Weiß mit beigem Leder.

»Der gehört dem jungen Krupp«, sagte jemand neben mir und lachte laut auf. Ich staunte nicht schlecht, denn es war Miro Schulte.

»Teufel, Miro, alter Junge, was machst du auf Sylt?«

»Jobben und 'n bisschen Ferien. Ich arbeite im Hotel Atlantik, jeden Abend bis elf, als Tellerwäscher. Hier, riech mal.«

Er kam ganz nah mit dem Oberkörper heran. Ich schnupperte.

»Du stinkst furchtbar nach Fisch.«

»Bingo. Das Restaurant ist bekannt für seine köstlichen Fischgerichte. Allerdings ist Helgoländer Hummersuppe die Spezialität des Hauses. Halbtagsjob. Freie Unterkunft mit Essen und zehn Mark den Tag Löhnung.«

»Halbtags, nicht schlecht, da ist die Nacht noch jung und du kannst Weiber anmachen. Schläfst bis in die Puppen und liegst den ganzen Nachmittag am Strand. Glückspilz.«

Er strahlte und sagte: »Sorgloses Playboyleben auf Sylt. Die Schönheiten der Nordseeinsel, Natur pur und endlos lange die weiblichen Reize genießen. Ohne Protz-Rolls-Royce. Auf so was kann ich wirklich verzichten. Diese jungen Angebertypen hier haben alle etwas gemeinsam: Sie haben nicht für ihre Luxusschlitten gearbeitet. Den hat der reiche Papi bezahlt.«

»Nicht unbedingt, Miro. Selfmademen sind bestimmt auch dabei. Berühmte, erfolgreiche Macher, die von unten kamen, gibt es genug, denk nur an den Onassis. Oder an unseren Sänger. Der hat auch ohne einen Pfennig angefangen und rast zurzeit in den Erfolgszenit.«

Er lachte mich aus.

»Träumer, wenn du dich da mal nicht irrst. Sänger ist ein König der Schlauheit und List. Der expandiert so aggressiv, als hätte er Multimillionen im Rücken. Doch irgendwann, wenn der ganz oben ist, werden ihn seine Konkurrenten demaskieren. Da wird Klein-Bernie doof gucken, wenn seine heilige Kuh geschlachtet wird. Und der Onassis, der ist Sohn einer sehr vermögenden Familie und hat dann wie ein Mafioso sein Imperium zusammengerafft. Er soll über Leichen gehen, heißt es.«

Der weise Schulte. Ein unverbesserlicher Besserwisser. Wie weit würde er wohl kommen mit seinem Anstand und seiner Fairness?

»Miro, was ist wirklich wichtig im Leben?«

»Ganz einfach: Ich halte nichts von Kirchen. Die Großkirchen sind zu unkontrollierbaren, menschenverachtenden Macht-Konglomeraten gewuchert. Für mich zählt nur die christliche Grundidee, an die kann man sich halten. Sie ist meine Basis. Es fängt mit den Zehn Geboten an und dazu setze ich mir, in diesem orientierungslos scheinenden Universum, meine Grundsätze, die etwas mit Lebensqualität zu tun haben: Würde, Anstand, Liebe, Aufrichtigkeit!«

Wie recht er doch hatte, aber gesagt ist so etwas immer leicht ...

Wir fuhren zum Lister Hafen. An einer kleinen Fischbude aßen wir frische Nordseekrabben mit Butterbrötchen und knusprige Fischfrikas. Möwen umkreisten uns, Krabbenkutter tuckerten durchs Wasser und hunderte Urlauber um uns herum freuten sich des Lebens. Es wurde ein richtig schöner Urlaubstag. Ich brachte Schulte zur Arbeit, bummelte noch auf der Westerlandmeile herum, aß ein deftiges Aalbrot in einem Stehimbiss und fuhr später, als es dunkel wurde, zurück Richtung Süden. Im bekannten Aufreißerschuppen Aalreuse tanzte ich mit zwei molligen Hamburgerinnen, die mindestens zehn Jahre älter waren als ich, bis zum frühen Morgen.

Ich erwachte, als mir jemand behutsam den Bauch streichelte, sanft mit der Zehenspitze und einem zärtlichem: »Raus, du Penner!«

Ich öffnete langsam die Augen, um nicht von der hochstehenden Sonne, die durch die aufgeschlagene Eingangsplane knallte, geblendet zu werden. Kati stand lächelnd vor mir. Barfuß im schneeweißen Morgenmantel.

»Duschen und reinkommen. Es gibt Zwiebeltartarbrötchen und Kaffee«, kommandierte sie.

Als sie verschwand, zog ich mir die restlichen Klamotten aus und trat nackt vor das Zelt.

Es versprach ein toller Tag zu werden: Warm, kein Wind, schreiende Möwen, um mich herum die Sylter Dünenlandschaft mit den geflochtenen schwarzen Reisigbefestigungen, Dünengrasbüschel und dazu das wunderschöne, weißgekalkte Reetdachhaus und das Meer. Ich ging zur Außendusche des Hauses, stellte mich auf das hölzerne Ablaufgitter und drückte den Wasserhebel. Mit beißender Kälte schoss der Wasserstrahl aus der Düse. Ich dachte, ich würde sterben, mein Herz jeden Moment stillstehen. Sekunden später sprang ich zitternd aus der Dusche und hechtete zum Zelt zurück. Dort frottierte ich mich bibbernd mit meinem extragroßen Strandtuch ab und rollte mich darin ein. Der Kältegriff lockerte sich. Ich fühlte mich stark, wach und mein Kopf wurde klar wie lange nicht mehr. Dann zog ich die Badehose an, glättete die Frisur und ging ins Haus. Kati deckte gerade den Tisch – nur für eine Person, für mich. Mein Herz jubelte. Natürlich vergaß ich sofort meinen Hass.

Lass sie doch in der Gegend herumficken, dachte ich mir. Gleichberechtigung ist angesagt. Ich würde es genauso machen! Die nächstbeste Gelegenheit ergreifen und eine hübsche, willige Braut flachlegen. Klar doch.

Nach dem Frühstück marschierten wir beide mit Handtüchern und Picknickkorb bewaffnet den kurzen Weg zum FKK-Strand. Von der letzten Sanddüne aus hatten wir eine atemberaubende Aussicht auf den endlosen, weißen Sand der Sylter Südspitze. Glasgrüne Wellen mit kleinen weißen Schaumkronen rollten heran. In der Ferne sah ich eine Insel. Föhr? Amrum? Es war windig, aber angenehm, weil über dreißig Grad warm. Das stand mit Kreide auf der Schiefertafel des Bademeisters geschrieben. Der saß lässig mit Strohhut und Sonnenbrille auf halber Höhe der Holztreppe und rauchte einen Zigarillo. Kati, die er gut kannte, begrüßte er mit einem theatralischen Luftkuss und musterte mich dabei mit gequälter Miene. Sie sagte nichts, grinste aber frech und kraulte ihm beim Vorbeigehen leicht den Hinterkopf. Sie steuerte eine große, leicht verwehte Sandburg an. Auf der stand aus Muschelschalen gelegt »Katis Castle«.

»Als praktisch Einheimische zahlen wir weder Kurtaxe noch Strandkorbgebühren, und diese Sandburg ist traditionell unser Gebiet. Seit über dreißig Jahren. Das wird von den Hörnumern respektiert.«

Wir stiegen in die ausgebuddelte Vertiefung und breiteten die beiden Badetücher auf dem zur Sonne zeigenden Rand aus. Kati zog sich lässig den Bikini aus. Oh Schreck! Ich war noch nie zuvor an einem Nudistenstrand gewesen.

»Zieh endlich deine Hose aus, damit die Welt einmal sieht, womit du mich beglücken möchtest. Klein und mickrig«, lästerte sie gehässig und lachte auf. Das Ausziehen wäre ja nicht so schlimm gewesen, aber ich fühlte schon den Start einer Erektion. Peinlich! Da stand sie, diese nahtlos braune Hexe mit ihren prallen, nach oben gerichteten Brüsten und dem stark behaarten, blonden Venusberg, aus dem zarte Schamlippen lockten. Ich zog blitzschnell die Hose aus und legte sie mir so auf meinen aufgerichteten Schwanz, dass er nicht zu sehen war. Dabei blickte ich hinaus aufs Meer und dachte an einen Eisblock. Guckte durch die herumlaufenden nackten Schönheiten mit ihren herrlich wippenden Brüsten hindurch, dachte angestrengt an einen Eisblock und bekam die Erregung tatsächlich im Nu runter. Ich war selbst überrascht.

In unserem Picknickkorb lagen mindestens sieben Sandwiches.

»Bisschen viel Futter«, stellte ich lapidar fest.

»Meine Mutter kommt später nach«, sagte Kati und zündete sich eine Zigarette an. Sie reichte mir die Packung. Ich lehnte ab, weil ich mit dem Rauchen aufhören wollte.

Sie legte sich nach hinten und schnurrte zufrieden. Ich machte es mir ebenfalls bequem. Dann streichelte sie mir heimlich den linken Oberschenkel.

»Lass das. Was sollen die Leute denken«, sagte ich und rutschte zur Seite. Sie lachte sich schief. Wir sprachen über unsere Schulzeit und über Zukunftspläne, trauten uns aber noch nicht an gemeinsame Pläne heran.

Dann kam Hedda in unsere Burg. Der Auftritt einer Königin! Mit einem indonesischen Reisbauernhut, im grünen Einteiler, umhüllt von einem flatternden, durchsichtigen Sonnenumhang tänzelte sie heran.

»Hallo, ihr Lieben«, flötete sie, legte den Umhang ab, öffnete die Nackenschleife ihres Badeanzugs, sah mich kurz an und zog ihn runter. Ihre Riesenbrüste mit rostfarbenen, übergroßen Brustwarzen knallten mir buchstäblich ins Gesicht. Ruckzuck lag der grüne Badeanzug im Sand und ich sah ihren braunen, durchtrainierten Körper, zu dem wunderbar ihre blonden Haare kontrastierten.

Sie lächelte süß und musterte mich spöttisch. Natürlich hob ich ab.

»Oh, diese begehrenswerten Schönheiten! Mutter und Tochter, beide Traumblondinen. Das haut mich um. Ich gebe es ja zu«, stöhnte ich und drehte mich auf den Bauch. Beide lachten.

»Was machen Sie eigentlich beruflich, lieber Bernd?«, flötete die Mutter.

»Ich bin Reporter. Lesen Sie Deutschlands aufregendste Tageszeitung, die *Billig-Zeitung,* gnädige Frau?«

Sie verzog angewidert ihr hübsches Gesicht und zischte mit abweisender Handbewegung:

»Das tu ich mir nicht an. Ich habe eine feste Vorstellung von Ehre und Anstand.«

Dabei öffnete sie leicht die Oberschenkel. Wo sollte das denn hinführen?

»Ich bin dort Chefreporter mit 'nem guten Gehalt. Ein spannender Traumjob«, stotterte ich.

Kati, die ihre Alte kannte, griff ein. »Er ist mit der Frankfurter Gesellschaft und dem internationalen Jetset auf Du. Kennt sie alle persönlich, von Romy Schneider bis zum Banker Abs. Er ist für die Promiseiten verantwortlich.«

Hedda von Traber hielt einen Kosmetikspiegel in der linken Hand und malte mit der rechten ihre Lippen mit einem kirschroten Lippenstift nach. Gott, was für ein Traumweib. Sie und ich im Bett. Ich stellte mir gerade vor ... Da riss mich ihre Antwort aus meinem süßen Traum.

»Klatschreporter nennt man so was, mein Schatz. Junger Mann, kann man in diesem Job noch höher kommen? Chefredakteur? Herausgeber?«

»Ich denke doch. Ich bin noch jung und kenne mich in dem Geschäft aus.«

»Sind Sie Akademiker?«

Ich schüttelte den Kopf.

»Abitur?«

»Nein, aber durch harte Arbeit bin ich bisher ziemlich weit aufgestiegen. Das wird auch so weitergehen, schließlich will ich noch mehr!«

Sie nahm gelangweilt eine Sonnencremeflasche, drückte sich auf jede Hand einen beigen Klecks, verschloss die Flasche, legte sie in ihre Tasche zurück und begann, sich im Gesicht einzucremen. Als sie an ihre Brüste kam, sah sie mich streng an und sagte:

»Ich glaube an den Miracle-flash, der jedem irgendwann in seinen ersten dreißig Jahren einen kurzen Moment lang die größte Chance seines Lebens gibt. Die persönliche Chance, ein totaler Gewinner zu werden und das für die eigenen Fähigkeiten höchste Ziel zu erreichen. Jeder hat diesen von Gott gegebenen Glücksmoment. Jeder! Diese Sekundenchance darf man nicht verpassen. Darum muss man sich ununterbrochen auf allen Wissensgebieten schulen, um stets reif und fähig zu sein, den Moment rechtzeitig zu erkennen, zu ergreifen und zu meistern. Haben Sie Ihren schon gehabt?«

Scheiße! Der Spruch war mir neu! Ich hatte nie vorher von so einem Flash gehört und grübelte fieberhaft über eine coole Antwort nach.

»Mit der Schulausbildung ist es bei mir nicht so gut gelaufen, okay. Aber ich bin an einer guten Karriere dran und hab Ihren Miracle-flash noch nicht erlebt. Bis zum dreißigsten Lebensjahr sind es noch ein paar Jahre. Aber ist das, was für viele andere gut sein soll, unbedingt gut für mich? Ich glaube an die Urtiertheorie. Alles wird uns, ohne dass wir es beeinflussen können, über unsere Nabelschnur weitergegeben: Bestimmung, Energie und Endplattform.«

Sie gähnte, hielt aber ihr süßes Mäulchen etwas erstaunt offen. Hatte ich ihr was Bizarres, Neues für ihren Bridgenachmittagsklatsch erzählt?

»Urtier ... Urtiertheorie? Haha! Sie fahren aber dicke Geschütze auf. Habe ich nie von gehört. In welchem Urwald kann man es besichtigen? Mein junger, spinnerter Lebensberater«, sagte sie schnippisch und legte sich auf den Bauch. Kati cremte ihr nun die Rückseite ein. Als sie beim festen kleinen Po ihrer biestigen Mutter angelangt war, sagte ich: »Es ist überall, wo wir sind. Es ist in uns und wir sind Teil von ihm, dem einzigen gigantischen menschlichen Lebewesen, das existiert. Bei unserer Geburt wurden wir von dem abgenabelt, der vorher von seiner Mutter abgenabelt wurde, und so weiter. Das geht zurück bis in die Urzeit, als Adam, das erste abgenabelte Urtier, sich mit Eva vereinigte. Ja, das war der Start des Urtierprogramms, das sich bis heute fortsetzt. Ich folge also einfach naturgemäß seiner, meiner inneren Stimme: meinen Träumen und Ahnungen, dem Urauftrag, instinktiven Gelüsten. Also wenn Sie mit Ihrem Miracle-flash recht haben und ich Sie, gnädige Frau, schwängern würde, dann würde, rein theoretisch betrachtet, der absolute Einklang dabei herauskommen können: die Idealkombination aus Miracle-Kind mit Urtierkraft. Weil wir beide vorher das Beste aus unserem rechtzeitig geouteten Miracle-flash gemacht haben. Wie gut haben Sie eigentlich Ihren Moment angelegt, was haben Sie daraus gemacht?«

Sie drehte sich schweigend, mit bösem Blick herum, stand auf, knallte mir eine und rannte nackt hinaus in die tobenden Wellen.

»Das saß. Sie hat doch ihren Miracle-flash verpasst. Seit Jahren höre ich mir ihr Gejammer an. Als sie neunzehn war, machte ihr ein kleiner, unbedeutender Volksschullehrer einen Antrag, und sie gab ihm den Laufpass. Er ist danach in die Politik gegangen und nun Minister in Bonn. Und obendrein dreißig Jahre jünger als Paps«, johlte Kati und bewarf mich mit Sand.

Am nächsten Vormittag waren die von Trabers bei einer Vernissage in Kampen eingeladen. Weil ich bis spät in die Nacht mit Kati unterwegs war und im Mondschein später noch eine halbe Flasche Gin gesoffen hatte, schlief ich ewig lange. Von Kopfschmerzen und Übelsein aufgeweckt, rannte ich halbtot mit 'nem Brutalo-Affen direkt zum Strand rüber. Dort angekommen, schmiss ich die Badehose in die Sandburg und lief ins aufgepeitschte Meer. Schwamm, bis ich so richtig durchgefroren war, in den salzigen, schäumenden Wellen. Danach gönnte ich mir ein wärmendes Sonnenbad. Als ich mich besser fühlte, schlüpfte ich in meine Jeans und in ein modisches Che-Guevara-T-Shirt und ging zum legendären Rüm-Hart. Ich blickte durch die beflaggte Dünenlücke, und da sah ich es: Reetdach, gekalkte weiße Wände und ringsherum weit verteilte neue Promivillen. Ich setzte mich auf die mit roten Ziegeln gepflasterte Außenterrasse und bestellte mir Frühstück mit frischen Brötchen, Rührei und Rollmops. Es wehte ein frischer Nordseewind, und die Sonne brannte an diesem Tag stark. Erste Wolkenfetzen am Himmel kündeten allerdings einen nahenden Sturm an. Ich rückte meinen strohgeflochtenen Friesenstuhl eng an die windgeschützte Fassade und genoss mein Katerfrühstück. Von hier aus konnte ich in das Ladengeschäft mit den köstlichen Torten und Kuchen sehen, aber auch die gesamte Terrasse überblicken. Unterhalb meiner Position befand sich ein aufgekipptes Kellerfenster, das mir den Blick freigab auf einen langen Konditortisch mit vielen Messern, Blechformen und in Kesseln lagernden Creme-, Teig- und Füllungsmassen sowie auf etliche fertige Torten.

Der Parkplatz füllte sich allmählich mit sehr noblen Karossen. Ich trank gerade meine zweite Tasse, als ein Original 300 SL Cabrio heranbrummte. Ein sportlich wirkender schlanker Mann um die fünfzig stieg aus dem Wagen. Zur weißen Leinenhose trug er ein weißes Hemd und eine weiße Lederjacke, an seinem Arm glitzerte eine wertvolle goldene Rolex. Er hatte gepflegtes graues Haar und sah aus wie ein Multimillionär oder ein internationaler Playboy. Alle starrten ihn neugierig an. Er setzte sich an einen freien Tisch in meiner Nähe und schlug die Beine übereinander. Echte Krokoschuhe! Ein Mann mit Lebensart, der sich Stil und Qualität etwas kosten ließ. Über hochwertige Kleidung hatte ich mir bislang keine Gedanken gemacht, aber ich war ehrlich beeindruckt. Der Mann bestellte sich ein Glas Pommery und faltete in aller Ruhe eine Zeitung auseinander, die er sich mitgebracht hatte. Mir fiel beinahe die Tasse aus der Hand, denn es war unsere *Billig-Zeitung!* Er begann zu lesen und nippte gelegentlich an seinem perlenden Schampus. Der konnte bei Gott kein kluger Kopf sein. Ich war erschüttert, denn wieder einmal zeigte sich, wie sehr sich auch erfolgreiche Macher in der Öffentlichkeit bloßstellen konnten. Sie lebten in Saus und Braus, oft über ihre Verhältnisse, wollten wie Gewinner wirken, und dann lasen sie in der Öffentlichkeit eine solche Loser-Zeitung, stellten sich damit ein geistiges Armutszeugnis aus.

An den Nebentisch setzten sich zwei vielleicht siebzehnjährige Mädchen und starrten mich grinsend an. Ich fühlte mich angesprochen und startete einen leichten Flirt.

»Sie sind ja noch gar nicht braun, meine Damen. Gerade angekommen?«
Die beiden schwarzhaarigen Teenager sahen erst sich erstaunt an, dann mich
und dann lachten sie los.

Die Bedienung servierte ihnen die bestellten Eisbecher. Die Mädchen
sagten nichts, übersahen mich, als wäre ich der allerletzte Penner. Sie schlugen
sich ihre süßen Mäulchen mit dem leckeren Schmand voll und flüsterten sich
irgendwas zu. Dann lachten sie wieder schallend los.

»Ich dachte, dass ein armer Künstler wie ich vielleicht auch einen Löffel
voll abkriegen könnte«, versuchte ich es noch einmal. Keine Reaktion. Sie
lachten und schluckten. Ich gab auf und träumte bald ein wenig vor mich hin.
Aufgrund des Restalkohols in meinem Körper wäre ich beinahe eingeschlafen.
Der Lärm ihrer rückenden Stühle schreckte mich auf. Die beiden Grazien
waren aufgestanden, um das Café zu verlassen. Sie packten ihre Badetaschen
und eine rief mir zu: »Adieu, Sie altes Ferkel!«

Kichernd verließen sie die Terrasse. Sah ich wirklich so schlimm aus? Okay,
unrasiert, ich strich über meinen Zweitagebart, aber das war nun wirklich
nicht so schlimm. Ich stoppte meine Überlegungen, als ich meinen offenen
Hosenschlitz sah. Oh Gott, ich hatte die Badehose am Strand vergessen. Schnell
zog ich den Reißverschluss hoch und gab mich bald wieder dem entspannten
Dösen hin. Ich dachte an Kati und ihre Mutter, ja, besonders an die knackige
Alte. Und wenn man vom Teufel spricht ... in diesem Moment betrat sie die
Terrasse und ging schnurstracks in den Konditorladen hinein.

»Ich möchte meine vorbestellte Rumsahnetorte abholen. Traber, von Traber
ist mein Name«, hörte ich sie und sah, wie sie ihr Portemonnaie hervorfummelte.

»Einmal Rumsahne für von Trapper«, brüllte die Verkäuferin die Keller-
treppe hinunter.

Durch das Kellerfenster beobachtete ich von der Terrasse aus, wie sich ein
weiß gekleideter Blondschopf die mit halben Erdbeerstückchen und Pralinen
dekorierte Pracht schnappte und Richtung Treppe verschwand. Sekunden später
tauchte er mit einem Siegerlächeln im Laden auf und wollte Hedda stolz die
Torte vor die Nase halten. Dabei übersah er leider ein weißes Kabel, das einen
rotierenden Bodenventilator mit Strom versorgte. Er stolperte und die Torte
flog quer durch den Raum. Sie klatschte am Eingang auf den Fliesenboden
und verformte sich zu einem riesigen, weißen Spiegelei mit braunem Dotter,
bedeckt von Erdbeer- und Schokofragmenten.

»Autsch«, schrie der blonde Konditor und sah sich verunsichert um.

»Tollpatsch, linkischer«, knurrte die zornige Hedda entrüstet, stolperte geschockt auf das Unglück zu und blieb dann stumm stehen.

»Nichts anrühren, um Gottes willen! Rufen Sie den Chef hoch«, kommandierte eine ältere Verkäuferin. Der junge Unglücksrabe drehte sich auf der Stelle um und raste in den Keller zurück. Aus der Luke hörte ich, wie er dem Chef sein Pech beibrachte. Der sagte gar nichts, gab ihm wortlos eine Kopfnuss und schnappte sich ein gigantisches, an der Spitze abgerundetes Tortenmesser. Er hastete die Treppe hoch, hinein in den Verkaufsraum. Der immer noch fassungslosen Hedda strahlte er ins Gesicht.

»Sie haben Glück, liebe Frau von Traber. Wir haben unten noch eine fertige Reservetorte. Bring ich Ihnen gleich hoch. Aber zuerst beseitigen wir mal unser kleines Malheur.«

Wie ein erfahrener Stuckateur kratzte er mit zwei, drei Messerbewegungen die zermantschten Tortenreste vom Boden zurück auf die Tortenplatte und verschwand Richtung Keller. Ich sah dort unten keine zweite Rumsahne, nur drei Schwarzwälderkirsch und einen einsamen krümelrandigen Käsekuchen. Dazu noch fruchtbedeckte Tortenböden und gefüllte Streuselkuchen. Merkwürdig. Beeindruckt beobachtete ich durch das Kellerfenster, wie der Chef den Tortenbodenbruch von der angeschmutzten Sahne befreite und auf eine frische, unbenutzte Platte setzte. Ein, zwei Löcher stopfte er sorgfältig mit Biskuitresten, die er einer Schüssel entnahm. Dann klatschte er die brauchbare Sahne aus dem heruntergefallenen Klumpatsch obendrauf und formte daraus ruckzuck eine perfekte neue Torte. Die Oberfläche bestrich er mit einer braunen Creme und setzte neue Nuss- und Pralinenstücke darauf. Mit einer Sahnespritztüte veredelte er das Meisterwerk sekundenschnell durch eine aufgesetzte Rankendekoration. Das Ganze dauerte höchstens drei Minuten. Der Konditor rückte seine weiße Mütze zurecht, griff sich schmunzelnd die Tortenpracht und präsentierte sie der dankbaren Kundin oben. »Spezialausführung mit Sahneblumen. Für Sie zum Normalpreis, gnädige Frau«, flüsterte er fast untertänig, mit einer tiefen Verbeugung. Die Baronin ließ sich das Kunstwerk in einen schützenden Karton einpacken, den die Verkäuferin noch mit einer goldenen Samtschleife schmückte. Klack, klack, klack ertönten Heddas hohe Absätze und ich starrte gebannt auf ihren knackigen Hintern, als sie eilig den

Laden verließ. Mein Gott, war ich inzwischen scharf auf beide – auf Tochter und Mutter? Ich musste grinsen.

Am späten Nachmittag schlenderte ich zum Haus zurück. Schon am Eingang roch ich den frisch gekochten Kaffee. In der Küche traf ich Hedda. Sie erzählte mir, dass Vater und Tochter in Westerland etwas zu erledigen hätten und erst gegen Abend zurückkommen wollten. Bevor ich die Küche verlassen konnte, knallte sie zwei überschwappende Kaffeetassen auf den Tisch. Ich war festgenagelt und setzte mich höflich hin. Sie trug ein hautenges rosa Leinenkleid – und bestimmt nichts darunter, da war ich mir sicher. Hedda setzte sich zu mir auf die Bank, so nah, dass ich die Wärme ihres Schenkels spürte.

»Schlafen Sie mit meiner Tochter?« Ihre Augen glitzerten gefährlich.

Ich griff meine Tasse, versuchte cool zu bleiben. Mein Gehirn arbeitete auf Hochtouren. Ihre Brustwarzen drückten sich durch den Leinenstoff ihres Kleides und ich guckte ungeniert in ihren großzügigen Ausschnitt. Ruhig nahm ich den ersten Schluck und schaffte es tatsächlich, die Tasse ohne zu zittern zurückzustellen.

»Was würden Sie gerne hören?«

»Wie oft Sie es mit ihr treiben natürlich. Hoffentlich geschützt?«

»Gnädige Frau, ich liebe Kati. Ich möchte sie heiraten. Machen Sie das bitte nicht kaputt!«

Die Hexe lächelte, legte beide Arme um mich und kam mir mit ihren Lippen sehr nahe. Scheiße! Ich konnte nicht widerstehen und küsste sie. Heddas wilde Zunge drang zwischen meine Lippen. Sie ließ sich rückwärts auf die Bank fallen. Wahnsinn! Doch die heiße Verschmelzung dauerte nur einige Sekunden. Ich hätte sie gerne genommen. Sie wollte! Ich war mir sicher. Ihr Kleid war weit nach oben gerutscht, sie lag total entblößt da. Meine Pumpe hämmerte, aber ich behielt in diesem Moment einen klaren Kopf. Das habe ich mein ganzes Leben bereut. Taumelnd stand ich auf und ließ sie einfach so liegen. Mit weit geöffneten Schenkeln.

In Panik rannte ich hinaus in mein Zelt, griff mir meinen Flachmann mit Doppelkorn und lief in die Dünen, die im rötlichen Licht der untergehenden Sonne aufragten. Hedda schrie mir voller Wut hinterher: »Du feiger, impotenter Wurm. Bist du nicht Mann genug? Meine Tochter wirst du niemals kriegen.

Erbärmlicher Domestik! Vergiss deinen niedrigen Stand nicht. Schlag dir Kati aus den Kopf!«

Ich elender Dummbart! Wie hatte mir das passieren können? Hätte ich ihre Annäherung akzeptieren und sie nehmen sollen? Nein. Es war richtig, mich aus ihrer heißen Umklammerung zu reißen. Allerdings machte sie das zu meiner ewigen Feindin. Wütend stapfte ich die letzte Hügelkette hinauf und legte mich hoch über der krachenden Brandung in den Sand, trank mir einen starken Affen an und hasste diese bösartige Welt.

Ich wurde wach, weil ich heftig fror. Ein Blick auf die Uhr sagte mir, dass es bereits sechs Uhr am Morgen war. Neben mir lag die leere Flasche. Ich rutschte die steile Böschung hinunter, holte mir meine Badehose, die noch in der Sandburg lag, und duschte eiskalt an der Süßwasseranlage. Ich zog meine Hose an und ging auf dem Holzsteg zum Haus zurück. Es war schon hell im Zelt, als ich eilig meine Sachen zusammenpackte. Schnell schmiss ich alles in den Wagen, demontierte mit ein paar Handgriffen das Zelt, stopfte es dazu und schrieb eine Notiz an Kati: »Bin heute in der Aalreuse.« Den Zettel legte ich auf den Boden und beschwerte ihn mit einer weißen Muschel. Als ich den Wagen startete und zur Straße hinunterfuhr, sah ich im Rückspiegel, wie Kati im Nachthemd aus dem Haus rannte und den Zettel fand.

Abends war ich der erste Gast in dem bekannten Aufreißertreff. Ich bestellte mir ein Bier und wartete nicht lange. Kati kam, umarmte und küsste mich.

»Brauchst mir gar nichts zu erzählen. Sie hat sich an dich rangemacht, und da bist du abgehauen, stimmt's?«

Ich nickte ernst und erzählte ihr, dass ich ein Zimmer im Rüm-Hart buchen könnte.

»Treffen wir uns jeden Morgen dort. Um zehn. Dann fahren wir an einen nördlichen, einsamen Strand, wo wir Mutter garantiert nicht über den Weg laufen, okay?«

Ich nickte stumm.

Am Wochenende, an unserem letzten gemeinsamen Ferientag, fuhren wir früh an unseren Strand südlich von Westerland. Wir ließen uns von der Sonne braten, lasen, quatschten über das Leben und kühlten uns in den grünen Wogen der Nordsee ab. Kati war schnell durchgefroren und verließ das Wasser. Ich paddelte in den Wellen herum und kam mit unserem Strandnachbarn ins Gespräch. Er war Zahnarzt, seit kurzem verheiratet und begeisterter Porschefahrer. Sylt pries er in den höchsten Tönen, vor allem das schicke Nachtleben. Er schwärmte von dem Jetset-Nachtklub Friesenkeller bei Kampen.

»Das ist ein ehemaliger Wehrmachtsunterstand. Den Bunker hat ein Künstler als urige Nachtbar ausgebaut. Das einfache Essen dort ist erstklassig, von einem Starkoch zubereitet. Köstliche, frische Meeresfrüchte und Fischspezialitäten. Und das richtige Publikum: die schönsten Frauen und dazu Playboys wie Sachs, Weyer, Münnemann, Eden oder der Schauspieler Horst Frank verkehren dort. In dem Laden prickelt es. Den dürfen Sie nicht verpassen! Wichtig ist die Aufmachung. Möglichst unrasiert und im Lumpenlook, am besten abgeschnittene Jeans und eine massiv goldene Kette um den Hals. Und Ihre Begleiterin so nackt wie möglich, hahaha!«

Am Abend fuhren wir zum Friesenkeller. Es war noch keine neun Uhr. Der Laden war bereits proppenvoll. Nur mit Mühe fanden wir einen Parkplatz. Ich betrat den niedrigen, ehemaligen Unterstand mit eingezogenem Kopf. Alle Plätze waren besetzt oder trugen Reserviert-Schilder. Ich ging zum Oberkellner und reichte ihm meine Visitenkarte.

»Chefreporter! Meine Hochachtung, Sir. Wir haben trotzdem nichts für Sie frei«, beschied er mich von oben herab und ließ mich einfach stehen, begrüßte ein paar ihm bekannte Gäste, platzierte sie an einem reservierten Tisch und sah mich blasiert an.

»Sie sind ja immer noch hier. Versuchen Sie nächstes Mal, telefonisch zu reservieren. Wir haben Hochsaison, da …«

»Behr, alter Freund! Und dazu mit einer hübschen Traumfrau! Setzen Sie sich an unseren Tisch!«

Ein bärtiger, ungepflegter Typ, der wie ein Penner aussah, rief mich zu sich.

»Leute, rückt mal zusammen!« Der Mann hatte eine Bierflasche in der Hand, war dunkelbraun gebrannt und saß mit acht oder neun Leuten am Stammtisch des Hauses.

»Zu Ihren Diensten, Herr Sänger«, sagte der Oberkellner unterwürfig und bat uns wieselnd an dessen Tisch.

Erst jetzt erkannte ich ihn. Der verheiratete Sänger saß da mit einer aufgedonnerten, höchstens zwanzigjährigen Blondine.

»Herr Sänger, Sie? Hier?« Sprachlos reichte ich ihm die Hand.

»Für dich heute: George«, grölte er. »Lieber Bernd, ich grüße dich! Herr Ober, eine Flasche Moët & Chandon und zwei Gläser für meinen Schweinemörder! Was macht das Frankfurter Rotlichtviertel?«

Sänger lebte nach dem Zukauf der zweitgrößten Tageszeitung Nordrhein-Westfalens inzwischen bei Düsseldorf. Er arbeitete seit einigen Monaten im Hochhaus der *Nordwest Allgemeine Zeitung* in unserer neuen Direktion.

»Ein Unruheherd, George. Die hübschesten Frankfurter Edelhuren vermissen dich. Sie fragen sich bereits: Will er nicht mehr oder kann er nicht mehr?«

Die Leute am Promitisch lachten schallend auf. Die Blondine an Sängers Seite küsste ihn tröstend, und er gab ihr einen Klaps auf den Po. Kati drückte sich auf die halbrunde Eckbank. Direkt in den weit geöffneten rechten Arm vom bestens aufgelegten Sänger, der nun beide kichernden Frauen an sich zog.

»George, eine seriöse Dame wie ich teilt keinen Mann. Finger weg«, sagte Kati.

»Schade, wo ich schon von 'nem flotten Dreier geträumt habe.«

Der Kellner brachte den Champagner und wir stießen auf Sängers Wohl an. Als ein Musikertrio mit lateinamerikanischen Tänzen aufspielte, sagte er zu Kati: »Wie war noch dein Name, meine Schöne?«

»Kati, mein Casanova.«

Er lachte und bat sie um einen Tanz.

»Darf ich sie dir für ein paar Minuten entführen?«, fragte er und ich nickte.

Wir blieben bis zum Morgengrauen in dem Schickerialaden. George und ich tanzten abwechselnd mit unseren Begleiterinnen, und in den Tanzpausen erinnerten wir uns aufgekratzt an unsere Anfangszeit, als die *Billig-Zeitung* noch ein kleines Blatt gewesen war. Beim Abschied versprach George Sänger mir im Suff beinahe seinen Kronprinzenposten.

Kati und ich hatten wunderschöne Tage und Nächte miteinander verbracht. Am Ende meines Urlaubs, an der Verladerampe des Autoreisezuges, stellten wir übereinstimmend fest, dass wir zusammengehörten.

»Ich glaube, wir sollten heiraten«, sagte Kati. Einfach so. Ich sah sie ungläubig an. Ihr Blick schweifte hinauf in den grauen Himmel. Sie wirkte sehr nachdenklich. Nach einem kurzen Moment lehnte sie ihren Kopf an meine Schulter und flüsterte:

»Heiraten. Alle Welt lässt sich heutzutage scheiden. Kann ich gar nicht verstehen. Wir sind schwache Menschen, mal gut und mal schlecht drauf. Man kann sich doch in Krisen aussprechen, darf nicht immer die Schuld beim Partner suchen. Meine Mutter sagt immer zum Vater: Alles Böse kommt von außen. Das bekämpfen wir gemeinsam. Recht hat sie. Meine Eltern haben sehr plötzlich geheiratet, weil Mutti schwanger war. Ihre Eltern haben Vater abgelehnt. Er sei ein Lebemann und alter Lustmolch, klagten sie, denn er war gerade geschieden worden und viel zu alt für Mutter. Aber er war wohlhabend und lebenserfahren. So konnte er seine junge Frau steuern, für das gemeinsame stabile Glück formen. Bei den beiden hat es oft gekracht, aber noch eine Scheidung ist Vater nie mehr in den Sinn gekommen. Mutter liebt das schicke Leben als Baronin. Träumt oft von jüngeren Männern. Da gab es bestimmt die eine oder andere Affäre. Aber Vater hat sich stets durchgesetzt. Jetzt, im Alter, werden die dreißig Jahre Altersunterschied zwischen ihnen zum Problem. Papi hat stark abgebaut. Oben im Kopf, physisch am gesamten Körper. Natürlich läuft unten seit Jahren nichts mehr. Das stellt ihre stabile Gemeinsamkeit auf eine harte Probe. Mutter ist halt schwach. Zu mir sagt sie wohlmeinend: Das Geheimnis einer glücklichen Ehe ist, dass man sich kennenlernt, wenn man jung und doof ist, die Welt noch nicht kapiert. Einfach blind an die Zukunft glauben, dann gemeinsam das Leben erfahren und meistern. Die Siege Arm in Arm feiern und die Schrecken Hände haltend durchstehen. Trotz der Schrecken weiter blind an das gemeinsame Glück glauben und daran arbeiten, dem anderen Kraft zu geben. Dann hält die Liebe bis ins hohe Alter.«

Ich schloss Kati wortlos in meine Arme und küsste sie.

DIE WOHNUNG

Ich arbeitete hart bis ins späte Jahr 1970 hinein. Meinen Sommerurlaub in Paris musste ich alleine verbringen, denn Kati ackerte an der pädagogischen Hochschule. Wir sahen uns nur selten, da sie alles auf die Zeit nach ihrem Diplom verschob. Im Herbst begann die Saison der Festlichkeiten, Wohltätigkeitsveranstaltungen, Festivals, Basare und Konzerte, alle gespickt mit viel Promirummel. Die *Billig-Zeitung* baute VIPs auf, killte sie oder schwieg sie einfach tot. Jeder, der eine gewisse Position in der Redaktionshierarchie erreicht hatte, fühlte sich als kleiner Gott, der sich anmaßte, über Entwicklungen, Trends und Personenimages zu entscheiden. Aus Überzeugung oder weil er ganz einfach geschmiert wurde. Bei mir traf beides nicht zu. Mir ging es verdammt gut, denn ich hatte mich zum großen Verdränger entwickelt.

An einem freundlichen, sonnigen Morgen fuhr ich zum Frühstück ins Café Schwille, parkte mein offenes Cabrio direkt vor den aufgeschobenen Glastüren und stolzierte ins Café. Plötzlich stand ich vor Miro Schulte, der gerade mit dem Messer sein Frühstücksei köpfte. Er saß in der Stammgastecke, direkt unter der Treppe zum Obergeschoss. Neben seinem Frühstück lag eine aufgeklappte Maobibel, in der er las. Als er mich bemerkte, legte er eine längs gefaltete Dollarnote als Lesezeichen in das Buch und klappte es geräuschvoll zu.

»Oh, wie symbolträchtig! Maos heilige Worte vom Kapitalistengott Dollar gestoppt«, lästerte ich.

»Setz dich zu mir, du korrupte Kapitalistensau«, grinste er. »Sammelst du Kräfte für deine Lügenmärchen, um eure eigene öffentliche Meinung in die Gehirne der Kleingeister zu pflanzen?«

Ich nickte nachdenklich und bestellte mir bei der vorbeieilenden Bedienung ein Brötchen, zwei Eier im Glas und dazu ein Kännchen Kaffee.

»Da liegst du gar nicht so falsch«, flüsterte ich. »Auch überregional läuft die gezielte, clever versteckte Generalmanipulation über die politische Richtung. In unserem Fall also rechtskonservativ. Ab und zu werden bei uns tatsächlich kurz vor Druckbeginn von oben Artikel rausgeschmissen oder radikal abgeändert. Der jeweilige Chef vom Dienst, regional oder überregional, muss so manche Nacht komplette Zeitungsseiten auf Linie bringen. Ideologische Neuorientierung, von unseren Vordenkern verordnet. Aber wir fahren diese Linie leider nicht allein, denn bei der Konkurrenz gibt es noch mehr von unserer Sorte.«

»Mach dir mal klar, Bernd, dass die letzten Jahre – nein, Jahrzehnte – kaum merklich einen neuen Deutschen geschaffen haben. Allein durch die Macht der Meinungsmanipulation. Boulevardblätter wie deines haben Schritt für Schritt mit einer raffinierten Gehirnwäsche der orientierungslosen Masse nach Hitler-Deutschland erklärt, wo es langgeht. Was gut und böse, groß und klein, wichtig und unwichtig ist. Ein von christlichen Werten getragenes Weltbild wird nun von unkalkulierbaren Monstern – wie Chefredakteur Gottlieb in München oder Verleger Sänger in Düsseldorf – bestimmt. Millionen kriegen es jeden Tag in ihre dusseligen Schädel gehämmert. Unterhaltsam aufgemacht, mit bunten Bildchen und Dummsprüchen. Billige Lebensweisheiten und schäbige Wertigkeiten, aber auch gefährliches Scharfmachen. Also: Meinungsbildung durch Verderben bringende Vordenker.«

Ich nickte betroffen.

Miro fuhr aufgeregt mit seiner Anklage fort.

»Ist es nicht schlimm, dass Millionen so blöd sind und sich jeden Morgen freiwillig diese Verdummungsdroge reinziehen? Wollen die nicht kapieren, dass sie nur Scheiße konsumieren, oder kapieren sie's tatsächlich nicht?«

Ich zuckte mit den Achseln und wusste nicht, was ich zu meiner Verteidigung vorbringen sollte.

»Es ist mir inzwischen durchaus klar, dass ich zum Helfershelfer irgendwelcher bösen Mächte werde.«

»Werde? Du bist es bereits, Bernd. Wie kannst du damit leben? Das ist gewissenlos! Ich kenne dich. Irgendwann wirst du die Schnauze voll haben und deine Prostitution beenden«, sagte er vorwurfsvoll.

»Okay, ich verdiene gutes Geld, was nach all den Jahren des Darbens eine Wohltat für mich ist. Ich möchte noch nicht durchblicken, Kamerad. Kapiert? Du kommst aus einer Akademikerfamilie. Hast von Geburt an erfahren, dass es wichtig ist, über mehr als nur das Fressen nachzudenken. Jetzt habe ich mir gerade durch harte Arbeit eine gute Existenz aufgebaut, da will und kann ich mir nicht den Luxus leisten, Format und Gewissen zu haben! Nein, danke. Und außerdem, was bringst du dauernd so ernste Themen auf den Tisch. Sieh aus dem Fenster! Die Frankfurter Fressgass im Sommer. All die jungen Schnallen mit ihren kurzen Miniröcken – das ist doch, was unser Leben lebenswert macht«, sagte ich.

Er lächelte mich an und wechselte das Thema.

»Sag mal, gehst du noch mit der von Traber?«

»Ja, sie studiert wie der Teufel und hat kaum Zeit für mich. Hat diesmal sogar ihre Ferien sausen lassen. Ich sollte sie eigentlich nachher anrufen.«

»Komisch, ich dachte, ich hätte sie diesen Sommer in Kampen gesehen. In einem schicken Mercedes-Cabrio. Bin mir aber nicht sicher.«

»Was läuft eigentlich bei dir, Miro? Bist du nicht auch bald fertig?« Ich achtete nicht auf Miros Kommentar und lenkte stattdessen das Gespräch auf sein Leben.

»Im nächsten Jahr. Aber Soziologie? Da kann ich wohl kaum 'nen Job finden. Höchstens an der Uni. Aber in dem Muff? Vielleicht irgendwo als Redaktionsvolontär. Hoffentlich kann ich gut genug schreiben.«

»Dann wären wir ja Kollegen.«

»Richtig, aber nicht bei deinem Faschistenblatt.«

»Du kannst, wenn du tüchtig bist, unsere kaputte Welt positiv verändern. In dein linkes Himmelreich.«

Mit den Fingern formte er ein Siegeszeichen.

Meine Wohnung war nicht mehr standesgemäß. Ich war ein fauler Sack, der die Entscheidung umzuziehen vor sich her schob. Dank meines guten Gehalts hatte ich mir inzwischen ein schönes Guthaben angespart, und so kam ich eines Tages auf die Idee mit der Eigentumswohnung. Irgendwann las ich in der Zeitung, dass im Frankfurter Westend ein Patrizierhaus aus den Zwanzigerjahren, einstmals für Offiziere und gehobenes Bürgertum als Mietshaus gebaut, aufgeteilt werden sollte. Eine Straße hinter dem Palmengarten, also im besten Villenviertel! Großzügige Dreizimmerwohnungen, mit Eichentüren, Parkettböden und dreieinhalb Meter hohen Räumen. Mit einem dekorativen, schmiedeeisernen Balkon am Esszimmer und mit eigenem Parkplatz im Garten. Für nur 199.000 Mark. Und alles bereits einfach renoviert und einzugsbereit. Interessiert rief ich den Makler an, und schon eine Stunde später besichtigte ich fasziniert die leeren Räume, träumte dabei von meinem zukünftigen vornehmen Wohnerlebnis. Ich unterschrieb begeistert den Kaufvertrag. Zwanzig Prozent zahlte ich an, und meine Bank gab mir den Rest bei einer monatlichen

Belastung von tausendvierhundert Mark. In dem Haus waren zehn Wohnungen. Zwei Monate später zog ich in den ersten Stock ein. In dieser edlen Wohnung war mir plötzlich mein alter Kram zu schäbig, sodass ich nur mein altes Bett, den Kleiderschrank und einen Sessel mitnahm. Alles andere kaufte ich nach und nach dazu. Alles sollte vom Feinsten sein: das Esszimmer im altdeutschen Stil und eine moderne, schwere Ledergarnitur in Schwarz. Für die Wände ließ ich mir von einem Antiquitätenhändler zwei kleine Ölgemälde aufschwatzen. Das eine war ein sehr detailliert gemaltes Bremer Kapitänsbild, das andere ein elegantes englisches Pferdegemälde aus dem neunzehnten Jahrhundert. Dazu ein paar alte Zinnteller und einen zum niedrigen Couchtisch umgearbeiteten Rhöntisch aus Lindenholz. Auf den Boden legte ich einen weißen Berberteppich. Es sah super aus.

Rund einen Monat lebte ich in meiner neuen Wohnung, als ich aus der Nachbarwohnung Hämmern und Handwerksgeräusche vernahm. Zwei Tage später stand ein kleiner Möbeltransporter vor dem Haus. Eine junge, etwas mollige, schwarzhaarige Frau von höchstens dreißig Jahren dirigierte die Möbelpacker.

»Vorsicht, das ist ein wertvolles Erbstück, ein Biedermeiersekretär von meinem Urgroßvater. Er springt aus dem Sarg, wenn der 'nen Kratzer kriegt. An den Türen aufpassen! Links in das große Wohnzimmer hinein!«

Versteckt hinter der Gardine beobachtete ich die Frau. Sie war alleine, kein Mann und keine Kinder. Als sie sich umdrehte, bemerkte ich ihr ungewöhnlich hübsches Gesicht. Ich musste an Betty Page denken, vor allem bei diesem runden, vollen Hintern. Die Frau war zwar ein paar Jahre älter als ich – also eigentlich uninteressant –, aber als Nachbarin vielleicht nicht schlecht. Zwei Stunden später fuhr der Transporter ab. Nebenan wurde das Poltern leiser. Bestimmt packte sie jetzt ihre Kisten aus. Als ich das Haus verlassen wollte und den Flur betrat, konnte ich in die offenstehende Eingangstür der Nachbarwohnung sehen. Meine neue Nachbarin steuerte sofort mit einem bezaubernden Lächeln im Gesicht auf mich zu.

»Tagchen! Sind Sie mein Flurnachbar?«, zwitscherte sie.

»Bernd Behr, gnädige Frau. Benötigen Sie vielleicht den Rat eines erfahrenen Mannes?«

»Nun mal langsam, Sie könnten ja mein kleiner Bruder sein. Goethe-Uni, viertes Semester? Richtig? Na gut, Ihre Hilfe kann ich gebrauchen, aber mehr mit den Muskeln als mit dem Kopf. Ich möchte meinen Fernseher auf den Tisch stellen. Er wiegt Tonnen.«

»Nichts leichter als das«, prahlte ich und schüttelte ihr die Hand.

»Vera Krause«, sagte sie und zog mich in ihre Wohnung. Wir hoben den im Vorraum auf dem Boden stehenden Farbfernseher an, schleppten ihn in ihr Wohnzimmer und hievten ihn auf einen antiken englischen Schreibtisch.

»Danke. Trinken Sie einen Begrüßungsschluck mit mir«, lud sie mich ein und goss Sekt in ein langstieliges Glas. Die anderen herumstehenden leeren und halbvollen Gläser waren wohl noch von den Handwerkern.

»Prost, auf gute Nachbarschaft«, sagte ich und tippte mit meinem an ihr Glas.

»Mein Horoskop sagt mir, dass ich heute Glück bei den Männern habe«, schmeichelte Vera.

Scheiße, bitte keine Abergläubische, dachte ich. Eigentlich machte sie gar keinen schlechten Eindruck.

»Welches Sternkreiszeichen haben Sie?«

Ich fand Astrologie dämlich, machte das Spiel aber höflich mit.

»Widder«, sagte ich lächelnd und plante bereits meine Flucht.

»Hab ich mir gleich gedacht. Gutmütig, erfolgsorientiert und ausdauernd in Liebesdingen.«

Da lag sie eigentlich richtig. Insgeheim dachte ich darüber nach, dass sie ein Wonneproppen im Bett sein müsste. Mit dem Hinweis auf meine journalistische Nachtarbeit verabschiedete ich mich hastig und rannte buchstäblich davon.

Als ich im Frühling 1971 durch die Fressgass schlenderte, hupte jemand hinter mir. Ich drehte mich um, und meine Kinnlade fiel herunter. Da saß Karl Kowalski im neuesten feuerroten Mercedes-Cabrio.

»Ich parke schnell ein und komme zum Schwille rüber«, rief er und lächelte stolz. Ich signalisierte mit erhobenem Daumen erfreut meine Zustimmung. Wir hatten uns längere Zeit nicht gesehen. Von seinem Auftritt war ich überrascht, obwohl ich wusste, dass er seit einem dreiviertel Jahr im Immobilienbusiness agierte. Es war schon immer sein Berufswunsch gewesen, ahnungslosen Schlichtbürgern Wohnungen aufs Auge zu drücken. So etwas lag ihm nun mal. Ich ertappte mich dabei, neidisch zu sein. Der Strolch war tatsächlich mit Erfolg auf der Überholspur unterwegs. Er fuhr Mercedes und ich ein mickriges VW-Cabrio! Ich dachte an meine knappe Finanzsituation. Durch den Kauf der

Eigentumswohnung hatte ich kaum Geld auf dem Konto. Aber mein Auto war bezahlt. Gut für eine neue Inzahlungnahme bei angebotenen Schnäppchen.

Im Schwille war der beste Tisch frei, direkt am Fenster. Ich sah zu, wie Karl einparkte. Karl, nun ein erfolgreicher Maklertyp! Es fiel mir schwer, die neue Situation zu akzeptieren. Als er ins Café kam, bemühte ich mich um Größe und bewunderte sein Auto.

»Das ist der schönste Sportwagen Frankfurts, Karl. Herzlichen Glückwunsch!«

Er freute sich wie ein Kind unter dem Weihnachtsbaum, vor allem, weil etliche Leute es mitbekamen und ihn und die schicke Karre anstarrten.

»Zwar das neueste Modell, aber günstiger Secondhand-Kauf, Bernd«, flüsterte er und setzte sich.

»Bist erst ein paar Tage im Monopoly und machst schon die richtig dicke Kohle?«

Er grinste wissend.

»Mein Boss ist im neuen Umwandlungsgeschäft. Altbauaufteilung in Eigentumswohnungen. Das heißeste, gewinnbringendste Geschäft des Jahrhunderts. Und ich bin mit dabei! Ich kassiere super Provisionen, echt großes Geld!«

Ich erzählte ihm vom Erwerb meiner neuen Wohnung in der Platanenallee.

»Das war eine von uns. Schade, dass ich nicht am Tag deines Anrufs am Telefon war. Wär ein dicker Rabatt für dich drin gewesen, wenn ich der Verkäufer gewesen wäre. Wir haben im Aufteilungsspiel Gewinne von bis zu zweihundert Prozent. Hätte dir ein paar Tausender gespart. Schade, bist schließlich ein alter Kumpel.«

Ich zuckte traurig mit den Schultern.

»Warum haben die dich so mir nichts, dir nichts an den großen Sahnetopf rangelassen?«

»Weil das Geschäft absolut neu ist. Erst vor einem Jahr hat der bekannte Frankfurter Makler und Zocker Weich es uns vorgemacht, und jetzt kopieren wir ihn alle. Verdienen uns dumm und dämlich. Es ist wie ein Rausch – eine Money-Machine!«

Ich war ehrlich beeindruckt.

Bei mir in der Firma lief alles gut. Ich schrieb mir die Finger wund und die Auflage stieg. Kornbauer gönnte mir allerdings den Erfolg nicht, weil er mich kleinhalten wollte. Er hoffte, selbst eine Stufe höher zu rutschen, als Chefredakteur Deutschland. Sänger sah ich nur selten. Höchstens alle zwei Monate einmal kam er persönlich vorbei, um sich zu zeigen. Er kaufte weiter Tageszeitungen auf und zusätzlich marode Anzeigenblätter, jedoch heimlich. Jetzt brauchte er dringend einen kompetenten Redaktionsoberboss. Von einem Stuttgarter Boulevardblatt warb er für ein fürstliches Gehalt den geeigneten Mann ab. Nach ein paar Monaten erfolgreicher Einarbeitung dieses neuen überregionalen Chefredakteurs wurde Kornbauer mit dem Titel Redaktionschef Hessen abgespeist. Verantwortlich für die hiesigen Sänger-Periodika, die er mit seinem bewährten Team erfolgreich etabliert hatte.

Tagelang lief Kornbauer zähneknirschend und fluchend durch unsere Redaktion. Jeder ging ihm aus dem Weg. Die Ratte hatte sich immer als Kronprinz gesehen, dem als Belohnung der Posten des Chefredakteurs zustand.

Für Sänger galt Kornbauer trotz allem als die fundamentale Stütze im Brot bringenden Gründungsland. Er wusste, dass der erfolgsgeile Oberredakteur nur über einen begrenzten Horizont verfügte. Daher blieb er der ideale Mauschler, Macher und Controller in der wichtigen Lokalposition. Kornbauer war jedoch für generelles, auf ganz Deutschland abgestimmtes diplomatisches Handeln und Repräsentieren einfach ungeeignet. Der neue Vizechef Heinz Dietherr war als erfahrener Journalist wie geschaffen für diese Aufgabe. Er sollte eine Redaktionsphilosophie aufbauen, eine Mischung aus endgültiger politischer, religiöser und geschäftlicher Anschauung, mit der die große Volksmasse dirigiert und betrogen werden sollte.

Das erkannte ich zwar, verstand aber nicht, warum Dietherr das tun sollte. Sänger war kein Guru oder Vordenker mit Sendungsbewusstsein. Sänger wollte eigentlich nur eins: Umsatz machen. Er war ein schlichter Geradeaustyp, ohne komplizierte Schnörkel. Das einzig Ungewöhnliche an ihm war, dass er in Hongkong geboren worden war, als Sohn deutsch-chinesischer Missionare, die zu einer dubiosen amerikanischen Sekte gehört hatten.

»Ein viertel Chinese«, beschrieb er sich mal. Er hatte blaue Augen, sah eigentlich stinknormal deutsch aus und bezeichnete sich ausdrücklich als Atheisten. Sänger hatte wohl genug vom religiösen Mummenschanz seines Elternhauses. Aber seinen brutalen, fast missionarischen Erfolgseifer hatte er bestimmt von den Eltern mitbekommen.

Durch die Verlegung der Konzernzentrale nach Düsseldorf verlor ich jeglichen Schutz vor Kornbauer. Ich war ihm regelrecht ausgeliefert, seinen unberechenbaren Launen und perversen Bösartigkeiten. Sänger hatte ihn zu seinem Provinzfürsten gemacht. Die Unantastbarkeit dieser Position erkannte Kornbauer im Nu. Er war allmächtig, und niemand konnte auf seinen Posten spekulieren. So sah er mich bald auch nicht mehr als Konkurrenten, sondern als eine Art Untertan, als seinen Fußabtreter, gut genug für die Dreckarbeit und zum Abreagieren in depressiven Phasen. Der Alleinherrscher adaptierte zudem einige Marotten seines Herrn. Er nannte mich Schweinemörder und Promificker.

Ich wurde zu einem gedemütigten Menschen, der nach und nach seine Würde verlor. Aber meine Kohle stimmte, und ich war inzwischen ein bekannter Klatschjournalist.

DAS FILETGRUNDSTÜCK

Ein vor Jahren wegen Sanierungsbedürftigkeit geschlossenes teilstädtisches Versicherungsgebäude im Nordend wurde im Sommer 1971 zum Verkauf angeboten. Ein Filetgrundstück, das über zigtausend gewerblich nutzbare Quadratmeter, fünfzig Parkplätze und viertausend Quadratmeter Grünanlagen verfügte. Mitten in der City! Hinter dem Grundstück standen vier unendlich lange, graue Sozialwohnungsblocks mit ungefähr vierhundert Wohnungen, und dazwischen lag ein winziger Kinderspielplatz, der wegen der vielen jungen Mieterfamilien stark frequentiert wurde. Vormittags von Müttern mit Kleinkindern und nachmittags von den älteren Kindern bis zum frühen Teenageralter. Im gesamten Bereich gab es keinen zweiten Kinderspielplatz. In einer Aufsichtsratsversammlung, bei der auch Pressevertreter anwesend waren, tauchte die Verkaufsidee auf und schlug gleich hohe Wellen, denn bei diesem Projekt witterte mancher Spekulant den großen Reibach. Das Gelände sollte über zwei Millionen Mark kosten. Die Zeitungen berichteten, dass Investoren aufgefordert worden seien, geheime Gebote im Rathaus abzugeben. Die Vertreter der verschiedenen Parteien und die freien Wählergemeinschaften der Stadt zankten sich schon ein Jahr vor der Wahl um das tief in das Leben der Anwohner eingreifende Projekt. Monatelang wurden Zukunftsentwürfe eventueller Bieter vorgestellt. Bürgervertreter entschieden, dass nicht allein der Verkaufspreis für den Zuschlag von Gewicht sein sollte, sondern auch die spätere Nutzung.

In dieser Zeit tauchte überraschend Kowalski bei uns auf. Im Vorbeigehen klopfte er lächelnd an meine Glastür. Ich wollte aufstehen, um ihn zu begrüßen, aber er ging direkt zu Ernst Kornbauer. Die Parteifreunde umarmten sich kurz und steckten die Köpfe in Baupläne, die ausgebreitet auf einem Tisch lagen.

»Den linken Hund schaffen wir schon, die Scheiße ist nur der Asbest«, hörte ich Kowalskis Stimme, bevor jemand die Tür schloss.

Am nächsten Tag dominierte ein positiver Artikel unsere Lokalseite. Beste Publicity für Kowalski. Karl plane eine Mischung aus klotzendem Shoppingcenter und schillerndem Discobetrieb, war da zu lesen. Und, wer hätte es gedacht, er wolle sich freiwillig zum Bau eines Stadtteilkindergartens verpflichten. Welch uneigennütziger Wohltäter! Die Sache stank nach Schönfärberei, dennoch vergaß ich sie erst einmal. Meine Aufmerksamkeit richtete sich auf eine andere, unfassbare Tatsache. In derselben Ausgabe stellte Chefredakteur Heinz Dietherr den neuen offiziellen Ethikrahmen unserer Redaktion vor. Es klang alles sehr beeindruckend. Ich war beinahe zu Tränen gerührt und kapierte jetzt endlich, zu welch edler Truppe von Meinungsbildnern ich gehörte. Wir alle bei der Blut-Zeitung, wie ich sie nun häufiger nannte, waren ehrbare Männer und Frauen, die für Anstand, Ehrlichkeit, Würde und Nächstenliebe fochten.

Das Jahr war fast zu Ende und Kati ging in die wichtigsten Prüfungen. Monatelang hatten wir uns höchstens einmal die Woche für wenige Stunden gesehen. Sex kannte ich leider nur noch aus dem Pornokino. Ich merkte gar nicht, nein, ich wollte nicht erkennen, dass sie mich zunehmend mied. Ständig sagte sie unsere Verabredungen ab oder verschob sie im letzten Moment. Heiligabend verbrachte sie mit ihrer Familie, und an den beiden Weihnachtstagen besuchte sie Verwandtschaft in Süddeutschland. Aber Silvester sollte unser großer gemeinsamer Abend werden. Meine Wohnung war endlich ansehnlich eingerichtet, und ich wollte sie mit ihrem Besuch einweihen. Aber Kati zögerte mit ihrer Zusage, sagte, sie würde mich zurückrufen. Doch nichts geschah.

An Heiligabend besuchte ich für zwei Stunden meine Familie, aß dort zu Abend und tauschte Geschenke aus. Weil es stärker zu schneien begann, fuhr ich früher heim. Beladen mit Geschenken stieg ich zu Hause in den Fahrstuhl und hielt die Tür mit einem Fuß auf, weil Vera Krause mit hineinwollte. Wir wünschten uns ein frohes Fest und ich lud sie auf ein Glas Champagner ein. Dankbar sagte sie zu, denn auch sie war alleine, und versprach, in wenigen Minuten rüberzukommen.

Auf meinem englischen Schreibtisch stand ein kleiner Miniaturweihnachtsbaum. Im Vorbeigehen knipste ich seine winzige Lichterkette an, und sofort kam Weihnachtsstimmung auf. Neben den Baum legte ich meine mit Schleifen verzierten Geschenke, rannte in das Schlafzimmer, um mein unbequemes Jackett gegen einen beigen Burlington-Pullover auszutauschen, und verstaute alle herumliegenden Sachen im Schrank. Das Bett sollte frei bleiben.

Ein kurzer Blick in alle Räume. Hier und da rückte ich etwas zurecht oder packte es weg. Als ich in die Küche kam, schnappte ich mir eine gekühlte Champagnerflasche und zwei blitzblanke Gläser. Die stellte ich auf meinen

Rhöntisch und legte eine Platte mit Weihnachtsliedern auf. Ich zündete die Kerze des einarmigen, antiken Messingleuchters an und war selbst angetan von so viel weihnachtlicher Atmosphäre. Ich dachte an meine Kindheit, an die letzte aufregende Stunde vor der Bescherung.

Es klopfte endlich an der Tür. Ich öffnete, und Vera drückte sich verlegen in meine Wohnung. Süß schmunzelnd überreichte sie mir einen großen, mit Weihnachtsmotiven verzierten Pappteller, der bis zum Rand mit Konfekt und köstlich riechenden Plätzchen gefüllt war.

»Selbst gebacken. Für Sie, lieber Herr Behr. Fröhliche Weihnachten«, sagte sie und küsste mich auf die Wange.

Ich war hingerissen, denn im Kerzenlicht sah sie wie ein lieblicher Engel aus. Genau das richtige Weihnachtsgeschenk für einen einsamen, geilen Nachbarn wie mich, der es schon lange nötig hatte. Ich küsste sie zurück. Mitten auf den Mund.

»Danke. Immer wenn ich an dem Gebäck knabbere, werde ich denken, ich knabbere an Ihnen«, sülzte ich.

Das gefiel ihr und sie lachte auf. Ich füllte die Gläser.

»Worauf trinken wir, liebe Frau Krause?«

»Sagen Sie ruhig Vera. Ich finde, wir sollten uns duzen.«

»Okay, Vera. Da kommt man sich einfacher näher.«

Sie schlug aus Jux mit ihrer linken Hand nach mir, und wir stießen mit unseren Gläsern an. Hinter uns sang der Chor mit Engelsstimmen »Jingle Bells«.

»Vera, was machst du eigentlich beruflich?«

»Ich bin Personalchefin einer bekannten Frankfurter Werbeagentur: Ginger Advertising.«

»Nie gehört. Großer Laden?«

»Ja. Über hundert Beschäftigte.«

Ich bat sie, auf dem Sofa Platz zu nehmen. Neben uns auf dem Seitentisch lag die neueste Ausgabe der *Billig-Zeitung*.

»Dass du bei denen mitverbrichst, ist mir bekannt. Klatschreporter ...«

Ich grinste. »Der über das sagenhafte Glamourleben unserer VIPs informiert.«

Sie schnappte sich die Zeitung und überflog kopfschüttelnd die Überschriften der Titelseite.

»Also, eins muss ich dir sagen: Wenn sich bei mir einer auf eine gute Stelle in unserem Haus bewirbt und kommt mit dieser Zeitung unter dem Arm in mein Büro, kann er gleich wieder abdrehen. Der hat garantiert nichts im Hirn. Der bildet sich keine, der kauft sich seine Meinung! Aber wenn ich mich so bei dir umsehe, atme ich Kultur. Diese wunderschönen Gemälde aus dem vorigen Jahrhundert! Du weißt also, was Qualität ist. Welch ein schockierender Spagat, dein Leben.«

Kritik und Häme von der geistigen Elite war ich gewöhnt. Ich musste über Veras Eifer schmunzeln.

»Vera, unterschätze sie nicht, Deutschlands zukünftige größte Zeitung. Wir benutzen das Mittel der magischen Vereinfachung, damit das Volk, der normale Mann von der Straße, tagtäglich mit wenig Aufwand genau Bescheid weiß, wo es langgeht in diesem Land, in unserer Welt.«

»Fast wie damals beim Adolf? Da wurde auch von oben vorgedacht!«

Ich stoppte sie, indem ich ihr das Glas abnahm, meine Arme um sie schlang und sie küsste. Meine Zunge drang in Veras Mund und brachte sie zum Schweigen.

Es wurde ein schöner Heiligabend mit etwas Gefummel, das aber leider nicht im Schlafzimmer endete.

Die Arbeit unter Kornbauer wurde immer unangenehmer. Seine Kritik meiner Fotos und Texte war oftmals vernichtend. Selbstgefällig strich er dabei über seinen dicken Bauch. »Langweilige Verlegenheitsschüsse mit dummen Texten. Dafür bezahlen wir Ihnen viertausend Mark im Monat? Unglaublich!« Er argumentierte, wie es ihm gerade in den Kram passte. »Eine Glamourfrau muss mehr Haut zeigen« oder »Wieder eine halbnackte Nutte. Sind wir denn ein Pornomagazin?« Er lachte und höhnte weiter: »Schrott können und wollen wir uns nicht leisten, muss ich den Schweinekiller denn tatsächlich endlich killen?«

Die lieben Kollegen freuten sich mit ihm über seine Witze. Klug und beherrscht gab ich ihm recht. Fabrizierte klaglos Ersatz und biss mir auf die Lippen. Ich wollte ihn nicht reizen, aber das schien ihn noch wütender zu machen.

Immer wieder kam er mir mit seiner Protegierscheiße: »Die Lydia Soundso, welch eine begabte Sängerin! Hat mir die besten Plätze in der Oper besorgt. Machen Sie mal 'ne knallige Viertelseite über die Dame« oder »Der Künstler

X, begnadet, sag ich Ihnen. Hat meiner Freundin ein hochwertiges, signiertes Aquarell geschenkt. Schreiben Sie über den Andrang bei seiner morgigen Vernissage. Da kommen die wichtigsten Kulturpromis.«

Das Schlimmste aber waren seine Vernichtungsbefehle. »Dieser komische Schriftsteller Bartels, ein Hochstapler! Lässt sich im Fernsehen als Erfolgsschriftsteller feiern. Das ist ein ganz gefährlicher Möchtegern-Hemingway. Hat mich damals mit 'ner Rosen-Werbeaktion belogen. Was denkt der sich eigentlich, wer er ist? Über den schreiben wir nie mehr. Seine Lesungen, seine Bücher, der Kerl existiert nicht mehr für mich. Kommt von der Schwarzen Liste des Konzerns nie mehr runter. Merken Sie sich das: Unsere stärkste Waffe ist das Totschweigen! Wir haben neun Tages- und zwölf Anzeigenzeitungen mit über drei Millionen Lesern, die nie wieder was von unserem Playboy-Autor erfahren werden. Das nenne ich Macht!«

Mir lief es kalt den Rücken herunter, denn während Kornbauers letztem Urlaub hatte ich eine positive Lesungsvorschau über Bartels geschrieben. Dank des eindringlichen Rats eines Kollegen hatte ich den Text rechtzeitig in den Müll geworfen. Das wäre mein Strick gewesen.

Als ich drei Tage vor dem Jahreswechsel noch nichts von Kati gehört hatte, rief ich sie an. Am Apparat war ihre Mutter.

»Ach ja, Herr Behr? Jetzt erinnere ich mich. Meine Tochter ist für einen Monat in den USA. Besser, Sie vergessen sie. Sie geniert sich etwas, Ihnen zu sagen, dass es aus ist. Es tut mir ja so leid für Sie. Alles Gute, Herr Behr.«

Ich legte auf und begriff die Welt nicht mehr. Tränen standen mir in den Augen und ich zitterte am ganzen Körper. Wie konnte Kati mich einfach so fallen lassen?

Viel Zeit, die Neuigkeit zu verarbeiten, hatte ich nicht, denn ich musste zu einem Interview ins Bahnhofsviertel. Dort sollte ich die Vorstellung des Großprojekts eines Frankfurter Stararchitekten besuchen, um darüber zu berichten. Ich riss mich also zusammen, packte meine Kameratasche und setzte mich, fertig mit den Nerven, in meinen Wagen. Langsam fuhr ich durch die Taunusanlage Richtung Selmihochhaus. Meine Gedanken waren bei Kati.

Kowalskis Theorie fiel mir wieder ein, dass Blondinen nur für Bessergestellte zu haben seien. Im Schatten des neuen Wolkenkratzers fand ich einen Parkplatz und betrat das Erdgeschoss des Rohbaus. Der Architekt hielt bereits seine

Ansprache. Mit einem gelben Schutzhelm auf dem Kopf erklärte er anhand einer riesigen Zeichnung, die an einer unverputzten Betonsäule befestigt war, begeistert sein Großprojekt. Ich schoss ein paar Einstellungen ab und machte mir Notizen. Als die Rede beendet war, luden zwei Zimmermannsleute in Zunftkleidung zum Brunch. Es gab Äppelwoi mit Frankfurter Spezialitäten, Handkäs mit Musik und Rippchen. Ich langte zu und fotografierte nebenbei die feiernden Facharbeiter. Plötzlich klopfte mir jemand von hinten auf die Schulter. Ich drehte mich um. Kowalski im Maßanzug!

»Tag, der Herr. Wahnsinnsgebäude, was?«

Ich nickte und reichte ihm die Rechte.

»Hast du was mit dem Projekt zu tun?«

»Nee, aber unser neues Firmenbüro wird im Erdgeschoss einziehen. Als stadtbekannter Branchengeier muss ich bei allem, was hochrangig ist, dabei sein. Kannst mich ruhig als Promi bringen.«

Ich grinste, nahm meine Kamera und dirigierte ihn zum Buffet, wo ich ihn mit einem Zimmermann knipste, der ihn mit einem Rippchen fütterte. In der nächsten Ausgabe würde ich ihn als bekannten, engagierten Immobilienfachmann bringen, der immer am Puls des Geschehens agiert.

»Wie geht's denn sonst, altes Haus?«, fragte Karl hinterhältig.

»Na ja, kann nicht klagen. Hab mein Hobby zum Beruf gemacht.«

»Wolltest du nicht schon längst verheiratet sein? Mit dieser blonden Adeligen ... von Dingsda?«

»Traber, von Traber. Nein, daraus ist nichts geworden. Hab ihr den Laufpass gegeben. Und inzwischen was Neues, sehr Hübsches. Bei mir im Haus.«

Er nickte nachdenklich, legte mir seine gewaltige rechte Pranke auf die linke Schulter und flüsterte sehr ernst: »Kapier endlich, Alter: Sie ist eine von den vorbestimmten Blondinen, Eigentum der Logenbanker, der mächtigen Nachkommen des alten Ordens, der sich bereits mit der zukünftigen Weltmacht Nummer 1 verbündet hat.«

»Was für'n Orden?«

Kowalski sah mich ungläubig an, guckte nervös in alle Richtungen und beugte sich nah an mein rechtes Ohr.

»Bruderschaft der legendären Templer. Mit Sitz in Hongkong«, zischte er.

»Die unermesslich Reichen aus dem Mittelalter? Kreuzzug, Edelleute und so, die das Goldene Vlies besitzen? Und die machen gemeinsame Sache mit den Chinesen?«

»Genau! Die Bruderschaft ist heute stärker denn je. Ihre Mitglieder sitzen heimlich an den Hebeln der Macht, herrschen weltweit über Großbanken, Industrie und Handel, und planen ab 2000 den Pekingverbund. Sie haben ihre Machtzentralen in den Turmspitzen der berühmten Wolkenkratzer. Die schönsten Blondinen sind automatisch Eigentum der Templer. Und es ist vorbestimmt, dass sie in den Penthouses als Lustobjekte dienen. Nur wer Mitglied der Bruderschaft ist, kriegt eine ab.«

Ich musste laut lachen. Kowalski war ein abgedrehter Freak, ein begnadeter Märchenerzähler. Es machte mir Spaß, den Unsinn weiterzuspinnen.

»Ah ja, die Templer mit den Chinesen. Toll! Und was ist mit den reichen Zahnärzten, den berühmten Filmschauspielern und erfolgreichen Industriellen, die täglich in den Boulevardblättern abgebildet sind? Playboys, die sich Tag für Tag mit den schönsten blonden Superweibern vergnügen?«

»Das war einmal. Ein sterbendes Erbe der Nachkriegszeit, als die Welt für ein paar Jahre auf dem Kopf stand und ihr Unterstes nach oben gekehrt war. Die Gold machenden Zahnklempner sind inzwischen finanziell runtergestutzt worden. Das deutsche Filmgeschäft nagt am Hungertuch. Die großen Industriellen und Macher der frühen Jahre sind alle verarmt oder haben Bankrott gemacht.«

»Und wo residieren sie, deine Frankfurter Superblondinen?«

»Natürlich im Frankfurter Hochhausviertel. Da, oben in der Manhattan-Bank! Daneben beim großen FK-Baugiganten. Auch links im Gebäude der Deutschen. Der Chef der Deutschen soll ja die zwei geilsten Blondinen besteigen, die es nach Marilyn Monroe je gegeben hat.«

»Zwei? Hätte ich dem gar nicht zugetraut. – Mensch, Karl!«

Ich schüttelte den Kopf. Karl war wirklich nicht zu retten. Ich drückte ihm die Hand und verabschiedete mich.

»Morgen stellen wir dich als Frankfurts Superpromi vor. Halbe Seite. Da freut sich dein Urtier.«

Die halbe Seite erschien tatsächlich, denn Kornbauer mochte Karl. Kornbauer wollte wohl auch prominent werden. Er kaufte sich ein funkelnagelneues Austin-

Healey-Cabrio, obwohl der Fettwanst sich darin kaum bewegen konnte. Nur mit einer Veränderung der Rücksitzhalterung passte er schließlich hinter das Steuerrad. Mit dem neuen Auto ging er mir auf die Nerven. Bei jeder wichtigen Veranstaltung des nächsten halben Jahres tauchte er auf und stellte irgendwelchen Promis den Wagen für die Aufnahme zur Verfügung oder verlangte, dass zumindest die Fahrzeugschnauze auf meinen Fotos zu sehen war. Ich Idiot kapierte erst Wochen später, dass er meine Fotos für Schleichwerbung missbrauchte. Fünfzig Prozent Rabatt hatte der Großhändler ihm beim Kauf gegeben. Journalistenrabatt, mit der Verpflichtung, für fünfzig versteckte Abbildungen in der Zeitung zu sorgen.

Ich hasste Kornbauer nun wirklich und überlegte ernsthaft, wie ich ihm das Handwerk legen könnte. Ich sah darin meine Aufgabe und hoffte, wieder auf Linie zu kommen, um ein ehrlicher Mensch mit Format zu sein. Dabei beschäftigten mich drei Männer besonders, und ich verfolgte interessiert ihre Entwicklung und Lebensziele: Miro Schulte sah seinen Lebenssinn darin, hehre Ziele und moralischen Anspruch anzustreben, Punkte, die er konsequent ansteuern und erreichen wollte.

Kowalski bevorzugte den leichten Weg, clever mit Tricks und List zu arbeiten. Seine Ziele waren Ruhm, Reichtum und Macht. Dafür war er bereit, verantwortungslos über den Rand der Legalität hinaus zu pokern, um jede Chance voll zu nutzen. Er merkte gar nicht, dass das oft überhaupt nicht nötig war.

Kornbauer, der ehemals gute, erfolgreiche Berliner Schreiber, war ungeeignet für die Aufgabe der Menschenführung. Aber er besaß einen sicheren Instinkt für supergeile Geschichten, wie sie die kleinen Leute lieben. Wir, seine Mitarbeiter, waren dadurch erfolgreich, aber wir verloren an Selbstachtung und zahlten es ihm Tag für Tag zurück, mit Ablehnung und Hass. Das fühlte er zwar, konnte sich aber nicht ändern und litt vielleicht heimlich daran.

Aus den Stärken und Schwächen dieser Männer wollte ich mir die richtigen Aspekte zum Vorbild nehmen.

Kurz vor Silvester traf ich meinen alten Schulfreund Schrippe wieder. »Wie geht es dir so, Alter? Was arbeitest du eigentlich?«, fragte ich ihn.

»Hab während und nach der Lehre mein Abitur nachgemacht und studiere seit einem Semester. Ich möchte zwar Architekt werden, werde aber wohl in Vaters Laden enden. Kann sein, dass ich Silvester im Club Voltaire bin. Wenn ich weiterhin Zoff mit meiner Fotze habe und sie mich rausschmeißt, saufen wir zwei gemeinsam. Sind viele gute Leute da aus der alten Bewegung. Weißte, ich hab Einzelhandelskaufmann, Verkäufer, gelernt. Komme also von ganz unten und kenn mich aus in der Arbeitswelt. Meine Leute und ich bauen jetzt in unseren Firmen nach der analytischen Betriebsbeurteilung die Basis für zukünftige Arbeiterrekrutierung auf.«

Ich nickte ihm anerkennend zu und unterbrach ihn.

»Ich habe bisher unpolitisch gelebt, glaube aber, du bist auf dem richtigen Dampfer. Der Mensch muss sich für das Wohl aller engagieren, solidarisch als Teil einer großen Bewegung. Nur sie kann die zähflüssige Masse aller in die richtige Richtung lenken. Hitlers Verbrechen haben uns gelehrt, nicht einfach fanatisch einer künstlichen Gleichschaltung des Denkens zu folgen. Eine positive Bewusstseinsveränderung erfolgt nur durch einen längeren Reifeprozess. Die eigene Entwicklung bei der Suche nach einem Lebenssinn darf nicht Impfungen, Gängelungen oder Entmündigungen durch eine böse Macht unterliegen«, sagte ich, drückte Schrippe die Hand und dachte dabei an Sänger und Co.

Am Abend setzte ich mir meine John-Lennon-Sonnenbrille auf, cremte mein Haar ein und kämmte es glatt angeklatscht nach hinten. Als ich mich im Spiegel selbst nicht mehr erkannte, schlüpfte ich in meinen alten Parka und ging in den Club Voltaire. Behr, der stadtbekannte Gossenschreiber, nun unerkannt im Achtundsechziger-Paradies. Es wurde eine lustige Nacht, weil ich in diesem illustren Kreis am schärfsten gegen die Macht in unserem Land hetzen konnte. An Kati dachte ich nicht eine Sekunde.

DIE NEUE

In der ersten Januarwoche 1972 irrte ich verloren in der Stadt herum, immer Katis Bild vor Augen. Was ich auch tat, wohin ich auch lief, immer nur sah ich Katis Gesicht. Samstags traf ich zu allem Unglück auf Kowalski. Er erzählte mir davon, wie er Kornbauer den Austin verschafft hatte, und – wen wundert's – natürlich war Korruption im Spiel. Kowalski und seine Kumpane hatten die Ratte Kornbauer für positive Publicity bei ihren seltsamen Transaktionen rund um das Filetgrundstück geschmiert. Ein korrupter Chef, miserable Aufstiegschancen und dazu Single – mein Leben war einfach zum Kotzen. Es reichte mir voll und ganz.

Ich musste unbedingt raus aus meiner Misere. Am nächsten Blumenstand kaufte ich sieben rote Rosen. Danach rief ich Vera an, säuselte ihr Schmeicheleien ins Ohr, und prompt lud sie mich zum Abendessen in ihre Wohnung ein.

Um neunzehn Uhr stand ich, meinen Blumenstrauß in der Hand, spitz wie ein Hengst vor Veras Tür und drückte auf die Klingel. Sie öffnete mit einem strahlenden Lächeln und freute sich über die schönen Blumen. Wir küssten uns kurz und sie führte mich sofort zum Esstisch, auf dem ein großer antiker Silberleuchter mit fünf brennenden Kerzen stand. Sie reichte mir ein Glas Rotwein.

»Nur noch drei, vier Minuten ... es gibt Putenbraten mit Waldpreiselbeeren und Rosenkohl.«

Während sie in der Küche hantierte, genoss ich voller Vorfreude den Bratenduft und sah mich in der Wohnung um. Vera war ein Kulturmensch: antike Eichenmöbel, ein Frankfurter Wellenschrank und eine hessische Barocktruhe. An den Wänden hingen alte Ölgemälde. Besonders gut gefiel mir die Lucas-Cranach-Kopie, die ein Ehepaar des sechzehnten Jahrhunderts in seiner Bibliothek zeigte. Er, links im Bild – bärtig, fett –, sie rechts – vollbusig, fett und reich mit Goldschmuck und kostbaren Steinen behangen. Ein Gemälde der Spitzenklasse, jedoch nicht auf Holz gemalt, also jünger. Vera trug dampfende Teller ins Esszimmer, die sie behutsam auf die Unterlage platzierte. Sie schenkte Rotwein nach und bemerkte meinen Blick auf das Gemälde.

»Das Renaissance-Pärchen ist eine Kopie aus dem frühen Achtzehnten. Ist es nicht einzigartig? Guten Appetit!«

»Von deinen Vorfahren?«

»Ja, meine Mutter ist ein wenig adelig.«

»Da bin ich richtig neidisch. Ich liebe Antiquitäten und frühe deutsche Maler. Dazu eine hübsche Frau, ein guter Tropfen im Glas und ein knuspriger Festtagsbraten. Ich warte schon darauf, das alles zu vernaschen.«

»Wenn du dich da mal nicht täuschst.«

»Warum werde ich heute so verwöhnt? Was feiern wir?«

»Meinen neunundzwanzigsten Geburtstag.«

»Was für ein Zufall! Nein, das kann nicht sein. Das ist gelogen«, sagte ich überrascht.

Sie lächelte und erwiderte: »Na ja, du hast recht, der war gestern. Aber wir feiern ihn heute.«

Neunundzwanzig Jahre? Ich tastete ihren Körper mit den Augen ab. Sie hatte wohl zwanzig Kilo Übergewicht und in ihrem hübschen Gesicht fand ich ein, zwei kleine Falten. Sie war mindestens fünfunddreißig. Wenn sie abspecken würde, wäre sie die perfekte Betty Page. Ich hob mein Glas und prostete ihr zu.

»Happy Birthday, süße Maus.«

Sie bedankte sich mit einem Kuss auf meine Stirn. Ich ließ meinen Blick durch das Wohnzimmer schweifen. Unter den Gemälden strahlte ein alter englischer Schreibtisch mit poliertem Holz. Darauf stand ein Fernseher und daneben entdeckte ich ein in verschnörkeltem Silber gerahmtes altes Foto. Ein junger Mann, der sich stolz an einen englischen Sportwagen lehnte. Vera bemerkte meinen Blick.

»Mein Vater, als junger Arzt, mit seinem Lieblingswagen, einem MG. Fünf Jahre später war er tot. Autounfall.«

Ich sagte nichts. Dachte an den verfluchten, heimtückischen Kornbauer und seufzte. Vera schaute mich irritiert an.

»Kann es sein, dass du mir gar nicht zuhörst? Irgendetwas bedrückt dich, also spuck es aus.«

Ich blickte in ihr offenes, verständnisvolles Gesicht und erzählte ihr vom Albtraum Kornbauer, ohne allerdings in Details zu gehen. Ich redete mir alles von der Seele. Irgendwann hörte ich auf. Von Selbstmitleid überwältigt, rollten mir Tränen über die Wangen. Vera hatte mir schweigend zugehört. Die erfahrene Psychologin. Nicht ohne Grund eine erfolgreiche, hoch bezahlte Personalchefin.

»Wirklich gruselig. Unter den Bedingungen würde ich dort keinen Tag länger arbeiten. Das schadet der Psyche. Vielleicht sprichst du mal mit dem obersten Chef, dem Herausgeber?«

Sie nahm mich in den Arm und drückte mich an ihren weichen Busen. Das tat gut und schürte gleich Verlangen. Ich riss mich von ihr los und wiegelte ab.

»Das gute Essen wird kalt. Hast dir so viel Mühe gegeben.«

Wir aßen den wunderbaren Braten und hinterher eiskalte Rote Grütze mit Vanillesoße. Wir köpften zwei Flaschen Henkell Trocken und ziemlich betrunken zog ich sie danach ins Schlafzimmer. Ich zerrte ihr die Kleider vom Körper und stürzte mich leidenschaftlich in ihren Sahnetortenleib.

Am nächsten Morgen wurde ich von Geschirrklirren und Kaffeeduft geweckt. Ich fühlte mich sagenhaft gut, ja geradezu erfrischt und gestärkt für das gemeine Leben draußen. Vera trank nur eine Tasse Kaffee und rannte davon. Ihre Arbeitszeit lief bereits an. Nicht so bei mir. Ich hatte alle Zeit der Welt und genoss das Frühstück in Ruhe. Bevor ich nach nebenan in meine Wohnung verschwand, räumte ich das Geschirr in die Küche und wischte den vollgekrümelten Tisch ab.

Auf der Kulturseite der Neuen Presse war eine Lesung angekündigt. Der Schriftsteller Bartels, von unserer Ratte auf die schwarze Liste gesetzt, wollte in einem kleinen Kulturcafé am Römer aus seinem neuen Roman vortragen.

Ich war neugierig darauf, einen geächteten Feind unserer Zeitung kennenzulernen. Die Veranstaltung war für zwanzig Uhr angekündigt. Ich fuhr rechtzeitig hin und bekam einen etwas versteckten Platz in der hintersten Reihe. Der Mann, gerade aus Ibiza gekommen, war schon an die sechzig Jahre alt, aber pfiffig und unterhaltsam. Die Lesung war ein Vergnügen und brachte ihm viel Applaus. Sein Buch, das im Mafia-Drogenmilieu Südspaniens spielte, verkaufte sich gut. Als beinahe alle Besucher gegangen waren, kaufte auch ich mir ein Exemplar und bat den Autor, es zu signieren.

»Schreiben Sie ›für Bernd von Hans hinein‹«, sagte ich und legte den Kaufpreis von zwanzig Mark auf den Tisch.

»Mit Nachnamen Behr? Gehe ich richtig?«

»Okay. Sie kennen mich.«

»Man sollte seine Feinde unbedingt kennen. Warum sind Sie hier? Wollen Sie mich endgültig fertigmachen?«

»Wo haben wir das bisher getan?«

»In Hamburg wollte Ihr Kollege mich treffen, versetzte mich aber. Zum Glück hat die einzige Zeitung, die nicht zu Ihnen gehört, etwas Positives geschrieben. In Berlin habe ich eine Werbeaktion veranstaltet. Da kamen das Fernsehen und eine Zeitung. Die zwei anderen Blätter gehören Sänger. Die kamen natürlich nicht. Dasselbe in Schleswig-Holstein: Die einzige Zeitung gehört zu Ihrem Konzern. Ich wurde totgeschwiegen, kein Mensch kam und es gab keinen Bericht über meine Lesung. Ebenso in Konstanz. Soll ich weiter aufzählen, wie Ihr Banditenblatt mich fertigmacht? Wie Sänger die Medienmacht missbraucht?«

Ich hörte geschockt zu. Es war unglaublich, und ich fragte Bartels, was er Kornbauer nur angetan hätte, dass der ihn so behandelte.

»Das hab ich schriftlich Ihren Chefredakteur gefragt ... hat nicht mal geantwortet, das Arschloch. Ich bin ein ehrlicher Mann, der seine Familie gut versorgt, sein Leben lang hart gearbeitet und seine Steuern immer bezahlt hat. Und da schweigt mich Ihre anmaßende Presse einfach so tot. Ohne dass ich weiß, warum. Keiner gibt mir überhaupt 'ne Chance herauszufinden, was ich eigentlich verbrochen haben soll.«

Ich war entsetzt. Dem Mann stand der Schweiß auf der Stirn, so regte er sich auf. Ich wusste, dass Bartels auf unserer schwarzen Liste stand. Kornbauer hatte mir erzählt, Bartels habe mal in Frankfurt eine Einführungsaktion für seinen Zeitgeistroman durchgeführt und der *Billig-Zeitung* vorher mitgeteilt, dass er zehntausend rote Rosen auf der Hauptwache verteilen würde. Unsere Zeitung nahm die Aktion dankbar auf und kündigte sie sechsspaltig an. Als wir die Rosenanzahl kurz nachrechneten, waren es höchstens viertausend Stück.

Bartels hatte uns angeschwindelt. Kornbauer hatte ihm das nie vergessen. Was allerdings Unsinn war, denn der Artikel und die Aktion wurden zum Riesenerfolg. Hunderte grapschten begeistert nach den Blumen, und das tat unserer Auflage gut.

»Bartels, ich werde Kornbauer sagen, dass nun genug heimgezahlt wurde. Glauben Sie mir, ich finde, dass Ihnen Unrecht widerfahren ist«, sagte ich und stahl mich beschämt davon.

Für eine Lappalie wurde der Mann von Deutschlands drittgrößtem Zeitungskonzern auf ewig ignoriert, nur weil Kornbauer Bartels' Nase nicht passte. Ich fand es scheiße.

Die Eröffnung der Frankfurter Messe für Freizeitmode 1972 stand an. Sie war bereits in ausführlichen Berichten angekündigt worden. Ich sollte jetzt zwei gute Fotos und einen Kurzreport abliefern. Mit meinem Presseausweis erhielt ich die Parkerlaubnis im inneren Messegelände, direkt an den roten Sandsteinsäulen.

Ich schnappte mir meine Kamera und eilte die Stufen hoch. Im glasüberdachten runden Saal steuerte ich zielstrebig das Podium an. Am Mikrofon stand der private Messeunternehmer, der pünktlich mit seiner Begrüßungsrede begonnen hatte. Hinter ihm alberte der lächelnde Frankfurter Oberbürgermeister mit seinem Tross Hofschranzen herum. Als der Ausstellungschef seine kurze Ansprache beendet hatte und den Stadtoberen mit einem Händedruck begrüßte, knipste ich drei, vier Fotos und wusste sofort, dass mindestens zwei davon gut waren. Dann sprach der Oberbürgermeister. Er unterstrich die Bedeutung dieser Ausstellung für das Land Hessen sowie den deutschen Exportmarkt und betonte, dass deutsche Qualitätsarbeit – Made in Germany – sich weiter durchsetzen werde. Er kam auf den stetigen Besucher- und Ausstellerzuwachs zu sprechen. Ein letztes Foto schießen und ein bisschen zuhören – und mein Job war erledigt. Im tosenden Beifall schlich ich mich unauffällig zum Ausgang, steckte mir eine Zigarette an und erreichte meinen Wagen. Es war ein warmer Tag. Ich klappte das Verdeck herunter, stellte meinen Lieblingssong »White Cliffs of Dover« an und fuhr los. Ich bog in die Mainzer Landstraße und parkte meinen Wagen hinter der Oper beim Schwimmbad, hängte mir die Kameratasche über die Schulter und schlenderte langsam Richtung Fressgass. Dort wollte ich essen und anschließend im Schwille einen Kaffee trinken. Auf der Fahrt waren mir die zahlreichen Polizeifahrzeuge und Wasserwerfer aufgefallen. Irgendwo in der Stadt lief wohl eine Großdemo der Linken. Als ich das Gasthaus Onkel Max erreichte, wurde ich beinahe von einem unrasierten Motorradfahrer überrollt. Weil er den Helm im Arm trug, erkannte ich ihn: Miro Schulte. Ich begrüßte ihn freudig und lud ihn zu einem Rippchen mit Kraut und Bier ein. Er schien nervös, guckte auf seine Uhr und antwortete atemlos:

»Hallo, Alter. Lass mich gerne einladen, danke! Wir demonstrieren schon den ganzen Tag vor dem Polizeipräsidium. Ich hab Pause und verlagere nachher, mit einer anderen Brigade, die Demo zum *Abendpost-Gebäude*. Heute Kampf an zwei Fronten! Schade, dass du der falschen Seite dienst. Ich würde dich am liebsten mitnehmen.«

Ich lachte.

»Mach nicht den Bock zum Gärtner. Der Gossenreporter von der Rechten, maskiert in euren Reihen. Möglichst als Demokämpfer vor dem Gebäude der *Billig-Zeitung*. Nicht schlecht. Von euch Pazifisten höre ich leider nur Worte wie Kampf und Front. Wäre Gandhi nicht ein Vorbild für dich?«

Der Ober kam, und ich bestellte unser Essen. Als er das Bier brachte, prostete Miro mir zu.

»Ja, Phrasen dreschen wir leider viele. Aus den Besetzungen gegen die Notstandsgesetze wurde ein Happening. Die unbedarfte Uni auf den Kopf zu stellen, war damals einfach gewesen, und viele haben sich an uns gehängt, weil sie uns als eine Art Modewelle gesehen haben. Damit ist jetzt Schluss. Die führenden Frankfurter Anarchisten, zu denen ich mich zähle, haben die Schnauze voll von zukünftigen intellektuellen Umkippern. Die erwarten doch nichts weiter als ein sicheres, gepolstertes Nest und die gut bezahlte Karriereposition. Wir Aktiven, die FNL, die Föderation Neue Linke, arbeiten direkt mit den Menschen. Da wird nicht geistreich, besserwisserisch herumgelabert. Wir haben aktive Stadtteilorganisationen gegründet, die mit Mieter-, Betriebs- und Bürgerinitiativen operieren. Ich lebe jetzt asketisch in einer revolutionären Wohngemeinschaft. Habe den täglichen Lebensballast dadurch extrem minimiert, um mehr Zeit für unsere Sache zu haben.«

Das Essen kam und er stürzte sich wie ein ausgehungerter Rabe auf das leckere Rippchen.

»Du sammelst also jetzt Kräfte für die nächsten Kampfstunden?«

»Mach keine Witze darüber, Bernd. Das ist mir ernst. Realismus ist angesagt. Wir, die geistige Elite, haben einen Volksauftrag, nämlich den totalen Realismus zu propagieren!«

Schulte schnappte sich eine *Billig-Zeitung* vom Kleiderhaken und zeigte auf unsere Titelseite.

»Sieh hier, das ist das schlimmste Verbrechen der Boulevardzeitungen. Die gigantische Überschrift. Sie verzerrt ständig den Stellenwert der Meldungen. Ist am Vortag nichts passiert, wird irgendein banaler Furz übergewichtig dargestellt. Und wenn irgendwann etwas gelaufen ist, was wirklich bedeutsam ist für alle, wird es nicht ernst genommen. Fazit: Die Leserschaft hat seit langem die Orientierung verloren und kann so leichter manipuliert werden. Schmeiß deinen hundsgemeinen Job und komm zu uns in die Kommune.«

Ich war fertig mit dem Essen. Sagte nichts. Nahm den letzten großen Schluck aus dem Bierglas. Reichte dem Kellner einen Zwanziger. »Stimmt so.« Ich stand auf und legte Miro beide Hände auf die Schultern.

»Junge, leb du für deine Überzeugung, aber sie ist nicht meine. Doch eines Tages schlage ich auch zu und zeige der Welt, dass sie sich verkehrt herum dreht. Warte ab.«

ARBEITSLOS

Kornbauer, und mit ihm die Zeitung, vergaßen allmählich jede journalistische Fairness. Auch der Meinungszwang innerhalb der Redaktion war inzwischen eine Tatsache. Viele Leser und auch Kollegen redeten Kornbauer nach dem Mund, küssten ihm den Arsch. Wir Journalisten hatten alle einen miesen Ruf, da wurde auch nicht differenziert. Mir war es immer wieder unangenehm, wie Leute der Frankfurter Gesellschaft mit mir umgingen. Sie luden mich ein, beschwatzten mich, bettelten mich an, versuchten zu vertuschen – je nach Bedarf –, denn sie wollten es sich auf keinen Fall mit der *Billig-Zeitung* verderben. Und die wurde durch Umsatzsteigerungen und Zukäufe immer mächtiger. Das stieg wohl dem Besitzer Sänger zu Kopf. In einer Promizeitschrift las ich, dass Sänger, inzwischen ein bekannter Playboy zwischen Sylt und St. Tropez, sich von seiner Frau scheiden gelassen hatte. Beide waren über fünfzig. Die einstmals so hübsche Eurasierin war ihm wohl nicht mehr jung und hübsch genug. Man munkelte etwas von einer blonden, knackigen Fünfundzwanzigjährigen.

In diesen Jahren erlebte ich in der Frankfurter Promiszene Auf- und Abstiege. Stars dankten ab. Unbekannte kamen hoch. Firmen erklommen Umsatzrekordhöhen oder gingen bankrott.

Im Winter 1972/73 schrieb die Konkurrenzpresse einige Artikel über Kowalskis Traumobjekt, das Versicherungsgebäude im Nordend. Eine extrem linke Bürgerinitiative formierte sich, die gegen den Ausverkauf war. Sie rechnete vor, dass Kowalskis geschenkter Kindergarten mit seinen zwanzig Plätzen zu klein für das Einzugsgebiet war und in keinem Verhältnis zum Großprojekt stand. Kowalskis geplante Anlage war im Gesamtvolumen ein Vierzig-Millionen-Ding. Der großzügig angebotene Kindergarten in einem schon vorhandenen, nur zu sanierenden Garagengebäude belastete ihn mit lächerlichen zweihunderttausend Mark. Zusätzlich zu den fünfundsiebzig Prozent der Immobilie, die Kowalski für einen Millionenpreis erworben hatte, erhielt er von der Stadt deren fünfundzwanzigprozentigen Anteil – zum Preis von lächerlichen hunderttausend Mark. Den Marktwert dieses Viertels schätzten Fachleute auf das Zehnfache. Dieses seltsame Geschäft war quasi ein Geschenk an Kowalski. Das verschwieg unsere Zeitung. Woche für Woche. Keine Zeile wurde über den Kampf der Bewohner gegen den Spekulanten geschrieben. Ich konnte es kaum glauben. In Kürze sollten Wahlen stattfinden. Dem Hauptakteur der Bürgerinitiative, einem unabhängigen, parteilosen Kandidaten, ein Studienrat namens Wilke, wurde zur Verstärkung Miro Schulte als neuer Stellvertreter an die Seite gestellt. In der Woche vor der städtischen Wahl fuhr unsere Ratte in Urlaub ans Mittelmeer. Deshalb musste ich – und weil zusätzlich jemand erkrankt war – überraschend den Chef vom Dienst übernehmen. Das hieß, nachts, kurz vor Druckbeginn, alles noch einmal in letzter Verantwortung überprüfen. Erst mit meinem Okay durften die Maschinen anlaufen.

Drei Tage vor der Wahl legte mir Kornbauers Sekretärin den Artikel auf den Tisch.

»Der Chef sagte mir, dass dieser Text der lokale Leitartikel für morgen ist. Dreiviertel Seite mit Foto und sechsspaltiger Überschrift«, befahl sie mir zackig.

Ich nickte, überflog den Text und konnte kaum fassen, was ich da las. Die Überschrift lautete: »Unverantwortliche Linksradikale wollen Kindergarten-projekt kippen!« Darunter klebte ein Foto von Miro beim Straßenkampf. Der gesamte Artikel war eine Hetzstory gegen die uneigennützige Bürgerinitiative, gegen Kommunisten, die unser Vaterland schädigten, und arbeitsscheue Dro-gentypen. Das war zu viel. Das konnte ich nicht zulassen! Ich nahm mir den verfluchten Artikel vor und überarbeitete ihn von vorne bis hinten. Verärgert gab ich dem neuen Text zum Schluss die Überschrift »Verantwortungsvolle Bürgerinitiative will schwaches Kindergartenprojekt kippen«. Ich war mir durchaus bewusst, dass mir mein Handeln Ärger einbringen würde. Aber das war es mir wert. Ein Journalist muss Rückgrat haben, damit nicht alle Werte den Bach runtergehen. Ich war mir diesen Schritt schon lange schuldig.

Ich gab den Text in die Setzerei, überprüfte kurz vor Druck nochmals alle wichtigen Seiten und gab mein Okay.

Dieser Moment war der Zeitpunkt meines Miracle-flash. Ich hatte ihn nur nicht für meine Karriere genutzt, sondern für etwas viel Wichtigeres: einfach nur Mensch zu sein, etwas Gutes und Richtiges zu tun.

Anschließend fuhr ich durch die Nacht nach Hause. Ich war aufgebracht, konnte mich kaum beruhigen. Eine Flasche Whisky musste jetzt her. Und Vera, ja, meine ausgeglichene, stets gut gelaunte, positiv denkende Vera. Heute war ich seelisch total im Arsch. Die Sache würde mich meinen Job kosten. Das war mir klar.

Es war spät, aber Vera würde bestimmt zu Hause sein. Und so klingelte ich bei ihr, als ich das Haus betrat. Mir ging es gleich viel besser, als ich sie in ihrer halb geöffneten Tür erblickte. Sie sah mich prüfend an.

»Ärger gehabt?«

Ich nickte stumm. Sie nahm mir meinen Mantel ab und schob mich zum Esszimmertisch. Als ich mich setzte, zündete sie die mittlere der fünf Leuchterkerzen an.

»Möchtest du ein Bier und vielleicht ein Schinkenbrötchen?«

Ich nickte dankbar. Minuten später stand mein Abendbrot auf dem Tisch.

»Original Schwarzwälder Schinken, frisch vom Stück geschnitten«, sagte sie und streichelte mir die rechte Wange.

Ich klagte Vera mein Leid. Erzählte jedes Detail. Nahm einen mächtigen Schluck Bier und spülte damit theatralisch das Gesagte runter. Dann guckte ich sie fragend an. Sie wirkte erschüttert.

»Du bist mein großer, mutiger Held. Ein Mann mit Format. Einer, der sich etwas traut in diesem Leben. Das hast du richtiggemacht«, flüsterte sie tröstend und küsste mich.

Am nächsten Morgen schlich ich zum Briefkasten, schnappte mir die *Billig-Zeitung* und bekam fast einen Schlag. Auf der Lokalseite stand nicht mein korrigierter Artikel, sondern der Originaltext von Kornbauer! Ich konnte mir keinen Reim darauf machen, wie das geschehen sein sollte.

Eins stand fest: Irgendwer hatte die Rotationspresse angehalten, den Text in die Linotype gehauen, in die Mater gepresst, diese mit Blei ausgegossen und gegen die andere auf dem Rotationszylinder ausgetauscht. Und dann neu gedruckt.

Irgendein hinterhältiger Spion der Ratte.

Ich war erledigt und hatte doch überhaupt nichts erreicht.

Dann ging alles sehr schnell. Die Bürgerinitiative mit Studienrat Wilke und Miro Schulte verlor Wahl und Sitz. Ich bekam zum Wochenanfang meine fristlose Kündigung und Kowalski ein paar Monate später sein Filetstück in der City.

Mit einem Vierteljahresgehalt in der Tasche saß ich wochenlang untätig zu Hause herum und grübelte über meinen Scherbenhaufen nach. Um einen Neuanfang zu finden, brauchte ich Abstand – und dafür Geld. Ich träumte seit langem einen süßen Traum vom ewigen Urlaub am Mittelmeer. Jetzt wäre der richtige Zeitpunkt.

Zuerst bot ich meine Wohnung zum Verkauf an. Die hatte sich, als begehrte Nobelbleibe des vornehmen Westends, inzwischen fast im Wert verdoppelt. Ihr Verkauf brachte, nach Abzug der Hypothek, gute zweihunderttausend Mark Überschuss. Dazu kamen über zehntausend Mark von meinem Konto. Ich verkaufte außerdem meine Einrichtung und schwamm nun im Geld. Ein paar antike Sachen, darunter meine Ölgemälde, deponierte ich in Veras Wohnung. Als ich bei einem Autohändler in der Mainzer Landstraße einen knapp acht Jahre alten, etwas ungepflegten Rolls Royce Silver Shadow sah, hielt ich an und kaufte ihn auf der Stelle. Der braune Rolli sah irre teuer aus. Er hatte ein schwarzes Vinyldach, über hunderttausend Kilometer auf dem Tacho, aber zu meinem Glück das Steuerrad auf der rechten Seite. Das minderte den Preis. Mit meinem Cabrio als Inzahlungnahme musste ich nur fünfundzwanzigtausend Mark drauflegen. Ich kaufte den Rolli, denn dieses Vehikel bot mir die einmalige Gelegenheit, als hochstapelnder Millionär in Urlaub zu fahren! Mein Bankguthaben reichte für ein paar Jahre. Der Rolls-Royce-Händler empfahl mir, große Strecken per Autozug zu reisen, weil ein Sieben-Liter-Motor wie ein Loch saufe. Außerdem würde so der Wagen geschont.

Ende August ging es los. Ich reiste alleine, weil Vera keinen Urlaub bekam. Am frühen Abend fuhr ich meinen Rolli auf den Zug, verschloss sorgfältig den Kofferraum, kletterte auf die Rampe und bestieg mein Liegewagenabteil. Es war schon recht kalt und ich freute mich auf den milden Riviera-Herbst. Ich trug lässige Freizeitklamotten: Jeansanzug, Cowboystiefel und einen blauen Windsurfschirm auf dem Kopf. Besonders auffällig an mir war die gestickte Harley-Davidson-Schwinge auf meinem Rücken. Sie war ursprünglich für Lederkombis vorgesehen, aber ich hatte sie in einer türkischen Änderungs- schneiderei auf die Jeansjacke nähen lassen. Sah scharf aus. Rolli und Harley. Natürlich saß auf meiner Nase eine echte Pilotensonnenbrille von Ray Ban. Außer mir reiste nur eine einzige weitere Person in diesem Wagen, eine kugel- runde Frau von mindestens siebzig Jahren. Sie stolperte ein paar Minuten nach mir keuchend herein und freute sich, dass sie ihren reservierten Platz fand. Erleichtert machte sie wortlos ihr Bett und kroch umständlich in ihren Schlaf- sack, schloss die Augen und begann umgehend zu schnarchen. Das ging alles sehr schnell. Ich packte meine mitgebrachte Flasche Wein und einen Pappbe- cher aus und stellte mich draußen auf den Gang. Die Weinflasche öffnete ich mit dem Korkenzieher meines Schweizer Messers. Ich füllte meinen Becher und trank den ersten Schluck. Ein schwerer roter Bordeaux, der ausgezeichnet schmeckte. Der Wein und die rasante Fahrt durch die Nacht entspannten mich. Das ratternde Geräusch des Zuges, die im Fenster auftauchenden Lichter – und plötzlich öffnete sich die Tür zum beleuchteten Nachbarabteil. Eine zierliche, blonde Frau, höchstens fünfundzwanzig Jahre alt, kam herein und lehnte sich an das Nachbarfenster. Wir standen nun gemeinsam im Zug und betrachteten die vorbeirasende nächtliche Landschaft. Die Frau war schwarz gekleidet – Stretchhose, Rollkragenpulli – und trug ihr Haar in einen Knoten nach hinten gebunden. Sie starrte wortlos in die Nacht, und jedes Mal, wenn sie an ihrer Zigarette zog, leuchtete ihr Gesicht rötlich auf. Wir schwiegen lange Zeit, obwohl wir uns mehrmals in der Fensterspiegelung musterten. Als ich mir den nächsten Becher füllte, bot ich ihr diesen an.

Sie lächelte.

»Gerne.« Nach einem langen Schluck gab sie mir den zur Hälfte geleerten Becher zurück.

»Ein ehrlicher Wein.«

»Trinken wir die Flasche gemeinsam aus. Ich habe noch eine zweite.«

»Machen Sie das immer so mit allein reisenden Frauen, betrunken machen und dann ...?«

Ich grinste.

»Was dann, ma chérie?«

»Flachlegen?«, schmunzelte sie.

»Hier im Gang oder in Ihrem Abteil?«

»Sie Unhold! Trinken wir erstmal Ihre Vorräte weg.«

Ich schenkte nach. Im Nu war die Flasche geleert, und ich holte den Scotch sowie einen zweiten Pappbecher.

»Hab ich doch gleich gesagt: Sie wollen mich betrunken machen«, lachte sie mit gespielter Empörung.

Ich nickte, füllte den Becher mit Whisky.

»Ich heiße Bernd und fahre für längere Zeit an die Côte d'Azur. Wie heißen Sie?«

»Erika. Ich fahre in Urlaub. Zwei Wochen Cannes, im Ferienhaus meiner Tante.«

»Leben Sie in Frankfurt?«

»Ja, mindestens noch drei Jahre. Ich studiere Zahnmedizin.«

»Ein zukünftiger, weiblicher Multimillionär. Typisch, an der Côte d'Azur treffen sich halt die Reichen und Schönen.«

Sie lachte, wir erzählten uns kleine Geschichten aus unserem Frankfurter Alltag und leerten die halbe Whisky-Flasche. Wir waren beide ganz schön besoffen, als ich sie einfach in den Arm nahm und küsste. Ihr gefiel das und sie zog mich in ihr Abteil. Doch mehr als Küssen war nicht drin, denn als ich den Knopf ihrer Hose öffnen wollte, stieß sie meine Hände weg.

»Genug für heute! Treffen wir uns in Cannes?«

Wir machten einen Treff aus, übermorgen, Freitag, um fünfzehn Uhr auf der Terrasse des Carlton Hotels. Dann küsste sie mich kurz und schob mich zur Tür hinaus.

Am Morgen wurden wir kurz vor Fréjus geweckt und erhielten unser abgepacktes Frühstück: Schwarz- und Knäckebrot sowie Käse, Marmelade und Wurst in Plastikdöschen. Dazu einen starken Kaffee, den ich nach dem Scotch gut gebrauchen konnte. Ich schaute aus dem Fenster und konnte absolut kein Mittelmeer sehen. In einer Kurve sah ich am Ende des Zugs die Waggons mit den Autos. Bestimmt hatte die scharfe Nachbarin aus dem Nebenabteil meinen Rolls Royce gesehen. War sie auf der Suche nach einem gestopften Macker? Ich musste lachen. Meine dicke Abteilpartnerin sah mich seltsam erschrocken an. Dachte wohl, ich hätte sie nicht alle. Der Zug verlangsamte die Fahrt und wir rollten in unseren Zielbahnhof ein. Schnell packte ich meine Tasche, und Minuten später verließ ich das Abteil. Ich guckte in die nächste, offene Tür. Alles war leer. Hatte ich die Begegnung der letzten Nacht nur geträumt? Ich spürte sie noch immer, ihre warmen Brüste mit den harten Nippeln zwischen meinen Fingern.

Als ich in meinen Wagen stieg, öffnete ich das Fahrerfenster für eventuelle Hinweise des Verlademeisters, fuhr dann auf Zuruf an und hinunter in die angenehme Sommerwärme des mit Palmen geschmückten Bahnhofsgeländes. Beim Vorbeifahren an einem schwarzen Simca mit französischem Nummernschild und zwei Sonnenbrillenweibern rief die eine mir zu: »Hey, Herr Millionär! Nicht vergessen, Freitag, fünfzehn Uhr, Carlton-Terrasse, Cannes!«

Es war Erika, die heiße Studentin. Ich stimmte ihr kopfnickend zu und gab Gas.

Gemächlich fuhr ich Richtung Osten, immer am Meer entlang. Hielt nur einmal unterwegs in St. Raphaël, um zu tanken und ein Baguette zu essen.

Das Fahren mit dem Rolls Royce machte Spaß. Viele hübsche Frauen winkten mir zu. Als ich Cannes erreicht hatte, buchte ich ein Einzelzimmer zum Vorsaisonpreis im pfiffigen Hotel Splendide direkt vor dem Fischerhafen. Das Zimmer mit Seitenfenster nach Osten kostete nur dreihundert Franc pro Nacht und bot eine gute Aussicht auf die Altstadt. In aller Ruhe konnte ich von weitem die Burg, das alte Fischerviertel Le Suquet sowie den quirligen Fischereihafen mit seinen bunt angestrichenen Booten beobachten. Das Leben gefiel mir. Ich aß lokale Köstlichkeiten in einfachen Mittagsküchen und trank abends mein Alkoholquantum preiswert im Hotelzimmer aus Flaschen, die ich im Supermarkt gekauft hatte. Später nahm ich zusätzlich ein, zwei Bier in den lärmenden Altstadtkneipen und -cafés zu mir.

Gleich am ersten Tag gönnte ich mir etwas Besonderes. Ich zog gepflegte Klamotten an und trank meinen Nachmittagskaffee auf der berühmten Carlton-Terrasse an der Croisette, also direkt am Meer. Schön war es auf der erhöhten, mit vielen Pflanzen geschmückten Terrasse. Ich genoss den Spaß, mich von vorbeiziehenden Touristen bestaunen zu lassen als einen der reichen Jetsetter. Sie studierten die sündhaft teuren Preise auf der aushängenden Speisekarte und trauten sich meist nicht, Platz zu nehmen. Das legendäre Carlton galt seit Anfang des Jahrhunderts als Treffpunkt der Reichen, des Adels und Jetsets, der Ölscheichs und Hochstapler. Der unerfahrene Tourist war beeindruckt und blieb außen vor. Darum waren dort immer freie Tische, an denen man ungestört verweilen und das mediterrane Leben zu Wasser und zu Lande beobachten konnte.

Am Freitag saß ich wieder auf der Carlton-Terrasse, schrieb meine Pflicht-postkarte an Vera und wartete auf Erika. Pünktlich tänzelte sie heran, wir küssten uns auf die Wangen und taten recht vornehm. Schnell bat sie mich um eine Fahrt mit dem Rolls Royce. Ich grinste und wies mit einer lässigen Handbewegung zum Carlton-Portal, verschob ihr Ansinnen auf später und lud sie erst einmal zum Essen ein. Dass sie mit meinem Luxusschlitten cruisen wollte, war mir vorher klar gewesen. Frisch gewaschen hatte ich die Kiste und extra für sie gut sichtbar geparkt.

Kurz nach achtzehn Uhr gingen wir auf der Promenade Richtung Westen und flanierten eingehakt bis zum Hafen, um ihn herum bis hinter die Fährmole.

Hier reihte sich eine lange Kette von Restaurants aneinander. Wir studierten die Speisekarten und entschieden uns für Le Coco, das In-Café der Jeunesse dorée. Anschließend wollte ich mit Erika zum Palm Beach fahren.

»Musst du unbedingt sehen, den Saal des Großen Spiels und die berühmte VIP-Bar am Swimmingpool. Bekannt durch etliche Spielfilme mit den französischen Weltstars Belmondo, Delon und Gabin. Hast du den Palm-Beach-Krimi gesehen, den, wo nachher die geklauten Millionen im Swimmingpool schwimmen?«

»Sogar zweimal. Delon ist mein Lieblingsschauspieler. Und dann seine Liaison mit Romy Schneider. Wahnsinn, die haben sich doch bestimmt oft im Palm Beach vergnügt.«

»Weißt du was? Nachher fahren wir auf ein Gläschen Champagner hin.«

Erika guckte mich wie einen Märchenprinzen an und fiel mir um den Hals. Das war mir etwas peinlich, weil andere Gäste neugierig zu uns rüberschielten.

»Ist ja schon gut, Darling. Da kommt übrigens unser Steak.«

Das Essen war eine Offenbarung, ein zarter Traum, der entsprechend kostete. Wir tranken noch einen Café Noir und verließen in Bombenstimmung das Lokal. Erikas gute Laune steckte mich an. Irgendwelche albernen Lieder singend, machten wir uns auf den Rückweg. Die ganze abendliche Promenade entlang bis zum Carlton. Mit dem Rolls Royce rauschten wir über die legendäre Prachtstraße. Von Palme zu Palme, bis wir das angestrahlte Palm-Beach-Casino erreichten. Wir übergaben dem Valetchef Auto und Schlüssel und traten in die Eingangshalle des plüschigen Palm Beach mit seiner verstaubten Pracht, dem kitschig-schwülstigen Gemisch aus Belle Époque, Gründerzeit, Rokoko und Empire. Einfach prächtig, großartig und beeindruckend. Wir gingen in den großen Spielsaal. Ich löste einen Scheck ein, kaufte Chips für das Geld und warf lässig ein paar Hundert-Franc-Chips auf Zahlen, so als ob ich täglich hier verkehren würde. Auf Erika machte ich jedenfalls Eindruck. Ich gewann tatsächlich in nur zehn Minuten über sechstausend Franc. Sicherheitshalber hörte ich auf zu spielen und lud Erika zum Champagner ein. Ich tauschte die Chips in Bargeld und wir setzten uns draußen auf die berühmte Terrasse. Es war ein Traum. Die einmalige Lage am Lichter reflektierenden Meer, links die Île Sainte-Marguerite im Mondlicht, rechts Hafen, Croisette und Altstadt in abendlicher Beleuchtung. Es war Punkt elf, und wie bestellt begann auf der großen Hafenmole ein Feuerwerk. Wir setzten uns an die Bar und orderten

Moët & Chandon. Eine Wahnsinnsaussicht! Wie eine Kitschpostkarte oder Filmkulisse. Mensch, war das schön. Als der Barmann unsere Gläser füllte, stießen wir an und küssten uns.

»Feuerwerk gibt's jeden Freitag und zusätzlich bei vielen Veranstaltungen. Von Festtagen bis zu Kongressen«, sagte der gelangweilte Barmann und holte uns in die Wirklichkeit zurück.

Weit nach Mitternacht fuhren wir zum Splendide, stürzten uns auf das Bett und liebten uns wild.

Als ich am nächsten Morgen aufwachte, war Erika weg. Und mit ihr das Bargeld, alle Schecks und die Scheckkarte. Ich war ein kompletter Idiot und ihr voll auf den Leim gegangen. Fix und fertig rief ich meinen Bankfilialleiter an, denn er musste dreitausend Dollar an die Hoteldirektion telegrafieren, nachdem ich meine Misere erklärt hatte. Der Polizei war die deutsche Diebin nicht bekannt, die Beamten schmunzelten sogar, weil sie sie für 'ne Nutte hielten.

Ich sehnte mich nach Vera und rief sie mit weinerlicher Stimme an. Natürlich erzählte ich ihr nicht genau, was passiert war. Aus dem Schlafzimmerdiebstahl wurde ein Straßenraub.

GIFTMILLIONÄR

Die Bank kündigte der Hoteldirektion per Telegramm meine Überweisung an, und so aß ich die nächsten zwei Tage im Hotelrestaurant auf Kredit. Von dem Kleingeld, das ich noch in meinen Taschen fand, leistete ich mir zweimal einen einfachen Espresso im Carlton. Dort kam ich mit einer Tänzerin aus dem Crazy Horse in Paris ins Gespräch. Die Engländerin war sehr schlank und hübsch. Sie erzählte mir, dass sie wegen ihrer kleinen Brüste nur in der dritten Reihe tanzen dürfe und deshalb am nächsten Tag zur chirurgischen Brustvergrößerung nach Kairo fliege. Sie hatte wirklich kaum etwas im Hemd, aber einen sinnlich-lüsternen Mund. Ich stellte mir vor, wie wir beide es französisch trieben, und versuchte, sie anzumachen. Ich bildete mir ein, einen wirklich guten Start hingelegt zu haben, aber dann tauchte leider ihr Mann auf, ein tätowierter Catcherriese. Frustriert verbrachte ich den Rest des Tages alleine und soff gelangweilt den Cognac aus der Minibar in meinem Hotelzimmer.

Am nächsten Tag saß ich wieder im Carlton. Am Nachbartisch nahm ein elegant gekleideter, älterer Geck Platz. Er trug eine Silbersträhne im braun gefärbten Haar, in der Brusttasche ein rotes Seidentuch und einen auffällig großen Brillantring am kleinen Finger der rechten Hand. Die *FAZ*, die er auf den Tisch gelegt hatte, ließ mich vermuten, dass er Deutscher war. Irgendwie kamen wir ins Gespräch, und er erzählte mir, dass er sich von seiner Frau getrennt habe und nun allein in Théoule lebe.

»Ich hab die dumme Kuh, damals war sie sogar hübsch, wegen ihres Geldes geheiratet. Strebsames Hocharbeiten von ganz unten war mir zuwider. Ich hab ihr gleich beigebracht, dass ich sie lieben und verwöhnen werde, aber mit Stil und Klasse leben möchte: Top of the Tops! Das kostet großes Geld. Ich meine, ich hab sie nicht begaunert, sondern fair mit offenen Karten gespielt. Sie hat mir nicht geglaubt, etwas von Liebe gefaselt, mich aber nach kurzer Zeit der Leidenschaft wie den allerletzten Dreck behandelt. Fünfzehn lange Jahre hab ich ihr geopfert. Nebenbei hab ich in Pestiziden gemacht. Erst als Handelsvertreter, und als ich den Fuß drin hatte, als internationaler Großhändler mit Sitz in British Honduras – pardon, jetzt heißt es ja wohl Belize. Ich kaufe und entsorge seit Jahren alles, was in Europa verboten ist – von DDT bis Agent

Orange –, und bringe es in Südamerika unter neuem Namen auf den Markt. Exportiere auch nach Afrika. Ich bin der Menschheit also nützlich, weil ich Kakerlaken, Sumpfmücken und Stechfliegen ermorde. Das rettet zigtausenden von armen Drittlandleuten das Leben. Die können nämlich den legalen, teuren Killerdreck niemals bezahlen. Ich mache also gute Kohle im tricky business, und es macht mir Spaß.«

»Klingt gut. Meinen Glückwunsch, dass Sie es geschafft haben, sich in diesem Paradies zur Ruhe zu setzen. Théoule ist ein herrliches Fleckchen Erde, und da leben Sie ganz allein?«

»Nein, hab ja zwei Angestellte und fürs Herz wird jetzt auch noch was besorgt. Ich fliege nächste Woche nach Thailand, da kauf ich mir was Junges.«

»Ich mag Leute, die nicht blöd drum herum quatschen, Männer, die realistisch denken und handeln! – Mein Name ist Bernd Behr«, sagte ich und reichte ihm beeindruckt die Rechte.

»Eduard von Bölke, mein Lieber.«

Von Bölke lud mich zu einem Gin Tonic ein, und damit wir nicht dauernd nachbestellen mussten, orderte er gleich eine ganze Flasche Gordons. Dazu einen Kübel mit Eis und einige Flaschen Tonicwasser. Das kostete im Carlton ein kleines Vermögen.

Aus dem Spätnachmittag wurde Abend. Wir erzählten uns geile Storys aus unserem Leben, prahlten und logen, dass sich die Balken bogen, waren irgendwann besoffen und lachten uns halbtot. Die Sonne ging im Westen unter und ein leichter Wind kam auf. Von Bölke bot mir das Du an und lud mich für Dienstag in sein Haus zum Essen ein. Auf einer Serviette malte er mir den komplizierten Anfahrtsplan bis zu einem Wegekreuz, an dem wir uns um vierzehn Uhr treffen wollten. Ich sagte zu und verließ schwankend das Carlton. Glücklicherweise war es dunkel und ich fiel nicht als Trunkenbold auf. Am nächsten Morgen erwachte ich sehr spät mit Kopfschmerzen. Es wurde dennoch ein guter Tag, denn mein Geld war inzwischen angekommen. Augenzwinkernd gab mir der Portier nach Abzug der ersten Abrechnung die Differenz. Der hatte mich wohl in der letzten Nacht gesehen.

Am Dienstag kaufte ich eine teure Flasche Gin als Gastgeschenk und fuhr los. Von Bölkes Villa klebte ganz allein auf einem hoch über Théoule ragenden Felsbrocken. Das Grundstück wurde durch einen geschmiedeten Dreimeterzaun gesichert, dessen obere Enden spitz wie Schwertblätter geformt waren.

Dahinter reckte sich eine fast ebenso hohe, undurchdringliche, sauber geschnittene Hecke empor, die wohl sein Luxusleben verstecken sollte. Ich fand die Kreuzung mit dem Altar, und da wartete auch schon der grinsende Eduard, der bewundernd meinen Rolls betrachtete und zustieg. Er dirigierte mich um den ganzen Block herum zu einem versteckten Tor, das sich automatisch wie von Geisterhand öffnete. Das mit einem Löwenwappen verzierte Gittertor war auf der Rückseite mit schwarz lackierten Stahlplatten zugeschweißt, sodass ich erst jetzt freien Blick auf Gebäude und Swimmingpool hatte. Neoklassizistischer Stil mit griechischen Säulen. Vier große vor dem prächtigen Eingang und viele kleine als Teil der Balkon- und Terrassenbalustraden. Am Tor bemerkte ich ein blank poliertes Messingschild mit dem gleichen Wappen und fünf Buchstaben: »S. A. D. B. C. – Societé Anonyme de Blackmoney de Cayman Islands«, las ich augenzwinkernd. Von Bölke grinste.

»Da hast du aber ins Schwarze getroffen. Dieses Anwesen gehört meiner Tochtergesellschaft in Monaco, die Mutterfirma ist auf den Caymans und macht ihr Geld in Belize.«

»Was bedeutet das Wappen mit dem Löwen?«

»Familienwappen der Barone von Bölke, preußischer Uradel. Wie hier auf meinem Siegelring. Darum hat meine Frau mich ja damals mit ihrem vielen Geld gekauft. Ich machte sie zur Baronin.«

»Und jetzt bist du dran, die Lebensumstände auszugleichen, und kaufst dir die junge Frau. Der prächtige Besitz zeigt mir, dass dein Geschäft was abwirft.«

»Ja, mittlerweile bekämpft halb Afrika und halb Südamerika die Krabbelpest mit meiner Billigchemie. Von Kakerlaken bis Sackratten.«

Über den coolen Sackrattenspruch freute er sich wie ein Kind, und als ich mit schallendem Gelächter reagierte, sagte er gerührt, mit einer theatralischen Geste:

»Nenn mich Eddy, das dürfen nur meine besten Freunde. Tritt ein, Bernd, meine Hütte ist auch deine Hütte.«

Eddy war ein schillernder, faszinierender Kerl. Ich mochte ihn. Wir parkten in der übergroßen Garage, in der drei Autos Platz hatten, gingen durch einen mit vielen alten Gemälden ausgestatteten Marmorflur und kamen in das elegante Wohnzimmer. Eine Superorgie aus weißem Leder, Marmor und moderner Kunst. Sehr sparsam aufgereiht hingen Bilder, standen Kunstobjekte und Skulpturen herum. Genauso sah es auch auf der über zweihundert Quadratmeter großen

Terrasse mit Swimmingpool aus. Und die gesamte Bucht von Cannes bis zum Esterelgebirge lag ausgebreitet vor uns.

»Wahnsinn!«, rief ich und ließ meinen Blick zu den im Hintergrund liegenden Îles de Lérins schweifen, mit den ockerfarbenen Mauern des ehemaligen Klosters und der Festung. Eine grandiose Aussicht, die einen weiteren Reiz in den winzigen, wie Spielzeugschiffchen wirkenden Jachten besaß. Eddy klatschte in die Hände, und eine dicke alte Schwarze – in viel zu enger, weißer Uniform mit Blüschen, Schürze und Haube – brachte uns eine eiskalte Flasche Champagner und Gläser.

»Lunch is ready«, flüsterte sie auf die fragende Mimik des Hausherrn.

»Du hast hoffentlich guten Hunger mitgebracht?«, fragte Eddy und ich nickte.

»Ten minutes«, befahl er der Schwarzen, die kommentarlos gehorchte.

Eddy füllte die Gläser, reichte mir eins, hob sein Glas Richtung Meer und rief: »Auf die schönen Momente des Lebens. Auf dich, mein Freund, und dass wir diesem hier noch ein paar gute Momente hinzufügen können. Ich fühl mich heute richtig spitze. Welch eine Scheiße, wenn ich an mein Alter denke. Ich bin dieses Jahr neunundsechzig geworden. Wann werde ich den Arsch für immer zukneifen? Was kommt auf mich zu? Siechtum? Nee, das wird es bei mir nicht geben. Da mach ich ruckzuck Schluss, wenn irgendein brutales Leiden auftaucht und mich endlos peinigt.«

»Aber vorher genießen wir noch jeden Tag dieses schönen Lebens. Denk mal an die Millionen armer Schweine, denen es nicht so gut geht wie uns. Darum Prost, auf dein Spezielles, Baron.«

»Du hast gut reden. Hast noch alles vor dir. Wie alt bist du?«

»Fünfundzwanzig. Alt genug, um zu kapieren, was für ein Beschiss das Leben ist. Und dabei wissen wir nicht einmal, woher wir kommen oder wohin wir gehen. Wofür lebst du, Eddy?«

»Also mit richtig gut Ficken läuft bei mir nicht mehr viel. Eigentlich lebe ich fürs Fressen und meinen Champagnerkeller. Da liegen über tausend wohltemperierte Flaschen. Nur aus den Spitzenhäusern von Reims. Essen, Gourmetfrühstück und -lunch, nach meinen Vorstellungen von meiner Haushälterin fabriziert. Das reicht aber nicht aus. Wahre Befriedigung finde ich nur am Abend in den berühmten französischen Gourmettempeln der Côte. Da gehe ich streng nach den Michelin-Sternen vor. Leider gibt es in der Nähe nur zwei

Toprestaurants: das Majestic-Lys und das Martinez La Palme d'Or in Cannes. Das Gros der Spitzenläden findest du leider viel weiter im Osten, in Nizza und Monaco. Ich fahre abends nicht gerne so weit, der Alkohol, weißt du.«

Teilnahmsvoll klopfte ich ihm auf die Schulter und lud ihn für den übernächsten Tag ins La Rotonde im Negresco in Nizza ein. Mir wurde fast schlecht, als ich an die Rechnung dachte. Aber wie sollte ich mich sonst revanchieren? Wir genehmigten uns noch einen langen, hochprozentigen Abend in dem exklusiven Ambiente seines Privatpalastes. Es war ein Augen- und Gaumenschmaus. Ziemlich betrunken verabschiedete ich mich.

Die Bekanntschaft mit dem einsamen Eddy war ein Glücksfall. Zwei Tage und Nächte verbrachte ich in seiner Gesellschaft, dann fuhr ich nach Frankfurt zurück. Eigentlich nur, weil mir nichts Besseres einfiel.

Als Besucher zog ich vorübergehend bei der netten Vera ein. Freudig nahm sie mich auf und verwöhnte mich. Aber ich war unaufrichtig, weil ich plötzlich wieder nur an Kati dachte. Ihr Verschwinden aus meinem Leben hatte ich nie richtig akzeptieren können. Jetzt hatte ich Zeit, darüber nachzudenken. Sah ich irgendwo einen blonden Schopf, kam mir Kati in den Sinn. Klingelte das Telefon, hoffte ich auf Kati. War ein Brief im Briefkasten ... Kati. Meine Kati mit den schönen blauen Augen. Ich spürte das leichte Wippen ihrer hochstehenden, festen Brüste. Sie ging mir nicht aus dem Sinn. Auch nicht, als Walter Schrippe mir an einem Sommerabend im Café Schwille erzählte, dass sie auf Sylt einen Georg geheiratet habe. Mir blieb die Spucke weg. Dieser langweilige Dorfschreiner hatte sie mir tatsächlich weggeschnappt? War seine Liebeskunst der Eisbrecher gewesen? Sie hatte ihn damals als den Superficker erwähnt, dem ich nicht das Wasser reichen könne. Wie kam er bloß mit ihrer ausgeflippten Mutter klar? – Logo, sie wurde wohl auch von ihm bedient.

Als Walter mir von Katis Glück erzählte, versuchte ich ruhig zu bleiben. Hoffentlich bemerkte er nicht, wie sehr meine Hand zitterte, als sie die Kaffeetasse zum Mund führte. Ich versuchte, das Thema zu wechseln.

»Walter, was treibst du eigentlich so in diesen Tagen? Früher haben wir uns hin und wieder mal im Bermudadreieck getroffen, zwischen Club Voltaire, Jazzhaus und Café Schwille. Scheint, du bist neuerdings ein viel beschäftigter Mann.«

»Da liegst du genau richtig, Alter. Ich habe alle bisherigen Pläne schmeißen müssen. Architekt ade! Vor ein paar Monaten ist mein Vater gestorben, und ich hab seinen Laden übernommen.«

»War das nicht irgendwas mit Metzgersachen in Wiesbaden?«

»Ja, bist nahe dran. Meine Familie besitzt ein stadtbekanntes Feinkost-geschäft in Mainz. In zweiter Generation. Und dazu einen gerade eröffneten Gourmetladen in Wiesbaden. Dann kratzte der Alte plötzlich einfach ab. Fiel am helllichten Tag vor dem Kassentresen um und war sofort tot. Das Herz. Zum Glück hat meine Mutter immer in der Firma mitgearbeitet. Sie managt alles als Chefin und führt gleichzeitig den Mainzer Stammsitz. Ich ackere im neuen Fachgeschäft in Wiesbaden als Filialleiter. Tag und Nacht, wie der letzte Sklave. Hab den Laden aber schon gut im Rennen. Der macht ständig höhere Umsätze, und ich entwickle mich allmählich zum Superfachmann. Obwohl ich kaum Freizeit habe, macht's trotzdem Spaß. Schließlich erbe ich mal die Firma und weiß, wofür ich schufte.«

»Toll, wenn ich mal drüben was zu tun habe, besuch ich dich. Wo befindet sich das Geschäft?«

»Wiesbaden, Oberkirchplatz.«

»Leicht zu merken. Sag mal, bist du oft auf Sylt?«

»Ferienwohnung in Hörnum. Im Süden.«

»Ich weiß, Aalreuse, mein Lieblingsabschleppplatz. Williges neues Frisch-fleisch reist an, Tag für Tag. Ich wünschte, ich wär da.«

Schrippe lachte, machte mit den Fingern der rechten Hand ein Ficksymbol, wackelt mit dem Kopf und glotzte verzückt in den Himmel.

Ich fand keinen geeigneten, gleichwertigen Ersatzjob. Es gab im Großraum Frankfurt nur fünf Tages- und zwei Anzeigenzeitungen. So versuchte ich mich als freier Bildreporter und Werbefotograf. Die große, wöchentliche Anzeigen-zeitung *Ring,* die die Einzugsgebiete rings um die City abdeckte, wurde mein erster Auftraggeber, der mir zum Glück eine monatliche Pauschale bezahlte, von der ich fast leben konnte. Eintausend Mark im Monat, dafür verpflichtete ich mich, wöchentlich vier bis fünf aktuelle Fotos mit Text zu liefern, die ungefähr eine dreiviertel Seite ergeben mussten. Der Rest wurde mit Anzeigen gefüllt. Ich hatte noch jede Menge Kohle von der Wohnung auf der Bank und konnte mich in Ruhe um bessere Aufgaben bemühen.

Im Frankfurter Interconti wurde Ringo Starr erwartet. Es war Freitagabend, und die Lobby quoll über mit ausgelassen feiernden Messeleuten. Ich spazierte gelangweilt durch die weitläufige Halle und lauerte fast zehn Minuten auf einen freien Sessel, auf dem ich dann eine Stunde auf Ringo wartete. In kurzen Abständen schielte ich zum Eingang und dann wieder in mein Notizbuch, in dem ich eine längere Bildunterschrift für vorher geschossene Messefotos entwarf. Dann kam ein mir bekannter Hotelangestellter und informierte mich, dass der Künstler seinen Aufenthalt um einen Tag verschieben musste. Schlechtes Wetter in Dublin, Abflugverbot.

Das war's endlich für den Tag. Weil ich nun für eine Wochenzeitung arbeitete, stand ich nicht so unter Zeitdruck und machte Feierabend. Ich hatte mir ein frisch gezapftes Bier vom Fass verdient, packte Kamera und Notizblock in meinen Alukoffer und fuhr mit dem Fahrstuhl hoch in die Bar im Penthouse. An der Theke ließ ich mir einen halben Liter im Glaskrug zapfen, den ich zügig leerte. Das tat gut und entspannte mich.

Ich wischte mir den Schaum von der Oberlippe und sah mich um. An der Bar war ich der einzige Gast. Kurz darauf tauchte eine hochtoupierte Blondine in einem silberbestickten, langen Abendkleid auf. Sie nahm weit entfernt von mir auf dem letzten Hocker der Reihe Platz, bestellte Piper-Champagner und zündete sich eine Zigarette an. Die Frau war mordsmäßig aufgetakelt, mit Galaschmuck und großem Make-up. Irgendwie kam sie mir bekannt vor.

Donnerwetter! Mir blieb fast das Herz stehen. Das war Kati! Kati als aufgetakeltes, mondänes Schauweib! Mit kostbarem Geschmeide im Hautevolee-Outfit. So hatte ich sie nie zuvor gesehen. In meiner Erinnerung existierte sie nur als salopp gekleidetes Schulmädchen. Langsam bemerkte ich, dass sie mich entsetzt anstarrte, wie ein plötzlich aufgetauchtes Gespenst aus finsterer Vergangenheit. Ich stand auf und ging wie hypnotisiert zu ihr rüber. Am liebsten hätte ich sie in meine Arme genommen und an mich gedrückt, aber da bemerkte ich, als ich sie beinahe berührte, dass sie mich gar nicht mehr registrierte. Eine Gänsehaut hatte ihre Arme überlaufen. Sie war vollkommen geschockt. Kati ließ ihr Glas fallen, das laut klirrend an der Fußstange der Bar zerbrach. Das Geräusch brachte sie in die Gegenwart zurück. Ein seltsamer Ruck ging durch ihren Körper, sie öffnete ihren Mund und schrie: »Lass mich in Ruhe! Verschwinde aus meinem Leben!«

Sie stand auf und rannte stolpernd Richtung Ausgang. In dem Moment kam Sänger zur Tür herein. Tatsächlich, George Sänger. Den hatte ich ewig nicht gesehen. Er hielt Kati die Tür auf und beide verschwanden.

Ich schlich fassungslos zu meinem Hocker zurück. Kati, die große Liebe meines Lebens! Warum hatte sie meine Gegenwart so aufgeregt? Was war denn los? Wieso ging sie mit George Sänger weg? Ich begann zu zweifeln. Doch, die Frau war ganz sicher Kati gewesen. Meine Kati. Ihre Stimme, ich hatte sie so lange nicht gehört. Ich wusste, ich würde Kati nie vergessen.

In den nächsten Tagen suchte ich eine einfache Mietwohnung und fand schließlich eine preiswerte Einzimmerwohnung in der gepflegten Gegend hinter dem Städel-Museum. Ich richtete sie nur mit einem Bett ein. Alles andere lag auf dem Fußboden.

Die *Ring*-Zeitung gehörte Werner Stein, einem Jungunternehmer in meinem Alter. Er war vorher Anzeigenvertreter für zwei Bremer Monatszeitschriften gewesen und nach seiner Heirat mit einer Frankfurterin an den Main gezogen. Seine Frau hatte ein kleines Mietshaus mit einem Ladenlokal im Erdgeschoss geerbt, das an einer viel befahrenen Verkehrsverbindung im Norden der Stadt stand. Er war begeisterter Handballer im Sportverein Nordend, zu dem noch weitere Abteilungen gehörten: Fußball, Tennis und Kegeln. In der Nähe des Vereinshauses war auch die Verwaltung des Kleingärtnervereins. Die Vereine gaben zusammen ein mickriges, mit einer Kopiermaschine gedrucktes Monatsblatt heraus, die Nordend-Vereinszeitung. Sie war ständig in Finanznot, und so konnte sich der clevere Stein das kleine Pleiteblatt für einen symbolischen Heiermann, also fünf Mark Kaufpreis, mit einer vertraglichen Zuschusssicherung von sechshundert Mark im Monat, sichern.

In nur einem Monat machte Werner Stein daraus das neue Monatsblatt *Vereins-Ring Nordend* und finanzierte die Zeitung smart über die Geschäftsleute, die im Verein Mitglied waren. Sie wurden zu monatlichen Anzeigenserien animiert. Das sicherte für die nächsten zwei Jahre die Kosten für Schreiben, Satz und Druck. Alle weiteren Anzeigen waren Reingewinn. Schon am Ende des ersten Jahres gab Stein die Zeitung mit einer Auflage von sechzigtausend Exemplaren alle vierzehn Tage heraus und verdiente monatlich eine hohe vierstellige Summe. Er sammelte kostenlos die Vereinsnachrichten, und seine begabte Ehefrau, linkes Parteimitglied, schrieb die Titelseite. Ausgabe für

Ausgabe, mit zwei bis drei kommunalen Stadtteilartikeln, aus gekürzten Tageszeitungsmeldungen recherchiert. Ich war der erste zusätzliche Redakteur, der pauschal bezahlt wurde und praktisch alles bringen musste, vom Verkehrsunfall bis zum Wohnungseinbruch, vom Handtaschendiebstahl bis zum Karnevalsabend. Eine lausige Spießersoße. Ich träumte von meiner ehemaligen VIP-Schreiberzeit, vermisste sie sehr. Zum Ausgleich konzentrierte ich mich privat auf meine künstlerische Fotografie. Ich experimentierte mit eigenen Projekten für spätere Buchillustrationen oder Galerieausstellungen und versuchte gleichzeitig, ein Bein in den Aufgabenbereich Industriefotografie zu kriegen. Ich sah meine Zukunft in der lukrativen Werbefotografie. Die wurde super bezahlt und brachte die ersten deutschen Starfotografen in die Headlines: Charles Wilp wurde mein großes Vorbild, der Macher vom AfriCola-Rausch. Eines Tages klingelte mein Telefon, und ein Immobilienunternehmen, spezialisiert auf hypermoderne Gewerbebauten, bat mich um einen Besuch. Das war die erste Reaktion auf meine guten Fotos im *Ring*. Diese trugen grundsätzlich die Bildunterschrift: Foto-Behr. Ich bekam, nach einer gemeinsamen Besichtigung des fast fertiggestellten neuen Objekts der Firma, den Auftrag für eine Fotoserie von Außen- und Innenaufnahmen. Gesamthonorar: viertausend Mark! Diese Fotos wurden vom Auftraggeber für Verkaufsprospekte, Anzeigenwerbung und Großfotos verwendet. Sie machten mich in der Branche bekannt, und ich erhielt Folgeaufträge. Auch die Werbefotos für eine erfolgreiche Baumschulenkette brachten Neukunden. Diese neuen Aufträge waren mir sehr willkommen, denn sie wurden gut bezahlt. Leider kamen sie noch unregelmäßig, und so war der Festvertrag mit der *Ring*-Zeitung von Bedeutung.

Eines Tages wurde ich überraschend zum Verleger gerufen, der mir lächelnd seinen Arm auf die Schulter legte. Unsere Vertragsverlängerung stand an, und ich freute mich, denn aufgrund der gewaltigen Auflagen- und Arbeitssteigerung durfte ich auf eine höhere Pauschale hoffen. Werner Stein bat mich, Platz zu nehmen, und öffnete eine Flasche Sekt. Er füllte zwei Gläser, reichte mir eins und prostete mir zu.

»Auf Ihre Gesundheit und weitere berufliche Erfolge, lieber Herr Behr. Sie werden es noch weit bringen. Ein Fotograf Ihres Kalibers wird immer gutes Geld verdienen. Leider muss ich mich aber von Ihnen verabschieden.«

»Wie meinen Sie das ... verabschieden?«

»Unsere Zeitung wurde von einem Großverlag aufgekauft, der das Blatt in zwei Monaten übernimmt.«

»Schade. Und Sie, Herr Stein, bleiben nicht als Verlagsleiter in der Firma?«, fragte ich naiv.

»Ich verlasse den Laden, stimmt. Aber Ihr Vertrag wurde leider nicht verlängert. Das verstehe ich eigentlich nicht. Haben Sie etwa Feinde beim *Billig*-Verlag?«

Ich bekam weiche Knie.

»Sagten Sie tatsächlich *Billig*-Verlag? Geht das von Kornbauer aus?«

»Richtig. Der Mann hat Sie sofort moniert.«

Das saß. Ich war konsterniert. Der Vernichtungsfeldzug setzte sich fort. Mir gefror das Blut in den Adern.

»Scheiße! Diese Ratte«, fluchte ich.

»Da haben Sie sich aber mächtige Feinde zugelegt. Die haben Einfluss«, sagte Stein und reichte mir einen Scheck über dreitausend Mark.

»Die wollen, dass Sie sofort aufhören. Jetzt in diesem Moment. Tausend bis Vertragsende und zweitausend als persönliche Prämie von mir, damit Sie mich in guter Erinnerung halten. Tut mir wirklich leid für Sie. Alles Gute«, wünschte er mir und drückte mir zum Abschied fest die Hand. Mir stand das Wasser in den Augen. Der Schuss saß. Blutzeitung!

Monatelang bereitete ich meine erste Ausstellung in der Lobby meiner Bank vor. Der Filialleiter, den ich schon von seiner Lehrzeit her kannte, organisierte sie für mich. Als erfahrener Pressemann schrieb ich einen kurzen, etwas schrillen Zeitungsartikel über meinen Werdegang. Er trug die Überschrift: »Vom Klatschkolumnisten zum Lichtkomponisten«.

Ich machte zwanzig Kopien für Periodika und legte jeweils ein Foto von mir bei, das mich in einer künstlerischen Fotografierpose zeigte. Von den vier wichtigen Frankfurter Zeitungen würden die linke und die Blutzeitung mich nicht bringen, das heißt, für die Hälfte der Bevölkerung, die Zeitung las, wurde ich totgeschwiegen. Aber das sollte Holger Geiner, ein alter Bekannter, nun beim Fernsehen in Nordrhein-Westfalen wettmachen. Holger hatte ich zwei Jahre zuvor mit guten Artikeln bei seinen Lesungen in Frankfurt geholfen. Jetzt hatte er die Chance, sich zu revanchieren. Ich rief ihn an, den neuen Kulturchef seines Senders, und erzählte von meiner Ausstellung.

»Alter Junge, das bringe ich als Topmeldung in unserem Kulturtipp am Samstag, als Ankündigung. Und dann folgt eine von mir persönlich geleitete Reportage für die übernächste Sendung. Gut, dass du am Ball bist und ich nun mal etwas für dich tun kann.«

Wir plauderten noch kurz über die Frankfurter Kultur- und Medienszene. Begeistert bedankte ich mich, schickte ihm sofort meine PR-Unterlagen und ein paar wichtige Fotoabzüge für seine Ankündigung.

Am Samstagabend lag ich auf Veras Sofa und schaute mir die Sendung an. Zur Feier des Tages schenkte ich uns einen feinen Cognac ein und blödelte aufgekratzt herum.

»Meine Damen und Herren, Sie sehen nun Deutschlands neue, geile Kulturspritze, Starfotograf Behr.«

»Vergessen Sie Charles Wilp. Bernd Behr ist die personifizierte Revolution der deutschen Kunstfotografie«, setzte Vera eins drauf.

Die Sendung lief runter, Beitrag für Beitrag, aber von mir kam nichts. Kein Bild, kein Wort, nichts. Am Ende der Sendung sahen wir uns fragend an.

»Vielleicht bringen die das nächste Woche. War es nicht eine Vorschau für die kommende?«, fragte Vera.

Ich schüttelte den Kopf, ahnte Schlimmes.

»Der Sender ist ein Riesenbetrieb. Holger hat etliche Leute über sich. Irgendwer hat dran gedreht. Einer, der sich mit Sänger gut versteht. Vielleicht sein bezahlter Spion? Hoffentlich gibt es in diesem Land niemals Privatfernsehen! Sänger wird es planmäßig aufkaufen und mich killen«, stöhnte ich.

Ich rief Holger in den nächsten Tagen mehrmals an, kam jedoch nur zur Sekretärin durch und nicht weiter. Dann gab ich auf. Er wollte es sich wohl nicht mit dem Machtapparat des *Billig*-Konzerns verderben. Mir war klar, mit zunehmender Medienkonzentration in Deutschland verminderte sich die Chance, sicher geltende Jobs zu halten bzw. höhere Positionen zu erreichen. Die ersten Journalisten hatten bereits Angst vor Sängers übermächtig gewordenem Konzern und kuschten, um zu überleben. Sogar bei Anstellungen in fremden Unternehmen.

Die Ausstellung war kein großer Erfolg, aber sie bekam gute Kritiken in der *Allgemeinen,* der *Presse* und sogar in der *Rundschau.* Immerhin ergab sich eine weitere Ausstellung in Wiesbaden. Ich war zufrieden.

Sommer 1974. Willy Brandt stürzte über den Spion Guillaume, Terroristen entführten Peter Lorenz und Deutschland erreichte die erste Million Arbeitslose. Eine Million!

Ich schlug mich mit Industriefotos durch und arbeitete ein paar Stunden pro Woche als freier Pressefotograf für eine nordhessische Zeitungskette, die mich als ihren Mann in Frankfurt pries. Sie zahlte allerdings nur nach Foto und Zeilenzahl, ohne Fixum und Vertrag. Ab und zu reichte mein Geld nicht aus, und so knabberte ich meine Ersparnisse an.

Dann kam eine Buchprüfung des Finanzamtes, die sehr schlecht verlief, weil ich meinen Kram nicht richtig im Griff hatte. Als ich irgendwie den Überblick gewann und einen Nachmittag lang mit zwei strengen Sachbearbeitern verhandelte, konnte ich eine faire Nachforderung aushandeln: elftausend Mark Nachzahlung! Es hätte schlimmer kommen können, doch meine Reserven schrumpften weiter.

Beim Bericht über eine Zwischenlandung von Abba, der berühmten Band, fiel mir durch Zufall im Frankfurter Flughafencafé eine *Billig-Zeitung* in die Hände. Obwohl ich mir geschworen hatte, nie wieder in eine reinzuschauen, blätterte ich sie trotzdem neugierig durch. Sie schien mir schlimmer als früher. Ich sah aufgeblähte, dümmliche Berichte über Uri Geller, den Gabelzauberer, und Lilli Palmers Memoiren, Belanglosigkeiten, die wichtiges Tagesgeschehen verdrängten.

Die Leuteverarschung lief im Osten und im Westen: Entmündigung durch ein menschenverachtendes Regierungssystem, durch ein außer Kontrolle geratenes, verantwortungsloses Meinungsmonopol. Auf den letzten Seiten, im lokalen Teil, entdeckte ich einen ganzseitigen PR-Bericht über eine neue Großsiedlung am Mainufer, ein Projekt meines Immobilienkunden. Von anderen Leuten geschrieben und fotografiert, als PR-Verbund zwischen der *Billig*-Redaktion und meinem nun wohl Ex-Auftraggeber, fotografiert von einem Konkurrenten und geschrieben von einem Herrn namens Schulte. Schulte? Doch nicht etwa Miroslav Schulte? Ich marschierte zu den Münzfernsprechern, steckte zwei Groschen ins Telefon und wählte die *Billig*-Redaktion an. Bat, mit Miroslav Schulte verbunden zu werden. Die Redaktionssekretärin antwortete: »Kleinen Moment, der Herr«, und rief dann laut in das Büro hinein: »Ist der Volontär schon da?« Im Hintergrund hörte ich Stimmen, dann sprach die Sekretärin mich wieder an.

»Hören Sie? Miroslav Schulte ist gerade beim Chef. Die Besprechung kann 'ne Weile dauern. Wenn Sie vielleicht später ...«

Ich hatte genug gehört und legte auf. Der kleine linke Rebell – gerade hatte er noch für die internationale Linke gekämpft. Und hatte jetzt alles, was ihm wichtig im Leben gewesen war, einfach so über Bord gekippt für einen Redaktionssessel im Löwenkäfig. Ich konnte es einfach nicht begreifen. Dieser Verräter. Es war zum Kotzen.

Ein anderer Zeitungsartikel informierte über das Kowalski-Projekt und die Einweihung des neuen Kindergartens. Ein viertelseitiges Foto mit der Unterschrift »Ein guter Mensch« zeigte Kowalski im Kreise spielender Kinder.

Wenigstens kamen Minuten später die Abba-Sänger aus ihrer VIP-Lounge raus und ich bekam mein Foto in den Kasten. Das tägliche Brot war halbwegs verdient.

Schwarzarbeit war in aller Munde. Firmenpleiten häuften sich, von der Berliner Großbaustelle Steglitzer Kreisel bis zur Herstatt-Bank in Köln. Dazu über eine Million Arbeitslose. Als vor einem bekannten Frankfurter Bauunternehmen gestreikt wurde, fuhr ich hin und kam mit der Kamera um den Hals an, als zweihundert meist ältere Arbeitnehmer gerade ihre Kündigung erhalten hatten. Sie hielten ihre Kündigungsschreiben noch in den Händen, als sie das Verwaltungsgebäude verließen. Ich schoss eine traurige Serie von Männern, denen der Schock ins Gesicht geschrieben stand. Eine Stunde später entwickelte ich in meiner Dunkelkammer den Film und sah sorgfältig mit der Lupe die Negative durch.

Da war *das* Foto dabei!

Ein Schutzhelm tragender, von der Bauarbeit noch schmutziger Familienvater wurde von Frau und Kind umarmt. Tränen liefen ihm das Gesicht herunter. Tränen, die eine bittere Spur auf seine Wangen zeichneten. Seine Augen starrten leer ins Nichts.

In dem Moment wusste ich, dies war mein Jahrhundertfoto. Momentaufnahme von Deutschlands neuer Pest, der Massenarbeitslosigkeit! Hektisch machte ich drei große Abzüge. Ich kapierte, dass ich ein zeitloses, anrührendes Nachkriegsdokument geschaffen hatte. Mit dem Auto fuhr ich auf schnellstem Weg zu der bekannten Presseagentur in der City. Die Leute fanden das Foto einmalig und schlugen mir vor, die Rechte gesondert anzubieten. Exklusiv für einen

Superpreis. Weil ich so nervös war, unterschrieb ich ohne zu lesen den Vertrag und bedankte mich. Noch am selben Abend erhielt ich einen Telefonanruf. Für das Bild wurden zwölftausend Mark geboten. Überglücklich sagte ich zu.

Das Foto erschien überall in Europa. In allen großen Zeitungen und danach in den wichtigen Zeitschriften. Doch es trug den Vermerk »Copyright *Billig*-Publishing«. Ich Idiot hatte meinen Sternenstaub, den Eintritt in die Ruhmeshallen der Fotografie, für ein paar lausige Tausender an diesen Drecksladen verkauft!

Ich blieb unbekannt und ackerte weiter, verdiente etwas Geld mit Werbung, hier ein Industriefoto, da eine kleine PR-Reportage. Und irgendwann machte ich, weil wirklich tagelang überhaupt nichts lief, ein paar hundert Mark mit Hochzeitsfotos. Hochzeitsfotos! Die sah ich eigentlich als Endpunkt eines Fotografenlebens an. Scheiße!

Fast ein dreiviertel Jahr später klingelte spätabends das Telefon. Vera hob ab, rief mich aber gleich und reichte mir mit Blick auf die Uhr den Hörer. »Behr!«

»Miroslav, hier. Bist du es, Bernd?«

»Ach, du? Trotzdem, freu mich, dich zu hören. Wie geht's? Irgendwas passiert?«

»Ich hänge in einer sagenhaften Scheiße drin. Ist dir bekannt, dass ich als Volontär bei der *Billig-Zeitung* arbeite?«

»Klar doch. Und ich wünsch dir viel Erfolg. Ich verstehe allerdings nicht deinen seltsamen Gesinnungswandel. Ach, was soll's? Es steht mir nicht zu, meine dumme Schnauze aufzumachen. Schließlich wär ich auch noch dort, wenn ich mich angepasster verhalten hätte. Nee, glaub mir, wenn ich dir die Daumen für eine erfolgreiche Zukunft bei Sänger drücke. Du gehörst immer noch zu meinen Freunden. Okay?«

»Danke, da bin ich echt erleichtert. Der Volontärsjob ist auch nur vorübergehend. Jetzt lach nicht: Schwangerschaftsvertretung für ein Jahr. Eine Redakteurin kriegt 'n Kind. Ich brauchte den gut bezahlten Job. Will dort nicht bleiben, sondern habe mich um eine Position bei einer Mainzer Fernsehproduktion beworben, eine einmalige Chance. Die wollen einen Fernsehprivatsender aufbauen und haben mir die Stelle zugesagt. Jeden Tag kann der Vertrag bei mir eintrudeln. Im Herbst läuft das an. Na ja, bis dahin muss ich sehen, wo ich bleibe, muss halt Geld verdienen. Erst kommt das Fressen ... na, du weißt schon ...«

»Klaro, schieß los, Junge. Wo drückt der Schuh?«

»Ach, eigentlich ist es 'ne lange Story. Alles fing damit an, dass ein Feinkostkonzern aus Mainz das Flachdachgebäude neben unserem Verlagsbüro kaufte, um dort einen Küchenbetrieb für Flugzeugverpflegung zu bauen. Das schafft Arbeitsplätze, und die Stadt gab schon ihr vorläufiges Okay. Leider bauen die direkt vor dem Fenster vom Kornbauer-Büro, mitten in seine schöne Aussicht auf den Wald. Zwei Stockwerke höher als wir. Und du kennst ja Kornbauer.«

»Mein Gott, leider. Der dreht sicher durch. Und wie geht's weiter?«

»Als er davon Wind kriegte, stand er mitten in der Redaktionskonferenz auf, ging zum Fenster und schrie: ›Hier bin ich der Boss. Kapiert das jeder?! Wenn irgendein drittklassiger Käseladen meint, er kann mir die hart erarbeitete Aussicht vermiesen, dann wird er mich kennenlernen!‹«

Ich unterbrach Miro.

»Das kann doch nicht wahr sein! Ist der denn total durchgeknallt?«

»Ja, aber er hat im vergangenen Jahr den größten Auflagenschub in der Firmengeschichte geschafft. Sängers Musterknabe! Jetzt ist ihm auch die Mainz-Ausgabe unterstellt, dazu zwei neue, südliche Anzeigenblätter. Mir gab er dummerweise den Sonderauftrag, die Käsefirma mit einer gezielten Artikelserie fertigzumachen.«

»Das gibt es nicht. Wie bist du vorgegangen?«

»Ich hab praktisch einen richtigen Angriffsplan entwickelt. Wie einen superaggressiven Werbefeldzug. Einen mittleren Betrieb fertigzumachen, ist für einen begnadeten Terroristen wie mich kein Problem. Ich agierte unter einem Doppelvorwand: Umweltzerstörung am Waldrandgebiet und Gesundheitsgefährdung der Anwohner und Arbeitnehmer durch schädliche Abluft der Großküche. Hab in all unseren umliegenden Medien gegen die Mainzer Bauherren gewettert. Dass wir die nicht wollen, kapierten unsere Kommunalpolitiker schnell, und Mann für Mann fielen sie um und machten den anderen Schwierigkeiten. Das vorläufige Okay des Bauamtes löste sich in Luft auf, ein paar Entscheidungsträger wurden vorübergehend krank oder gleich versetzt. Und irgendwann landete die Sache im Papierkorb. Alle eingereichten Bauakten waren über Nacht spurlos verschwunden, sodass Kornbauer, als ihm sein

Spitzel den Sieg meldete, mit französischem Champagner feierte. Und mir einen festen Vertrag anbot.«

»Sieht doch gut aus für dich, warum jammerst du denn herum?«

»Der Feinkostbetrieb gehört Walter Schrippe. Aber er ist gleichzeitig Mitbesitzer des neuen Fernsehsenders ... und der Schwager meines zukünftigen Produzenten und Chefs.«

Ich war sprachlos. Da hatte Miro sich aber in die Nesseln gesetzt.

»Bist du noch dran, Bernd?«

»Ja, also Walter Schrippe ist ein alter Freund von mir ...«

»Ich weiß. Kannst du da was für mich tun? Ich hatte nie so einen guten Kontakt zu ihm.«

»Ich rufe ihn morgen an und melde mich später am Nachmittag bei dir.«

»Behr, ich weiß gar nicht, wie ich dir danken soll. Bei Kornbauer will ich wirklich nicht bleiben.«

Aber Miroslav hatte sich zu früh gefreut. Ich erreichte am nächsten Tag überhaupt nichts. Was zur Folge hatte, dass Miroslav für die nächsten Jahre bei Sängers Räuberbande sein Brot verdienen musste.

SCHRIFTSTELLER BARTELS

Es war ein schöner Sommerabend auf der Frankfurter Fressgass. Das Café Schwille würde erst in einer Stunde schließen. Ich setzte mich zu einem englischen Pärchen an einen Außentisch und bestellte mir eine Flasche Becks. Der Tag war sehr heiß gewesen, doch langsam wurde es angenehmer. Ich füllte vorsichtig mein Glas, um die Schaumbildung möglichst zu vermeiden. Das Glas begann sofort zu schwitzen. Bedächtig trank ich den ersten, kühlen Schluck. Auf dem Nachbarstuhl lag eine vergessene *Billig-Zeitung,* der Lokalteil war aufgeschlagen. Ein viertelseitiges Bild von Kornbauer zog meine Aufmerksamkeit auf sich. Mit sympathischem Lächeln schaute dieser Unmensch in die Kamera. Meine Neugier war stärker als meine Vorsätze, nie mehr diese Zeitung zu lesen. Ich zog die Zeitung zu mir heran. Die Bildunterschrift war wirklich das Schärfste. Da stand tatsächlich:

»Danke, Ernst Kornbauer! Unser langjähriger, erfolgreicher Redaktionsleiter Rhein-Main verlässt uns zum Jahresende und wird in unserer Chefredaktion die neu geschaffene Position des stellvertretenden Chefredakteurs übernehmen. Seine besonderen Verdienste ...«

Das durfte nicht wahr sein. Die Ratte hatte den Sprung nach oben geschafft, an den drittwichtigsten Schreibtisch des Konzerns. Sänger musste seinen erfolgreichsten Auflagendrücker wohl irgendwann mal belohnen. Aber wusste er um den widerwärtigen Preis des rücksichtslosen Bombenlegers, der die Firma mit seinem Verhalten auf lange Sicht indirekt schädigte, der seine Minen oft ohne Sinn und Verstand platzierte? Bestimmt nicht. Angeekelt warf ich das Blatt in den Papierkorb.

Ein bekannter Frankfurter Großmetzger parkte direkt vor uns seinen schneeweißen Rolls Royce Silver Cloud ein, und Minuten später quetschte sich ein roter SL-Pagodendach mit offenem Verdeck in die kleine Lücke dahinter. Beide Luxusautos waren blitzblank gewaschen, die Chromteile perfekt poliert. Ähnlich geschniegelt kamen auch ihre Fahrer daher. Das völlige Gegenteil der beiden tauchte kurz dahinter auf. Ein bärtiger, langhaariger Freak rollte auf einem vergammelten, angerosteten Damenfahrrad heran. Er trug unsauber über den Knien abgeschnittene Jeans und Ledersandalen an seinen sockenlosen Füßen.

Sein schwarzes T-Shirt mit dem berühmten Angela-Davis-Kopf wurde von einem dicken Bauch ordentlich ausgebeult. Weil er eine riesige Sonnenbrille trug, erkannte ich ihn erst, als er sein Fahrrad stoppte, abstieg und das Rad mit einer Kette an der Straßenlaterne sicherte. Der Schriftsteller Bartels!

Er hatte mich wohl von weitem erkannt und steuerte freundlich lächelnd meinen Tisch an. Als er auf den freien Stuhl zeigte, nickte ich und drehte die Sitzfläche einladend in seine Richtung. Schwer atmend nahm er Platz.

»Danke, mein Guter. Welch wunderschöner, warmer Spätsommerabend, da trinke ich auch ein kühles Blondes.«

»Sie sind eingeladen. Darf es ein Becks sein?«

Er bejahte, freute sich übertrieben über unser Wiedersehen und gab mir einen kameradschaftlichen Stoß in die Seite.

Ich bestellte sein Bier und erkundigte mich interessiert nach seinem neusten Werk.

»Von Geschäft kann man nicht sprechen. Nach meinen beiden erfolgreichen Startbüchern gehen die Verkaufszahlen neuerdings in die Knie. Aber ich bin fleißig, ackere unbelastet und frei Tag und Nacht an meinem neuen Projekt, einem Roman über einen großen Frankfurter Häuserhai. Das Ding verspricht Umsatz. Es ist hochexplosiv. Ich kann jetzt alles schreiben, was ich will, denn ich bin völlig unabhängig und frei.«

»Wie ein Gesetzloser oder Ausgestoßener sehen Sie nicht gerade aus. Klar, Sie sind ganz schön fett und vielleicht etwas ungepflegt. Aber Sie wirken ausgeglichen, psychisch stark und demonstrieren es mit einem ausgesprochenen Gewinnerlächeln.«

»So, meinen Sie? Das überrascht mich. Danke, danke, lieber Behr. Sie sind ein netter Zeitgenosse, der einem Mut macht und den Psychiater erspart. Ich hab Sie von Anfang an richtig eingeschätzt: Sie sind einer von den fairen Typen. Leider haben Sie mit dem Job bei den Geiern vom *Billig-Konzern* Ihre Perlen den Säuen vorgeschmissen.«

»Ich bin nicht mehr bei diesen Verbrechern. Nun freier Journalist, hungernder Schreiber wie Sie. Aber nun mal raus damit, was ist los mit Ihnen?«

»Meine Alte ist mir letztes Jahr abgehauen. Scheidung. Ich lebe seit Anfang des Monats von Sozialhilfe. Die Belohnung für die schriftstellernde Elite unseres Staates! Für diejenigen, die unbekannt, nur für die Ehre, deutsche Kulturwerte schaffen. Das dicke Geld kriegen ausländische Autorenfreunde von unseren

Entwicklungshilfe-Verlagen, die gerne darbende, ausländische Schreiber und deren Erben fördern und unterstützten: Israels Kishon, Amerikas Updike, Englands Agatha Christie und Genossen führen unsere Bestsellerlisten an ...«

»Wie viel Sozialhilfe erhält man so im Monat?«

»Meine Dachkammer für hundertachtzig Mark, inklusive Umlage, wird von der Stadt bezahlt. Sie wird zentralbeheizt. Ein Bad hab ich nicht. Aber ein Waschbecken. Das Klo ist leider auf dem Flur. In Cash bekomme ich monatlich zweihundertvierzig Mark. Der clevere Frührentner kauft immer große Tüten Mehl und Zucker zum Sonderpreis sowie preiswerte Eier. Billigkonserven auf Vorrat im Sonderangebot: Ölsardinen, Corned Beef, Schmalzfleisch. Da braucht er nie zu hungern. Ich fress außerdem bei Woolworths Stehimbiss, preiswerten Vorstadtmetzgern und – trickreich – in der Uni-Mensa und in der Gewerkschaftskantine. Da ich ein kontrollierter Alkoholiker bin ...«

»Was ist denn das?«

»Einer, der gerne viel säuft, aber maßvoll, das heißt nur zu bestimmten Zeiten. Ich trink den ganzen Tag über keinen Tropfen, bis acht Uhr abends. Dann fang ich gierig mit Hochprozentigem an, bis elf Uhr. Um die Uhrzeit bin ich angenehm besoffen und müde, taumele benebelt in die Falle, und wenn ich aufwache, fängt ein neuer, vielversprechender Tag an. Schon beim Frühstück starte ich mit dem Schreiben. Wie im Rausch. Später geht es weiter, fast ekstatisch, in Straßencafés. So bis mittags bin ich spitze drauf und habe, von süßen wilden Ideen getragen, eine sehr, sehr gute Schreibe.«

»Aber der Alkohol kostet einiges.«

»Ja, aber ich bin Kornsäufer. Da gibt es schon guten Billigsprit ab vier Mark die Flasche. Ich mix mir zum Verdünnen eine süßsaure Brause dazu. Wie bei Wodka Lemon. So komm ich mit zwei Buddeln pro Woche aus. Teuer sind meine Kaffees in den Caféhäusern. Nachmittags organisiere ich dann preiswertes Verfallgemüse und -obst von Standhändlern und dazu günstige Sonderangebote bei Suppenfleisch oder Koteletts. Sie ... ach, warum sagen wir nicht du? Du führst ein finanziell unbelastetes Autorenleben, wenn du die Schwächen des Systems kreativ austrickst. Ich dachte immer schon, Menschen können erst mit Bildung erfolgreich an den Verteilungskämpfen teilnehmen. Und ich lag richtig.«

Ich musste über seinen Spruch herzlich lachen.

»Du bist bestimmt so clever und verschaffst dir Möbel- und Kleidungszuschüsse, sozusagen Kulturförderung?«

Er nickte und grinste diebisch.

»Ich nutze jeden staatlichen Zuschussbereich aus und habe mich geschickt den Gegebenheiten angepasst: Verbringe heiße Sommertage in den angenehm kühlen Räumen der städtischen Bibliothek, kaufe Eintrittskarten für meine Hobbys – Fußball und Boxkampf – verbilligt mit der Arbeitslosenbescheinigung, auch fürs Städtische Schwimmbad, wo ich es mir nachmittags, wenn der Normalbürger mich noch hart arbeitend ernährt, gut gehen lasse.«

Ich war nachdenklich geworden, merkte mir das eine oder andere, weil es ja auch bei mir abwärts in die Armut ging.

»Auf die Abstauber der Nation«, sagte Bartels feierlich und hob sein Becks.

Ich erwiderte seinen Trinkspruch und freute mich, ihn so blendend gelaunt zu sehen. Ich, der damals sein Judas gewesen war, der nicht aufmuckte, als er wegen einer Lappalie kaputtgeschwiegen wurde. Zum Glück erfuhr er nie von meiner Schuld.

»Wie verbringt ein Dr. Abstaub wie du seine Sommerferien?«

»Housesitting bei reichen Freunden. Wenn zum Beispiel mein alter Kronberger Studienkamerad für drei Wochen nach Griechenland fährt, zieh ich in seine Villa ein und lass es mir gutgehen. Er hat einen zwölf Meter langen Swimmingpool und einen gigantischen, üppig gefüllten Weinkeller. Der ganze Palast ist bis zur Decke mit den edelsten Kostbarkeiten dekoriert: antiken Gemälden, alten Orientteppichen, kostbaren geschnitzten Stilmöbeln. Ich mach da viermal im Jahr auf Edelleben und werde dazu noch gut bezahlt.«

»Hör auf, hör auf! Ich werde ja richtig neidisch. Du lebst das unbeschwerte Luxusleben eines Patriziers, und unsereiner klemmt sich täglich vor lauter Sorgen die Eier ein. Du bist ein Glückspilz!«

ASBEST

Im Frühjahr 1976 lief mir bei der Eröffnung einer Ausstellung auf dem Messegelände Kowalski über den Weg. Ich aß gerade im Stehimbiss eine Knackwurst mit Brötchen. Eine tolle Blondine eilte vorbei, schlank, schulterlange Haare, prächtige Brüste. Sie trug ein sehr enges, dunkelbraunes Kostüm mit einer schicken hellbraunen Bluse kombiniert. Die Frau war allenfalls zwanzig und schleppte unter ihrem linken Arm eine dicke, schwere Louis-Vuitton-Aktenmappe. Alle Männer glotzten sie an und zogen sie mit Blicken aus. Ich auch. Kowalski eilte auf sie zu, küsste sie, dirigierte sie an den Stehimbiss und bestellte zwei Becher Kaffee. Er raunzte sie an. Sie giftete zurück.

»Karl, du bist und bleibst ein gemeines Arschloch!« Sie knallte die Mappe auf den Stehtisch, drehte sich um und rannte mit grimmigem Gesicht davon. Er schüttelte verärgert den Kopf, bestellte sich ebenfalls eine Knackwurst und kam mit den Kaffeebechern zu mir herüber. Er sah blass aus und hatte seit unserem letzten Zusammentreffen mindestens dreißig Kilo zugelegt. Kummerspeck? Ich bedankte mich grinsend für den zweiten Becher.

»Danke, mein Freund. Ein schönes blondes Ding – und du jagst sie einfach so davon«, lästerte ich.

Er fand das gar nicht lustig, machte eine abfällige Handbewegung und nahm an der Imbisstheke die bestellte Knackwurst in Empfang.

»Anne, ein wilder nimmersatter kleiner Teufel im Bett. Aber Nutte bleibt Nutte. Es ist einfach kein Verlass auf sie. Wechseln wir lieber das Thema.«

»Big Kowalski frisst tatsächlich eine billige Knackwurst. Ihm schmeckt wohl sein Kaviar nicht mehr. Endet so ein Bauunternehmer, der einst nach den Sternen griff?«

Er spuckte ein Stück Wurstpelle in seine Serviette und zog eine sorgenvolle Stirn.

»Da liegst du gar nicht so falsch, alter Horrorreporter. Die hohen Zinsen, nicht vorhersehbare Kosten ... mein Projekt wackelt ganz schön. Mir ist fast das Geld ausgegangen. Vielleicht greifst du mir finanziell etwas unter die Arme, hahaha. Ich suche einen Partner für ein einzigartiges Geschäft: Abbruch und Sanierung.«

Er grinste, weil es ein Witz sein sollte.

»Karl, deine berühmte Jacht in Antibes, die kostspieligen Zockerflüge zur Boxweltmeisterschaft nach Las Vegas – ganz Frankfurt spricht von deiner Geldvernichtung. Wie konnte das passieren?«

Er packte mich am Ärmel und zog mich zu einem abseits stehenden Tisch.

»Ich hab ohne Wissen die Krätze mitgekauft: Asbest! Mein linker Kompagnon, der Kanadier Horsh, hat es natürlich gewusst und mir seinen Anteil günstig fifty-fifty mit Schwarzgeld verkauft. Ist nun in Toronto und über alle Berge. Die Stadt wurde voll gelöhnt und weiß zum Glück von nichts. Ich habe einen Großkonzern, der das Objekt kaufen will, aber es muss vorher vom Asbest befreit werden. Nach den Schutzverordnungen entkernt und entsorgt, also von speziell ausgebildeten Fachfirmen. Mit den teuren Experten, Schutzanzügen, Absaugmaschinen und der unbezahlbaren Endlagerung kommt die Geschichte auf mindestens eine Million, die ich nicht habe. Unter der Hand, schwarz, mit ein paar nicht gemeldeten türkischen Kurden und der Entsorgung in Jugoslawien, schaffe ich den Gammel unter hundertfünfzigtausend. Die hab ich auch nicht. Nenn mir jemanden, der eine schnelle halbe Million verdienen möchte und mir unter die Arme greift.«

Mich ritt der Teufel. Ich wollte endlich wieder einmal Geld verdienen.

»Ich!«

Das bisschen Bauschutt und dafür so viel gutes Geld – ich sah die Sache als eine Art Kavaliersdelikt. Ein Umweltschutzbewusstsein existierte bei mir nicht und auch nicht bei Millionen anderen Deutschen.

Etliche Tage hockten Karl und ich zusammen. Ich gründete mit einem Kapital von hundertachtzigtausend Mark eine Abbruchfirma, eine GmbH. Als die Firma stand, machte ich Kowalskis Firma ein Angebot zur Sanierung seiner Gewerbeliegenschaft. Für sechshunderttausend Mark Pauschalhonorar bekam ich von ihm den Auftrag, die Gebäude bis auf die nackten Mauern von Verkleidungen, Verputz und Verschalungen zu befreien und den anfallenden Bauschutt zu entsorgen. Das Wort Asbest erwähnten wir natürlich nirgends. Ich mietete einen schweren Kipper, einen Bagger und diverses Abbruchwerkzeug und stellte einen erfahrenen Fachmann ein, der die von mir angeheuerten Schwarzarbeiter anleiten sollte. Und ich mietete für sechs Monate als Baumateriallager eine alte Scheune bei Friedberg. Mit Karl machte ich aus, dass er mir das Honorar beim Verkauf der Liegenschaft bezahlen sollte. Spätestens aber in drei Jahren plus sechs Prozent Zinsen.

Dann legte ich los. Wir entfernten die alten Fenster und klemmten dafür undurchsichtige, auf Dachlatten gespannte Plastikplanen hinein. Tagsüber warfen wir alle Nichtasbestteile durch die Fenster in einen abgesperrten Hofbezirk, die Asbestverkleidungen zerkleinerten wir und kippten sie über eine Rutsche auf den im uneinsehbaren Innenhof parkenden Lkw. Dieser wurde abgedeckt und fuhr nur abends voll beladen zur Scheune, wo wir das Dreckszeug unauffällig in Säcken stapelten. Wochenlang war ich auf dem Bau dabei und überwachte die Arbeit. Wenn ich den mit Plastikplanen verhängten Eingang betrat, zwang mich der graue Asbestnebel sofort zu husten. Emmerich, mein deutscher Vorarbeiter, grinste.

»Von dem Zeug soll man Lungenkrebs kriegen, hab ich gehört«, sagte er und fügte seufzend hinzu: »Na ja, machen wir doch höchstens drei Monate lang. Werden wir schon überleben. Hauptsache, die Kasse stimmt. Ich hab als junger Facharbeiter jahrelang im Asbesteinbau gearbeitet. Leb immer noch und die HBs schmecken mir auch.«

Ich klopfte ihm kumpelhaft auf die Schulter.

»Ich werde auch nicht dran kaputtgehen. Eher macht meine Leber schlapp, bei der vielen Sauferei«, sagte ich und lachte übertrieben laut.

Mit dem normalen Bauschutt beluden wir Leihcontainer, die automatisch von der Transportfirma auf dem öffentlichen Bauschuttplatz entsorgt wurden. Das kostete ein Heidengeld. Nach ein paar Monaten war ich fertig mit dem Job. Das gesamte Gebäude befand sich nun im nackten Rohbauzustand. Kowalski hatte sich bisher nur zweimal kurz blicken lassen. Beide Male war er schnell wieder verschwunden, schließlich wollte er nicht erkannt werden. Zu dem Zeitpunkt war er auch körperlich nicht auf der Höhe. Den linken Arm trug er im Gipsverband und sein linkes Ohr war verbunden. Er erzählte etwas von einem Sturz mit seiner Harley-Davidson.

Als ich ihm offiziell den gesäuberten Bau übergab, inspizierte er stundenlang mit einer in drei schwarzen 300er-Mercedes-Limousinen angereisten Investorengruppe die Räume. Überall, vom Keller bis unter das Dach, begutachteten sie den Zustand, machten Fotos und ein Architekt fuchtelte mit Plänen und einem Zollstock herum.

Am Schluss dankten die beiden Käufer Kowalski und setzten den Notartermin fest. Als sie abgefahren waren, griff Karl in die Innentasche seines teuren Maßanzugs und zog eine alte, silberne Zigarrendose heraus. Er reichte mir eine sündhaft teure Havanna und gab mir Feuer mit einem goldenen Dupont.

»Klasse Job, alter Junge. Übernächsten Monat zahlen sie und du wirst gelöhnt«, sagte er feierlich und drückte mir die Hand.

Ich sollte die gemeine Sau erst Jahre später wiedersehen, aber das ahnte ich zu diesem Zeitpunkt nicht. Ich bezahlte die Jungs, gab Maschinen und Fahrzeuge zurück und beglich die Leihkosten.

Am Monatsende ging es mir richtig gut. An einem Freitagnachmittag kaufte ich mir ein modisches, hellbeiges Sommerjackett und dazu eine feuerrote Krawatte. Ich zog die Klamotten gleich an und ließ mir meine andere Jacke einpacken. Mit der Tüte von Annas Menshop unter dem Arm schlenderte ich bestens gelaunt Richtung Hauptwache. Die Joppe machte echt was her, musste sie auch, schließlich hatte sie dicke dreihundert Eier gekostet. Schönheit hat halt ihren Preis. Unterwegs traf ich den einen oder anderen Bekannten und hielt ein paar Schwätzchen. Der Kellner vom Onkel Max erzählte mir, dass er eines Nachts auf dem Nachhauseweg mitgekriegt habe, wie eine Limousine meinem Freund Kowalski den Weg versperrt hatte. Drei Schlägertypen waren blitzschnell ausgestiegen, hatten ihn fachmännisch zusammengeschlagen und ihm ins blutende Gesicht gebrüllt: »Wenn du Sau nicht bis zum Fünfzehnten bezahlst, machen wir dich kalt.«

Nix Motorradunfall also, der Karl hatte Prügel bezogen. Kowalski kannte sich seit langem in Unterweltkreisen aus. Wegen seiner Geldknappheit war er wohl in die Hände mafiöser Geldverleiher geraten.

Am Kaufhof hielt ein Taxi und eine junge Blondine mit übergroßer schwarzer Sonnenbrille bezahlte den Fahrer. Er half ihr mit dem schweren Koffer, den er mühsam aus dem Kofferraum hievte und auf das Trottoir knallte.

Das Ding wog bestimmt über fünfzig Kilo. Als ich mich dem Giganten näherte und mir die verzweifelt umherblickende Besitzerin näher ansah, erkannte ich sie: Anne, Kowalskis Bekannte.

»Ich bin ein Freund von Karl Kowalski. Haben Sie ein Problem? Kann ich Ihnen behilflich sein?«, fragte ich und stellte mich mit Namen vor.

Sie schüttelte mir erfreut die Hand.

»Ja, ich kenne Sie aus seinen Erzählungen. Ein alter Freund, nicht wahr?«
Ich nickte und deutete auf den Koffer.

»Warum schleppen Sie sich mit dem Brocken ab?«

»Der gehört Karl, den ich hier treffen sollte auf einen gemeinsamen Kaffee. Aber der Mistkerl ist wie immer unzuverlässig und nirgendwo zu sehen. Wenn der wüsste, wie schwer der Koffer zu bewegen ist.«

»Warten wir gemeinsam, und wenn er nicht kommt, trage ich Ihnen den Kindersarg rüber ins Café. Wir trinken einen Cappuccino und sehen in aller Ruhe weiter.«

Wir warteten zehn Minuten und unterhielten uns über das Wetter. Sie schenkte mir ihr süßes Lächeln, sodass sich mir gleich die Hose straffte. Dann hatten wir genug vom Warten. Vorsichtig hob ich den Koffer an, aber sie schüttelte den Kopf und trat in eine seitliche Fußleiste. Zwei kleine Räder sprangen am Kofferboden heraus. Ungeschickt schob ich den Koloss an den Seitengriffen haltend mühsam vorwärts. Anne tänzelte wie ein junges Reh neben mir her. Als ich den ersten, unbesetzten Außentisch des Terrassencafés erreicht hatte, spürte ich schon den Anflug eines Hexenschusses. Das hatte mir gerade noch gefehlt. Mein neues Jackett war ziemlich durchgeschwitzt – wahrscheinlich hatte ich meine neue Errungenschaft bereits jetzt ruiniert.

»Ich hoffe, Sie haben sich nicht verhoben. Das ist wirklich ein großer Koffer.«

»Eine meiner leichtesten Übungen«, gab ich an und bestellte die beiden Cappuccinos.

»Sind Sie eine gute Freundin oder seine Geschäftspartnerin?«

»Gut kombiniert. Richtig, eigentlich beides.«

»Aus Frankfurt?«

»Nein, Bremen. Ich arbeite für eine internationale Investmentbank. Und habe mit Karls Hilfe eine sehr interessante Aufgabe übernommen.«

»Von mir hätten Sie die auch bekommen, Sie sind eine echte Ten.«

»Danke, das ist nett von ihnen. Woher kennen Sie Karl?«

»Aus der Kindheit, wir waren Schulfreunde. Haben so manches gemeinsames Ding miteinander ausgefressen«, sagte ich und fühlte mich unwohl, weil ich sofort an die Sache mit dem Ring denken musste.

Der Kellner brachte unsere Getränke, und ich versuchte, die Frau anzumachen. Mal sehen, wie weit ich kommen würde.

»Ich versteh immer noch nicht, wie Sie, ein außergewöhnlich hübsches Mädchen, auf einen so hässlichen, dicken Blender wie Karl reingefallen sind. Dem fehlt doch jegliche Klasse!«

»Sie reden aber gemein über Ihren Freund. Er kann sich doch jetzt nicht wehren.«

»Richtig. Das ist meine Chance – ihn bei Ihnen schlechtmachen. Und die Chance nutze ich.«

»Was arbeiten Sie eigentlich?«

»Ich betreibe einen Altbausanierungsbetrieb. Exklusiv für Karls Unternehmen.«

»Hm, das verstehe ich nicht. Unsere Bank ist nicht gerade ein Sanierungsfall.«

»Welche Bank, um Gottes willen?«

»Die Templer Bank of Hongkong.«

»Das kapiere ich nicht – arbeitet er in Ihrer Bank?«

»Ja, als Geschäftsführer Deutschland. Ich bin Vice President in der Europafiliale.«

»Wow, so jung und schon so erfolgreich. Aber Karl? Investmentbank? Bisher hat der sich eher mit Spielbanken beschäftigt.«

Sie nickte kichernd.

»Sie kennen ihn wirklich gut. Ich verstehe gar nicht, warum er nicht endlich kommt«, sagte sie und guckte verärgert auf ihre kostbare Cartier-Uhr, an der ein kleines unscheinbares Wappen baumelte. Weißer Grund mit rotem Kreuz.

»Wo müssen Sie denn mit diesem Aussteuerschrank hin?«

»In mein Büro im Westend.«

»Das neue Hochhaus der Templer Bank? Kein Problem, mein Wagen ist in der Nähe geparkt. Ich bringe Sie hin.«

Sie stimmte zu. Ich bezahlte und holte den Wagen.

Insgeheim freute ich mich, einen Rolls Royce zu besitzen. Ich fuhr vor das Terrassencafé und parkte möglichst auffällig mit laufendem Motor und zwei Rädern auf dem Bürgersteig. Die Leute gafften. Gemeinsam zogen wir den Riesenkoffer an die rechte Hintertür und kippten ihn hinein. Die Shadow-Version mit dem langen Radstand war endlich mal nützlich, denn der Schrankkoffer passte, leicht geneigt, tatsächlich in den Rücksitzbereich. Anne setzte sich schweigend auf den linken Vordersitz, und wir fuhren los. Unauffällig schielte ich während der Fahrt zu ihr rüber. Da saß ein blonder Traum mit Superma-ßen. Sie bemerkte meine Blicke und lächelte mich an. Ein paar Minuten später erreichten wir das funkelnagelneue dreißigstöckige Bankgebäude. Wir hielten direkt vor dem gigantischen Portal. Ein livrierter Wachmann kam heraus und half mir, den Koffer in den Fahrstuhl zu schieben. Ich gab dem Mann die Autoschlüssel zum Valetparken.

Im Penthouse verließen wir den Fahrstuhl. Unglaublich! Es war später Freitagnachmittag. Die Firma war geschlossen. Auf der Glaseingangstür prangte eine ausgemalte Farbätzung: weißer Hintergrund und rotes Kreuz. Darüber stand: Templer Bank of Hongkong. Anne schloss die Tür auf, und wir schoben den Koffer rein, ließen ihn im Flur stehen und betraten leere Büroräume. Sie ging voran, steuerte das größte, eindrucksvollste Eckbüro an.

»Das ist mein zukünftiges Office. Wir arbeiten zurzeit noch im Interconti-Hotel. In acht gemieteten Suiten. Aber das ist zum Glück am Monatsende vorbei. Stellen wir den Koffer dort hinein.«

Als ich ihn in den Raum zog, fiel mir auf dem Boden an der rechten Wand ein ausgerollter Schlafsack auf. Daneben standen ein Weinkarton mit leeren und vollen Flaschen sowie ein Aschenbecher, eine halbvolle Kiste mit kuba-nischen Zigarren und etliche Ordner. Auch ein Telefon stand dort auf dem Boden. Sicherlich ein Wachmann, der hier hauste. Anne dirigierte den Koffer neben den Schlafsack. Dann schloss sie ihn auf, zog einen Leinenklappstuhl und einen Klapptisch heraus und deponierte Ordner und Telefon auf dem Tisch. Sie nahm zwei eingeklickte Silberbecher und einen Korkenzieher aus einem Barfach, öffnete eine der Rotweinflaschen und füllte die Becher.

»Vielen Dank für die Hilfe mit dem Riesenkoffer. Sie erwarten doch nicht etwa eine Belohnung?«

Ihre Frage beantwortete ich kurz und bündig, nahm sie in meine Arme und küsste sie. Sie machte mit, schloss die Augen. Ich drückte sie sanft auf den Schlafsack und legte mich neben sie, öffnete ihr die Bluse, schob den BH hoch und küsste sie überall, wild und gierig. Als ich ihr den Rock aufknöpfte, sah sie plötzlich seltsam aus. Ihr Gesicht verformte, verdoppelte sich und sie hatte überall feste volle Brüste. Eine endlose, appetitliche Hügellandschaft mit vielen leckeren Nippeln. War ich high? Waren Drogen im Wein gewesen? LSD? Was war mit mir los? Egal, ich fühlte mich irre gut, flog über Anne wie ein Vogel und hatte einen Riesenhammer. Als ich ihr ans Höschen griff, lachte sie auf.

»Geh mir nicht ans Mäuschen, Schatzi. Ich kann nicht mit dir vögeln, sonst holst du dir ein Souvenir der besonderen Art. Acht Monate lang brennende Schmerzen beim Pinkeln. Also Finger weg. Ich mach es dir mit der Hand.«

Als ich am nächsten Morgen aufwachte, lag sie neben mir und schlief. Der Schrankkoffer war verschwunden. Und mit ihm die Zigarrenkiste. Ich zündete mir eine Zigarette an und ging zur gläsernen Ecke. Dreißig Stockwerke unter mir lag das erwachende Frankfurt. Die Sonne ging gerade auf und spiegelte sich im Wasser des östlichen Mains. Ich sah den Dom, den Eisernen Steg und dahinter den Henninger Turm. Mein Schädel schmerzte. War das ein LSD-Affe?

»Wahnsinnsaussicht, nicht wahr? Alles sieht so klein und brav aus. Und wird eines Tages wieder den Templern gehören. Neben dem alten Kaiserpalast steht immer noch Rothschilds legendäres Stadtpalais. Von dort aus eroberte Amschel Rothschild den europäischen Kapitalmarkt. Wir vom Templerorden sind seine Nachfolger«, flüsterte Anne, die hinter mir stand. Nackt, mit ausgebreiteten, in den Himmel gereckten Armen strahlte sie mich an. Amüsiert umarmte ich sie.

»Nun lass mal die Kirche im Dorf, Mädchen. Komm runter, wir fliegen nicht mehr.«

Da fuhr sie mich mit blitzenden Augen an:

»Wir sind nicht nur die Repräsentanten der über tausend Jahre aktiven, geheimen Templer, sondern auch eingegliederter Teil der chinesischen Globalexpedition, die schon überall Vorposten errichtet hat und unaufhaltsam expandiert. Du winziger, erbärmlicher Wurm mit deiner lausigen, nicht zählenden Lebenssekunde, die dir das Urtier schenkte, wirst schon bald ein Hauch seines abgestorbenen Staubes sein. Lach nur! Die Menschheit wird durch uns neue, ungeahnte Superwerte finden, um für die künftigen Herausforderungen des Universums gewappnet zu sein. Wirst sie noch erleben, die neue multikulturelle Gesellschaft mit ihrer global vereinigten Wirtschaftskraft. Nur sie allein hat eine Chance, Wohlstand, Freiheit und Frieden für alle zu schaffen. Uns gehört die Welt!«

Teufel, sah sie schön aus! So wunderschön! Ich war wie in Trance. Was für ein geiler Drogenrausch.

DIE SCHEUNE

Im Spätherbst 1976 fuhr ich zur Lagerscheune rüber. Der erste Teil mit dem Asbest war abgehakt, mein Wahnsinnshonorar sollte in den nächsten Tagen folgen. Jetzt war es an der Zeit, damit zu beginnen, den Asbest unauffällig verschwinden zu lassen. Ich verhandelte mit Schwarzarbeiterverleihern, unangemeldeten Jugo-Bautrupps und sogar mit zwei Typen der Frankfurter Unterwelt. Äußerst vorsichtig, ohne Namens- und Ortsnennung. Letztlich war mir die Sache zu heiß, ich wollte nicht erpressbar werden. Ich beschloss, selbst zu handeln. Zwei Wochen später bestellte ich erneut einen Kipper bei Bauma-Rent. Die brachten mir den Laster direkt zur Scheune und ich fuhr den Überbringer zum Bahnhof. Ich konnte mit dem Ding nicht richtig umgehen und musste noch ein wenig üben. Am Abend aß ich in der Dorfkneipe ein Schnitzel und wartete auf Egon, einen kräftigen Kerl aus dem Dorf. Er war ein einfältiger Hilfsarbeiter, den ich einen Monat zuvor beim Kneipenbesuch kennengelernt hatte. Sofort übernahm er den angebotenen, gut honorierten Job. Jeden Tag beluden er und sein Sohn den Kipper bis zum Gehtnichtmehr. Als er mich einmal fragte, was in den Säcken sei, sagte ich, es seien Grünschnittabfälle. Totaler Unsinn, aber er akzeptierte es.

Abends, wenn es dunkel wurde, startete ich den Laster und fuhr nervös mainaufwärts. An einsamen Ufern, die ich mir tagsüber sorgfältig ausgesucht hatte, fuhr ich rückwärts an den Fluss heran und drückte auf den Kippstarter. Glucksend verschwanden die Säcke im Wasser.

Im Radio hörte ich in dieser Zeit die Meldung, dass ein bekannter Frankfurter Unternehmer nach Millionenbankrott verschwunden sei. Mich traf fast der Schlag, als ich den Namen hörte. Karl Kowalski! Plötzlich kapierte ich, dass ich meine gesamten Ersparnisse verloren hatte. Mein Gott, war ich ein Idiot!

Die Nachrichten überschlugen sich. Die Boulevardpresse schlachtete die Story bis ins letzte Detail aus. Schilderte in den buntesten Farben Kowalskis Aufstieg aus dem Nichts, seine Geldverschwendung für Luxuspartys, teure Sportwagen und die Jacht in Antibes. Sie informierte über seine ungebremste Spielsucht, die er in Wochenendflügen nach Las Vegas auslebte, und den Bankrott, der eine offene Gesamtschuld von fast sechs Millionen Mark präsentierte. Das stimmte nicht ganz, genau genommen waren es 6,6 Millionen – mit meinem Geld! Merkwürdigerweise fiel kein Wort über sein Engagement bei den Templern.

Ich wusste nicht mehr ein noch aus. Ich musste irgendwie weitermachen, um den Asbest loszuwerden.

Da ich noch den Kipper hatte, dessen Leihkosten ich sowieso nicht mehr bezahlen konnte, fuhr ich jede Nacht weiter. Schwitzend versenkte ich Sack für Sack das Beweismaterial für eine drohende Gefängnisstrafe. Ich war ja vorbestraft, wegen des Ringklaus, ausgerechnet mit Karl Kowalski als Partner! Ich wusste, dass das Versenken des schädlichen Materials weiteren Ärger bringen könnte, aber vielleicht hatte ich ja wenigstens dabei Glück.

Schlussendlich inserierte ich meinen Rolls Royce in der *Neuen Presse* weit unter Preis. Er ging tatsächlich für achtundzwanzigtausend Mark weg. Das brachte wenigstens etwas Bares auf mein Privatkonto. Allerdings musste ich jetzt mit dem riesigen Kipper auch privat durch die Gegend fahren. Um nicht aufzufliegen, entlud ich den Lkw immer weiter von der City entfernt. Den ganzen Main entlang bis über Klingenberg hinaus. Als ich eines Nachts, kurz nach Mitternacht, auf einen am Main liegenden Dorffußballplatz fuhr und mit dem eingelegten Rückwärtsgang langsam zur Uferböschung rollte, übersah ich beinahe ein kleines Camperzelt im Gebüsch. Weit und breit war es still und stockdunkel. Ich sprang bei laufender Maschine vom Führerhaus runter, um von außen den Kippvorgang einzuschalten. Es klickte und langsam hob sich die Ladefläche. Ich entriegelte mit zwei Handkantenschläge ihre Rückwand, die scheppernd nach unten knallte. Es folgten die rutschenden Säcke, die in das Wasser plumpsten. In diesem Moment passierte es: Jemand blendete mich mit einer Taschenlampe und rief:

»Was machen Sie da ... Jesus nochmal ... mitten in der Nacht?«

Die Ladefläche erreichte gerade ihren höchsten Stand. Die letzten Säcke purzelten in den Fluss. Ich rannte nach vorne und legte den Kipphebel um. Mit überlaut dröhnender Maschine senkte sich nun die gewaltige Fläche.

»Algenvernichtung für den Landkreis Klingenberg. Der Fluss wird zur Stunde der niedrigsten Temperatur mit einem Antialgenmittel behandelt. Dann wirkt es besser«, sagte ich zu einem jungen Pärchen, das nun vor den eingeschalteten Scheinwerfern des Lkw stand. Meine Erklärung schien die Leute zu beruhigen, sie nickten mir verständnisvoll zu. Weil ich nun erst das

Zelt an der Böschung bemerkte, sagte ich: »Sie campen ja wohl nicht wild hier am Ufer? Das ist nämlich verboten. Ich drücke aber ein Auge zu, weil es schon so spät ist, und verrate Sie morgen nicht bei der Stadt.«

»Nein, nein! Nur für eine Nacht. Morgen früh bauen wir das Zelt ab«, stotterte er.

Ich drehte die Ladeklappe hoch, schlug die Halter runter, setzte mich ruhig hinter das Steuerrad, zündete mir eine Zigarette an, schloss die Tür, stellte Musik im Radio an und fuhr los. Leider stand hinten auf dem Kipper in riesengroßer Schrift »Bauma-Rent«.

Am nächsten Nachmittag war die Schmiere bei mir. Mit zwei Polizeiwagen – ein grün-weißer mit Uniformierten und ein neutraler Opel mit Zivilfahndern vom Ordnungsamt. Die verhörten mich zwei Stunden lang, präsentierten mir zwei der aus dem Fluss geborgenen Säcke und durchsuchten die Scheune, die noch zu einem Drittel mit Asbestsäcken gefüllt war. Ich wurde im verschlossenen Rücksitzbereich der grünen Minna eingesperrt und hörte, wie ein Beamter einem anderen zurief:

»Glückwunsch, Sie haben ihn tatsächlich erwischt. Der Kerl macht das seit Wochen!«

Weil ich einen festen Wohnsitz hatte, ließen sie mich nachmittags frei. Ich unterschrieb vorher ein Protokoll, in dem ich meinen Verstoß zugab. Kowalski verfluchte ich, denn mir drohte der Knast. Zum ersten Mal dachte ich an Flucht. Und zwar nach Belize, wie British Honduras ja seit 1973 hieß, wo ich Karl vermutete, in seinem exotischen Traumland. Ich sah den linken Vogel unter blauem Himmel in einem Liegestuhl im Schatten einer hohen Palme am Meer sitzen, braun gebrannt und mit Strohhut. In der linken Hand hielt er einen Cuba Libre mit 'nem bunten Schirmchen. Und er lachte. So laut, dass ich es fast zu hören glaubte. Er lachte über mich, den Vollidioten, der so blöd gewesen war, mit ihm große Geschäfte zu machen.

Zum Jahresende löste ich meine Wohnung auf. Verkaufte über Zeitungsanzeigen alles, was sich verkaufen ließ. Packte Papiere und Wertsachen in meine Kommode, die ich behalten hatte. Per Lasttaxi transportierte ich sie zu Vera auf den Dachboden. Zog mit zwei Koffern wieder bei ihr ein, der treuen Seele, die sich tatsächlich freute.

»Kaum geht es dir gut, suchst du das große Abenteuer bei fremden Weibern. Hab ich recht? Geht es dir schlecht, kommst du sofort zu mir zurück, in den sicheren Hafen der Liebe, der zum Ankern aber seine feste Bindung braucht. Ich liebe dich und sollte dich eigentlich rausschmeißen. Ach, verdammt noch mal – küss mich endlich.«

Ich tat ihr gerne den Gefallen. Nicht nur, weil ich die Miete sparte. Die erste Woche bei ihr brachte mir keine Ruhe. Ich plante nun systematisch meine Flucht. Zunächst hob ich mein gesamtes Bargeld bei der Bank ab und schloss das Konto. Dann besorgte ich mir Landkarten und rief Reisebüros, die Bundesbahn sowie Konsulate an. Kowalski war mit einem riesigen Haufen Geld weggetaucht. Ich wollte ihn aufstöbern und mir meinen Anteil holen. Ich hätte ihn am liebsten umgelegt. Aber ich wäre schon zufrieden gewesen, wenn ich mein Geld bekommen hätte. Was tun? Für Belize brauchte ich ein Visum. Das dauerte vielleicht zwei, drei Wochen und würde mein Verschwinden samt Fluchtweg verraten. Sänger hatte mir mehrmals von seiner neuen südspanischen Ferienbleibe im rückständigen Garrucha erzählt.

Diese abenteuerliche Gegend erschien mir verlockend. Ich hatte schon lange mal nach Südspanien gewollt. Okay. Und danach über den Atlantik weiter? Also kippte ich meine vorherigen Überlegungen und packte nur einen einzigen handlichen Koffer. Papiere und Bargeld steckte ich in einen Brustbeutel. Ich erzählte Vera von meiner Vorstrafe, dem nun drohenden Gefängnis, von Kowalskis Betrug und meiner Idee des Fluchtziels. Als ich mich verabschiedete, weinte sie.

FLUCHT

Früh am nächsten Morgen stand ich leise auf, küsste sanft die schlafende Vera und fuhr zum Hauptbahnhof. Dort kaufte ich mir ein Ticket für den Europabus nach Barcelona, anschließend eine *FAZ*, eine Flasche Doppelkorn und eine große Plastikflasche mit Cola. Zwei Drittel der Limonade kippte ich in einen Gully, füllte die Flasche mit Korn auf und ging zum Bus, dessen Motor schon warmlief. Nach der Abfahrt genehmigte ich mir einen ordentlichen Schluck aus der Pulle und versuchte zu schlafen, was mir aber nicht sofort gelang. Verbittert dachte ich an meine beiden Feinde: Kornbauer und Kowalski. In Gedanken malte ich mir für sie tausend furchtbare Martertode aus. Ich träumte von meiner Jugend, den Frauen, von Kati. Aber ich verschwendete keine Sekunde an die treue, gute Vera.

Als ich aufwachte, passierten wir gerade die französische Grenze. Die Beamten kontrollierten die Ausweise und Minuten später ging es weiter. Der Bus war nur zur Hälfte besetzt, außer mir fuhren ein paar spanische Gastarbeiter und einige junge Rucksacktouristen mit. Weil ich hundemüde war und meine verspannten Muskeln schmerzten, kroch ich auf die unbesetzte Rückbank am Ende des Fahrzeuges. Dort streckte ich mich lang aus und pennte wieder ein. Nachts spürte ich plötzlich, wie mir jemand an der linken Hosentasche herumfummelte. Die war gefüllt mit Kleingeld, einem Taschentuch und meinem Schweizer Messer. Ich griff energisch nach der Hand des Diebes, stieß ihn mit Händen und Knien brutal gegen die Rückenlehne des linken Vordersitzes und würgte ihn. Ein mageres Kerlchen, höchstens zwanzig, kriegte ich da zu fassen, das vor Angst wimmerte.

»War nur ein Scherz, mein Herr, nur ein Scherz.«

Ich schleuderte ihn auf den Boden und legte mich wieder hin.

Endgültig wach wurde ich, als wir am Lyoner Bahnhof hielten. Einige Passagiere rafften schlaftrunken ihre Klamotten zusammen und verließen müde den Bus, um vor den bereits angehobenen Kofferraumklappen auf die Ausgabe ihres Gepäcks zu warten. Ich schlenderte in den Bahnhof, um zu pissen. Als ich mich mit einem angefeuchteten Kleenex notdürftig erfrischte, trat ein junger Strohkopf ans Becken neben mir. Der junge Dieb aus dem Bus.

»Hast Glück gehabt, dass ich dich nicht abgestochen habe«, zischte ich.

»Vergiss es, war nicht persönlich gemeint. Ich kämpfe zurzeit buchstäblich ums Überleben. Ich hätte auch nur ein klitzekleines bisschen geklaut, gerade genug fürs Fressen.«

»Warum biste so klamm?«

»Ja, das ist mir selber noch nicht richtig bewusst. Vor ein paar Monaten war mein Leben stinknormal. Ich habe in einem Job als Auslieferfahrer gearbeitet und gute Kohle mit Nachtkurierfahrten verdient. Dann kam mein einundzwanzigster Geburtstag. Den hab ich natürlich gefeiert bis in die Puppen. Bin nachts besoffen in ein Schaufenster gerast. Und das war's! Ich hab schon ein altes Alkoholdelikt am Hals. Kannst dir vorstellen, die Schmiere hat mich aufgrund dieser lächerlichen Jugendsünde sofort inne Ausnüchterungszelle gebunkert. Es folgte die Anklage, der Führerschein war weg, der Fahrerjob auch. Ich hatte kein Geld für Miete, dann Kündigung vom Vermieter. Das Konto gesperrt. Ich hab keine Zukunft mehr in Frankfurt. Die Bestrafung steht mir noch bevor, aber ich hab keinen Bock, die auch noch zu erleiden. Da mach ich lieber gleich die Mücke zum sonnigen Süden. Geiles Aussteigerleben, nicht als Penner, nein, Edelhippie! Tauch ab nach Spanien und starte 'nen Neuanfang. Mein Name ist übrigens Hartmut.«

»Bernd«, stellte ich mich vor. »Komm mit. Ich kauf uns was zu essen!« Ich ging hinaus und zielte einen Imbissstand an. Dort holte ich zwei Schinkenbrötchen und zwei Tassen Kaffee. Als Hartmut sich bedankte, machte ich eine abweisende Geste.

»Glaub ja nicht, dass ich der große Krösus bin, den man melken kann, aber neben mir braucht niemand zu hungern.«

»Top Einstellung, Kamerad«, sagte er und reckte den Daumen nach oben.

Ich musste lachen. Der Kerl verschlang sein Brötchen wie ein ausgehungerter Wolf, klaute zum Schluss sämtliche Zuckerstückchen vom Tisch und lehnte sich dann zufrieden lächelnd zurück.

Ich guckte auf die Uhr.

»Herrgott, der Bus fährt in drei Minuten ab! Nichts wie los«, rief ich, und so rannten wir hastig zum Bus rüber.

Unterwegs schaltete der Fahrer das Radio an. Wir hörten französische Akkordeonmusik. Die Sonne schien. Wir fuhren an der Rhône entlang nach

Süden. Ich kriegte richtig gute Laune. Hartmut, der nun neben mir saß, fragte mich nach meinem Reiseziel.

»Nach Süden. Zuerst dachte ich an Ibiza, aber Garrucha soll auch schön sein. Von Barcelona nehm ich 'nen Direktbus über Cartagena. Und du?«

»Weiß nicht. Nach Ibiza kostet es einiges wegen der Fähre. Daher mach ich mich auf zum Süden runter. Mojácar ist spitze. Ich hab da vom Vorjahresurlaub meinen VW-Bus stehen. Mojácar ist die Welthauptstadt der Kiffer. In dem Paradies brauchste kaum Kohle für Haschisch, haha. Rein in die kleinen dunklen Haschkneipen und ein paarmal kräftig einatmen. Nur wenige Minuten und du bist irre high.«

»Wovon willste leben? Am Mittelmeer hängen Pleiteaussteiger en masse rum, die mit unterbezahlten Jobs oder Diebstählen überleben wollen. Die Guardia wartet auf dich, du bist theoretisch schon mit einem Bein bei denen im Loch, weil du gleich wieder klauen wirst. Übrigens ist der spanische Knast die Vorhölle. Nicht nur, dass dich sofort jeder Drecksack fickt, nein, weil der von der Guardia Civil gemanagt wird. So 'ne spanische SS aus der Franco-Zeit. Die sind Weltmeister im Foltern und Prügeln«, warnte ich Hartmut.

»Hör auf, hör auf! Versau mir nicht den guten Tag. Wie gesagt, ich hab das Auto unten. Ich wollte es verkaufen, das hilft mir finanziell über den Sommer. Sag mal, möchtest du ein gutes Geschäft machen? Schau hier«, sagte er, griff in seine Hosentasche und reichte mir eine glitzernde Armbanduhr ohne Armband. Eine echte, massivgoldene Rolex. Ihr Sekundenzeiger lief ohne Ruck. Das war kein billiger Batterieblender.

»Verkauf ich dir, fast geschenkt. Wert isse mindestens zehntausend Mark. Für dich zum Freundschaftspreis. Tausend!«

»Mann, da fehlt das Lederarmband. Haste wohl irgendeinem schlafenden oder besoffenen Zuhälter abgeschnitten?«

Hartmut grinste.

Ich zählte ihm wortlos zehn Hunderter in die Hand und steckte die Uhr in mein Portemonnaie. Diese Kostbarkeit konnte ich mir nicht entgehen lassen. So ein gutes Geschäft. Ich fragte Hartmut nicht, woher die Uhr stammte.

»Die Rolex ist eine ewig funktionierende Cash-Maschine. Biste pleite, kriegste überall sofort gutes Bargeld dafür. Musst sie halt nur günstig anschaffen, damit du beim Verkauf nicht drauflegst«, beriet mich Hartmut. Wohl ein Berufsdieb.

In Avignon wurde es lustig, denn zwei mit gewaltigen Rucksäcken beladene Studentinnen stiegen zu. Sie setzten sich in die Reihe vor uns. Auch sie wollten bis Spanien weiterfahren, über Barcelona hinaus, ohne festes Ziel. Eine der beiden schwärmte von Ibiza. »Weil da das schrille junge Volk rumhängt und es aufwärts geht. Die Rechtsradikalen haben bei der Wahl richtig eins übergekriegt, und ihre Scheiß-Guardia-SS darf nicht mehr willkürlich auf alles draufschlagen.«

Ich hörte den Mädels eine Weile mit geschlossenen Augen zu. Sie quatschten über tolle Filme, Stars und Modetrends, diskutierten, was in und out ist. Irgendwann kamen sie auf Männer und sprachen leiser, weil einige zwischen zwanzig und dreißig um sie herum saßen und mithören konnten. Die Schwarzhaarige war für ein, zwei kleine Abenteuer in den nächsten zwei Jahren zu haben. Aber es müsse ein »adäquater Mann« her, nicht besonders hübsch, aber groß sollte er sein, und mit sicherer Ausbildung. Natürlich wäre das Beste ein junger Arzt.

»Wie kommt man aber an einen ran?«, dachte die Brünette laut.

»Ganz einfach«, sagte ihre Begleiterin, »bei uns zu Hause, an der Uni-Klinik, gibt es ein Studentencafé, da verkehren fast nur Medizinstudenten. Du hast tatsächlich die freie Auswahl. Wenn zu Semesterbeginn die Neuen kommen und dort verunsichert herumhängen, kann man sich einfach einen greifen. Du ziehst dir 'n enges Outfit an, trinkst 'ne Cola und schon quatscht dich einer an. Den musste gezielt verwöhnen und piesacken – Zuckerbrot und Peitsche, du verstehst? Du musst ihn erziehen und in die Richtung trimmen, wie du dir den zukünftigen Ehemann wünschst.«

Ich staunte über diese raffinierte Schlange.

»In welchem Zustand ist dein VW-Camper?«, fragte ich Hartmut, um mich abzulenken.

»Klassefahrzeug. Diesel, der auch mit Diesel heizt. Alles funktioniert tadellos. Spüle, Kühlschrank und ein bequemes großzügiges Klappbett.«

»Für wie viel willste die Kiste verscheuern?«

»Also, fünftausend muss er schon bringen.«

»Wie alt?«

»Acht Jahre, weniger als hunderttausend Kilometer gelaufen. Ein Schnäppchen!«

»Nicht übel, der Preis.«

»Leider kann ich nicht mehr verlangen.«

»Warum das?«

»Er hat 'ne englische Zulassung und englische Nummernschilder. In Spanien ist er schon über ein Jahr, darf aber laut Gesetz nur drei Monate bleiben, sonst wird er beschlagnahmt. Vorteil ist, dass keiner weiß, wann er reinkam.«

»Den guck ich mir an, mein Freund«, sagte ich und fand die Idee richtig gut. Mit 'nem fahrbaren Wohnzimmer durch die iberischen Lande kutschieren, super!

Die kleine Dicke lugte zu uns nach hinten. Mit einer Zigarette zwischen ihren frisch angemalten Lippen bat sie um Feuer. Ich reichte ihr vornehm ein brennendes Zündholz.

»Danke, wie weit fahren Sie?«, fragte sie höflich.

»Super dream tour nach Mojácar«, sagte ich cool und steckte mir auch 'nen Glimmstängel ins Gesicht. »Das ist im Moment das Geilste, was am Mittelmeer läuft. Nicht so'n verblasster Langweilermief wie auf Ibiza.«

Da rissen beide überrascht ihre kleinen, süßen Mäulchen auf und drehten sich beleidigt wieder nach vorne.

Auf der Autobahn entdeckte ich das erste Spanien-Hinweisschild. Viva España!

An der Grenze, hoch oben in den Pyrenäen, stand die Lackhut-Guardia bewaffnet mit MPs herum. Ihre Gesichter waren abweisend und grimmig. Die beiden Mädchen und mich kontrollierten sie nur kurz, aber Hartmut, den griffen sie sich zu zweit und zogen ihn, der angstvoll protestierte, in das Wachhäuschen hinein. Er musste sich mit erhobenen Armen an die Wand stellen. Mit zwei gezielten Tritten zwangen sie ihm die Beine nach hinten. Leibesvisitation. Wie die Geier filzten sie ihm die Klamotten. Zu zweit begutachteten sie seinen Ausweis und schlugen in etlichen Fahndungsbüchern nach. Fehlanzeige. Noch weich in den Knien, kam er zum Bus zurück. Hinter ihm schloss sich die Bustür und der Europadampfer tuckerte weiter, nahm Kurve um Kurve bis hinunter nach Figueres.

»Der mir die Eier befummelt hat, war bestimmt schwul«, tönte Hartmut, der sich inzwischen von dem Schrecken erholt hatte.

»Ein Glück, dass die noch nicht das Mittelalter überwunden haben. Mit modernen Fahndungshilfen hätten sie dich bestimmt am Arsch gehabt«, grinste ich und trank den letzten Schluck Cola.

Am Nachmittag stiegen wir in Barcelona vom deutschen in den spanischen Bus nach Malaga um. Die beiden Studentinnen fuhren nicht mit uns weiter.

»Wie lange braucht die Mühle bis Garrucha? Wann kommen wir an?«, fragte ich meinen Reisebegleiter.

»Na, bei den vielen Stopps, irgendwann in der Frühe, gegen fünf, sechs Uhr morgens.« Er blickte den beiden Mädchen nach und seufzte.

»Die Dicke war richtig mein Typ. An einer Schnalle muss was dran sein, in der Bluse, in der Hose. Das hab ich gerne. Die Hübsche war nicht mein Fall. So 'ne überschlaue Lesbe. Vor deren Bevormundung hätte ich Schiss. Versteh sowieso nicht, was Männer zu Sadoweibern treibt. Die Lust, gequält zu werden? Ich finde, das tägliche Leben teilt genug Hiebe aus. Da brauch ich keine Alte, die es mir brutal gibt. Lieber umgekehrt.«

Hartmut lachte sich über sein blödes Geschwätz schief.

Ich dachte über den VW-Bus nach. Wenn ich in ihm leben würde, könnte ich 'ne Menge Hotelkosten sparen, auch bei der Verpflegung, wenn ich selbst kochte.

In Dénia wollte ich in Bahnhofsnähe ein paar Tapas essen. Am Zeitungsstand kaufte ich mir im Vorbeigehen eine deutschsprachige Zeitung. Sie nannte sich *Deutsch-Spanisches Monatsecho* und war über ihrem Logo mit den zwei gekreuzten Flaggen beider Länder geschmückt. Ich wollte Residentenwissen tanken und viel zum Überleben im Exil lernen.

Auf dem Bahnhofsvorplatz fanden wir eine Tapas-Bar. Es war ein kleiner, enger Laden, aber die Auswahl war sensationell: panierte Tintenfische und Pilze, Leber mit Zwiebeln, Knoblauchkrabben und köstliche gebratene Sardinen. Ich schlug mir die Wampe mächtig voll. Dazu trank ich den Hauswein, kaufte mir sogar für den Bus 'ne ganze Flasche vom dem guten Roten. Am Schweizer Messer war ja ein Korkenzieher. Ich versteckte die Buddel in meiner Jackentasche.

Hartmut kaufte sich eine Flasche Cognac.

Als wir weiterfuhren, vertiefte sich mein Reisegefährte in einen Wildwestroman, und so faltete ich meine Ausländerzeitung auf. Sie hatte Berliner Format, war im Buchdruck auf einer Rotation gedruckt. Druckort Vera, eine Kleinstadt auf dem Wege nach Malaga. Ich blätterte die Zeitung interessiert durch. In gekürzter Form brachte sie einmal im Monat übersetzte Nachrichten, die für deutsche Residenten wichtig waren: Lokalgeschehen, Infos zu Aufenthaltsgenehmigungen, Krankenkassen und Versicherungen. Dazu Interessantes aus dem deutschen Exilleben: Restauranteröffnungen, prominente Landsleute, deutsche Künstler und erfolgreiche Geschäftsleute. Vom Verkehrsunfall eines deutschen Rentners bis zur Neueröffnung der nächsten internationalen Schule war alles dabei. Sehr gut war der Anzeigenteil. Hier dominierten die Immobilienseiten, und viele deutsche oder deutschsprachige Handwerksfirmen inserierten dort. Und Residenten mit ihren typischen Bedarfsanzeigen: Rückflugtickets nach Deutschland, Autoverkaufsanzeigen für unberechtigte Fahrzeuge, Arbeitsangebote für deutsches Hauspersonal, preiswerte Mitfahrgelegenheiten und Transporte zur alten Heimat. Ich genoss meinen Roten, las das Blatt bis zur letzten Seite durch und verstaute es schließlich sorgfältig in meinem Koffer. Ab und zu trank ich einen Schluck aus Hartmuts Cognac-Flasche.

Bald schlief ich angetrunken ein, bis ich irgendwann in der dunklen Nacht wachgerüttelt wurde.

»Aufstehen, Kumpel, wir sind da!«, rief Hartmut. Ich torkelte schlaftrunken ins Freie. Es war gemein kalt. Zitternd nahm ich meinen Koffer in Empfang. Irgendwo am Arsch der Welt, direkt am Meer bei Garrucha, standen wir allein im Dunkeln und sahen die Rücklichter unseres Busses in der Ferne verschwinden. An der Haltestelle entdeckten wir eine Betonbank.

»Machen wir es uns auf der bequem und pennen ein bisschen. Wenn es hell wird, geht es weiter nach Mojácar«, grunzte mein Weggefährte.

SPANIEN

Am Morgen weckten uns knatternde Mofas. Ein Bäckereilaster nahm uns mit hoch nach Mojácar. Unbeschreiblich, die Serpentinenfahrt auf der steilen Carretera zur Bergspitze und zur Innenstadt. Dicht vorbei an schlichten alten Würfelhäusern und heruntergekommenen mittelalterlichen Treppengassen erreichten wir den Ortskern. Und staunten über den einmaligen Fernblick weit hinaus aufs südliche Meer. Der Transporter hielt. Wir schnappten uns unser Gepäck und betraten schnurstracks das erstbeste Café. Auf der Außenterrasse mit Aussicht Richtung Tabernas, wo die durch Italowestern berühmt gewordene einzige europäische Wüste liegt, machten wir es uns bequem. Café con leche und Eier mit Speck ließen diesen Morgen zu einem angenehmen Tagesbeginn nach der Scheißnacht werden. Um uns herum überall echte und falsche Hippies: mit Strohtaschen, Cowboystiefeln, Gitarren und zerschlissenen Jeans. Die Mädchen meist in langen blumigen Röcken oder weißen Leinenkleidern. Alle gut drauf und dazu ein sonntäglicher, penetranter Weihrauchgeruch. Überall! Weihrauch von der alten Kirche gegenüber?

»Die ganze Stadt riecht nach Hasch. Sagte ich doch, Mojácar, die größte Kifferwolke der Welt. Und das Zeug ist spottbillig. Auch LSD und Heroin. Siehste an den Blutflecken in den verdeckten Pissecken, wo die Kaputten drücken«, erklärte mir Hartmut, der offensichtlich im Bilde war und bereits den ersten Bekannten an unseren Tisch holte. Einen professionellen Schnorrer. Sofort haute er mich um 'ne Zigarette an, dann um hundert Peseten, weil er »nach Deutschland telefonieren müsse«.

»Fechte nicht meinen Kumpel an, du Kakerlakenwichser. Lass ihn in Ruhe, das ist 'n Insider, Blödmann«, zischte Hartmut, und der Schnorrer verstummte achselzuckend. Der Kerl war vielleicht dreißig Jahre alt, hatte schulterlange, ungepflegte Haare und lief barfuß, ohne Hemd in abgeschnittenen Jeans herum und zeigte beim Grinsen zwei Zahnlücken. Kurze Zeit später kam seine Braut dazu. Höchstens siebzehn, mit weinendem Kleinstkind. Nachdem sie sich bei mir eine Zigarette erbettelt hatte, zog sie ihre Brust aus der Bluse hervor und stillte mit der Kippe im Mundwinkel lässig ihr Baby.

»Ich heiße Birgit und glaube an die Sonne«, säuselte sie verwirrt.

»Sie ist im Nirwana«, meinte Hartmut und tippte mit einer Drehbewegung seinen Zeigefinger an die Stirn.

»Ich heiße Bernd und denk, ich bin auf'm Mond«, sagte ich mit 'ner Kotzgeste. Alle Freaks lachten.

Am Nachbartisch bot ein heruntergekommener, englischer Langhaarloddel einem Amerikaner seine blutjunge Freundin für zwanzig Dollar an.

»Echt geile Szene hier, was?«, schwärmte Hartmut verzückt.

Ich drehte mich um, guckte mir das kaputte Volk an den Tischen an und kapierte endgültig, dass die Masse der von vielen bewunderten Aussteiger aus total gescheiterten, arbeitsscheuen, kleinkriminellen Losertypen bestand. Es gab sie wohl nur selten, die in den Medien so nett dargestellte, versponnene Aussteigerromantik. Hier wurde die primitive Existenz von Gescheiterten am Rande der Selbstaufgabe vorgeführt. Alles in diesem Kaff drehte sich um Drogen und ihre Beschaffung. Als Birgit und ihr Schnorrer zwei verwahrlost aussehende Neuankömmlinge an unseren Tisch riefen, sagte ich laut: »Diese Penner will ich nicht bei mir haben«, und schüttelte verärgert den Kopf. Die Schnorrerfamilie stand zornig auf und verdrückte sich. Hartmut verlor zum ersten Mal seine gute Laune.

»Du bist ein ziemlich eingebildetes, arrogantes Arschloch. Die Leute waren doch freundlich und okay. Ich stelle fest, du siehst und hörst gerne anderen zu, wie sie ihre Lebensmisere reflektieren, amüsiert und von oben herab. Hältst dagegen aber dein Schicksal raus. Erzählst kein Wort von dir, obwohl du bestimmt auch einen Haufen Dreck am Stecken hast. Damit sie ja nicht in die Kritik kommt, deine kostbar beschützte Heiligkeit. Hast Angst, von außen beschmutzt zu werden, und verschließt dich. Der Herr ist zu feige, gemeinsam mit uns in die niedrigen, unterklassigen Einzelschicksale hinabzusteigen, weil er Vergleiche scheut und sich für was Besseres hält.«

Ich zuckte mit den Achseln und schwieg.

Als es dunkel wurde, besuchten wir El Rey, einen stinkreichen Madrider Drogendealer und Zuhälter, der seine großartige, mit sündhaft teurem Dekoplunder raus geputzte Villa zur Selbstdarstellung und zum Geschäfteankurbeln für Openhouse-Partys und Deals benutzte. Aus riesigen Lautsprecherboxen dröhnte Heavy Metal, dazu tanzten irgendwelche Mischlingsnutten halbnackt herum. Ich trank jede Menge Rotwein und landete am frühen Morgen total besoffen auf der Terrasse von Hartmuts alten Wirtsleuten, den Hermanos Barros, zwei Hostalbesitzern. Wir schliefen unseren Rausch auf den Liegen am Pool aus. Bis zum frühen Nachmittag. Dann gingen wir in den Garten, hinter das Hühnerhaus, wo der total mit Hühnerscheiße bedeckte VW-Bus stand – notdürftig auf Hohlblocksteinen aufgebockt. Alle vier Räder waren geklaut. Nur das abgefahrene Reserverad vorne unter der Windschutzscheibe nicht. Wir starteten den Motor, der sofort und ruhig lief. Ich kaufte die Kiste mit einem weiteren Preisnachlass von Hartmut, montierte das Reserverad ab, verfrachtete es als Muster in ein herbeigerufenes Lasttaxi und fuhr zum Reifenhändler in die Vorstadt, der mir vier preiswerte Gebrauchtreifen verkaufte.

Den Rest des Tages verbrachte ich damit, die Schüssel zu reinigen. Am Abend fuhr ich nach Garrucha und kaufte alles Wichtige ein: Bettzeug und Lebensmittel, Getränke und sogar einen kleinen Schwarz-Weiß-Fernseher, der seinen Strom aus dem Zigarettenanzünder bezog. Dazu einen bequemen Leinen-Jachtstuhl und das gerade neu hereingekommene, druckfrische deutsche *Monatsecho*. Ich drehte das Radio an und fuhr irgendwo zwischen Garrucha und Mojácar an den Strand, parkte hoch genug über den krachenden Wellen und stellte meinen Klappstuhl auf. Glücklich öffnete ich eine Flasche Rotwein, füllte meinen Glasbecher und prostete in die Wolkenfetzen, die ab und zu den Blick auf die Mondsichel freigaben. Gott, konnte das Leben schön sein!

Nach einer ruhigen Nacht bereitete ich mir ein kräftiges Frühstück zu, hörte Radio de Ibiza und setzte mich mit einem Nescafé auf den Beifahrersitz, von wo aus ich die schöne Aussicht aufs Mittelmeer genoss. Ungefähr nach einer Stunde näherte sich eine Frau mit breitkrempigem Strohhut. Wasserstoffblond, schlank, braun gebrannt. Eine schöne Eurasierin. Sie trug eine leichte Strohtasche in der linken Hand und schlenderte durch das seichte Wasser. Ab und zu starrte sie gebückt in die auslaufenden Wellen. Ein paar Mal griff sie in den feuchten Sand und schaute sich kleine Steine in der geöffneten Hand an. Dann warf sie sie wieder ins Meer. Das interessierte mich.

»What are you looking for?«, rief ich ihr aus dem geöffneten Fenster zu.

Sie guckte auf mein englisches Nummernschild, dann auf mich und antwortete freundlich:

»Englisches deutsches Auto und englisch sprechender Deutscher. Wie das?«

»Internationaler Playboy auf Playmatesuche. Endlich fündig!«

Sie schenkte mir ein Lächeln, langte in ihre Tasche und nahm einen kleinen grünen Stein heraus, den sie mir vor die Nase hielt.

»Türkise. Schon seit dem Mittelalter ist diese Küste dafür bekannt. Der wunderschöne Halbedelstein wird von den nahen Gebirgsflüssen ins Meer gespült. Und nach jedem Sturm rollen wieder Tausende auf den Strand – für mich«, sagte sie und zeigte mir ihre Ausbeute. In allen Größen und Farbschattierungen, von hellblau bis dunkelgrün.

»Sind die was wert?«

Sie schüttelte den Kopf und deutete auf ihre blaugrüne Halskette. Eine wunderschöne Sammlung von Steinen, nach Größen geordnet.

»Sie zu suchen, gliedert mich in die reine, unverfälschte Natur ein: südliche Pflanzenwelt, Meer und eine Sonne, die Tag für Tag neue Kraft in mir gebiert, um den harten Lebensweg erfolgreich zu meistern. Und trotz Mühsal und kräftezehrendem steinigem Boden nicht nur an mich, sondern auch an den Nächsten zu denken. Dabei lebe ich wieder auf, und das, obwohl ich vor ein paar Jahren durch einen Verkehrsunfall meine Kinder verloren habe, mein drogenabhängiger Mann mich wegen eines blutjungen Flittchens verlassen hat und ich so furchtbar krank wurde, dass ich bereits mein nahes Ende sah.«

Ich lächelte verunsichert zurück, denn ich wusste nicht, was ich von ihr halten sollte. Schade, dass sie ihr Haar blond gefärbt hatte. Die natürliche schwarze Haarpracht hätte der Eurasierin bestimmt besser gestanden.

»Sie sind keine schöne, sondern eine wunderschöne Frau, nicht nur äußerlich, auch Ihre inneren Werte sind schön. Nur diese Kombination erschafft eine bemerkenswerte Frau.«

»Danke, mein Unbekannter«, flüsterte sie und eilte überraschend davon. Lange sah ich ihr nach, bis sie im Flimmern des heißen Sandes verschwand.

Es ging mir heute viel besser, denn nach der Begegnung mit den menschlichen Wracks am Vortag hatte ich eine sehr beeindruckende Frau kennengelernt.

Wochenlang, täglich nach dem Frühstück, suchte nun auch ich nach den Edelsteinen. Dank der inneren Ruhe, die mir das Strandleben schenkte, baute sich in mir eine nie gekannte neue Kraft auf. Ich nahm mir vor, ein Mensch zu werden mit Format, jemand, der sich vom unwichtigen Kleinmüll des Tagesgeschehens abhebt, weil er bereit ist, Schwächeren zu verzeihen und von seiner Kraft abzugeben. Einerseits dachte ich zwar weiterhin an mein Ziel, Kowalski zu finden, aber auch an andere Lebensmöglichkeiten. Ab und zu blätterte ich in der deutschen Spanienzeitung. Ob ich für sie arbeiten könnte? Das Blatt wurde ganz in der Nähe hergestellt. Vielleicht suchte der Herausgeber sogar dringend einen Schreiber?

Eines Tages fuhr ich nach Vera zum Verlag. Ein Druck- und Verlagshaus gab es allerdings nicht, der Verlagssitz war mit einer mit Tesafilm an der Klingel befestigten Visitenkarte markiert, in einem schäbigen Appartementgebäude mitten im Kneipenviertel. Ich klingelte und eine spanische Putzfrau öffnete mürrisch die Tür. Ich fragte nach dem Chefredakteur, Señor Feller. Der sei in der Bar Marítimo, unten am Meer, seinem »officina permanente«, erzählte sie mir grinsend, ohne die Zigarette aus dem Mund zu nehmen. Ich fuhr hin, weil es nun mal nur diese eine deutsche Zeitung gab und sie gut gemacht war. Manfred Feller war der einzige Gast auf der heruntergekommenen, verschmutzten Terrasse am Meer. Ich erkannte ihn an seiner klappernden Reiseschreibmaschine und stellte mich ihm als Kollegen vor. Dann lud ich ihn zu einem Kaffee ein.

»Darf es ein Soberano-Cognac sein, der kostet das Gleiche«, sagte er, obwohl es noch nicht einmal zwölf war. Ich bestellte aus Solidarität zwei.

»Okay, deutscher Landsmann. Sie kennen meine Zeitung und suchen einen Job als Journalist, stimmt's?«, brummte er grinsend und stieß prostend sein Glas an meins.

»Zum Henker, Sie können wohl Gedanken lesen«, sagte ich beeindruckt. Er prustete los, lachte und lachte. Dabei verschluckte er sich und hustete röchelnd. Ich klopfte ihm helfend auf den Rücken.

»Dieser Samariterdienst bringt Ihnen nichts, bester Freund. Bei mir bewerben sich monatlich über zehn Schreiber. Jeder ist in dieser lausigen Gegend auf der Suche nach einer sinnvollen Beschäftigung. Ich hab jede Menge Mitarbeiter, die kostenlos für mich schreiben. Gelangweilte Rentner, unausgefüllte Hausfrauen und ambitionierte Schüler. Bei diesem armen Pleiteblatt gibt es nichts zu verdienen. Gucken Sie sich doch den Chef des Unternehmens an. Übrigens, ich heiße Fred. – Kein Job, es sei denn, du bist ein guter Verkäufer und willst als erfolgreicher Anzeigenakquisiteur für mich arbeiten. Da kannst du echt dicke Kohle machen.«

Ich verneinte.

»Fred, mein Name ist Bernd. Bernd Behr. Ich bin ein erfahrener Journalist. Lass es mich als Unbezahlter versuchen. Vielleicht ergibt sich später was.«

Er willigte ein. Ich erzählte ihm von der Edelsteinstory. Zwischenzeitlich hatte sich eine junge Frau zu uns gesellt, die Fred als Inge, seine Verlobte, vorstellte.

»Schreib etwas über die Steine. Find ich echt interessant«, sagte Fred und hielt mir die Hand hin. Ich schlug ein.

Ich sah die Strandschönheit einige Male von weitem, aber sie kam nicht zu mir. Irgendwann im April spazierte sie näher vorbei, die mandeläugige Edelsteinsammlerin. Wortlos tappten wir eine Ewigkeit gemeinsam am Strand entlang. Als ich einen ungewöhnlich großen, hellblauen Stein auflas, klagte sie:

»Das ist unfair. Sie haben ein Adlerauge. Unglaublich, eigentlich gehört dieser Stein mir. Ich Dummkopf, dass ich Ihnen einfach so das Geheimnis dieses Strandes verraten habe. Jetzt rauben Sie mir meine schönsten ...«

Ich warf den Stein mit einem »Hoppla« in ihre offene Strohtasche. Sie holte den Stein heraus, hielt ihn geziert zwischen Daumen und Zeigefinger und bewunderte ihn. Dabei glitzerte ihre kostbare Armbanduhr, eine Platin-Cartier, die praktisch nur aus Diamanten bestand.

»Dank, edler Ritter. Ihr schenktet der Jungfrau ein kostbar Geschmeide. Was führt Ihr im Schilde?«

»Einen Kuss müsst Ihr mir schon schenken, edle Holde. Derart belohnt werd ich die Kraft erlangen, das Ungeheuer zu besiegen.«

Sie lachte schallend auf und gab mir einen flüchtigen Kuss auf die linke Wange.

»Welches blöde Ungeheuer, um Gottes willen?«

»Na, den glücklichen Mann, Ihren Geliebten. Da gibt's doch bestimmt jemanden. Sie sind eine schöne Frau ... übrigens, mein Name ist Bernd. Meine Freunde nennen mich Bernie.«

»Ich heiße Yuk-San Sänger. Nennen Sie mich Yuk, mit Ypsilon.«

Schlagartig wurde mir klar, mit wem ich da flirtete. War das Wirklichkeit oder fing ich bereits zu spinnen an? Sie war die Ex von George Sänger. Nun erkannte ich ihr Gesicht, trotz der blond gefärbten Haare. Tatsächlich. Die Ex von Sänger, der gerne von seinem Adlerhorst über dem südlichen Mittelmeer geschwärmt hatte. Von Sänger, aus dessen Mund ich zum ersten Mal von dieser Gegend hier gehört hatte. Auf den meine Reise hierher zurückzuführen war. So oder so.

»Wo lebst du hier, Yuk?«

»Über Garrucha am Fischereihafen. Mit einem deutsch-spanischen Haushälterehepaar, Alberto und Rosa, und meinem uralten Papagei, einem grünroten

Amazonas. Aber nur im Winterhalbjahr, im Sommer wohne ich in Genf. Bei meinem Lebensgefährten, einem Banker aus Formosa.«

»Du bist nicht verheiratet?«

»Nein, ich bin geschieden.«

»Teilst du dir das Ferienhaus mit deinem Ex-Mann? Sucht er im Sommer nach Türkisen?«

Sie schüttelte traurig den Kopf.

»Das ist ja sein Problem. Er hat keine spleenigen, unproduktiven Hobbys, Marotten oder Liebhabereien. Alles, was ihn interessiert, ist das Geschäft, sein Zeitungsverlag und die verdammten Auflagenzahlen. Okay, ein paar Wochen den dummen Playboy spielen. Für unerfahrene Chicks, auf Sylt oder mit seiner Jacht in Vera, aber Kultur, Natur, echte Freundschaften … nein. Er ist ein fantasieloser, egoistischer, drogenabhängiger Schlappschwanz! Aber wechseln wir das Thema. Wovon lebst du?«

»Ich war früher bei einer Fleschereifachzeitschrift beschäftigt. Nach ihrem Bankrott hab ich einfach meinen Urlaub verlängert. Wenn ich bleibe, baue ich irgendetwas auf. Im Moment schreib ich ein bisschen für die deutsche Monatszeitung.«

»Keine liebe Frau, die eine Rolle spielt?«

»Vorbei, Schluss. Auch ein Grund, warum ich am Strand bleibe. Denn wenn die Saison beginnt, habe ich bestimmt freie Auswahl.«

Sie nickte erheitert.

»Besuch mich doch am Samstag, zum Abendessen. Darf ich dich für neunzehn Uhr einladen? Villa Peking, in den Hügeln. Unten an der Landstraße ist ein Hinweisschild. Willst du lieber ein Fleisch- oder ein Fischgericht?«

Ich entschied mich für Fisch.

Am Freitag überreichte ich Fred in Vera meinen Artikel für die übernächste Ausgabe. Er las kurz hinein und fand den Text sehr gut. Das freute mich.

»Ich muss noch zur Druckerei rüber. Feststellen, ob ich morgen drucken kann. Das Problem sind die von spanischen Setzern getippten deutschen Texte. Da wimmelt es nur so von Fehlern. Ich schau noch mal kurz vor Druck rein. Zum Glück habe ich einen zweisprachigen Korrektor, der den Umbruch überwacht. Wenn du nichts Wichtiges vorhast, komm einfach mit«, schlug er vor.

Im Erdgeschoss eines mittelalterlichen Hinterhauses, neben der einzigen Apotheke der Stadt, befand sich das Büro der Tageszeitung, des Diario. Aus den hinteren Räumen hörte ich das Klirren der Buchstaben von mindestens zwei uralten Linotype-Setzmaschinen, und vom Hofanbau her dröhnte die antike, auf vollem Saft laufende Rotationsmaschine, die die Diario-Samstagsausgabe produzierte. Draußen wurde es allmählich dunkel, und Fred schaltete das Licht in dem fast verlassenen Redaktionssaal an. In der Ecke des Raumes bearbeitete ein älterer Graukopf mit einer dickglasigen Brille lange Satzfahnen. Freds Korrektor. Der Mann sah nicht auf. In seiner rechten Hand hielt er einen Kugelschreiber, mit dem er Fehler markierte.

»Na, wie sieht es aus? Wie weit sind wir, Erwin?«, fragte Fred.

»Gut, sehr gut. Diese sind praktisch okay. Die Maschinensetzer hauen gerade die letzten Korrekturen runter, sind jeden Moment fertig. Dann mach ich den Umbruch. Morgen früh ab zehn pressen wir die Matern und gießen die Bleihälften. Papier und Farbe ist genug in der Maschine, für unsere lausige Viertausenderauflage reicht es allemal. Da brauchste nur die spanischen Druckwalzen rauszuholen, unsere reinzustecken und auf den Knopf zu drücken.«

Fred klopfte Erwin dankbar auf die Schulter und wünschte ihm einen schönen Feierabend. Wir gingen durch die Setzerei, durchquerten einen von gigantischen Papierrollen verengten Flur und betraten den Rotationsraum. Ohrenbetäubender Maschinenlärm empfing uns. Da stand sie, die pechschwarze zweistöckige Riesenmaschine, und spie Veras schwarz-weiße Provinzzeitung aus. Nur ein sehr junger Drucker mit schwarz verschmierten Händen arbeitete an der Maschine und prüfte gerade die herauslaufenden, fertiggefalzten und beschnittenen Zeitungen auf ihre Qualität.

»Alles okay?«, brüllte Fred ihm zu.

Der Mann nickte.

Wir gingen um das Maschinenungetüm herum und schauten dem Runterfahren und Verlangsamen des Druckvorgangs zu. Die Rotation stand und wurde abgeschaltet.

»Hab ich richtig verstanden, du druckst selbst?«, fragte ich Fred.

»Klar doch. Ich bin gelernter Setzer und Drucker. Kleinstadtzeitungserfahrung bei einem Onkel von mir. Da machen alle alles.«

Beeindruckt folgte ich zum Ausgang. Hier arbeiteten vier Frauen, die Kopftücher trugen und geflickte Arbeitsklamotten: Aufteilen, Verpacken und

Bündeln des Diario. Vor dem Hallentor warteten zwei Seat-Kombis mit weit geöffneten Hecktüren, um die druckfeuchten Blätterbündel aufzunehmen.

»Ich fahr dich zum Marítimo zurück. Saufen wir noch einen«, beschloss Fred.

Am nächsten Morgen, es war Samstag, regnete und stürmte es. Ich frühstückte wie immer am Strand, allerdings auf dem Beifahrersitz.

Bei der zweiten Tasse Kaffee kam ich auf die Wahnsinnsidee, wie ich es dem verfluchten Kornbauer heimzahlen könnte. Ihn schlicht und einfach mit einem Killerartikel, wie er sie bei anderen so liebte, zu ruinieren. Ja, das wäre es! Mir zitterten vor Aufregung die Hände, als ich daran dachte, ihn auf ewig unschädlich zu machen.

Als der Regen später aufhörte, ging ich barfuß hinaus, krempelte die Hose hoch und watete grimmig den Strand entlang. Bis ins letzte Detail schmiedete ich meinen Vollzugsplan und merkte gar nicht, dass die Sonne durchbrach und diesen paradiesisch-einsamen Strand in ein wundervolles goldenes Licht tauchte. Ich fand auch keinen der blaugrünen Steine. Die verfluchte Racheidee raubte mir Sinn und Verstand. Mir, der ich ein Mann mit Format sein wollte, einer mit einem großen Herzen, der über der kleinen miesen Lebensscheiße steht.

Am Abend besserte sich das Wetter endgültig und die Sonne verdrängte die Wolken ganz. Ich fuhr erwartungsvoll zum Fischessen zur wunderschönen Yuk. Das Hinweisschild zum Haus war in einer kleinen Gruppe von vier anderen an einen Strommast genagelt. Wohl arabische Villen, dachte ich mir, denn ich las die Namen Palacio Sultan, Palacio Kalifa und Palacio Alhambra. Yuk nannte ihr Schloss schlicht Villa, obwohl es mit Abstand die größte und prächtigste Anlage war: ein schneeweißes Gebäude im Palmenhain eines künstlichen Plateaus oberhalb eines Steilfelsens. Als ich vor dem schmiedeeisernen Tor mit den türkisgrünen Speerspitzen hielt, stürmte sofort bellend und zähnefletschend ein Schäferhund heran. Eingeschüchtert drückte ich den Klingelknopf und sofort erklang eine Männerstimme.

»Okay, boy, okay. Come back to the master!«

Der Hund gehorchte umgehend und hetzte zum Haus zurück. Nun öffnete sich summend das automatische Tor. Obwohl ich niemanden sah, stieg ich in mein Auto und fuhr hinein, bis vor den Eingang der Villa. Und da stand sie,

Hongkongs schönste Perle. Yuk Sänger. Wie konnte jemand so eine Schönheit verlassen? Sie trug eines der eleganten Ibiza-Kleider von Dora Herbst, die groß in Mode waren: schleierartig, fast durchsichtig, lang und schneeweiß. Dazu weiße Cowboystiefel und einen ausrangierten Patronengurt, in dem dekorativ einige Geschosse steckten. In der Hand hielt sie zwei Gläser, in denen Champagner perlte. Ich stieg aus und wir busselten uns zur Begrüßung. Gott, roch sie gut! Das exotische Parfum machte mich richtig an und auch ihr falsches Blond.

»Willkommen in der Villa Peking«, hauchte sie und reichte mir ein Glas. Wir stießen an und betraten bald darauf das Haus durch den weit geöffneten Eingang, hinein in eine im antiken spanischen Stil gebaute Halle, die aber mit modernen Möbeln und sehr sparsam mit chinesischen Antiquitäten ausgestattet war.

Mit welchem Geld und mit welchem Einsatz war dieser Palast wohl bezahlt worden? Ich sah ihn wieder vor mir, den kleinen, lausigen Zeitungsladen, als es nur ein Anzeigenblatt gewesen war, damals. Die mühsamen ersten Jahre, Tage und Nächte mit extremem Arbeitseinsatz von meinen Kollegen und mir, die kleinlichen Intrigenspiele, Anfeindungen und Vernichtungen. Das hier war also das Ergebnis. Ein überirdisches Leben mit Bediensteten und unermesslichem Luxus für ein paar vom Schicksal ausgewählte Gewinner des Spiels.

Yuk bat mich, Platz zu nehmen, und ich setzte mich in einen mächtigen, superteuren Chromledersessel aus einer berühmten Schweizer Designerwerkstatt. Als ich mich so richtig bequem hineingerekelt hatte, wusste ich, dass es mein Sessel war. Idiotisch! Ich hatte sofort dieses besitzende Gefühl, dass er mir ganz allein gehörte, weil er doch auch Frucht meiner langjährigen Schufterei war. Unauffällig strich ich über die kräftige, geschmeidige Narbung. Der Sessel stand so, dass man von ihm aus durchs Fenster über ganz Garrucha, den Hafen und das weite, blaugrüne Meer sehen konnte. Ein Supertraum: mein Sessel! Wie lange hatte ich für ihn geschuftet?! Er wurde in diesem Moment zu einem Symbol für mich, schien mir eine Entschädigung für all meine Mühen.

»Du sitzt in seinem Lieblingssessel, das traut sich sonst keiner! Da sitzt er immer und raucht sein Haschpfeifchen«, bemerkte Yuk.

Der große Hund trottete zu mir herüber und beschnupperte mich. Als er meine Hand leckte, sagte Yuk:

»Er mag dich. Sicher riecht er eure Gemeinsamkeit: Deutsch von Geburt, und immer muss alles schnell gehen. Von der Arbeit bis zur Liebe.«

Ich konnte erst wieder normal denken, als mir eine spanische Bedienstete Champagner nachschenkte und Yuk fragte:

»Und wie gefällt dir mein Ferienhäuschen?«

»Traumhaft schön ist es hier, aber musste es wirklich das langweilige Garrucha sein? Warum nicht das mondäne, schillernde Marbella?«

»Damals haben wir Abstand von dem nervtötenden Aufbautrubel gesucht, stattdessen wollten wir Ruhe und Naturnähe. Jetzt wäre mir tatsächlich etwas Rummel lieb. Mein Ex-Mann hat vor kurzem für seine Jacht einen Liegeplatz in Puerto Banús, Marbellas Edelhafen, gekauft. Zum Austoben, Protzen, Aufreißen. Das ist nicht meine Idee von Lebensqualität. Am Türkisstrand Kraft aus Sonne und Meer tanken, das ist wichtig für mich.«

Ich gab ihr erfreut recht, stand auf und guckte mir interessiert ihren mit knallbuntem, altem Chinaporzellan angefüllten spanischen Bücherschrank an. Die einzelnen handgemalten Stücke waren mit zahllosen winzigen Chinesen bemalt, meist in prächtigen Gewändern, mit goldenen Kronen, in palastartiger Umgebung.

»Das ist Kanton-Export-Porzellan aus dem neunzehnten Jahrhundert. Es wurde in tausendfachen Variationen für Europas und Amerikas Herrenhäuser hergestellt. Meine Sammlung umfasst über neunhundert Einzelstücke«, erklärte Yuk.

Beeindruckt nickte ich und starrte bereits fasziniert in den nächsten Schrank, der mit Hunderten von Sexual-Netsukes gefüllt war, teilweise uralten Liebesspielarten in Elfenbein geschnitzt.

»George liebt diese japanischen Minikunstwerke. Nur der Reiche leistete sich diese schrillen, endlosen Kombinationen in Miniatur – und auch eins zu eins in Natur. Die traditionellen Haupt-, Zweit- und Drittfrauen konnten sich nur als Meisterinnen der gehobenen Sexualkunst, jede mit ihren Spezialtricks, gegen ihre Nebenbuhlerinnen behaupten. Mich sieht er auch immer noch als Zweitfrau, obwohl die vertragliche Scheidung wegen des Geldes notwendig war.«

Sie zeigte mir das Haus, den mit zahllosen Palmen und Apfelsinenbäumchen bepflanzten Garten und die Terrasse aus edlen Sandsteinquadern. Auf einem Esstisch dort war eine wahre Blumenpracht aufgebaut. Wir setzten uns und ließen uns von Rosa ein traumhaftes Fischgericht mit Safran servieren. Dazu schenkte der Mannheimer Butler Albert kühlen spanischen Rosé vom Fass ein. Anschließend gab es eine köstliche Nachspeise, Cherryflan mit Cognackirschen.

Wir erzählten uns viele Geschichten aus unserem Leben. Yuk überraschte mich mit ihrem zweiten Hobby. Sie schrieb Kurzgeschichten, die auf ihrer Kindheit in China basierten. Sie las mir eine fesselnde Kostprobe vor.

»Schade, meine Schönste, dass du dein Herz schon wieder verschenkt hast. Meins liegt dir jedenfalls zu Füßen«, säuselte ich angetrunken und stand auf.

Es war bereits Mitternacht.

Weil das Personal ständig um uns herumwerkelte, kriegte ich nur einen bescheidenen Abschiedskuss auf die Wange. Mehr war nicht drin.

Tage später trafen wir uns am Strand und spazierten eine Ewigkeit lang mit suchenden Augen durch die sanft ausrollenden Wellen. Hübsch sah Yuk aus. Sie trug einen gelben Bikini, ein um die Schultern gelegtes, knallgelbes Tuch gegen die Sonne und auf dem Kopf eine passende amerikanische Baseballmütze in gleicher Farbe. Und dieser Wahnsinnskörper, einfach perfekt! Ich wurde richtig scharf auf sie.

An diesem Tag fand jeder von uns eine Handvoll Türkise. Wir begutachteten sie bei einer Pause. Da konnte ich mich nicht mehr beherrschen und zog diese Traumfrau an mich, um sie zu küssen. Sie griff blitzschnell in ihre Strohtasche, und ich spürte überrascht eine kühle Messerspitze an meiner Gurgel.

»Mach das nie wieder. Ich gehöre einem Orden an. Stell keine Fragen und zerstöre nicht unsere Freundschaft«, zischte sie.

Als ich sie losließ, steckte sie ihr Messer weg. Ich war ziemlich erschrocken. Gehörte auch sie zu dieser seltsamen Sekte? Wie hieß sie noch? Templerorden?

Ich dachte an die Erfahrung mit Kowalskis blonder Fanatikerin. War etwas dran, an seinem bizarren Märchen mit dem Blondinenmangel?

»Meine falsche Blondine, ich ... ich liebe dich«, stammelte ich reichlich verwirrt. Sie kniff mich kurz in die Wange und brachte mich so in die Realität zurück. Sie stand auf, schnappte ihre Klamotten und marschierte entschlossen los. Ich folgte ihr.

Als wir uns nach fast zwei Stunden meinem Auto näherten, bemerkten wir schon von weitem, dass jemand das Fenster auf der Fahrerseite eingeschlagen hatte. Der ganze Wagen war durchwühlt worden. Meine Habseligkeiten lagen überall verstreut herum. Zum Glück hatte ich Geld und Papiere sicher am

Körper bei mir getragen. Obwohl es praktisch nichts Wertvolles zu klauen gab, stellte ich nach grobem Aufräumen fest, dass der kleine billige Fernseher weg war. Für den armen Dieb wohl eine wertvolle Beute.

»Es ist zu einsam an diesem Strand. Vor allem in der Nacht. Warum parkst du nicht eine Weile deinen Wagen bei mir im Garten? Ich reise erst Ende Juni nach Genf zurück. Mein Ex ist zwar schon hier, bleibt aber noch einen Monat auf seiner Jacht«, schlug Yuk großzügig vor. Also fuhren wir zu ihrem Haus.

Viele Nachmittage und Abende verbrachte ich mit Yuk zusammen. Am Vormittag war ich meist allein unterwegs, um die Gegend zu durchstöbern und mit Fred manchen Drink zu nehmen. Mehrmals traf ich auch die pfiffige Inge, Freds hübsche Freundin, die als Stewardess für eine deutsch-spanische Gesellschaft zweimal die Woche die Strecke Malaga-Frankfurt flog.

Ich hatte inzwischen zwei weitere Artikel für Fred geschrieben, einen über von Polizei und Justiz gesuchte Deutsche in Spanien und ein trockenes, aber nützliches Interview mit zwei spanischen Versicherungsagenten über vorteilhafte Versicherungsmöglichkeiten für deutsche Residenten. Nebenbei bastelte ich an meinem Racheartikel, in dem ich jedoch die Namen und Länderzugehörigkeiten etwas veränderte.

»Drogensüchtiger englischer Playboy wegen Unzucht mit Minderjährigen verhaftet! Marbella: Der bekannte englische Zeitungsverleger George Bums ist am Freitag auf der Rauschgiftparty eines berüchtigten Madrider Drogendealers beim Sex mit einem dreizehnjährigen marokkanischen Mädchen verhaftet worden. Bei seiner Durchsuchung fand die spanische Guardia Civil in seinen Anzugtaschen 150 Gramm Haschisch sowie 60 Gramm reines Heroin. Bums hat in einem Jahrzehnt aus kleinsten Anfängen heraus den zweitgrößten Medienkonzern Englands aufgebaut. Er wurde von der Polizei schon länger mit dem Pädophilentreff in Verbindung gebracht.«

Diese widerliche Seiche gab ich ein paar Wochen später Erwin und bat ihn, mir den Text ins Spanische zu übersetzen. Für tausend Peseten machte er einen guten Job. Die Übersetzung änderte ich dann auf meine endgültige Version ab: Aus Bums wurde Sänger und aus England wurde Deutschland. Nun hatte ich meinen Verleumdungsartikel gegen meinen ehemaligen Chef. Ich ließ mir von einem Setzerlehrling des Verlages meinen Text in Blei setzen und wartete nur auf eine günstige Gelegenheit für meine Rache.

Die Tage vor dem nächsten Druck wurden mir unendlich lang.

Inzwischen hatte ich zum Ausgleich für das kostenlose Parken auf dem Grundstück und freie Kost kleine Jobs für Yuk übernommen. Botengänge etwa, oder ich ging Albert, ihrem deutschen Angestellten, zur Hand. Half ihm beim Fällen einer abgestorbenen Palme oder sicherte von unten die Leiter, als er nach einem Sturm das Dach reparierte. Er wurde schnell zu einem Kumpel, mit dem zusammen ich bei Abwesenheit der Chefin gerne ein Bier trank.

Dann war es endlich so weit: Yuk wollte in den nächsten Tagen nach Genf fliegen, und Ende der folgenden Woche sollte das *Monatsecho* gedruckt werden. Vor Aufregung schlief ich nur halbe Nächte und hatte absurde Träume. Ich versuchte, meine Nervosität in Alkohol zu ertränken.

Am Freitagabend fuhr ich zum Verlagshaus hinüber. Die Leute kannten mich, sodass ich direkt in die Redaktion gehen konnte. Dort fand ich niemanden vor. Aber die Rotation lief nebenan, dröhnend wie immer. Als ich die Setzerei betrat, traf ich glücklicherweise den spanischen Lehrling, der gerade seine Hände mit Benzol reinigte. Er wunderte sich über meine Anwesenheit.

»Du hier? Das *Monatsecho* scheint pleite. Fred hat seit zwei Monaten keine Rechnung mehr bezahlt. Er wurde gestern mit zwei Koffern am Busbahnhof gesehen und ist verschwunden. Schade, mir hat es Spaß gemacht für eure deutsche Zeitung zu arbeiten.«

Ich war geschockt. Sollte das meinen so meisterhaft geplanten Coup verhindern?

Ich rannte zum Maternpräger und suchte auf dem langen Arbeitstisch die in Bleisatz und Autotypien gebauten Seiten der spanischen Zeitung durch. Vorsichtig entnahm ich der Titelseite den Kulturtext und klemmte dafür meine mitgebrachten Buchstaben hinein. Mit kräftigem Nachschließen sicherte ich den Zusammenhalt der Seite und hievte sie vorsichtig in den Präger, belegte sie mit Mater und Filzschutz und machte die Prägung. Ich rannte zum noch heißen Gießwerkzeug hinüber, spannte die Mater halbrund ein und drückte auf den Knopf. Als das geschmolzene Blei hineinlief, zündete ich mir eine Zigarette an und wollte zum Herrenklo hinüber. In dem Moment öffnete sich überraschend die Tür und der Chef der Firma kam herein. Ich dachte, ich sterbe. Jetzt würde alles auffliegen.

»We don't print anymore your German newspaper. Sorry, my friend«, sagte er, und ich antwortete mit tonloser Stimme, dass es mir auch leidtue und ich nur meine Sachen packen wolle. Er lächelte mir zu und verschwand mit einem »All the best for your future!«.

Das Herz schlug mir bis zum Hals. Ich lief zurück zum kochenden Bleiformgießer, öffnete ihn mit zwei Putzlappen und hob die blitzende, halbrunde Bleiseite raus. Zum Glück lief in der Rotationsdruckerei die Maschine aus, sodass ich nur auf den Abgang des Druckers warten musste. Minuten später tauchte er auf, grüßte mich flüchtig und verschwand Richtung Ausgang.

Meine Chance war nun gekommen. Ich schleppte meine halbrunde Bleiseite zur Rotation, legte sie leise ab und suchte wie ein Verrückter nach dem Schließwerkzeug. Als ich es fand, kroch ich unter die feuchten, tropfenden Walzen und bekam mit etwas Glück die freie, klebrige Titelseite zu fassen. Ich schraubte sie heraus. Da rutschte mir das schwere, glitschige Ding aus den Händen und knallte scheppernd auf den Betonboden. Aber die Vertriebsleute am Ende des Saales sahen nicht einmal auf. Konzentriert teilten sie ihre Exemplare auf und gaben ihre abgepackten Pakete an den nächsten weiter. Ich holte die neue Seite, und mit viel Mühe konnte ich sie festschließen. Aber sie war blitzblank sauber, ohne Farbauflage. Ich hechtete in die Setzerei zum Bürstenabzugdrucker, auf dem immer die Korrekturabzüge gemacht wurden, griff mir die kleine Farbwalze und den Farbtopf und lief zur Rotation zurück. Mein Hemd klebte mir inzwischen schweißnass am Körper, als ich die Druckwalze mit der Minifarbwalze einrollte. Als sie mir schwarz genug schien, kroch ich unter der Maschine hervor und schaute prüfend zum Ausliefertor. Die Vertriebsarbeiter waren verschwunden. Der Hausmeister schloss gerade die große Doppeltür.

Nun atmete ich tief durch und drückte auf den Starter der Rotation. Ganz langsam lief sie an. Bei niedriger Geschwindigkeit ließ ich sie laufen. Plötzlich stand mit fragendem Gesicht der Hausmeister der Firma neben der Maschine. Gelassen zündete ich mir eine Zigarette an und hielt ihm die offene Schachtel hin. Er zog nickend einen Glimmstängel heraus, deutete auf die langsam polternde Maschine und sagte irgendetwas auf Spanisch, was ich nicht verstand.

»Veinte exemplaros por archivo«, radebrechte ich und griff mir die herausfliegenden, frisch gedruckten Zeitungen, klaubte alle von mir gedruckten Exemplare zusammen und schaltete die Rotation ab. Der Hausmeister guckte mir eine Weile zu und verabschiedete sich schließlich mit einem »Buenas noches«.

Ich kroch in die Maschine hinein und tauschte mit viel Kraftaufwand wieder die schmierigen Halbwalzen aus, packte alles zusammen und eilte zum VW-Bus.

Ich warf die Sachen in die offene Schiebetür hinein, zog sie zu, sprang hinters Steuer und gab Gas.

Gott, klopfte meine Pumpe! Mir war richtig schwindlig von der Anspannung. Stundenlang fuhr ich nun am Meer entlang, hinein in die Nacht, Richtung Flughafen Malaga.

Am Morgen versuchte ich, Freds Freundin Inge zu erreichen. Das gehörte zu meinem Plan. Ihr Flieger ging immer am frühen Vormittag. Ich erreichte den Aeropuerto weit nach Mitternacht. Total im Arsch parkte ich vor der Abflughalle, knallte mir einen guten Schluck Schnaps in den Hals und schlief in meinen Klamotten ein.

Das ohrenbetäubende Starten der ersten Maschinen weckte mich sehr früh. Ich feuchtete ein Handtuch an und rieb mich flüchtig ab. Danach zog ich mir saubere Klamotten an und erhitzte gleichzeitig Wasser auf dem Gaskocher für einen Nescafé. Am Klapptisch sitzend schlürfte ich den Kaffee und riss sorgfältig siebenmal die Titelseite der von mir gedruckten Diarios ab, auf denen ich den Sänger-Artikel mit knallrotem Filzstift markierte. Ich faltete die Seiten und steckte je eine in einen Briefumschlag. Dazu tippte ich siebenmal folgenden Text an verschiedene, mir bekannte Redakteure: »WICHTIG! Dieser unglaubliche Skandal (siehe Anlage) machte heute in Spanien Schlagzeilen. Deutschlands erfolgreicher Zeitungsverleger George Sänger wegen Sex mit Minderjähriger und Drogenmissbrauchs hinter Gittern ... Lesen Sie es selbst und rufen Sie Ihren Kollegen Kornbauer bei der *Billig-Zeitung* an. Gerne beantwortet er Ihnen weitere Fragen.«

Einer der Umschläge ging an Kornbauer – mit einem persönlichen Zusatz: »Ich hoffe, dass Ihr Chef lange hinter Gittern bleibt und Ihr verdammtes Blatt den Bach runtergeht. Hoffentlich werden Sie miese Ratte dabei arbeitslos.«

Ich steckte die fertigen Unterlagen in die Umschläge, schrieb die Adressen drauf und klebte sie zu. Mit meiner Post begab ich mich zum Eingang des kleinen, übersichtlichen Flughafens und wartete. Nach einer Dreiviertelstunde entdeckte ich Inge. Sie wunderte sich über meinen Besuch. Ich erklärte ihr, dass ich einen wichtigen Artikel blitzschnell nach Deutschland schaffen müsse und der Auftraggeber das fürstlich honoriere.

»Er zahlt dir sechstausend Peseten. Dafür nimmst du sofort nach der Ankunft ein Taxi zur nächsten Post, klebst Briefmarken auf diese sechs Umschläge und schickst sie ab. Anschließend fährst du weiter zur *Billig*-Redaktion in Sachsenhausen, die Adresse steht auf dem Umschlag, und wirfst diesen rotmarkierten Brief dort in den Briefkasten ein. Das ist der Auftrag und hier ist dein Honorar.«

Sie freute sich über das leicht verdiente Geld und versprach mir hoch und heilig, den Job gleich nach der Ankunft zu erledigen. Ich kannte meinen Kornbauer. Er war nicht nur smart, nein supersmart! Die Story musste gebracht werden, weil die Konkurrenz sie auch bringen würde. Aber es war eine gefährliche Story. In solchen Fällen ging er keinerlei Risiko ein, ließ selbst die Finger davon und stattdessen die Arbeit von seinen Angestellten erledigen. Das unkalkulierbare Risiko, bei eventuellem Fehlverhalten böse Folgen tragen zu müssen, würde er bestimmt clever von sich abweisen. Zuerst würde ein von ihm beauftragter Redakteur in Sängers Haus in Vera anrufen und dringend nach Sänger verlangen. Da musste ich natürlich am Telefon sein, um die Situation richtig zu meistern. So würde ich Kornbauer kriegen. Und Sänger? Der käme entweder ungeschoren davon oder ich würde ihn als Bauernopfer abbuchen. Aber beide fallen sie weich, dachte ich, anders als es mir ergangen war.

Ich trat also voll ins Gaspedal und raste wie ein Teufel zurück gen Osten. Am frühen Nachmittag erreichte ich Yuks Villa und informierte sofort Albert.

»In Malaga ist etwas Blödes passiert. Wenn der Verlag anruft und Sänger verlangt oder irgendetwas fragt, hol mich sofort ans Telefon. Sag, ich, Bernie Löv, sei Sängers neuer Assistent. Die Chefin hat es befohlen.«

Albert war ein schlichter Kerl, der froh war, dass ich ihm das erwartete Gespräch abnahm. Kaum war ich auf dem Kaminsofa eingepennt, weckte er mich aufgeregt und informierte mich, dass Kornbauers Sekretärin am Telefon sei.

»Löv«, meldete ich mich mit verstellter Stimme.

»Deutschland-Redaktion, mein Name ist Rauch, ich bin die Sekretärin von Herrn Kornbauer. Herr Löv, wie erreichen wir Herrn Sänger?«, fragte sie aufgebracht.

»Tut mir leid, Frau Rauch. Der Chef wurde gestern wegen einer getürkten Geschichte verhaftet. Jemand hatte ihn bei der Guardia angezeigt. Er war auf einer Party eingeladen, hatte wohl auch ein bisschen zu viel getrunken. Statt seinen Anwalt zu rufen, hat er mit den Polizisten gerangelt. Der schwere, süffige Malagawein, Sie verstehen. Morgen früh ist er per Kaution raus und dann wird sich die Geschichte zu seinem Vorteil klären. Außer Spesen nichts gewesen, Sie verstehen?«

»In dem Artikel schreiben die Spanier von Sex mit Minderjährigen und Drogenmissbrauch. Das sind schwere Vorwürfe.«

»Schreiben Sie einen schlichten Verharmlosungsartikel, der die fälschliche Verhaftung bestätigt und darüber informiert, dass einige sehr junge Mädchen auf der Party waren, mit denen Herr Sänger ein paar Mal getanzt hat. Und das war es dann. Okay? Es sollen Haschischzigaretten herumgereicht worden sein, aber uns ist bekannt, dass George Sänger Nichtraucher ist. Wenn andere deutsche Zeitungen anfragen: Das Gleiche erzählen. Na, Ihr erfahrener Vize, Herr Kornbauer, weiß bestimmt besser als ich, wie wir die Geier zufriedenstellen. Sagen Sie ihm, dass ich bereits auf dem Weg nach Malaga bin. Ich gehe morgen zusammen mit unserem spanischen Anwalt ins Gefängnis, um den Chef abzuholen. Ich rufe Sie von dort aus sofort an, wenn die Dinge sich bewegt haben.«

Die Sekretärin bedankte sich und legte auf.

Am Montag erschien ein relativ bescheidener Artikel in der *Billig-Zeitung*. Die Konkurrenz aber blies die Geschichte schadenfroh auf, übersetzte wortgetreu meinen spanischen Text. Erwähnt wurde auch die Bestätigung durch den Vizechef Kornbauer. Und noch etwas tat die Konkurrenz: Sie legte ein Interview mit einem ehemaligen, verärgerten Mitarbeiter Kornbauers drauf und ein leicht negativ gefärbtes Portrait über den Lebemann und wilden Geschäftemacher George Sänger, das diesen ziemlich schlecht aussehen ließ. Die ganze Woche folgten weitere kleine gehässige Artikel, die erst verebbten, als der Schwindel aufflog. Danach brachte die *Billig-Zeitung* einen groß aufgemachten Aufklärungsartikel. Die Konkurrenz hielt sich vornehm zurück, nichts außer einer winzigen Berichtigung. Schließlich hatten sie ja vorher von der Kornbauer-Redaktion die Bestätigung bekommen. Das alles erzählte mir belustigt mein Freund, der Schriftsteller Bartels, den ich nach dem Gespräch mit Frau Rauch telefonisch um Überwachung der Pressereaktionen gebeten hatte und nun täglich gierig anrief. Als die Falschmeldung aufflog, verließ Bernie Löv noch am selben Tag den Ort und fuhr für immer davon.

SUE UND JOHN

Ich fuhr Richtung Westen, ohne Stopp – Sänger wollte ich nun wirklich nicht in die Arme laufen – bis Estepona und entdeckte in der letzten größeren Ortschaft vor der Grenze ein Juwel: die Bauruine einer bankrotten Hafenneuanlage.

Der Hafen war erst ein paar Jahre alt. Fast alle Gebäude für Geschäfte und Restaurants befanden sich in einem verwahrlosten Rohbauzustand. In der letzten großen spanischen Immobilienkrise der Franco-Ära war wohl jemandem die finanzielle Luft ausgegangen. Bestimmt war es ein Engländer, denn alle zerfetzten Werbeplakate an Bauzäunen wiesen als Firmensitz eine Adresse auf Gibraltar auf. Der Bauherr war wohl, wie so viele andere auch, vor seinen Gläubigem geflohen. Ursprünglich bereits eingebaute Bauteile waren offensichtlich seitdem, je nach Bedarf, von jedermann geklaut worden. Fenster, Türen, Badezimmereinrichtungen und selbst neue Wandfliesen und Bodenbeläge fehlten teilweise. Wirklich schade um das Projekt. Hinter der Hafenmeisterei befand sich eine typisch englische Bar, mit Guinness vom Fass und kleinen handtuchartigen Bierdeckeln. Ich parkte mitten im Hafengelände auf einem ausgewiesenen Parkplatz, weniger als zehn Schritte vom Hafenbecken entfernt, und stellte mich auf einen längeren Aufenthalt ein. Die Besitzer der Bars, Restaurants und Bootzubehörläden der Gegend kannten mich nach einer Woche, und so war dies ein sehr sicherer Platz für mich, ohne das Risiko, überfallen zu werden. Sogar die beiden einzigen spanischen Fernsehsender konnte ich gut in dem neu angeschafften Kasten empfangen. Aber weil ich kaum Spanisch sprach, beschränkte ich mich auf unterhaltsame Musikshows und leicht zu verstehende Spielfilme. Das Enträtseln der Tagesnachrichten erwies sich als weitaus schwieriger.

Die Preise waren fantastisch niedrig. Ich lebte wie ein Fürst und gönnte mir zwischendurch die feinsten Getränke und Zigarren. Die Hafenbesucher waren zur Hälfte Spanier und der Rest zu je einem Drittel Engländer, Deutsche und andere Europäer. Am Abend dominierten stets die Engländer, die meist als Meeresvagabunden auf ihren in der Nähe geankerten oder im Hafen vertäuten Booten lebten. Viele von ihnen waren finanziell verelendet, schnorrten dauernd oder klauten wie die Raben.

September 1977. Mit zwei der Tommys hatte ich mich richtig gut angefreundet. Bob aus Manchester, einem Rentner, ging es finanziell ziemlich gut, denn er besaß eine Großklempnerei, die nun sein Sohn leitete. Er lebte auf einer recht geräumigen, neuen Zwanzigmeter-Motorjacht. Der andere Engländer, ein ehemaliger Grafiker von fast fünfzig Jahren, hieß John und stammte aus London. Er hauste mit seiner Frau Sue, die gerade zwanzig Jahre draufhatte, in einer auf dem Parkplatz aufgedockten, hölzernen Segeljacht. Die beiden restaurierten jeden Tag von Sonnenauf- bis Sonnenuntergang wie die Sklaven am Schiffsrumpf. Ich sah sie Kalfatern, Abdichten, Sanden und Anstreichen. Sie planten, im Spätherbst über die kanarischen Inseln in die Karibik zu segeln. Auf der klassischen Drei-Wochen-Route der Atlantiküberquerer. Mit beiden Skippern trank ich so manche Nacht Bier und feierte mit ihnen die ewige große Freiheit, ohne Achtstundentag und depressiv machendes, nordisches Schlechtwetter. John und Sue suchten einen zuverlässigen Matrosen als Deckhand. Ohne Bezahlung, für freie Überfahrt, Kost und Logis.

Ich bewarb mich für den Job, und sie sagten zu. Daraufhin verscherbelte ich nach langen Verhandlungen meinen Bus mit leichtem Verlust an zwei junge Männer aus Aberdeen. Ich packte meinen Koffer sowie einen Wäschesack mit einem geheimen Soberano-Vorrat von sechs Buddeln und zog einige Tage später in den winzigen Achterverschlag des inzwischen ins Wasser geschobenen, reisefertigen Bootes. Ein Minischrank, ein Regal und ein schmales, aber bequemes Bett unter der Treppe zum Deck waren mein neues Heim. Sorgfältig verstaute ich meine Sachen sturmsicher und teilweise wasserdicht in Plastiksäcken.

Ich wusste, dass ich schnell seekrank wurde, aber darauf konnte ich nun keine Rücksicht nehmen. Als wichtige Deckhand war ich angeheuert worden, und mir war klar, dass die Eigner durch mich eine Arbeitsentlastung erwarteten. Ich nahm mir fest vor, meinen Anteil ordentlich zu leisten.

Dank des Autoverkaufs war mein Brustbeutel prall mit Geld gefüllt. Die nächsten Wochen der Überfahrt würden ihn nicht schmälern. Und das war gut so, denn ich brauchte in Belize jeden lausigen Cent zum Überleben. Ja, Belize-City war jetzt hundertprozentig mein Reiseziel. Kowalski würde bestimmt das Cuba-Libre-Glas aus der Hand fallen, wenn er wüsste, dass sein Verfolger mit westwärts gerichtetem Bug auf ihn zusteuerte. Ich sah ihn in meiner Fantasie vor mir, diesen miesen Verbrecher.

Am Abend vor der Abreise trank ich einen letzten Rotwein in meiner geliebten Hafenbar. Anschließend kramte ich meine letzten spanischen Münzen zusammen und wählte Bartels Nummer in Frankfurt. Und Hans Bartels hatte wichtige Neuigkeiten für mich.

»Kornbauer ist überraschend aus dem Impressum rausgeflogen. Sein Nachfolger ist dieser Miroslav Schulte, bisher Frankfurter Redaktionschef. Der Kerl ist noch schlimmer als sein Vorgänger. Ein rücksichtsloser Intrigant, Manipulierer und fantasievoller Märchenerzähler.«

»Furchtbar! Ich kenne ihn gut. Wir waren Schulkameraden. Dass er, früher ein sauberer Linker, mal diese Brutaloschiene fahren würde, hätte ich nie erwartet. Kornbauer ist weg vom Fenster, das ist mir wichtig. Sängers Geschäftspolitik hab ich lange genug studieren dürfen und deshalb fest an dieses Ergebnis geglaubt.«

»Behr, ich bin sprachlos. Du hast eins bei den Verbrechern gelernt: kreatives Killen! Deine raffiniert geplante Racheaktion hat mörderisch gewirkt. Du bist ein sympathischer Mensch, doch jetzt hab ich Angst vor dir. Aber, merk dir eins, gemeinsam sind wir nun um eine Erfahrung reicher. Hackt man einer Hydra den Kopf ab, wachsen ruckzuck zwei neue. Der wesentlich schlimmere Nachfolger sitzt bereits, mit mehr Macht ausgestattet, auf der Lauer!«

Ich hätte Bartels fragen sollen, wer der zweite Kopf war, doch das interessierte mich in dem Moment nicht. Schnell erzählte ich ihm das mit der Amerikafahrt, wünschte ihm alles Gute und legte auf. Von den allerletzten Peseten rief ich Vera an. Sie hob ab und ich erklärte ihr, dass ich sie liebte und nicht vergessen würde.

»Wenn die Geschichte verjährt ist, komme ich zu dir zurück«, sagte ich. Da fing sie an zu weinen und konnte sich gar nicht mehr beruhigen. Ich hörte, wie die letzte Münze den Telefonapparat hinunterklingelte. Dann war nur noch Stille.

Um fünf Uhr morgens wollten wir auslaufen und mit Motor und Stützsegel Richtung Gibraltar tuckern. Mit dem Alkohol von meinem Abschiedsabend im Blut schlief ich wie ein Toter. Bis mich jemand an der Schulter rüttelte.

»Alle Mann an Deck, Seemann. Die Reise beginnt.«

Scheiße, es war wirklich schon fünf Uhr. Dass das Matrosenleben für mich durchaus unangenehm werden könnte, war mir vorher klar gewesen, aber dieser Moment schien mir die Hölle zu sein. Aus der offenen Kombüsentür sank verdammt kalte Luft zu mir herunter.

Ich zog mir meine warme, gesteppte Seglerjacke über den Pullover und stieg die ungewohnte Holztreppe hoch aufs Deck – mit vorsichtig gesenktem Kopf, um nirgendwo anzustoßen. Es war sehr kühl, aber kaum windig.

»Ich zeig dir jetzt, wie die Leinen gelöst und gesichert werden. Pass schön auf und halt das Boot mit beiden Händen an der Kaimauer fest. Wenn ich dann die Maschine starte, stoß uns weit nach links ab«, befahl der Skipper und zog am Bug den Anker hoch, den er auf dem Deck befestigte. Er holte die Seile ein und sicherte sie. Wir zogen die Fender an Bord. Aus der Kombüse hörte ich Küchengeräusche. Sue kochte Kaffee, belegte Brötchen und drehte Musik an. Irische Musik. Mich packte ein richtig kribbelndes Fernweh.

Als John die Maschine anlaufen ließ, drückte ich das Boot mit aller Kraft von der Mole weg und er steuerte es durch die Hafenmitte in Richtung Ausfahrt. Wir tuckerten nach rechts auf Südwestkurs, und weit draußen setzte er das Stützsegel und übergab mir das Ruder.

»Schau auf den Kompass. Diesen Kurs jetzt konsequent halten! Ich geh nach unten und mach 'nen kleinen Verschnaufer. Wenn irgendwas passiert, ruf Sue.«

Ich war nun alleine an Deck. Wolkenloser Himmel, Halbmond mit funkelnden Sternen. Ich sah weit entfernt im Norden glühwürmchenartige Lichter. Eins bewegte sich. Ein anderes Boot, viele Kilometer, Seemeilen entfernt.

Sue Moon lugte aus der Kombüsenöffnung und reichte mir lächelnd eine Thermosflasche sowie einen Plastikteller mit zwei dick belegten Stullen. Das Stützsegel hatte kaum Wind und die Dünung blieb schwach. So ließ sich das Boot mühelos mit dem Knie auf Kurs halten. Ich drehte den Becher von der Flasche und füllte ihn mit heißem Kaffee. Die Bocadillos schmeckten ausgezeichnet, Serranoschinken auf dem einen und würziger Bergkäse auf dem anderen. Mir wurde warm. Vom heißen Kaffee. Offensichtlich funktionierte mein Kreislauf.

Spätherbst 1977. Ich dachte an die zurückliegenden Jahre und spürte einen melancholischen Kick. Es war mir bewusst, dass ich in diesem Moment ganz alleine am Arsch der Welt einsam zwischen Afrika und Europa kreuzte. Wahnsinn! Ich entdeckte auf der afrikanischen Seite Lichter und war begeistert, mich zum ersten Mal einem anderen Erdteil zu nähern. Ich streckte meine Beine auf der Ruderbank aus und legte meinen linken Arm auf das frisch lackierte Holzruder. Ich sah hoch zu den Sternen und dachte traurig über die beiden wichtigsten Taten in meinem Journalistenleben nach. Den Aufklärungsartikel in der *Billig-Zeitung* und meinen bösartigen Racheartikel gegen Sänger und Kornbauer. Ich wusste plötzlich, dass das Aufbegehren gegen einen solch verantwortungslosen Konzern sinnlos war. Was hätte ich alles erreichen können, wenn ich mich einfach als Volontär bei einer engagierten, seriösen Zeitungsredaktion beworben hätte.

Unser letzter Kontinentstopp sollte Gibraltar sein, von dort aus wollten wir direkt nach Gran Canaria hinüber. Die fast vollständige Windstille kostete wertvollen Dieseltreibstoff. Ich schob Nachtwache, und der Skipper konnte sich in seiner Koje noch etwas vor der anstrengenden Atlantikfahrt ausruhen. Plötzlich sah ich in der Ferne ein Licht, das auf uns zukam. Ich brüllte in die Kombüse hinunter: »Shiplight in front of us. Sue?«

Wie ein geölter Blitz kam sie an Deck und schaute in die von mir gezeigte Richtung.

»Spanish Coast Guard. Die suchen nach illegalen Afrikanern. Vielleicht stoppen sie uns für einen Moment. Ist okay«, beruhigte sie mich und blickte in den wolkenlosen Sternenhimmel. Sie deutete auf einen nördlich von uns blinkenden Leuchtturm und kontrollierte den Kompass.

»Kurs gut gehalten, Seemann«, sagte sie und übernahm das Ruder, um einen neuen Kurs zu setzen.

»In einer Stunde übernimmt der Captain das Boot. The Rock ist nicht mehr fern«, sagte die junge, aber schon erfahrene Seglerin und überließ mir wieder das Ruder. Ich setzte mich auf die rechte Bank und spürte bald, dass der Wind stärker wurde. Sue hangelte sich zum Vorderdeck und wartete auf die Coast Guard. Kurz vor uns stoppte das Boot und wir wurden mit einem Scheinwerfer angestrahlt. Als die Küstenwache den Schiffstyp und unsere englische Flagge erkannte, gab sie uns ein zweimaliges Hornsignal, löschte das grelle Licht und drehte mit aufheulender Maschine ab.

»Sie lassen uns in Ruhe«, rief Sue und sprang die Stufen ins Bootsinnere hinab. Nun war ich wieder alleine, mitten in der nächtlichen Meerenge vor Gibraltar. Die Aufregung hielt mich wach und ich fühlte mich schon als richtig brauchbarer Matrose.

John übernahm das Ruder und schickte mich zum Schlafen in die Koje. Während meiner Nachtruhe erreichten wir den Hafen von Gibraltar, wo John tankte, Wasser und zwei Kisten Gemüse bunkerte. Nachdem er den Hafen verlassen hatte, setzte er die Segel. Als ich mittags an Deck taumelte, segelten wir bereits im Atlantik und kreuzten Richtung Südwest. Das ungewohnt schlingernde Boot und die weiten, aber nicht bedrohlichen Wellen flößten mir zum ersten Mal Furcht ein. Ich aß nur wenig von meinem Hähnchengericht, mir war eher nach Kotzen zumute. Unterstützt von Sue übernahm ich das von reiner Windkraft angetriebene Schiff. Jetzt hörte ich nicht mehr das harmlose Tuckern des Diesels, sondern das Aufklatschen des Bugs, das Schlagen und Knattern des Tuches an den Seilen und das Prasseln der überkommenden Gischt. Immer wieder kam ich vom Kurs ab. In kurzer Zeit war ich klitschnass. Trotzdem tat ich mein Bestes, und Sue verließ mich sogar einmal für eine lange Ewigkeit von vielleicht fünfzehn Minuten. In dieser Zeit schiss ich mir vor Angst fast in die Hosen. Warum hatte ich mich auf diese blödsinnige, mörderische Atlantiküberquerung eingelassen?

Zum Glück bemerkte keiner von beiden, dass ich meinen Lunch bereits über Bord gespuckt hatte. Die Schwächung durch die ungewohnte Arbeit, die anhaltende Seekrankheit sowie die kalte Feuchtigkeit brachten mir bald eine leichte Erkältung ein, die sich zu einer ausgewachsenen Grippe mit Bronchialbeschwerden auswuchs. Nun lag ich, total am Ende, in meiner stinkenden, verkotzten Koje und wollte am liebsten sterben. Die Eigner waren natürlich nicht gerade begeistert von ihrem Pflegefall. Sie vermissten die entlastende Deckhand.

Um irgendwie mit der Situation fertigzuwerden, trank ich heimlich von meinem Soberano. Das war nicht einfach auf dem kleinen Boot. Immer abends, wenn beide an Deck waren oder einer von ihnen oben das Schiff führte und der andere pennte, klemmte ich mir eine Cognacflasche unters Hemd, setzte mich aufs Klo und besoff mich. Bei dem Scheißwetter ging ich gar nicht mehr hoch. Ich wäre den beiden doch nur im Wege gewesen. Sie sagten zwar nichts, bestraften mich aber mit lausigem Essen, das meist aus dünn belegten Brotstullen bestand, und mit Schweigen.

Das Unangenehmste an der Überfahrt war, wie ich bald lernte, dass das verdammte Teufelsschiff nie zur Ruhe kam. Es wackelte, kippte, schlug hart auf, tanzte und vibrierte. Tag und Nacht, ohne Pause. Das brachte mich zunehmend an den Rand des Wahnsinns, obwohl das Wetter nach einer Woche sehr ruhig wurde. Sonnenschein mit leichter Brise, die uns zügig voranbrachte. Seekrankheit und Grippe schienen überwunden, und so wankte ich total entkräftet erstmals wieder an Deck, um das Ruder zu übernehmen. Daraus wurde nicht viel, denn ich war körperlich und geistig im Arsch. Die Eigner sahen mich erstaunt an. Wie einen verlorenen Sohn nahmen sie mich wieder in ihre Gemeinschaft auf und sagten kein Wort über mein Versagen.

»Wir sind mitten auf dem Atlantik. Sind wegen des schlechten Wetters nördlich an den Kanaren vorbeigesegelt«, klärte mich John auf und übergab mir das Ruder. Kurs Südwest. Klassische Novemberroute. Ich riss mich zusammen und tat fünf Tage lang mein Bestes. Manchmal hing ich über zwölf Stunden am Stück auf der Ruderbank und hielt wie ein gefrorener Zombie den Kurs. Zum Dank erhielt ich wieder gutes Essen und jeden Abend einen Becher Rum vom Schiffsproviant. In der dritten Woche erreichte uns erneut ein Unwetter, und ich verbrachte meine Zeit wiederum kotzend und liegend im Achterverschlag. Als es mir irgendwann etwas besser ging, gab ich den beiden fünfhundert US-Dollar, um für die Überfahrt zu bezahlen. Sie nahmen das Geld kommentarlos an und waren netter zu mir. Inzwischen hatte ich meinen Schnapsvorrat weggesoffen und hoffte, am Ende meiner körperlichen und geistigen Kräfte, auf ein Wunder.

Eine erneute Wetterbesserung trat ein und ich konnte mich mehr und mehr an Deck nützlich machen. Weit entfernt sahen wir Land. John sagte, dass wir die Caymans erreicht hätten. Mit etwas Glück würde er mich in drei Tagen bei Belize an Land setzen.

Ich guckte an diesem Tag zum ersten Mal wieder in einen Spiegel und bemerkte entsetzt, dass ich wie ein langbärtiger Robinson Crusoe aussah. Sofort schnitt und rasierte ich meinen ekligen Bart weg. Der erneute Blick in den Spiegel zeigte einen spitznasigen, abgemagerten Behr, der sich erstaunt angaffte.

BELIZE

John hatte mich mitten in der Nacht in einer einsamen Bucht nördlich von Belize-City in einem kleinen Beiboot an Land gerudert. Langsam schleppte ich mich den sumpfigen Strand hoch, sackte teilweise bis zu den Knien ein und verletzte mich an verborgenen Muschelschalen. Stellenweise auf allen vieren durch einen Mangrovencreek kriechend, erreichte ich durchgeschwitzt die in den frühen Morgenstunden gut befahrene Landstraße. Ich feuchtete ein Taschentuch in einem flachen Bachrinnsal an, säuberte mich notdürftig vom Schlamm und versuchte, mich zu orientieren. Da ich nördlich von Belize-City an Land gekommen war und sich das Meer hinter mir befand, überquerte ich die Straße, um Richtung Süden zu trampen. Mein müdes Hirn brauchte allerdings einige Minuten, um zu begreifen, dass hier Linksverkehr herrschte. Kurze Zeit später hielt ein Kleintransporter, der von einem schwarzen Auslieferfahrer gelenkt wurde.

»What happened. You had an accident?«, rief er.

Ich nickte. »Are you going to Belize, Sir?«

Er machte eine einladende Geste und öffnete mir die linke Tür. Meinen Koffer warf ich auf die leere Ladefläche und stieg ein. Da protestierte er und meinte: »You are not from here, greenhorn«, sprang auf das Fahrzeug, griff den Koffer und knallte ihn mir auf die Knie. »It will be stolen in minutes«, ergänzte er und gab Gas.

Ich fragte ihn nach einem preiswerten Hotel, möglichst in der Innenstadt. Er dachte einen Moment nach und schlug mir das Hotel Seven Seas vor, das nicht weit von der legendären Swing Bridge, direkt am breiten Haulover Creek, den letzten vier Meilen des Belize Rivers vor der Mündung, lag.

»Clean place, Sir. Very clean and best hotel at the waterfront«, sagte er und fuhr mich eine Stunde später direkt vor den Eingang. Ich gab ihm dankbar einen Fünfdollarschein. US-Dollars, durchaus akzeptiert, obwohl das englische Pfund als Währung galt. Grinsend zeigte mir der freundliche Mann sein schneeweißes Gebiss mit zwei blitzenden Goldschneidezähnen, schnappte sich meinen Koffer und brachte ihn in das Erdgeschoss des Hotels. Ich folgte ihm zum alten, holzgeschnitzten Empfangstresen. Das weiß getünchte, vierstöckige

Seven Seas bestand im Erdgeschoss aus gemauerten Steinen. Ab dem ersten Stock wurde es, typisch englisch, zum Holzhaus mit großen Schiebefenstern und angerosteten, Schatten spendenden Fensterläden aus Blech. Das leicht heruntergekommene Eckhaus zierten vier goldfarbene Buchstaben: HOTE. Das L fehlte. So wie die Bude aussah, war der Buchstabe wohl im Hurricane Hattie, der 1961 die Stadt platt gemacht hatte, weggeflogen und seitdem nicht mehr ersetzt worden. Nach dem Sturm damals wurde Belmopan, sicher im Landesinneren gelegen, zur neuen Hauptstadt.

Hinter dem Tresen mit der großen Messingglocke begrüßte mich eine kleine, fette Mulattin, die ihr riesiges, krauses Haargebirge mit einer rosa Samtschleife zusammenhielt. Sie setzte eine Brille auf, die an einer Bernsteinkette um ihren Hals baumelte, und studierte den Zimmerplan.

»How many people?«, fragte sie und musterte mich argwöhnisch.

»One«, sagte ich und gab ihr unaufgefordert meinen Reisepass, den sie kritisch, Seite für Seite studierte.

»Kein Visum«, bemerkte sie auf Englisch. Ich reichte ihr, ohne Kommentar, einen Zwanzigdollarschein. Den befühlte sie kontrollierend und hielt ihn in das durch die geöffnete Tür einfallende Sonnenlicht. Ein echter Schein, der Gnade bei ihr fand. Sie steckte ihn in den Ausschnitt ihrer Bluse.

»Alright, Dollar nehmen wir hier auch, Sir«, brummte sie freundlicher. »Meeresfront bis Hinterhof. Wo wollen Sie wohnen? Hinten zwanzig, Seite dreißig und vorne am Meer vierzig Dollar die Nacht.«

»Hinten«, sagte ich und fragte sie nach einem günstigen Wochenpreis.

»Hundert«, forderte sie und ich legte ihr zustimmend zwei Fünfziger auf den Tisch. Sie gab mir eine Quittung und den Zimmerschlüssel, der an einem halbpfündigen Messinganker hing.

»Number 36, third floor«, sagte sie und deutete auf eine mit grellrotem Teppich ausgelegte Treppe. Ich kroch müde, aber glücklich die Treppe hoch, das Hotel war schließlich einigermaßen preiswert. Im ersten Stock ging ich an einer geöffneten Bar vorbei. Aus der Musikbox plärrte Perry Como mit einem kitschigen »Lovebirds«-Song. Die Kneipe war leer bis auf einen Tisch, an dem drei schwarze Männer um Berge von Pfundscheinen pokerten.

Ich betrat mein Zimmer, stellte den Koffer ab, verschloss die Tür und blickte mich um. Ein elendes Hotelzimmer mit irgendwann einmal weiß gestrichenen, nun stark zerkratzten Holzmöbeln. Ein Kleiderschrank, ein Tisch mit zwei

Stühlen und eine Wäschekommode mit einem Radio links und einer zur Hälfte gefüllten Wasserschüssel rechts. Dazu ein braun lackiertes Metallbett und ein an der Decke angebrachtes Moskitonetz. Ich ging zum Fenster, öffnete den Klapphaken und schob es hoch. Miese, verdreckte Hinterhofidylle. Ich steckte den Kopf hinaus und schaute nach links durch die Häuserlücke direkt auf die Mündung des Belize River mit ankernden Ozeandampfern. Das stark abgewohnte Zimmer hatte ein schlichtes Bad und war immerhin sauber. Positiv. Ich zog sofort meine Klamotten aus, warf sie auf den Boden und ging unter die Dusche. Nach Wochen im verfluchten Salzwasser endlich eine richtige Süßwasserdusche. Das war es, wonach mein Körper verlangt hatte. Ich drehte mit geschlossenen Augen an den Wasserhähnen. Aber nichts geschah. Das war Belize-City: Kein Wasserdruck an Nachmittag und Abend, aber immer am frühen Vormittag – für lange zwei Stunden. Dann füllte man eben seine Wasserschüssel, damit noch am Abend Erfrischung möglich war. Ich ließ mich in das große weiche Bett fallen. Davon hatte ich während der ganzen Überfahrt geträumt.

Am nächsten Morgen spürte ich einen Insektenbiss am linken Oberschenkel. Ich musste sofort an all die Gruselkrankheiten denken, die es hier gab: Typhus und Cholera konnte man vermeiden, wenn man nur sauberes, abgekochtes oder Mineralwasser konsumierte. Gelbfieber, eine der durch Moskitos übertragenen Krankheiten, war zwar fast ausgerottet, aber nicht die Malaria. Ich hatte natürlich vergessen, mein Moskitonetz sorgfältig zu schließen.

»Das gesamte ehemalige Sumpfgebiet ist Risikozone«, hörte ich ein paar Tage später, »nur in der City von Belize gibt es selten Übertragungen.« Ich hatte Glück, passte ab sofort aber auf wie ein Schießhund. Am Tage war kaum Gefahr, aber ab der Dämmerung trug ich nur noch Hemden mit langen Ärmeln, schloss einen Hemdknopf mehr, trug lange Socken und benutzte Moskitospray.

Als ich angezogen war, verstaute ich meinen Brustbeutel im Hemdausschnitt und ging erwartungsvoll nach unten. Hinter der Theke im ersten Stock rief die Empfangschefin nach mir: »Hallo, Mister!«

Ich ging mit fragender Miene zu ihr an die Bar. Im Hintergrund sang Perry Como, offensichtlich der Lieblingssänger der Chefin.

»Sie sind ein Gringo. Gringos gelten hier als reich. Unsere Leute sind meist sehr arme Menschen, und es gibt ab und zu mal einen dreisten Dieb. Greenhorns werden daher von mir aufgeklärt, damit sie einen schönen Urlaub bei mir verleben und gerne wiederkommen. Also: Von hier, am Fluss entlang, bis zur Swing Bridge ist die Gegend ungefährlich. Auch in den nächsten zwei, parallel dahinterliegenden Straßen, der Regent und der Albert Street. Ebenso in den Verbindungsstraßen dazwischen. Eigentlich im gesamten Gebiet nördlich des Government House. Okay? Das gilt aber nicht für die Nacht. Nachts grundsätzlich nur mit dem Taxi fahren, okay?«

Ich dankte ihr für den Hinweis und den kleinen hektografierten Stadtplan, den sie mir gab. Auf dem entdeckte ich, dass Belize eine geteilte Stadt war, mittendurch lief der Haulover Creek. Ich schlenderte durch die leicht vergammelten Straßen und sah nur Erwachsene. Die Kinder waren wohl alle in Schulen und Kindergärten. Ab und zu kam ich an kleinen Läden vorbei, die ein dürftiges Warenangebot präsentierten. Dazwischen lagen viele Kneipen, die am Vormittag bereits gut besucht waren. Die meisten Männer trugen zerschlissene, dreckige Strohhüte und kurze, meist abgeschnittene Hosen. Keine Socken, aber Plastiklatschen. Überall lärmte Musik aus Fenstern und Türen: lateinamerikanische und der einheimische Punta Rock. Drogentypen, die high waren, lungerten herum. Ich erreichte das Government House, das kurz nach der Ansiedlung der englischen Piratenbrut im achtzehnten Jahrhundert erbaut worden war. Es war immer noch Verwaltungssitz der englischen Queen, repräsentiert durch den Vertreter des British Governor. Vor dem House stand ein bewaffneter, rothaariger Tommy in durchgeschwitzter Uniform. Der erste Weiße, den ich hier sah. Er erwiderte meinen Gruß, obwohl er auf Wache stand. Kurz darauf erreichte ich den bunten, lärmenden Markt. Es gab viele Früchte, die mir bis dahin unbekannt gewesen waren: Papayas, Mangos, Kochbananen, außerdem frische Ananasfrüchte en masse. An einigen Ständen wurden auch Meeresspezialitäten auf Eisblöcken angeboten: wild aussehende Muscheln und bizarre Fische, die mich faszinierten, meist Schwertfische und Barrakudas. Und die gigantischen Langostinos, die sich noch bewegten. In einer Ecke zischte eine auf ihren Rücken gelegte, riesige Meeresschildkröte. Ein Mann stand mit dem linken Fuß auf dem unteren Panzer und hackte diesen mit einer riesigen Axt auf. Das Blut spritzte und das sterbende Tier zappelte mit den Beinen. Hinter dem Mann standen ungerührt, richtig artig und britisch aufgereiht, schwarze Hausfrauen mit Töpfen und Plastiktüten, die darauf warteten, ihren Einkauf zu tätigen. Das Meer war Hauptlieferant für den täglichen Topf.

Auf der Karte waren verschiedene, Belize vorgelagerte Inseln eingezeichnet. Daneben stand die Bemerkung: »Very good fishground!« Gut, dass man hier Englisch sprach. Spanisch hörte ich nur ab und zu. Eine Tageszeitung gab es nicht, nur die Wochenzeitung *Belize Times*. Ich kaufte mir ein Exemplar. Das Land hatte gerade mal zweihunderttausend Einwohner. Etwas weniger als ein Drittel davon lebte in der Stadt Belize, nach der British Honduras in Belize umbenannt worden war.

Vom Markt aus erreichte ich die kurze, berühmte Swing Bridge, die gerade begehbar war. Ich überquerte sie und setzte mich direkt am Flussufer auf die Terrasse eines Cafés. Um mich herum saßen viele Weiße. Im Gespräch mit ihnen lernte ich, dass das Land zuerst von englischen Puritanern, dann von englischen Piraten im siebzehnten Jahrhundert besiedelt worden war und dass sie die einheimischen Indianer sehr schnell verdrängt hatten. Später folgten afrikanische Sklaven, die hauptsächlich in der florierenden Holzindustrie gebraucht wurden. In Belize-Stadt gab es fast so etwas wie Apartheid: Die Weißen wohnten im Norden und die Schwarzen am südlichen Ufer des Flusses. Im Norden standen einige gute Hotels, natürlich viel teurer als mein Negerpuff, wie man das Seven Seas auf dieser Flussseite nannte. Ich beschloss, aus finanziellen Gründen zu bleiben. Die Cafébar Jim's, in der ich meine Zeitung las, wurde sofort zu meinem Stammlokal. Hier war wirklich was los: Kneipe mit Musik, Ausländertreff mit Nachrichtenbörse, Dauerunterhaltung durch Drogenverkäufe, Miniwerbezettel von Zuhältern, Straßenmusikanten und günstige Sonderangebote von Hehlern. Und der Blick auf die Brücke mit regem Verkehrsstrom. Und die zahlreichen Wasserfahrzeuge im Creek. Da fuhren große Schiffe, für die die Bridge geöffnet wurde, kleine Motorboote beladen mit Waren für die Versorgung vorgelagerter Inseln, und natürlich die ankommenden und abfahrenden alten Belizeboote: Inselfähren, mit stotternden, stinkenden Schrottmotoren, hölzernen Sonnendächern und grellbunter Bemalung.

Die nächsten Tage verbrachte ich meist in der Innenstadt. Lange Spaziergänge in die Nordhälfte kamen hinzu, den Wohnort der meisten Weißen und der schwarzen Oberschicht. Mir imponierte das Nobelviertel mit den teuren Villen. Zwischen Flughafen und Swing Bridge hatte ich bald jede Sehenswürdigkeit, Bar oder Hotellobby gesehen. Das Fort George Hotel mit seiner Restaurant-Bar im obersten Stockwerk wurde sofort zu einem meiner Lieblingsplätze. Dort konnte man sich für viel Geld verwöhnen lassen – Meeresfrüchte schlemmen, Champagner trinken und einen sensationellen Blick über die ganze Stadt genießen. Zweimal im Monat aß ich oben, rausgeputzt in meinen besten Klamotten. Sonst zelebrierte ich dort nur bescheiden die nachmittägliche Teatime.

Belize-City war auf Dauer ein langweiliges Kaff. Im Nu kannte ich die meisten Engländer und die wenigen Deutschen. Die richtigen Wichtigtuer waren nicht mehr da, weil Belmopan schon seit einigen Jahren die neue Hauptstadt war. Governor und Regierungsrepräsentanten zogen jetzt dort ihre Schau ab. Nun regierten in Belize-City nur noch drei unwichtige englische Verwaltungschefs, der britische Ortskommandant und das Gesetz der finanziellen Rangordnung mit seinem Geldadel. Ich galt ziemlich schnell als White Trash – unbedeutender weißer Loser, der sicherlich etwas zu verbergen hatte, wenn er in dieser Stadt untertauchte.

Abwechslung brachten mir die Fahrten mit der Fähre und auf den Transportbooten. Für ein paar Shilling konnte man die den Distrikten Corozal, Belize und Stann Creek vorgelagerten Inseln anfahren und dort im glasklaren Meer schwimmen und tauchen. Oft tuckerte ich zum nahen St. Georges Caye, aber auch zum nördlichen Ambergris Caye, dem großen Taucherparadies.

Nach einem Monat zog ich in eine kleine, preiswerte Zweizimmerwohnung hinter das historische Paslow Building. Die Wohnung befand sich im einfachen, aber sauberen zweistöckigen Stadthaus von Mrs. Roland, einer freundlichen schwarzen Witwe. Die ehemalige Lehrerin fragte zum Glück nicht nach meinem Visum. Deutschland war in diesem Land sowieso nicht mit einem Konsulat, geschweige denn einer Botschaft vertreten. Zuständig war die Deutsche Botschaft in Kingston, Jamaika. Und das lag Hunderte von Seemeilen entfernt.

In der Wohnung konnte ich kochen. Ab und zu briet ich mir ein Steak, aß aber meistens in den drei sauberen Restaurants des Viertels. Für ein Pfund gab es dort köstliche, frische Fischgerichte oder Gibnutbraten. Das Nagetier wurde in Massen gejagt und schmeckte gegrillt vorzüglich. Es wurde oft, neben Huhn, zum Nationalgericht des Landes serviert: Rice and Beans. In die teuren Gaststätten der Weißen am Nordufer ging ich immer weniger, weil ich meine paar Kröten zusammenhalten musste.

Zum Jahresende wurde es allmählich Zeit, mich um einen Job zu kümmern. Ohne gültige Papiere konnte ich allerdings nichts machen. So faulenzte ich wie die arbeitslosen oder -müden schwarzen Nachbarn herum: Morgens lange schlafen, am Tag in der Stadt herumhängen, nachmittags zum Beach oder an der Flussmündung angeln und am Abend in den Bars herumsaufen und -huren. Als ich im März 1978 in der Drogerie neben der St. John's Kathedrale Moskitospray kaufte, fiel mein Blick auf Tüten mit Rattengift. Sie trugen die Aufschrift »Rat Heaven, a product of S. A. D. B. C., Belize-Cayman-Monaco«. Das war doch von Bölkes Giftzeug! Hatte der nicht eine Filiale in Belize? Aufgeregt lieh ich mir von meiner Vermieterin das Telefonbuch und suchte die Firma heraus. Sie residierte tatsächlich, nicht weit hinter dem Flughafen, in einer gigantischen Lagerhalle in der preiswerten Einflugschneise. Schon am nächsten Tag fuhr ich mit dem Taxi hin, betrat das kleine, übel nach Chemie stinkende Büro und fragte einen der beiden Angestellten nach Herrn von Bölke.

»Eduard, unser Boss? Der kommt in zwei Monaten. Ich bin der Präsident des Belize-Ablegers«, sagte einer der beiden pechschwarzen Männer. Der Alte hieß Edward und war seit Gründung der Filiale vor über achtzehn Jahren »member of Eduard's international pestfighter crew«.

Durch eine weit geöffnete Tür sah ich ins Innere der Halle. Mindestens zehn Leute, meist Frauen, saßen an langen Transportbändern und füllten mit kleinen Schaufeln und Waagen Pestizidtüten ab. Dahinter transportierte eine emsige Elektroameise Tonnen und Kisten hin und her. Ich sah auch mehrere große Silos und Mischmaschinen.

»Also, ab Mai kommt unser Boss nach Belize.«

Ed blätterte in seinem Terminkalender.

»Per Flugzeug, am 12. Mai, Sir. Wie war doch Ihr Name?«

»Bernd Behr. Wir kennen uns aus Cannes. Da wird er sich über unser Wiedersehen freuen ...«

»Ich schreibe es ihm in meinem nächsten Firmenmemo, Sir.«

Die Wochen flogen nur so dahin. In meinem Lieblingscafé, dem Jim's, lernte ich den schönen Chris kennen, einen ehemaligen Bundesmarineleutnant. Der extrem modisch gekleidete, fast fünfzigjährige Sportsmann lebte auf einer großen, funkelnagelneuen Vierzigmeteryacht mit Liberia-Flagge. Er war nicht der Eigner, sondern Skipper, Bodyguard, Mechaniker, Chauffeur und Diener eines millionenschweren kolumbianischen Waffenhändlers. Die Jacht lag nicht weit entfernt an der städtischen Mole, war schneeweiß und bunt beflaggt.

Den Job hatte Chris zwei Jahre zuvor bekommen, als das Schiff in Monaco vor Anker gelegen hatte.

»Mein Boss hat den monegassischen Behördenpinseln nicht gepasst – Schwierigkeiten wegen unserer anrüchigen Geschäftsbereiche. Da haben wir den Kahn in diesem Winter hergeschafft. Belize ist große Scheiße. Monaco und die Côte d'Azur, das war ein herrliches Fleckchen Erde. Ich habe dort die schönste Zeit meines Lebens erlebt. Rob Juárez, mein Boss, zahlt mir ein ungewöhnlich gutes Gehalt. Dazu Wohnen und Essen frei an Bord. Ich fühle mich wie Gott in Frankreich. Lebe nur für meinen Superbody. Logo, bei mir muss alles stimmen: Haare, Gesicht, Muskeln, Teint und Garderobe. Ich halte mich fit mit Sport, gesunder Ernährung und trage nur ausgesucht gute Kleidung. Frankreich ist das Land der Topschneider. Ich kaufte nur beste Kleidung und Outfits von namhaften Couturiers: Hermès, Cardin, Yves Saint Laurent, Louis Vuitton. In meiner Monacozeit galt ich als der am besten angezogene Mann der Côte. Aber was nützen mir nun all die schönen Sachen in diesem erbärmlichen Kaff? Hier läuft jeder wie ein Vagabund herum. Keine Klasse, kein Chic, kein Geschmack. Sonst bin ich aber nicht unglücklich. Der Eigner ist ja kaum an Bord. Immer auf Geschäftsreisen, im Nahen Osten, in Asien und Südamerika. Ab und zu muss ich seine jungen Schnallen verwöhnen oder Mitglieder seiner Familie. Ansonsten: Vier Stunden das Schiff pflegen, damit es stets gut ausschaut, und den Rest des Tages habe ich frei. In Monaco leben allerhand betuchte, geschiedene Weiber, die ich verwöhnt habe, und das hat sich immer für mich ausgezahlt«, erzählte er und zeigte mir stolz das Geschenk einer Freundin: eine massiv goldene Rolex.

»Willst du auf dem Nobelkutter den Rest deines Lebens verbringen?«, fragte ich ihn.

»Na ja, ist ein sicherer, krisenfester Job. Mein Chef gehört einer der einflussreichsten alten Familien Kolumbiens an, die schon seit über hundert Jahren am Drücker ist, und ich hab mir einen guten Ruf bei ihm und seinen Leuten aufgebaut als zuverlässiger, verschwiegener Diener. Einer, der auch mal bereit ist, für seinen Boss durch die Hölle zu gehen. Du verstehst?«

Mit der Zeit tranken wir so manchen guten Schluck zusammen, gingen gemeinsam in den Puff und ließen uns von den jungen Nutten feiern. Kamen wir mal in unangenehme Situationen, war ich froh, einen guten Bodyguard wie ihn dabeizuhaben. Das galt besonders für die Ausflüge im nächtlichen Rotlichtviertel von Black Belize. Ich erlebte die geilsten Sachen in der schwarzen Unterwelt: Voodoo-Orgien, Hahnenkämpfe, Drogenabflüge und natürlich nächtelange Pokerrunden, bei denen ich in den letzten Apriltagen die Hälfte meines Gesparten verlor. Irgendwie schaffte ich es aber, damit aufzuhören. Nicht so Chris. Der war bei der Spielermafia nach kurzer Zeit völlig verschuldet und jammerte mir die Ohren voll.

»Wenn ich nicht bis zum 20. Mai meine Spielschulden bezahle, legen die mich um.«

Ich konnte ihm nicht helfen, hatte selbst kaum noch was.

Im Mai sollte Eddy eintreffen. Ich freute mich auf ihn. Am 14. Mai fuhr ich neugierig zu ihm rüber. Er war an diesem Tag aber, nach einem Kurzbesuch in der Firma, schon in sein Hotel zurückgekehrt, in das noble Fort George. Ich dirigierte das Taxi weiter zum Hotel und marschierte dort direkt in die Bar im Penthouse. Da saß Eduard von Bölke, fett und fein mit mindestens zwanzig Kilo mehr drauf als noch in Frankreich.

»He, Eddy, alter Giftmischer, erkennst du mich?«

»Verflixt noch mal, das gibt's doch nicht! Was hat dich hierher verschlagen? Die Flucht vor der Justiz oder dem Finanzamt? Setz dich, alter Junge.«

»Man erkennt gleich den erfahrenen Macher, der die Gefahr instinktiv wittert. Du liegst gar nicht so schlecht mit deiner Vermutung«, lachte ich, bestellte einen Café Cubano und erzählte Eddy, wie es mir in den letzten Jahren ergangen war. Er hörte mir aufmerksam zu, klemmte sich eine Havanna zwischen die Zähne, lehnte sich zurück und ließ seinen Blick über das unendlich weite Meer schweifen.

»Da haste echt Pech gehabt und eigentlich überstürzt gehandelt. Deutschland buchtet für so einen kleinen Entsorgungsmist niemanden ein. Gegen deinen Asbestmüll und das ungesetzliche Versenken im Main bin ich ein richtiger Umweltschwerstverbrecher. Ins Ausland abzuhauen, war Unsinn. Und bis du den Kowalski mal findest, ist der längst tot oder hat deine Kohle verbraten. Ach komm, sprechen wir über was Schöneres! Wie steht's mit der Liebe? Schon was Hübsches an Land gezogen? Wegen der weitverbreiteten Geschlechtskrankheiten leg dir am besten was Junges zu und bleib dabei. Dadurch wird das Risiko für den gemeinen Schanker verringert.«

»Bisher bums ich nur käufliche Chicks. Gummischutz engt zwar die Lust ein, ist aber billiger, weil du dir keine monatlichen Kosten für ein permanentes Verhältnis auflädst. Und du? Ich vermute, du bist alleine auf Urlaub. Ist aus deiner Fernosttraumfrau nichts geworden?«

Eddy verzog das Gesicht zu einer angewiderten Fratze.

»Geh mir bloß weg mit den Weibern. Kurz nachdem du zurück nach Deutschland gegangen bist, lernte ich eine nette, deutsche Studentin kennen, an der Anmachbar im Hotel Martinez. Da sitzen nur geldgeile Weiber, die Männer mit viel Kohle angeln wollen. Das ist allgemein bekannt, trotzdem fiel ich auf sie herein. Erika hieß die Schöne. Eine sympathische Zahnmedizinstudentin aus Frankfurt. Als sie aus meinem Leben verschwand, war ich sechzigtausend Mark ärmer. Diese ausgekochte, raffinierte Schlange.«

Ich ahnte was und spekulierte drauflos: »Als sie ihren Büstenhalter ablegte, haste doch auf ihrer linken Titte ein warnendes Spinnentatoo gesehen. Und bist dennoch reingefallen? Erika, diese geile Trickdiebin.«

Eddy glotzte staunend wie ein Kleinkind vor dem Nikolaus. Dann erzählte ich ihm von meinem Liebesabenteuer mit ihr. Nun, da wir wussten, dass wir derselben Schlange auf den Leim gegangen waren, fühlten wir uns einander noch mehr verbunden.

»Auf die schöne Erika!«, rief ich und hob die Tasse. Eddy grinste und stieß sein Glas dagegen.

In den nächsten Tagen zeigte Eddy mir die Sehenswürdigkeiten des Landes, und er führte mir stolz seinen Betrieb vor. Mit einer ungewöhnlich sorgfältigen Führung durch Büro, Technik, Versand und Lager.

»Mein Geschäft sind die neuen, strengen Umweltschutzgesetze in Europa, den USA und ein paar anderen zivilisierten Ländern wie Kanada oder Japan. Wenn die Herstellung eines wirksamen, aber ungesunden oder umweltbelastenden Pestizids gestoppt wird, werde ich zum Entsorger, der die Restbestände aufkauft und manchmal sogar für die Übernahme bezahlt wird. Das macht mein Betrieb in Paraguay, der das Zeug nach Somalia verfrachtet und neutral umpackt. Von dort aus wird es, als etwas anderes deklariert, hierher oder nach Westafrika verschifft. DDT geht immer als Dünger und AO als weiße Fassadenfarbe getarnt in diese Länder. Dann wird der Kram noch einmal umgepackt und ganz normal für den alten Zweck verwendet: Pestizide, Ungezieferkiller, Unkrautvernichter.«

»Was ist AO?«

»AO ist das berühmte Agent Orange, ein amerikanisches Entlaubungsmittel, aus dem Vietnamkrieg bekannt. Ich habe viele Restbestände aus Vietnam, dem nahen Kambodscha und dem Ostblock aufgekauft. Dazu einige ABC-Kampfstoffe. Bin eigentlich schon Waffenhändler, wie die berühmte Juárez-Gruppe aus Kolumbien. Die größte vor Anker liegende Jacht – guck drüben auf dem Belize-River – gehört übrigens dem Boss des Unternehmens.«

»Ist mir bekannt, ich bin mit dem Kapitän des Luxusdampfers, einem Deutschen, befreundet. Wer aber, um alles in der Welt, kauft AO?«

»Südamerikanische Staaten. Für ihre Guerillabekämpfung in Dschungelgebieten oder die Vernichtung von verbotenen Cocafeldern. Aber auch brasilianische Schürfunternehmer, die nach Gold oder Öl suchen und Landebahnen freimachen. Und die beständigsten Kunden sind die Großgrundbesitzer, die im Amazonasgebiet Indianer und Kleinbauern vertreiben oder die Ernte von Feinden vernichten wollen, um die Lebensmittelpreise zu stabilisieren. Weißt du, wer mein verrücktester Abnehmer ist?«

Ich schüttelte den Kopf, dachte eine Weile nach und sagte: »Die DDR?« Er fand die Idee witzig und lachte.

»Nein, mein Freund. Es ist kaum zu glauben, aber es sind die Amis mit ihrem CIA! Die kaufen mit Strohmännern das Zeug, je nach Bedarf, zurück. Ich bin mir sicher, dass sie dahinterstecken. Brauchen den Dreck für geheime Einsätze in Südamerika, Sibirien, Nordkorea oder bei den Arabern. Jedenfalls klingelt es in meiner Kasse. Was arbeitest du eigentlich?«

»Gar nichts. Ich habe keine guten Papiere. Pass ohne gültiges Visum ...«

»Kein Problem für deinen guten alten Onkel Eddy: Gib mir drei Passfotos, deinen Namen kannste ruhig behalten, und in vierzehn Tagen hast du einen gültigen paraguayischen Pass mit echtem Visum für Belize. Das kriege ich in zehn Minuten hin, weil meine Firma als regierungswichtig eingestuft und unverzichtbar im Verteidigungsfall ist. Belize wird in Kürze unabhängig werden, da bin ich schon am Ball, mit vielen Freunden im zukünftigen Verteidigungsministerium.«

Ich war beeindruckt und bedankte mich. Eduard war ein Ass. Und er setzte noch einen drauf.

»Bernd, hast du vielleicht Lust, für mich zu arbeiten? Der alte Ed geht Ende des Jahres in Pension, und ich brauche für das neue, unabhängige Belize einen cleveren Hund, der meine Stellung vor Ort sichert.«

Ich sagte zu, und das feierten wir entsprechend.

Ein paar Tage später versuchte Chris erneut, mich anzupumpen. Er war verzweifelt.

»Ich muss die Meute bis Monatsende löhnen. Hilf mir mit dreitausend aus und du kriegst sie mit zwanzig Prozent Zinsen in zwei Monaten zurück. In drei Wochen fahr ich mit dem Schiff nach Key West rüber. Überholung der Radaranlage. Könnte mich dadurch längere Zeit verdrücken. Aber dann legen sie mich eben bei der Rückkehr, gleich an der Mündung, per Zielfernrohr um. Hilf mir, Kumpel!«

Ich erinnerte ihn daran, dass er schließlich bei meinen eigenen verlustreichen Spielen dabei und Zeuge meines finanziellen Desasters gewesen war. Und dass ich sogar ab sofort wegen Geldmangels arbeiten müsse. Das überzeugte ihn und er ließ von mir ab.

Am nächsten Montag sollte mein erster Arbeitstag sein. Monatsverdienst für die Probezeit: fünfhundert englische Pfund.

»Den ersten Monat assistierst du Leo, meinem Lagerverwalter. Du bist praktisch das Mädchen für alles. Da lernst du unsere Produktpalette bis zum letzten lausigen Container kennen und wie man mit dem gefährlichen Zeug richtig umgeht«, sagte Eddy und gab mir einen funkelnagelneuen Arbeitskittel, Stahlkappenstiefel sowie eine Packung Gummihandschuhe. Ich meldete mich bei dem erfahrenen Giftverteiler und schuftete wie ein Sklave. Die körperliche, harte Arbeit war nicht schlimm, aber bereits in den ersten Stunden tränten meine Augen und es quälte mich ein anhaltender Hustenreiz. Leo grinste wissend und klopfte mir auf die Schulter.

»Kopf hoch, Freund! Das geht jedem so in den ersten Tagen. Ist halt ein Riesenhaufen Giftscheiße. Sieh es positiv, denn du profitierst auch sofort: Alle hinterhältigen Bewohner deines Bodys springen sofort entsetzt ab: Wanzen, Sackratten und Läuse. In einer Woche geht es dir besser, weil dein Geschmacks- und Geruchsempfinden nachlässt: Da kannst du Scheiße riechen und fressen und merkst es gar nicht.«

Okay, ich sollte ihm ja nur einen Monat assistieren. Ich hoffte, ohne große körperliche Schäden davonzukommen.

Zwei Wochen später saß ich mit Eddy bei einem abendlichen Bier und erwähnte den finanziellen Aderlass von Chris und mir, und dass ich glücklicherweise meine Spielsucht hatte besiegen können.

»Wo habt ihr euch denn auf diese verlustreichen Pokerpartien eingelassen?«, fragte er mich neugierig.

»Beim schwulen Burke in der Acapulco-Bar, hinter dem Post Office.«

»Das ist ein Räuberladen. Die ganze Bagage wartet den lieben langen Abend auf den doofen Gringo, der ausgenommen werden will. Da spielt die gesamte Clique am Tisch nur gegen dich, und das mit gezinkten Karten. Schade, dass ich dich nicht warnen konnte. Und wenn die dir Kredit geben, dann hast du es mit der Belize-Kreditmafia zu tun. Das ist lebensgefährlich!«

Ich erzählte ihm von Chris, von dessen Finanznot und Sorgen und der verworfenen Fluchtidee. Das fand Eddy interessant.

»Am Monatsende muss er tatsächlich rüber nach Key West? Da könnte er doch einen kleinen Umweg über Port-au-Prince machen. Sag ihm, wenn er dort eine kleine Ladung für mich abgibt, könnte ich ihm das Geld leihen.«

Am nächsten Mittag fuhr ich zum Jim's und bestellte mir ein gegrilltes Schwertfischfilet mit Patatas. Ich musste nicht lange warten, bis Chris kam und sich niedergeschlagen zu mir setzte.

»Wann geht sie ab, deine Reise zu den Keys?«, begann ich das Gespräch.

»In sechs Tagen, leider. Ich komm aber nicht zurück. Muster auf den Keys ab und tauche unter.«

»Du wirst es kaum glauben, aber ich hab etwas, das dich retten kann.«

»Dreitausend Eier Kredit von dir?«

»Spinn doch nicht rum. Natürlich nicht von mir. Aber vielleicht von meinem Chef«, flüsterte ich und schaute kurz nach hinten, um mich vor eventuellen Mithörern abzusichern. Dann erzählte ich ihm von der Lieferung nach Haiti und Eddys Vorschlag.

»Wie groß ist die Lademenge?«

»Sechs Fässer flüssige Soße und drei Papiersäcke mit Entlaubungspulver. Die Blechtonnen sind so groß wie übliche Petroleumfässer«, sagte ich und deutete mit ausgestreckter flacher Hand die Höhe an.

»Juárez ist zurzeit in Istanbul. Wenn er davon erfährt, verlier ich bestimmt meinen Job, aber was riskiere ich schon? Ist ja kein Kokstransport und vielleicht der einzige Ausweg. Bring mich mit deinem Eddy zusammen. Ich bin sein Mann.«

Ein paar Tage später bezahlte Chris die Spielschulden. Am helllichten Tage transportierten wir die Ladung zur Mole und verstauten sie fachmännisch im Beiboothangar des Hecks. Das Beiboot ließ Chris an der Mole zurück. Kein Mensch registrierte das, weil es harmlos wirkte. Und dann legte er ab und steuerte Richtung Osten. Ganz zügig, mit dem bunten, partymäßig beflaggten Schiff, schipperte er den schönen, sonnigen Haulover Creek entlang. Viele Zuschauer aus seinem Bekanntenkreis winkten ihm zu.

»Was mir nicht an ihm gefällt, ist, dass er wie ein eitler, aufgetakelter Geck herumläuft. Ist der Kerl etwa schwul?«, sagte Eddy. Ich lachte und schüttelte den Kopf. Als wir in seinen Wagen stiegen, schaltete er sofort Radio Belize an, um den Wetterbericht zu hören.

»Soll ein kleines Unwetter im Anmarsch sein«, murmelte ich besorgt, weil ich bei Jim's in der gerade ausgelieferten *Times* von einem Floridasturm gelesen hatte, dessen Ausläufer uns in den nächsten Tagen erreichen sollten.

Zu meiner Erleichterung rief Chris acht Tage später schlecht gelaunt aus Haiti an und meldete den Auslieferungsvollzug. Ich fühlte mich richtig gut, weil ich ihn ja empfohlen hatte.

»Du glaubst nicht, welcher Hölle ich entronnen bin. Ich bin wegen des verfluchten Floridasturms weit südlich gefahren. Trotzdem hab ich allerhand abgekriegt. Ein paar Deckbauten sind beschädigt. Die Radaranlage ist über Bord gegangen und die Giftladung hat sich selbstständig gemacht«, jammerte er.

»Um Gottes willen. Sind noch alle Fässer da?«

»Die Säcke haben nicht gehalten. Zwei Fässer sind aufgeplatzt. Ich hab aber alles gemeinsam mit meiner Deckhand zusammengefegt und sicher verstaut. Die Fässer haben wir mit Kartonagentape zugewickelt und das herumfliegende Zeug in Plastiktüten gesichert. Aber seitdem wir mit dem Pestkram herumgemacht haben, fühlen wir uns echt mies. Hoffentlich verrecken wir nicht an eurer Scheiße.«

Ich beruhigte ihn damit, dass wir jeden Tag mit dem Teufelszeug herumhantierten und trotzdem immer eine stramme Latte vorzeigen könnten. Er fand es nicht witzig, war aber etwas beruhigt.

174

Okay, Agent Orange, das als flüssiges Aerosol mit Flugzeugen versprüht wurde, war ein gemeines dioxinhaltiges Entlaubungsmittel. Von Eddy erfuhr ich, dass Leute, die damit vergiftet wurden, jahrelang unter Immunschwäche zu leiden hatten. Das Zeug beeinträchtigte in der ersten Zeit die Funktion etlicher innerer Organe, was sich später meist besserte. Allerdings bekamen viele der Opfer Krebs. Das erzählte ich dem guten Chris natürlich nicht, kapierte aber plötzlich, dass ich ein Drecksack war und mich überhaupt nicht geändert hatte. Früher, als Journalist, vergiftete ich die Gedanken der Mitmenschen durch Meinungsmanipulation. Jetzt schädigte ich ihre Körper mit Umweltgiften.

Kurz darauf fuhr ich mit Eddy, der zum Monatsende nach Frankreich zurückmusste, in die südlichen Außenbezirke der Stadt, Richtung Dangriga, der Bezirkshauptstadt von Stann Creek. Nur vierzig Kilometer von der City, nahe beim offenen Meer und direkt an einem kleinen Creek, besaß Eddy einen gepflegten älteren Stelzenbungalow, den er einmal nach einem Hurrikan billig gekauft und renoviert hatte. Er war nur teileingerichtet und verfügte über ein klobiges, hölzernes Dock, das fast zwanzig Meter hinaus in einen zum Meer offenen Bayou reichte. Daran stand ein ungewöhnlich hoher Flaggenmast, an dem ein offenes, mit zwei 120-PS-Motoren bestücktes Chriscraft-Speedboot vertäut war. Das Haus lag mitten in einer sumpfigen Mangrovenlandschaft mit vielen Brackwasserrinnsalen. Aus dem Wasser ragten grausilbrige Äste, auf denen seltene Vögel saßen: Fischadler, Wördemannsche Reiher, Kormorane und Möwen. Ich sollte von nun an in diesem Haus wohnen, wie sich das für den Leiter eines führenden Chemieunternehmens in Belize gehörte, meinte Eddy, aber der wahre Grund war, dass das Haus bewohnt aussehen sollte, um Vandalismus zu vermeiden. Oder eventuelle Einbrüche in eine gerade am Haus neu errichtete Warenscheune, in deren Dachzimmer Mary, ein Dienstmädchen, hauste.

»Mit dem Flitzer kann man in Minuten aufs offene Meer hinausrasen und Transporte übernehmen, die nicht unbedingt durch den Zoll laufen müssen. Capito? Wenn ein größerer Sturm kommt, muss das Boot immer in die Stadt gefahren und auf Land gedockt werden. Das Wasser steigt dir sehr schnell ins Wohnzimmer, falls nicht vorher das ganze Haus wegfliegt. Tropische Killerstürme können jedes Jahr von Juni bis November auftreten«, informierte mich mein neuer Chef und übergab mir gleichzeitig den Firmenwagen, einen zehn

Jahre alten Chrysler. Schon am nächsten Tag zog ich mit meiner bescheidenen Habe in mein neues Heim.

An den folgenden Tagen und Abenden führten mich Eddy und der alte Ed in den neuen Job ein: Beaufsichtigung der Leute, Warenverwaltung, Versand, Bürokram usw. Das war anstrengend, aber Ed unterstützte mich weiterhin jeden Tag für ein, zwei Stunden. Und dann kam der Tag, an dem ich Eduard zum Airport fuhr. Auf der Fahrt beglückwünschte er mich zur neuen Position des Direktors und gab mir meinen neuen Arbeitsvertrag, der mir ab sofort ein tolles Monatsgehalt von zweitausend englischen Pfund garantierte. Fürstlich, teilweise wohl auch als Schweigegeld gedacht. Als ich sein Flugzeug in den Wolken verschwinden sah, jubelte alles in mir. Ich konnte es noch nicht fassen: Der kleine Bungalow, das Auto, ständig ein Motorboot und die gute Kohle! Ich war nun der König von Belize! Hier lebten ganze Großfamilien von sechzig Pfund Monatseinkommen. Ich war Eduard von Bölkes hoch bezahlter Vertrauter und Statthalter, bereit, für ihn durchs Feuer zu gehen. Fortan lebte ich nur noch für die Arbeit und den vermeintlichen Luxus: Gepflegte Kleidung und ein gehobenes Leben in den Nobelplätzen der Nordstadt bei den Gewinnertypen.

In der Firma straffte ich die Arbeitsabläufe durch sorgfältig ausgeklügelte Rationalisierungsmaßnahmen und Schulungen der Mitarbeiter. Ich machte unsere Arbeitsplätze sicherer durch besseres Verpackungsmaterial und einer nach giftigen und gefährlichen Produkten ausgerichteten Lagerorganisation. Außerdem entrümpelte ich alte, nicht mehr gefragte Produktreste und erhöhte im Hinblick auf die allgemein ansteigende Kriminalitätsrate die Gebäudeabsicherung. Dadurch sanken die hohen Versicherungskosten. Die Rentabilität stieg und somit die Gewinne. Eddy erhielt jede Woche einen ausführlichen Bericht über meine neuesten Aktivitäten, die er begrüßte und in den Telefongesprächen mit mir engagiert diskutierte. Das Geschäft lief zunehmend besser, und ich transferierte fette Gewinne auf Eddys steuerbefreite Cayman-Konten. Er erhöhte im Gegenzug mein Gehalt. Das Leben war wieder lebenswert.

Am späten Vormittag pflegte ich erst zur Arbeit in die Firma zu fahren. Nach dem Lunch in den besseren, nördlichen Restaurants genoss ich täglich im Jim's meinen Café Cubano. Eines Tages tauchte Chris dort auf. Über vier Monate war er weg gewesen. Elegant, herausgeputzt wie gewohnt, mit einem weißen Panamahut auf dem Kopf, setzte er sich wortlos, mit mürrischem Gesicht zu mir.

»Schick, schick wie immer der am besten angezogene Mann von ganz Belize«, lästerte ich und hielt ihm die Rechte hin. Er schlug nicht ein, verzog stattdessen das Gesicht zu einer Grimasse.

»Gott, was ist dir denn heute auf den Magen geschlagen. Geiler Hut, übrigens!«

»Behr, du bist in diesem Kaff das mit Abstand größte Arschloch. Einen alten guten Kumpel wissentlich diesem fürchterlichen Giftmüll auszusetzen. Wissentlich!«

»Komm, du hast schlimm gewinselt. Hast dich schon als Leiche der Kreditmafia gesehen. Wer war es, der dich gerettet hat? Wer hat für den armen unbekannten Chris hier am Arsch der Welt gebürgt? Ich, dein Freund Bernd. Den Sturm habe ich nicht voraussehen können. Und du lebst doch und siehst spitze aus, undankbarer Knaller!«

Chris guckte mir tief und ernst in die Augen, dann lüftete er sehr langsam seinen funkelnagelneuen Panamahut. Darunter glänzte eine fast komplette Glatze, ein paar letzte Haare an den Seiten. Scheiße! Ich war schockiert. Chris stand auf und ging, ohne ein weiteres Wort zu sagen.

Kurz vor Weihnachten saß ich mit freiem Oberkörper auf der Porch meines Hauses und frühstückte. In den Nachrichten las ich von Kälterekorden auf dem europäischen Kontinent.

Eduard hatte sich angekündigt. Am Zweiundzwanzigsten holte ich ihn vom Flugzeug ab und chauffierte ihn sofort zum Firmengebäude. Das war frisch gestrichen und auch innen renoviert. Alle Mitarbeiter trugen gelbe Kittel mit dem Firmenlogo S. A. D. B. C. Eduard bemerkte sofort, dass fast zwanzig Leute mehr für ihn arbeiteten.

»Da sieht man, was deutsche Gründlichkeit schaffen kann. Meinen Glückwunsch, Herr Direktor«, brummte unser Präsident beeindruckt, und ich war mächtig stolz. Er prüfte die positiven Zahlen in den Geschäftsbüchern und ließ sich, bestens gelaunt, meine Strukturänderungen erklären. Anschließend fuhren wir scherzend und lachend in das Penthouserestaurant seines Hotels. Unter den brummenden Deckenventilatoren saßen wir und schwelgten in der Spezialität des Landes, gegrillte Filets vom Gibnut. Der Präsident spendierte eine Flasche Moët & Chandon und lobte mein Outfit.

»Du hast nicht nur Erfolg mit der Firma, sondern auch zu dir selbst gefunden, bester Freund. Und siehst richtig gut aus, wie ein erfolgreicher Macher. Ich hab dir etwas mitgebracht.«

Er bückte sich und zog eine Zeitung aus seiner Krokomappe. Eine original *Billig-Zeitung,* diese Blutzeitung! Lässig reichte er sie mir zum Durchblättern.

Ich sah sofort das schwarz eingerahmte Foto auf der ersten, rechten Innenseite, ein Portrait des grinsenden George Sänger. Darüber stand: Deutschland hat einen großen Mann verloren! Unglaublich, Sänger war an einem Herzinfarkt gestorben. Einfach so, ohne Warnsignale. Er hatte immer als kerngesund gegolten. Neuer Chef des Unternehmens war nun seine hübsche Frau Liesel Sänger. Gerade einunddreißig Jahre alt geworden. Nun drittmächtigste Medienunternehmerin der Bundesrepublik.

Leider war kein Foto von ihr abgebildet.

Ich merkte sofort, dass Eddy dieses Mal nach Belize gekommen war, um abzuschalten und sich zu erholen. Meine erfolgreiche Arbeit machte ihm dies leichter. Er erzählte mir, dass er das mit hohen Steuern belastete Geschäft in Europa mehr und mehr abbaue, mit dem Ziel, es in einem Jahr total zu beenden.

»Bin seit November Schweizer Staatsbürger mit Penthouse am Genfer See. Ja, und ab Jahresende lassen wir nur noch den offiziellen Hauptsitz der Firma auf den Cayman Islands und die Branches Paraguay und Belize sowie die Deponie Somalia bestehen. Die bringen dicke Kohle. Mein Leben muss jetzt extrem einfach werden. Schließlich bin ich Mitte siebzig«, informierte er mich und deutete an, dass ich mir eine gute Chance auf seinen Präsidentenjob erarbeitet hatte.

Fast fünf Wochen blieb Eddy, der sich inzwischen den großen Schlafraum des Hauses als ständige Ferienbleibe eingerichtet hatte, an der Küste von Belize. Weil er körperlich tatsächlich stark abbaute, aber immer noch unternehmungslustig war, zog er mich eines Tages bereits mittags von der Firma ab. Von da an wurde ich für die Nachmittage zu einer Mischung aus Chauffeur, Animateur und Kumpel. Wir fuhren gemeinsam nach Belmopan, wo er mich mit dem nächsten Vizeverteidigungsminister des Landes bekannt machte. Wir fuhren in den Dschungel von Orange Walk, um alte Mayaruinen anzuschauen, und wir fuhren mit dem Motorboot weit hinaus in die Keys bis zum berüchtigten Lighthouse Atoll, dem ehemaligen Treff der englischen Piratenbrut.

»Hier, am südlichen Ende des Lighthouse, bekommen wir immer am Fünfzehnten des Monats nachmittags um vier unsere zollfreie Anlandung. Merk dir das: vier und fünfzehn. Der Lieferant benachrichtigt dich ein paar Tage vor Termin mit dem Kennwort ›Orangina‹. Per Telefon, Brief, Boten, Notiz auf 'ner Pfundnote. Immer wieder anders. Du bestätigst den Code mit dem Hissen der Deutschlandflagge am Pier. Sie liegt aufgerollt im Schlafzimmerschrank. Sollte das Wetter schlecht sein, lass die Fahne hängen. Ist es sicher, dass du fährst, zieh sie am Fünfzehnten mittags runter und fahr um drei Uhr los. Nimm mindestens zehntausend Dollar in Cash mit. Sie übergeben dir mit Kennwortrechnung irgendetwas: einen Koffer, ein Paket oder sogar einen Menschen. Das Schiff heißt Dodo und ist eine Fünfzehnmeterjacht mit kolumbianischer Registrierung«, instruierte Eddy mich bei unserer letzten Fahrt.

Ich hörte ihm schweigend zu und staunte. Eddy war der seltsamste Kriminelle, der mir je begegnet war. Sein gepflegtes Aussehen und sein hohes Alter hatten mich getäuscht. Dieser nette, gutmütige Opa hatte so harmlos gewirkt. Bisher hatte ich Achtung vor Eddy gehabt, er war mir sogar als ein gutes Vorbild erschienen. Ja, ich hatte mich von meinem Schöndenken einlullen lassen und war unrealistisch geworden. Natürlich war dieser unmoralische Pirat ein falsches Vorbild, und der gute Job bei ihm ein gefährlicher Irrweg. Ich nickte trotzdem grinsend.

»Yes, Sir. Alles klar für den Whiskyschmuggel!«

Er boxte mich, fast väterlich, in die Rippen und lachte fröhlich. Drehte gekonnt das Steuer herum und fuhr in einer weiten, aufschäumenden Kurve mit viel Speed zurück an die Küste. Gischt knallte ihm in die sonnengebräunte Gaunerfresse. Über dem Land ging gerade die Sonne unter, und die orangerot gefärbte See lag glatt und glänzend vor uns. Wir scheuchten ein paar Kormorane auf und Eddy gab Vollgas. Dieser Pokerspieler hatte es gar nicht nötig, seinen – unseren – Hals für das bisschen Schmuggelgeld zu riskieren. Er war der stets wagemutige, unheilbar süchtige Glücksritter, der erst auflebte, wenn die Schlinge des Gesetzes bereits den letzten geilen Kitzel an seinem verrunzelten Hals auslöste und sein Herz zum Rasen brachte.

Eines Tages flog Eduard von Bölke zurück nach Europa. Ich fuhr wieder alleine in die Stadt und arbeitete mein Pensum runter. Danach ging ich wie immer gelangweilt nach dem Lunch zum Jim's auf einen Café Cubano.

Und dann stand Chris vor mir. Ein lächelnder Chris, mit 'ner Kurzhaarfrisur. Ohne Panamahut. Grinsend deutete er auf seine nachgewachsenen Haare und setzte sich zu mir.

»Wenn die Scheißglatze geblieben wär, hätte ich mir 'nen Strick genommen. Aber vorher hätte ich dich elenden Mistkerl abgeknallt.«

Theatralisch schlug ich ein Kreuzzeichen, konnte mir aber das Grinsen nicht verkneifen.

»Wie geht es sonst so, alter Junge?«

»Beschissen ist geprahlt. Ich kann dieses elende Kaff nicht mehr ab. Die verlausten Nigger-Diebe nicht, die arroganten Weißen nicht, die verseuchten schwarzen Fotzen nicht. Kannst mir dieses verfluchte, dreckige, verkommene Kriminellenexil schenken. Scheiß ich drauf. Wie gerne würde ich jetzt in Cannes an der Croisette sitzen und den elegant gekleideten Ladys nachschauen. Klasseärsche in eng anliegenden Designerklamotten.«

»Da triffst du voll ins Schwarze. Ich würde sofort die Mücke machen, wenn sie nicht drüben hinter mir her wären.«

In diesem Moment musste ich an Vera denken. Meine Vera! Ich dachte an ihren knackigen Arsch. Die köstliche Sahnetorte, in die ich mich reinstürzen würde. Und ficken würden wir, bis zum Jüngsten Tag.

Plötzlich war ich total spitz, träumte davon, Veras liebkosende Stimme zu hören, ihre Körperwärme zu spüren. Ich Idiot! Alles hatte ich falsch gemacht. Was suchte ich denn eigentlich hier, am Ende der Welt?

Kowalski. Na und?

DIE ÜBERGABE

Am 14. Januar 1980 trank ich eine eiskalte Limo in meinem Stammcafé Jim's. Als ich vom Pissen zurückkam, stand auf meinem Bierdeckel das Wort »Orangina«. Ein Unbekannter hatte es in meiner Abwesenheit blitzschnell daraufgekritzelt. Ich blickte mich um. Weit und breit niemand zu sehen! Höchstens drei Minuten war ich weg gewesen. Außer mir saß nur ein alter versoffener Mestize auf der Terrasse. Der Mann schlief mit dem Tequilaglas in der verhornten Hand und schnarchte. Morgen war der Fünfzehnte. Orangina? Da musste ich sofort zum Haus zurück. Nein, zuerst zur Firma, den Ausweis holen, dann zur Bank für die zehntausend Eier. Siesta. Die Bank würde erst in einer Stunde öffnen. Also bestellte ich mir eine weitere Limo, holte die Wochenzeitung vom Tresen und las die Lokalnachrichten, die eigentlich nur aus Crime und Klatsch bestanden. Acht erwähnenswerte Diebstähle, ein Überfall und mehrere alberne Gesellschaftsevents: Ein Bericht über den diesjährigen Rosenball der Ärzte, einer vom Jachtklubfest, bei dem die Mitglieder über sechshundert Pfund für das städtische Waisenhaus gesammelt hatten, und ein kitschiger Fotoroman über die Hochzeit eines Fußballstars. Ich legte das Geschmiere beiseite. Mit lautem Quietschen öffnete sich langsam die grüne Swing Bridge zur Seite und ein weißes Schiff tauchte auf. Auf der Brücke am Ruder stand wie ein Supermultimillionär der lächelnde Chris. Auf dem Kopf trug er einen knallbunten Windsurfschirm, im Mundwinkel hing eine Havanna. Er winkte mir zu und gab Gas. Mit aufdröhnender Maschine hob sich der Bug aus dem Wasser und das Schiff flog mit gigantischer Bugwelle Richtung Flussmündung. Links und rechts des Haulover schaukelten die verankerten Boote und die morschen Anlegestege der Stelzenhütten ächzten.

Ich holte Pass und Geld und fuhr zum Haus. An dem hohen Fahnenmast zog ich die Flagge hoch und verknotete sie sorgfältig am unteren Haken. Sie knatterte gleich richtig los, die Schwarz-Rot-Goldene. Eigentlich sah sie fehl am Platze aus an diesem dunkelgrünen Mangrovendschungelufer. Hinzu kam, dass sie in der Mitte einen Bundesadler trug. Wie eine Konsulatsfahne. Das Wetter war frisch, aber die See lag trotzdem recht ruhig. Morgen würde also die erste Lieferung ankommen.

Am nächsten Tag schaute ich sofort aus dem Fenster. Die hängende Flagge schaukelte ein bisschen müde hin und her, was mir recht war. Das ruhige Wetter würde die wichtige Nachmittagsfahrt erleichtern. Ich blieb nur für eine Stunde in der Firma, kehrte schon vor ein Uhr übernervös zurück und zog die Fahne runter. War die Übergabe für mich gefährlich? Welche Pest lud ich mir vielleicht auf? Was würde mit mir bei einer Polizei- oder Zollfahndung passieren? Zum ersten Mal wurde mir in diesem Moment klar, dass mich der alte Waffen- und Giftmüllschieber für einen hundsgemeinen Drecksjob einspannte. Einen, der mir schnell ein paar Jahre im berüchtigten Belmopanknast einbringen könnte. Aus dem kam ein Weißer nach drei, vier Jahren oft nur als Leiche raus. Als ich um kurz nach drei auf Eddy fluchend in das Boot stieg, hatte ich eigentlich schon die Schnauze voll.

Die Motoren sprangen sauber an, ich löste die Leinen und vertäute sie. Dann spannte ich das Klemmband an meiner Schirmmütze stramm und drückte den Drive nach vorne. Das kleine Boot raste durch den Bayou wie ein Düsenjäger, passierte die Öffnung zur See und fuhr in den Horizont hinein. Ein geiles, ein atemberaubendes Gefühl. Ich flog durch die blaugrüne Karibiksee und schnitt krachend, von Sonne und salziger Gischt geblendet, durch die Wellen. Ich dachte in diesem Moment an gar nichts, genoss nur den Geschwindigkeitsrausch.

Dann sah ich sie, die im Windschatten des Atolls dümpelnde Dodo. Ich hielt direkt auf sie zu und verlangsamte wenige Schiffslängen vor ihr. Als ich näher heran tuckerte, standen an Deck zwei Südamerikaner in Tarnanzügen. Ich hängte zwei Fender auf die Anlegeseite und warf ein Seil zu den Männern hoch. Einer reichte mir die Hand und zog mich aufs Deck. Weil sie mich nur schweigend ansahen, flüsterte ich unsicher: »Orangina!« Da schnappten sie mich, schmissen mich brutal aufs Deck, drückten mich mit den Stiefeln zu Boden und legten mir Handschellen an. Verstört und total schockiert ließ ich mich widerstandslos durchsuchen. Dann schlugen sie mit einem Holzknüppel auf mich ein und schleppten mich an die Steuerbordreling. In diesem Moment bemerkte ich die große weiße Juárez-Jacht. Sie fuhr langsam auf uns zu. Am Steuer stand Chris mit einer großen Angebersonnenbrille in seiner abweisenden Fresse. Dieser hinterlistige Verräterarsch! Er kannte mich nicht mehr. Rotzte ins Wasser hinunter und wendete sich ab. Auf dem Deck seines Bootes sah ich vier grimmig dreinschauende mexikanische Polizisten. Die Drogenfahndung von Cancún. Die zwei von der Dodo, Mitglieder der Polizei von Belize, klauten mein Geld und die Rolex. Sie lieferten mich nach kurzer Urkundenunterzeichnung den Mexikanern aus, und ich verschwand gefesselt im Proviantraum der Großjacht.

Drogenschmuggel warf man mir vor. Ich kam in Veracruz in Untersuchungshaft, wo ich Zeit genug hatte, Chris, Eduard, seine Mutter, seinen Vater, seine Kinder und mich zu verfluchen.

Weil ich gelernter Metzger war, bekam ich sofort einen Job in der Gefängnisküche. Das rettete mir das Leben, denn so gehörte ich automatisch zum Gefangenenadel, den Leuten, die etwas von Wert verwalteten: besseres Essen. Ansonsten war der mexikanische Knast ein dreckiges Loch mit bestechlichen Aufsehern und einer mörderischen Häftlingsmafia. Mein Anwalt, ein deutschstämmiger Mexikaner, teilte mir ungerührt mit, dass die Gesetzesmühlen in seinem Land langsam mahlten.

»Ihre Anklage wegen Drogenschmuggels erfordert sehr viel internationale Recherche. Der Prozess wird frühestens in einem Jahr anlaufen. Drogenschmuggel, fünfzig Kilo Heroin waren auf dem Boot, unter fünf Jahren kommen Sie da nicht weg.«

Ich war erschüttert. Und ich fühlte mich schuldig. Schließlich war mir doch vorher schon klar gewesen, dass Eduard kein 4711 verschob.

In der Küche bestand meine Hauptarbeit im Zerlegen von angelieferten Schweine- und Hammelhälften. Rindfleisch gab es nur selten. Die besten Stücke, wie Filet und Kotelett, reservierte ich für unsere Aufseher, die den Großteil davon verschacherten oder damit ihre Familien abfütterten. Die Gefangenen fanden selten Fleisch auf den Tellern. Stattdessen gab es reichlich Tortillas, Bohnen, Chilis und Mais. Oft versteckte ich ein dünnes Schnitzel in meiner Unterhose, das ich am Abend mit gutem Profit im Zellenbereich eintauschte, gegen Zigaretten, Alkohol, Haschisch und kleine Gefälligkeiten wie Wichsvorlagen, Schmuggelbriefe, mehr Zeit im Fernsehraum. Und das Wohlwollen der Mafiakapos erkaufte ich mir damit. Dafür wurde ich nicht in den Arsch gebumst, halbtot geschlagen oder zum Diener eines Mafiaschergen degradiert. Geld hatte ich nicht viel. Meine Kohle lag in Eddys Panzerschrank. Der war inzwischen garantiert leer. Eduard – mit seinen guten Beziehungen – war bestimmt sofort informiert worden und daraufhin sicherlich nie mehr nach Belize eingereist. Saß fett und fein in Monaco oder Genf auf der Promenade, schlürfte seinen Café au Lait im Café de Paris und dachte nicht mehr an mich. Wie das Leben so spielt.

Nach sechs Monaten wurde in der Nachbarzelle ein Deutscher einquartiert. Der dicke Dieter. Er war wegen Mordes zu zwanzig Jahren verurteilt und zu uns überstellt worden. Als er sich mir auf dem Gefängnishof vorstellte, sagte er kurz und klar:

»Mein Name ist Dieter. Ich bin verurteilter Mörder und unschuldig. Wir haben am Beach selbst gemachten Moonshine-Meskal gesoffen, ein viel geilerer Kick als Kokain. Und als ich aufwachte, war ich nicht nur ausgeplündert worden, sondern von oben bis unten mit Blut eingesaut. Blut von der Mädchenleiche neben mir. Und die Alte war vorher von mindestens vier Kanaken durchgenietet worden. Wenn du so richtig zugedröhnt bist, dann kriegste keinen mehr hoch, sag ich dir, und das versuchte ich auch andauernd diesem dummarroganten Richterarschloch zu erklären. Er hätte lediglich 'nen Sexualdoktor als Experten heranziehen müssen. Ach, scheiß drauf! Zumindest haben sie mich nicht gehängt. Ich bin übrigens aus Iserlohn, und du?«

»Frankfurt. Anklage wegen Drogenschmuggels. Fünfzig Kilo. Ich bin auch unschuldig.«

Dieter wieherte auf wie ein Gaul. Lachte sich krumm und schief.

»Hab lange keinen Schuldigen mehr im Bau getroffen. Ich glaub, in diesem kaputten Land tun sie die Guten in den Knast, um sie vor den Kriminellen draußen zu schützen. Mexiko ist ein großer Haufen Kacke. Oben raucht der Popocatepetl wie ein verführerischer Joint, und unten riecht und klebt es wie Scheiße. Leider sind wir beide unten.«

Dieter schien sich wohlzufühlen in der Rolle des Philosophen.

»Was haste früher in Deutschland gearbeitet?«, fragte ich ihn.

»Krankenpfleger. Gutes Geld und viel Spaß. Hab immer die hübschen Weiber narkotisiert und dran gelutscht. Bis sie mich gefeuert haben. Dann hab ich erst mal Urlaub gemacht. Hier in Cancún. Hab 'ne schöne Zeit gehabt. Bis ich an den verfluchten Meskal kam. Den hab ich mit 'nem Halbblutpartner in umgebauten Benzinkanistern destilliert und in kleinen Flaschen im nächtlichen Rotlichtviertel an den Mann gebracht. Konnte den Urlaub auf fünf Monate verlängern. Aber Cancún ist, wie alle Metropolen in diesem verfluchten Land, ein mafiakontrolliertes Rattennest. Selbst ein Vertreter für Klopapier kommt nicht um Schmiergelder herum. Da ist immer jemand, der seine gierige Hand aufhält. Und als ich mich gegen die Nachtklubgang zur Wehr gesetzt habe, ham se mich neben die tote Nutte gesetzt. Bingo! Hier bin ich, unschuldig in der Hölle.«

Das klang gar nicht so verkehrt, und weil der Typ mir sympathisch war, taten wir uns zusammen.

Nach einem Jahr Untersuchungshaft fand endlich meine Verhandlung statt. Ich wurde zu sieben Jahren Bau abzüglich der Untersuchungshaft verdonnert. Es blieben noch zweitausendzweihundert Tage und Nächte.

Dieter und ich waren lange Zeit die einzigen Deutschen im Bau von Veracruz. Irgendwann erzählte er mir beim Hofgang von seinen diversen Knasterfahrungen und wer wen in welchem Knast kennengelernt hatte.

»Den letzten Deutschen traf ich vor zwei Jahren im Tampico-Gefängnis. Guter Mann, dem damals durch die Kanalisation des Krankenreviers die Flucht gelang. Karl, der Zocker. Stammte wie du aus Frankfurt.«

Gott, sollte das etwa Karl Kowalski sein? Hatte ich tatsächlich so viel Glück im Unglück?

Ich konnte meine Aufregung kaum verbergen. Stotternd fragte ich:

»Sag mir, hieß der Kerl Kowalski?«

Dieter nickte überrascht.

»Ja, kennst du ihn?«

Ich nickte fassungslos.

»Warum war Karl im Gefängnis?«

»Er hat einem Banditen, der ihm seine Kohle geklaut hatte, fast den Schädel gespalten. Der Kerl ist seitdem blind.«

»Wo ist er hin? Sag, wo ist Karl hin?«

»Mal langsam, alter Kumpel. Warum biste so spitz auf ihn?«

»Wegen der verdammten Sau sitz ich hier in der Scheiße.«

»Das gibt's nicht. Also wirklich unschuldig, hahaha?«

»Natürlich hab ich den Knast verdient. Aber wegen dem Drecksack bin ich doch über den Teich gekommen.«

Ich erzählte Dieter die ganze Story. Vom ersten Ding in der Kindheit bis zum Entsorgungsmist. Er hörte sich alles interessiert an, sagte dann:

»Karl wollte in die USA. Hat bestimmt die Lordsburg-Passage gemacht, über El Paso. Linie für Immigrantenschmuggel. Den kriegste nicht mehr ein.

Ist mit falschem Namen untergetaucht. Die USA sind groß. Alaska, Kalifornien, Florida, wo willste ihn da suchen? Bis dahin biste ein alter Mann. Er hat eh sein Geld verloren. Und du musst hier ja auch noch 'ne Weile im Sanatorium kuren.«

»Dieter, eins sag ich dir: So ein Oberarschloch wie der Kowalski, der hinterlässt überall, wo er sich bewegt, Spuren der Verwüstung. Der ist immer auf Kollisionskurs. Den finde ich sogar mit verbundenen Augen.«

Dieter stimmte mir zu und trottete weiter. Immer im Kreis herum. Wie alle anderen Loser des Sanatoriums. Und ich mittendrin.

Nur der Metzgerjob brachte mich durch. Tag für Tag. Woche für Woche. Monat für Monat.

Im Sommer des vorletzten Jahres rief mich überraschend der katholische Gefängnispfarrer zu sich.

»Dieter ist tot. Möchtest du seine Totenmesse besuchen?«

Ich konnte es kaum glauben. Aber Dieter hatte sich in der Nacht am Fensterkreuz an einem gedrehten Bettlaken aufgehängt. Ohne Vorwarnung. Keine Andeutung. Nichts.

USA

Das Einzige, das mir der elende Knast brachte, waren gute Sprachkenntnisse. Ich sprach perfekt Spanisch und polierte mein Englisch auf. Das half mir später in den Staaten.

Im Dezember 1986 hockte ich durchgerüttelt auf einem stinkenden Müllkarren, einem amerikanischen Ford-Laster aus Vorkriegsjahren. Der fuhr von Veracruz via Tampico in Richtung El-Paso Grenze. Sechs Monate vor Ablauf der Strafe war ich vorzeitig entlassen worden. Weil ich wegen meines Passes als Bürger Paraguays galt, blieb ich im Land und wurde nicht nach Deutschland abgeschoben. Im Knast hatte ich bereits geplant, wie es weitergehen sollte. Mit Menschenschmugglern über die Grenze und dann nach Lordsburg, New Mexico. Ein Trip, der im Knast vermittelt wurde und den, wie ich erfahren hatte, auch Kowalski ursprünglich geplant hatte. Er kostete mich fünfhundert US-Dollar. Den Lohn von zwei Jahren Metzgerjob im Küchentrakt.

Es war eine anstrengende Fahrt und furchtbar heiß. In den Wüsten und Halbwüsten wurden wir regelrecht gebraten. Ab und zu stoppten wir an schattigen Felsen, um zu schlafen. In den etwas angenehmeren Abendstunden fuhren wir weiter, hinein in die Nacht. Manchmal rollten Tumbleweeds über die Fahrbahn. Ich saß mit dem Fahrer und einem peruanischen Auswanderer im Führerhaus. Auf der mit Autoschrott vollgequetschten Ladefläche hockten drei weitere illegale, Tequila saufende Kerle aus Paraguay.

Ein heftiger Schlag warf mich nachts gegen die Windschutzscheibe und weckte mich auf. Total zu vom Agavenschnaps kroch ich aus dem Laster, der in einen Graben gerutscht war. Hinter mir, eingeklemmt zwischen Sitz und Gepäckstücken, kreischte der dürre Peruaner, der stark blutete. Der Fahrer hatte bereits die linke Tür hochgedrückt und rutschte heraus. Draußen wimmerte jemand, und ich hörte aufgeregtes Gezeter in Spanisch. Als ich, auf allen vieren kriechend, die Straße erreichte und mich umschaute, stellte ich fest, dass wir zwar in den Graben gerutscht waren und die halbe Ladung neben dem Laster lag, aber außer zwei Leichtverletzten Glück im Unglück hatten. Mit einem alten Handtuch verbanden wir die Armverletzung des Pechvogels von der Ladefläche und zogen dann den kreischenden Peruaner aus der Führerhausöffnung. Beim Verbinden von dessen Kopfverletzung machte unser Fahrer nicht mit.

»Der Scheißkerl mit seinem Meskalfusel im Kopf hat während der Fahrt verrückt gespielt und in das Steuerrad gegriffen. Er ist schuld an meinem Unglück«, schrie er und trat dem Suffkopf in die Eier. Der Peruaner heulte kurz auf, krampfte sich zusammen und war schließlich ganz still.

Der erste vorbeifahrende Lkw zog unsere Kiste aus dem Graben raus. Alles, was wir vorher zum Erleichtern von der Ladefläche geworfen hatten, hievten wir nun mit viel Muskelkraft und Schweiß wieder hinauf.

Die Sonne ging auf, und wir fuhren weiter gen Norden. Ich hatte meine beiden Wasserflaschen geleert und aß jetzt zwei Äpfel, die meinen Hunger und ein wenig meinen Durst stillten. Der kaputte Peruaner saß rechts von mir. Zum Glück pennte er und ließ uns in Ruhe. Als es südlich von Ciudad Juárez wieder richtig heiß wurde, machten wir unseren großen Siestastopp für den Tag und hielten an einer Überlandtankstelle. Das war angenehm, weil wir warme Tortillas mit Hackfleisch und Bohnen sowie eisgekühltes Mineralwasser kaufen konnten. Im Schatten unseres Lasters machten wir es uns bequem. Abwechselnd schob einer Wache und passte auf die Schlafenden und das Gepäck auf.

Kurz vor Ciudad Juárez bogen wir ab, und bald mussten wir unseren Weg zu Fuß fortsetzen. Um Mitternacht stießen wir auf eine Gruppe von rund zwanzig weiteren Illegalen, die im Gänsemarsch zur Grenze marschierten. Als wir, von einem Schmuggler geführt, durch die Halbwüste stolperten, stellte ich wieder einmal fest, wie groß ich war. Die südamerikanischen Halbindios wirkten wie Kinder neben mir.

Die Grenze bestand aus einem drei Meter hohen Stacheldrahtzaun. An den lehnten wir eine Holzleiter, und einer nach dem anderen krabbelte hoch, um auf der anderen Seite hinunterzuspringen. Vorher warfen wir unsere dürftige Habe rüber. Nun gingen wir Richtung Norden zur Interstate. Etliche Stunden. Ab und zu stolperte jemand und fiel in den staubigen Dreck. Ein paar Leute warfen schwer gewordene Klamotten weg. Im Morgengrauen waren wir bereits seit fünf Stunden auf amerikanischem Boden. Ein Hammer! Hoffentlich entdeckte man uns nicht doch noch. Kurz vor Mittag sahen wir die Interstate 10. Unser Führer ordnete an, dass wir uns in einem Sandloch liegend verbergen sollten. Er drehte sich zu mir.

»Gringo, du bist der Unauffälligste. Setz meinen gelben Sombrero auf und stell dich direkt an die Straße. Dir wird nichts passieren. Du siehst halt aus wie ein richtiger Weißer. Nicht wie ein Latino. Unser Fahrer erkennt dich am Hut. Er fährt einen Müllwagen der City of Lordsburg. Steht dran, in riesigen grünen Buchstaben. Sobald der Wagen sich nähert, lüfte den Hut zweimal mit einer Verbeugung. Wenn er hält und kein anderes Auto zu sehen ist, winke uns zu, wir verlassen dann das Versteck«, sagte er und setzte mir seinen stinkenden Hut auf den Kopf. Ich schnappte meinen Koffer und ging ruhig mit festen Schritten auf den Highway zu. Dort stand ich im Schatten eines Kaktusstammes und wartete. Bald näherte sich tatsächlich der Müllwagen und hielt bei mir an. Als ich mich umdrehen wollte, um den anderen mein Zeichen zu geben, bemerkte ich plötzlich von Süden her zahlreiche Polizeiwagen, die angerast kamen.

»Jump in! Quickly!«, brüllte der Müllkutscher, und ich sprang, ohne groß zu überlegen, zu ihm in den Wagen. Er gab Vollgas. Im Rückspiegel sah ich, wie die Polizeiwagen von der Straße abfuhren und in die Halbwüste hineinrasten.

»Hast ein Mordsglück gehabt«, sagte der Fahrer und reichte mir seine Zigarettenpackung. Ich steckte mir einen Glimmstängel in den Mund, öffnete das Fenster und warf mit viel Schwung den gelben Strohhut raus.

Der Fahrer lachte. Wir fuhren einige Stunden Richtung Westen. Im Radio lief alberne Countrymusik. Ein paar Kilometer vor Lordsburg wurden wir überraschend von einem Polizeiwagen gestoppt. Vor gezückten Waffen mussten wir aussteigen. Die dicken Kapos sahen mich nur eine Sekunde an, und schon durfte ich wieder in den Wagen zurück. Nicht einmal den Ausweis verlangten sie von mir. Cool, mit gelangweiltem Blick und einem freundlichen »Thank you, Sir« kletterte ich in das Führerhaus hoch und beobachtete, wie der Fahrer, ein Latino, an eine Felswand gestoßen wurde. Breitbeinig, mit den Händen abgestützt, musste er sich aufstellen und wurde mit seitlichen Fußtritten in die Beine gesichert. Sie tasteten ihn ab und kontrollierten seine Papiere. Die schienen okay. Während er weiter breitbeinig an der Wand litt, leuchteten sie mit Taschenlampen in die geöffnete Müllladeklappe hinein. Da der Karren leer war, ließen sie den Mann verärgert weiterfahren. Unglaublich, nur weil ich ein Weißer war, blieb ich vom dem erniedrigenden Check verschont. Als wir in die vergammelte Stadt hineinzuckelten, sagte der Fahrer mit einer eleganten Handbewegung:

»Lordsburg, dust city and cockroach heaven. Welcome to our paradise. Hast eben gleich was gelernt: Nur Gringos gelten hier als Menschen!«

Mitten in der Stadt, an einem heruntergekommenen Motel, ließ er mich raus. Ich buchte ein Zimmer. Als ich später rauchend auf meinem Bett lag, konnte ich es noch nicht fassen: Ich war der Einzige der Illegalen, der Lordsburg tatsächlich erreicht hatte. Meine Hautfarbe hatte mich gerettet.

Ins vergammelte Lordsburg, das bereits in New Mexico lag, war ich nur dank der etablierten Schmuggelorganisation gekommen, die von hier aus ihre Kunden auch weiter in nördliche Metropolen transportierte. Ich wusste allerdings nicht, wie. Auch der Fahrer nicht, weil er außerhalb des Grenzbereichs keine Transporterlaubnis besaß. Als ich am Morgen aufwachte und lange duschte, zog mir der Geruch von gebrühtem Fleisch in die Nase. Der Geruch war mir sehr vertraut. Ich öffnete das Fenster und schaute hinaus. Draußen war nur staubige, mit Papier- und Plastikabfällen versaute Wüstenlandschaft zu sehen. Aber in der Ferne, vor einer Felskette, erblickte ich eine gigantische Fabrikanlage mit rauchenden Schornsteinen. Der Wind brachte den vertrauten Schlachthofgeruch herüber.

Ich zählte meine Kohle. Rund dreißig US-Dollar. Was nun? Ich hatte für die vergangene Nacht im Voraus bezahlt. Fünfundzwanzig Dollar. Höchste Zeit also, Geld zu verdienen.

Die Vermieterin bestätigte mir, dass der gigantische Bau im Süden ein Großschlachthof war. Als ich sie nach Arbeitsmöglichkeiten fragte, sagte sie, dass dort meist Häftlinge des angrenzenden Nevada-Zuchthauses und auch viele Latinos und Ausländer zur Aushilfe arbeiteten.

Das war's! In dem Laden musste ich mich bewerben.

Ich heuerte per Handschlag an und konnte schon am nächsten Tag beginnen. Für den Hungerlohn der Ausgebeuteten – vier Dollar die Stunde. Man teilte mir kurz vor Arbeitsbeginn eine freie Schlafstelle in einer menschenunwürdigen Arbeiterbaracke zu. Glücklicherweise hatte jeder im stinkenden Zehnmannraum einen eigenen abschließbaren Metallspind. Als ich meinen aufschloss, stellte ich überrascht fest, dass sämtliche Fächer frisch mit deutschem Zeitungspapier ausgelegt waren: Die *Billig-Zeitung* begegnete mir offensichtlich immer und überall in meinem Leben. Neugierig verschlang ich jede Zeile und staunte, dass das Blatt sich kaum weiterentwickelt hatte. Aus uninteressantem, geschmacklosem Promiklatsch und billigen Sexpossen wurden halbseitige

Berichte gebaut und wichtige Welt- und Kulturnachrichten briefmarkengroß dazwischen verborgen. Ich las von Tennisstars und Golfprofis, von Katastrophen und Skandalen.

Die Lordsburg Meatfactory Inc. war nicht gerade modern durchrationalisiert, sondern arbeitete fast wie im finsteren Mittelalter. Trotzdem war sie eine der größten Firmen der USA. In den letzten drei Jahren waren Umsatz und Profit verdoppelt worden, nachdem man Arbeitsplätze wegrationalisiert und die Löhne gedrückt hatte. Die rund sechstausend Angestellten setzten sich aus Weißen, Indianern, Schwarzen und Mexikanern zusammen. Die Jobs waren so brutal, dass jedes Jahr dreitausend Arbeiter ihren schmissen und dreitausend neue Leute, die es leider nötig hatten, für lausige Peanuts zu schuften, eingestellt wurden. Das Erste, was ich in dieser Hölle lernte, war, den Wert des rasiermesserscharfen Entbeinmessers zur Selbstverteidigung zu schätzen. Schließlich war jeder dritte Arbeiter mehrjähriger Zuchthausinsasse der benachbarten Institution und daran gewöhnt, sich mit Gewalt zu behaupten. Ich lernte, dass ich das Messer zum Überleben brauchte: zum erfolgreichen Arbeiten und als abschreckende Demonstration der ständigen Gewaltbereitschaft. Danach kapierte ich, dass nicht jeder dort mit dem Messer arbeiten musste. Weiße, Schwarze, Indianer und Mexikaner, sie alle wirkten in verschiedenen Bereichen: Die Weißen waren Mechaniker oder Supervisoren. Indianer jobbten nur in sauberen Arbeitsbereichen, wie Lagerarbeiter und Ameisenfahrer. Nur die Schwarzen und die Mexikaner machten im Verhältnis eins zu vier die widerliche, fast unmenschliche Dreckarbeit.

Mein Paraguaypass machte mich zum Latino, deshalb musste ich in der Tötungsabteilung arbeiten. Über eine Lkw-Großrampe mit acht Enterzonen wurden die Tiere angeliefert. Es konnten also acht Fahrzeuge gleichzeitig entladen werden. Praktisch pausenlos wurden über vier Stunden täglich an die zehntausend Tiere in die Tötungsmaschinerie geleitet. Als gelernter Metzger war ich ja mit der Arbeit vertraut, aber nicht mit dieser Massenhinrichtung und -verwertung auf engstem Raum – ohne Klimaanlagen und professionelle Abfallentsorgung. Der Job startete früh, um halb fünf, in diesem gigantischen Betonlabyrinth, dessen Türen und Fenster bei Arbeitsbeginn weit geöffnet waren, um Frischluft hereinzulassen. Trotzdem biss sich in der ersten halben Stunde das furchtbar ätzende Desinfektionsmittel in Augen, Mund und Nase fest. Tränen liefen uns über die Wangen, Rotz hing aus den Nasenlöchern. Weil ich optisch ein Gringo war, gab mir Molo, der schwarze Vorarbeiter unseres Eingangs, den guten Treiberjob im Einlassbereich. Das eigentliche Betäuben und Töten wurde von ihm und Miguel, einem bärenstarken Latino, gemacht – die bestbezahlten Jobs, bis zu zwölf Dollar konnten pro Stunde verdient werden. Nach dem Töten wurden die Tierleichen gebrüht und an die Deckenschiene gehakt. Im aufgehängten Zustand wurden sie zerteilt und auf endlos lange Betontische geworfen, an denen Horden von Entbeinern, Ausnehmern und Zerteilern schufteten. In kurzer Zeit und mit zunehmender Außentemperatur wurde es unglaublich heiß in dieser stinkenden Vorhölle. Weil aus Bequemlichkeit oder Unwissen fast nichts in den ersten Stunden entsorgt wurde, standen die Arbeiter schnell in einem glitschigen Gemisch aus Scheiße, Urin, Blut, Fett, Knochen und Innereiabfällen.

Unglaublich, diese Szenerie, zu der das Management noch einen draufsetzte: Die Latinos waren traditionell mit anfeuernder Schlachthofmusik vertraut, und die kriegten sie natürlich auch hier pausenlos in die Ohren gedröhnt. Im mitreißenden Takt der Musik durchtrennten, schnibbelten, brachen und entleerten sie die Tierkörper. Die typische Mariachimusik kam aus Lautsprechern, tatsächlich live gespielt wurde sie auf einer Bühne im Zentrum der miteinander verbundenen acht großen Schlachthallen.

Die Musiker wiegten sich im Takt ihrer runtergeleierten Volksmusik. In ihren Gesichtern dominierten die riesigen schwarzen Hängeschnurrbärte. In den ersten Tagen fand ich ihre Schaumusik zwar elend kitschig und geschmacklos, aber irgendwie vermittelte sie mir auch den Reiz des fremdartigen Lebens der Latinos.

Etwa zwei Wochen nach meinem Arbeitsbeginn hatte ich eine denkwürdige Begegnung in der Brühhalle. Ich sah hinter der zerkratzten, verdreckten Plastiktür den Schatten eines Arbeiters, der in unsere Halle wollte. Hinter sich zog er mit der rechten Hand ein in der Deckenschiene aufgespießtes totes Schwein, und in der linken Kettenfaust hielt er sein blutiges Entbeinmesser. Der Mann sah mich an. Obwohl er von oben bis unten mit Blut und Scheiße eingesaut war und sich wohl ewig nicht rasiert hatte, erkannte ich ihn sofort: Kowalski!

»Wie hast du alter Wichser mich gefunden?«, fuhr er mich an und rotzte einen großen Gelben an die glitschige Fliesenwand.

»Wo finde ich endlich die weltgrößte Sau? Natürlich im Schweine-KZ!«, brüllte ich und ging auf ihn los.

Er ließ den Schweinefuß los und umklammerte fest das Messer mit seiner rechten Hand. Die blutige Sauleiche schwankte bedrohlich hin und her, als er mit der Kettenhand auf mich losging. Blitzschnell setzte er mir dann sein rasiermesserscharfes Entbeinmesser an die Gurgel.

»Was willst du elendes Arschloch von mir?«, brüllte er wütend.

»Abrechnen. Du hast mir meine gesamte Habe geklaut«, zischte ich und versuchte, ihn wegzudrücken. Ich hatte keine Chance, er war bärenstark.

»Du warst einer meiner deutschen Sargnägel, du erbärmlicher Schlapp-schwanz«, zischte er und presste mich fest an die feuchte Fliesenwand. Das Messer blieb an meinem Hals. Ich röchelte, hustete mich frei und schrie alles heraus, was sich bei mir in den letzten Jahren angestaut hatte. Tränen liefen mir übers Gesicht.

Regungslos hörte er sich meine Vorwürfe an. Er steckte das Messer weg, zerrte mich in eine Hallenecke und jammerte los, erzählte von sich und kam auch auf seine Zeit in Belize zu sprechen.

»Ich musste wegen der Belize-Mafia nach Mexiko fliehen. Sie läuft geschäft-lich unter Juárez & Co., ist aber in Wirklichkeit eine Tochter der mörderischen Templer-Bruderschaft aus Hongkong. Da bin ich mir sicher! Das ist die mäch-tigste Firma der Welt. Onassis, Rothschild, Mars, Dupont, Sänger oder Springer sind zwar mächtig, aber die ... Bei Negativberührungen mit den Templern gibt es nur eins: Schwanz einklemmen und schnellstens die Mücke machen.«

Ich hatte ziemlich die Fassung verloren und drehte mich von ihm weg. Diese Begegnung überwältigte mich total. Obwohl ich in die Vorhölle hinabgestiegen war, um es Kowalski heimzuzahlen, fehlte mir in diesem Moment jegliche Kraft.

»Karl, halt die Klappe. Du bist im Knast gelandet, weil du zum unbeherrsch-ten, mitleidslosen Berufskriminellen verkommen bist. Dein Templerhirngespinst hat damit nichts zu tun. Ein Gefängniskumpel hat mir deine Story erzählt: Du hast den Dieb unseres Geldes so geschlagen, dass er sein Augenlicht verloren hat«, flüsterte ich erschöpft.

»Das war ein Unfall, Mann. Er hat mir mit seinen Kumpanen die Ersparnisse meines Lebens geklaut, und ich musste aus ihm diese Hintermänner Name für Name herausprügeln. Es waren Ordensbrüder der Templer. Alle vier. Sie haben sich den mir in Deutschland gewährten Kredit plus Wucherzinsen und

Zinseszinsen zurückgeholt. Dann verrieten sie mich an die Polizei, um mich ohne Aufwand für über ein Jahrzehnt auszuschalten. Mir gelang glücklicherweise die Flucht. Nach dem Grenzübertritt erwischte man mich kurz vor Lordsburg, steckte mich in diesen Knast, lässt mich hier arbeiten. Ich soll ausgeliefert werden, aber keiner weiß, wann das sein soll.«

»Kowalski zieht von einem Knast in den nächsten. Das gönn ich dir. Du hast meine Altersversorgung geklaut.«

»Bernd, ich hab dich gemocht. Ich war immer fair zu dir. Aber du hast mich mit deinem Hetzartikel, der mir den Rest gegeben hätte, verraten, du hast mich einfach so kaputtmachen wollen. Mich, deinen guten alten Kumpel Karl. Nur der listige Kornbauer, der sich stets clever nach allen Seiten abgesichert hat, hat dir in der letzten Minute die linke Tour vermasselt. Du hast bei Gott kein Recht, mir etwas vorzuwerfen. Ich war damals am Ende und habe nach deinem linken Spiel keine Rücksicht mehr auf dich genommen. Okay, jetzt sind wir quitt. So sehe ich das. Okay? – Wie geht's dir sonst so, Alter?«

Ich konnte Kowalski keinen Widerstand mehr entgegensetzen und erzählte ihm von der furchtbaren Kacke in den letzten Jahren, den Fehlern mit der Asbestentsorgung und dem Schlamassel in Belize. Er grinste.

»Also, auf Zack warste wirklich nicht. Ich bin anscheinend nicht der einzige dusselige Loser unserer Runde. Wie soll es jetzt weitergehen mit dir, mit uns?«

Ich sah ihn müde an. In diesem Moment endete eine Musikpause und die Trompeten der Mariachiboys auf der kleinen Bühne schmetterten los, die Geigen und zuletzt die Gitarren. Die Musiker nickten dazu synchron. Sie wackelten mit ihren fetten Ärschen, hoben die Beine. Und die müden Kameraden an den Betontischen zerlegten, angespornt durch die schwungvolle Musik, die aufgereihten Tierhälften im Takt.

»Wie soll es jetzt weitergehen?«, wiederholte Karl.

Ratlos schüttelte ich den Kopf.

»Bei all der Seiche hat mir eins bisher immer Kraft und Zielrichtung gegeben: Dich zu finden und es dir heimzuzahlen. Da bist du nun und ich hasse dich auf einmal gar nicht mehr. Scheiße! Wenn ich ehrlich bin, freue ich mich sogar fast, dich alten Räuber wiederzusehen. Ja, wie soll es weitergehen?«

»Wie ich das so sehe, haste echt am Leben vorbeigelebt. Nicht die wahren Werte des Daseins erkannt und gelebt. Für mich gibt es jetzt nur noch ein Lebensziel: An das große Geld zu kommen und als gemachter Rentner an die Côte d'Azur zu gehen, um die letzten Herbsttage des Lebens richtig zu genießen. Als ich in Lordsburg ankam, verpfiff mich jemand, und ich wurde eingebunkert – und bislang nicht ausgeliefert. Dafür sorgen die Judastempler. Aber irgendwann bin ich wieder frei, und für den Tag meiner Entlassung arbeite ich rund um die Uhr. Die einzige Chance, im Knast große Kohle zu machen, ist das Drogengeschäft. Crack! Kokain ist der Renner! Kocht in Sekunden das Gehirn gar und beschert dir den Superdream. Ich bin der neue Drogenkönig des Zuchthauses. Vater, Mutter und Jesus der süchtigen Drogenbabys, die wuseln alle um mich herum und schleppen ihre Kohle ran. Ich bräuchte gar nicht mehr im Schlachthof zu arbeiten, aber ich komm trotzdem ein-, zweimal im Monat zu Festtagen mit Überkapazitäten in die Hallen hinunter, um mich zu zeigen, den Drogenboss zu markieren. Als Richter und Vollstrecker. Für alle, die nicht parieren und bezahlen. Ein alles kontrollierender Herrscher, der überall seine Augen hat. Auch außerhalb des Gefängnisses. Wie hat dir übrigens dein Spind mit der *Billig-Zeitung* gefallen? – Capito?«

Er steckte also dahinter. Mir lief es kalt den Rücken herunter. Und dieser Wahnsinn in Karls Rübe. Früher schlug er im Jähzorn seine Mitschüler blutig. Oder er spann irgendwelchen Unsinn zusammen. Vom Urtier bis zu den Templermärchen. Seine Manie hatte sich wohl inzwischen verschlimmert. Sie machte ihn zum mörderischen Anführer mit einem gefährlichen Verfolgungswahn. Kowalski war auf einem furchtbaren Losertrip.

»Karl, gerade waren wir noch junge, unerfahrene kleine Tunichtgute, und jetzt sind wir fast vierzig. Das Leben ist verdammt kurz, mein Freund. Du hast bislang ganz schön für deine Fehler bezahlen müssen. Versuch nicht erneut, den Teufel aus der Hölle zu holen. Wenn das schiefgeht, wirst du mit den letzten kostbaren Jahren deines Lebens bezahlen. Ein zu hoher Preis. Schmeiß die gefährliche Drogengeschichte! Ich geh nach Deutschland zurück und stell was auf die Beine. Wenn du hier fertig bist, komm zu mir. Ich halte ein Zimmer mit 'nem Bett für dich bereit. Du bist der geborene Aufreißer und Geschäftsmann: Jung genug, noch einmal auf legalem Wege durchzustarten«, beschwor ich meinen alten Schulkameraden.

Er war nachdenklich geworden. Starrte mich durchdringend an. Um sich zu vergewissern, ob ich tatsächlich meinte, was ich gerade zu ihm gesagt hatte. Er packte meine Hand und flüsterte:

»Wenn ich mein Geld gemacht habe, tilge ich bei dir meine Schulden. Wirst sehen, dein alter Freund Karl lässt dich nicht verkommen. Ich muss aber jetzt gehen. Bin schließlich Mitglied der Zuchthausbrigade. Ich seh dich wieder, in genau einer Woche. Zur gleichen Zeit an diesem Platz.«

Dabei deutete er auf die große weiße Nummer seiner Arbeitsjacke: P 3113. Prisoner Nummer 3113.

Karl verschwand in der Dampfwolke des vorletzten Brühgangs.

War das nun Wirklichkeit oder Irrsinn? Mir war eigentlich klar, dass ich Karl Kowalski kaum von seiner Drogenkarriere abbringen konnte. Meine Aufgabe, ihn zu finden, war beendet. Einfach so. Ich lachte fast über mich selbst. Warum hatte ich sie eigentlich überhaupt begonnen? Ich verstand mich selbst nicht mehr und riss mich zusammen. Eine klare Linie mit abgesteckten Zielen musste her: Arbeit bis zum Jahresende für meine Rückfahrkarte. Dann Neuanfang in Deutschland. Oder Spanien? Okay. So sollte es weitergehen. Vielleicht würde es in den nächsten Monaten auch bei Karl eine Veränderung geben – geschäftlich zum Negativen, für seine Zukunft aber positiv –, die ihn veranlassen würde, abzuspringen und mir zu folgen.

Kurze Zeit später wurde für Entrance III ein Killer gesucht. Anfangslohn zehn Dollar. Meine Chance! Ich musste allerdings den Oberkapo der Schwarzen seifen. Killen war Domäne der Schwarzen. Obwohl es im Moment keinen geeigneten schwarzen Abstecher gab, musste ich trotzdem löhnen. Sofort hundert Dollar Schmiergeld, und die nächsten zehn Monate jeden Ersten weitere vierzig Dollar. Vor Jobübernahme musste ich den Kapos meine Schlachterkunst vorführen. Sah ja nicht gerade wie ein Bulle aus. Ich überzeugte die staunende Horde mit meinem gekonnten Krönungscut, der Erfahrung aus den Killerspielen mit meinem Vater und dem Ausbildungshalbjahr in der Schlachtabteilung meiner Lehrfirma.

Wie ein Tierbändiger im Zirkus schnappte ich mir lächelnd das betäubte, gewichtige Schwein, warf es mit einer fixen Schleifenbewegung zur Seite und stach es blitzschnell mit einem lässigen Showschnitt ab. Ich spießte es mit einem Handkantenschlag auf und zog es professionell rasant zur Schiene hoch. Dabei blutete es bereits aus und ruckelte blutblubbernd an den nächsten Mann weiter. Das machte ich so schnell und geschickt, dass die Kollegen begeistert Beifall klatschten.

Jetzt war ich eigentlich mit einem Fuß Mitglied der Schwarzenmafia, weil mit ihnen geschäftlich verbunden. Sie kooperierten sehr stark mit der Weißenmafia. Bei denen war Karl der König. Ich hatte also die besten Verbindungen in dem Laden. Mit den Latinos kam ich ganz gut zurecht, weil ich Spanisch sprach. Sie stellten die beiden großen Gruppen Schwarzarbeiter und Zuchthäusler. Beide Gruppen schienen nach außen verfeindet, weil die Knastler – gewissenlose, brutale Verbrechertypen – den Ton angeben wollten. Die Schwarzarbeiter hingegen waren meist arme Wanderarbeiter, die ihre Familien unterstützten oder Geld für die Zukunft sparten, also recht ordentliche, aber bitterarme, ausgebeutete Hungerleider. Bei ihnen wohnte ich in der Siedlung. Ich erfuhr bald, dass etliche von ihnen gut funktionierende Verbindungen zu ihren Landsleuten aus dem Knast, der Stadt sowie dem Heimatland unterhielten. Sie versorgten das Gefängnis über unsere Arbeitsstelle mit Drogen, Post, Alkohol, Medikamenten, Pornoheften und sogar Delikatessen. Die unauffälligste Gruppe waren die heimischen Indianer. Sie, die nicht einmal zehn Prozent der Arbeiter ausmachten, hatten gute Mitteljobs und mit der eigentlichen Schlachtarbeit nichts zu tun. Nur ein paar Mestizen, eine Mischung aus Indianer- und Latinoblut, dealte mit den mafiösen Machtgruppen. Sie galten aber als unbedeutend. Nach Feierabend trennten sich alle. Die Knastler gingen in den Bau, ich besuchte die Country- und Gringobars, die Schwarzen ihre bordellartigen Spiel-Crack-Höllen, die unverheirateten Latinos miese Barschuppen und die anderen ihre Familienbuden: üble, mit Menschen überladene Slumgebäude mit unzureichender Wasser- und Energieversorgung. Das war allerdings meist noch besser als das, was sie von ihren Heimatorten her kannten. Die Indianer verschwanden gruppenweise mit kleinen Uraltlastern oder einzeln mit Fahrrädern in den umliegenden Pueblos in der Halbwüste. Unglaublich, tausende von Menschen trafen sich für einige Stunden täglich unter furchtbaren Arbeitsbedingungen in diesem entsetzlichen Sklavenzirkus und schufen eine landesweit geschätzte Produktpalette. Und nach Arbeitsende guckten sich diese Leute nicht einmal mehr mit dem Arsch an. Die Weißen spuckten auf die Indianer, die wiederum auf die Schwarzen. Die Afroamis auf die Latinos und diese auf die Knastler.

Ich wollte meine Reisekasse füllen und so schnell wie möglich aus diesem Land verschwinden. Das schaffte ich sogar schneller als erwartet: Wenige Wochen nach dem ersten Zusammentreffen mit Karl tauchte dieser überraschend an einem Nachmittag in unserem Eingang auf. Durch die hereindrängende Schweineherde schlich er sich an mir vorbei.

»Treff dich gleich im Scheißhaus!«

Ich zog die angefangene Ladung durch und schloss das Eingangsgitter. Jetzt waren ein paar Ruheminuten drin, während sich der leere Laster entfernte und der nächste rückwärts an die Rampe manövrierte. Ich rannte neugierig in den Verbindungstunnel zur Brühhalle, um den Toilettenraum zu betreten. Er bestand aus acht Scheißhäusern und einer zwanzig Meter langen Betonpissrinne, an der Leute standen und gegen die Wand strullten. Die am Urinal unterhielten sich oder pafften eine Zigarette. Weil Karl nicht zu sehen war, guckte ich in die mit Saloon-Klapptüren abgeschirmten Klos hinein. Nur die letzte Toilette war besetzt.

»Bist du da drin, Karl?«, rief ich.

»Blödmann, wer sonst? Komm endlich herein.«

Ich sah sicherheitshalber nach hinten. Als nur noch zwei Typen am Urinal standen und einen Drogendeal machten – ein Dollarbündel wechselte seinen Besitzer –, huschte ich in das Klo. Der nervös paffende Kowalski stand mit ernster Miene an die Wand gelehnt, abgestützt mit einem Bein auf dem Brillenrand, und flehte mich an:

»Nimm diesen Plastikbeutel mit in deinen Schlafsaal. Du musst unbedingt zu deinem Spind. Der hat einen doppelten Boden. Das Bodenblech lässt sich mit einem Eisenhaken hochklappen. Deponier den Beutel dort. Mein neues Versteck ist aufgeflogen, und wenn man den Beutel bei mir findet, geht's mir dreckig. Lebensgefahr! Ich erzähl dir alles beim nächsten Mal.«

Karl öffnete sein Hemd, löste ein am Unterkörper mit Klebstoff befestigtes Päckchen und öffnete blitzschnell mein Hemd. Gebannt sah ich einfach nur zu. Er klebte mir das flache Zweipfunddding unter den Bauchnabel und knöpfte zitternd mein Hemd zu. Wortlos drückte er mich rückwärts, durch die Schwingtür hinaus, blickte mich mit zusammengekniffenem Mund an und wandte sich schnell ab.

Ich ließ alles mit mir geschehen, ohne mich zu sträuben. Wie hypnotisiert. Kein Protest. Keine Fragen. Einfach so. Konnte ich mich gegen Karl eigentlich nie durchsetzen oder war es die Überraschung, dass er durch Mittelsleute Zugang zu meinem Spind hatte? Ich verstand mich selbst nicht.

Eine Stunde später betrat ich den stinkenden Schlafraum. Da war einiges los, reger Pendelverkehr zwischen Duschraum und Spinden. Leute zogen sich an oder aus. Einige polierten ihre geliebten Cowboystiefel, rasierten und wuschen sich an den fünf verkommenen Waschbecken oder lagen zur Entspannung rauchend, lesend oder wichsend auf ihren Betten. Ich schlich benommen an mein Bett. Schmiss Arbeitsklamotten und Stiefel auf den Boden und warf mich, in Hemd und löchriger Unterhose, auf die durchgelegene, verdreckte Matratze. Vorsichtshalber hielt ich das Hemd unten zu. Ich fühlte das Päckchen mit dem gefährlichen Inhalt und schloss die Augen, um über die bekackte Situation nachzudenken und das Verschwinden der Mitbewohner abzuwarten. Warum hatte ich Karl nachgegeben?

Fast eine Stunde später, als sich nur noch zwei schnarchende Typen weiter hinten im Raum befanden, ging ich zum Spind und schloss ihn auf. Ich kniete mich auf den Boden, und als ich sicher war, dass wirklich niemand hinter die leicht geöffnete Tür sehen konnte, steckte ich den Haken eines Kleiderbügels in den etwas breiteren Spalt an der Rückwand und hob vorsichtig den Boden an. Darunter sah ich einige Dollarbündel und eine Mappe mit Papierkram. Ich löste das Päckchen von meinem Bauch, stopfte es hastig in den Spind und ließ sanft den Boden herunter. Schweiß rann mir über Gesicht und Oberkörper. Das weiße Pulver im Beutel konnte nur Heroin sein. Mindestens ein Kilo, mit einem astronomischen Marktwert. Hoffentlich wurde ich nicht zum unschuldigen Opfer bei Kowalskis Dealerei. Schnell verteilte ich schmutzige Klamotten auf dem Bodenblech und verschloss den Spind.

Ich schlief sehr schlecht, weil der Drogenbesitz mich ängstigte und belastete. Tagelang schlich ich zur Arbeit und wartete nervös auf eine Nachricht von Karl. An den folgenden Abenden knallte ich mir reichlich Moonshine-Meskal in die Birne und plante meine Flucht. Flucht vor ihm und seinen Vorstellungen vom guten Leben.

Müde und abgeschlafft schleppte ich mich mit Unbehagen in die Arbeitshallen und fand alles scheiße. Weil ich inzwischen die Mariachitexte mit ihren dämlichen Refrains auswendig kannte, sang ich sie laut und absichtlich falsch mit. Irgendwann einmal griff ich mir, entnervt von dieser armseligen Loserwelt, ein Bündel Därme und schleuderte sie auf die Bühne, mitten in die lärmende Band. Der linke Gitarrenspieler kriegte die blutigen, kotigen Därme an den Hut. Während des Liedes rutschte die Pampe langsam von der Krempe. Alles johlte auf. Aber der Mann spielte erhobenen Hauptes weiter. Als wäre nichts geschehen.

Etwa eine Woche später, als ich müde von der Nachtschicht heimwärts stolperte, erfrischte mich der frühe Morgen mit einer trockenen Wüstenbrise. Ich zog vorsichtig, um mich nicht an meinen Messern zu verletzen, meine kleine Meskalflasche aus der Tasche. Ein erfahrener Kopfschlachter nimmt seine guten Messer, drei an der Zahl und jedes individuell für seine Spezialaufgabe geschliffen – Schneiden, Entbeinen oder Trennen –, immer mit nach Hause. Er würde sie nie verleihen, weil sie seinen Status und seinen hoch bezahlten Job sichern. Ich öffnete also die kleine Flasche und leerte sie gierig bis zur Hälfte. Der Moonshine-Meskal, ein schwarz gepanschter Rachenkiller aus den Slumküchen der Latinos, schlug mir sofort voll aufs Gehirn durch und verdrängte beißend den ekligen Leichengeruch des Schlachtens in meiner Nase. Ich fühlte mich sofort besser. Als ich die Mexbar Pancho passierte, lag rechts neben dem Gebäude eine Schnaps- oder Drogenleiche auf dem Boden. Der Gringo hatte es, wie so viele, nicht mehr nach Hause ins Bett geschafft. Ich trat näher heran und erkannte Kowalski. Und als ich ihn berührte, erschrak ich. Der Körper war kalt.

Ich schaute genauer hin und sah, dass in seinem Bauch ein Messer steckte. Ein Ausbeinmesser mit dem typischen Holzgriff. Einer von uns hatte ihn ermordet. Ich ließ ihn einfach liegen und rannte weg. Da wollte ich nicht auch noch mit hineingezogen werden. Karl war tot, und nie wieder wollte ich mich an ihn erinnern. Nie wieder!

Ich eilte in den Schlafraum, riss den Spindboden hoch, schnappte Mappe und Drogenbeutel und lief in das nächste, unbesetzte Scheißhaus. Dort zerfetzte ich den Mappeninhalt und warf ihn ins Klo. Dann öffnete ich den Heroinbeutel und kippte den tückischen Traumdreck hinterher. Endlich zog ich die Kette und sah, wie das Zeugs in der verkackten, dreckigen Stinkröhre verschwand.

Im Schrankboden lag Karls Geld, also mein Geld. Über dreißigtausend Dollar. Ein lausiger Ersatz für einige Hunderttausend von mir, aber gut für den Neustart in Europa. Nun konnte ich mich auf den Heimweg machen.

Mit dem Pass aus Paraguay beantragte ich ein Besuchervisum für Spanien, das ohne Kommentar abgelehnt wurde. Weil mir bekannt war, dass Beträge unter fünftausend Dollar von der Amiregierung nicht kontrolliert wurden, ließ ich mir bei verschiedenen Banken zwei Cashschecks über je viertausendneunhundert Dollar auf Veras Namen ausstellen, die ich ihr mit einer Kurzmitteilung zusandte. Ich erwarb bei einem Pfandleiher in Las Vegas eine goldene Rolex mit Brillanten, etwas Goldschmuck und kaufte mir in einer der neuen Outlet-Malls ein paar gute europäische Markenklamotten. Beim deutschen Konsul der Stadt meldete ich den Verlust meines Ausweises, beantragte Ersatzpapiere und buchte den Flug nach Frankfurt. Meine Bargeldmenge verkleinerte ich durch die Cashschecks und die Einkäufe auf weniger als neuntausend Mäuse, die ich in meinen Klamotten verteilte.

FRANKFURT

Die erste deutsche Tageszeitung, die mir die Stewardess gab, war die *Billig-Zeitung.* Deutschlands zweitgrößtes Blatt. Ich las das Impressum dieser Blutzeitung genau durch – und war geschockt. Der Chefredakteur hieß Miroslav Schulte. Dieser linke Exlinke! – Und sein Vize? Unglaublich! Manfred Feller, der ehemalige Verleger der deutschen Spanienzeitung. Wie war der an diese begehrte Position gekommen? Beide, Schulte und Feller, waren früher dufte Typen mit Anstand gewesen. Und jetzt? Die Schergen, nein, sogar die Anführer eines auf Macht und Umsatz geilen, außer Kontrolle geratenen Monsters der Meinungsmache! Herausgeberin war Liesel Sänger, die zweite Frau des verstorbenen Verlegers. Ich überflog die Tratsch- und Sumpfgosse des Massenblattes, hatte ziemlich schnell genug und stopfte das nicht einmal fürs Scheißhaus geeignete Papier in die Ablage am Vordersitz.

In ein paar Minuten würde ich nun in Frankfurt landen – mit Kowalskis Geld als Startkapital. Ich hatte nur Spanien im Kopf, nicht das enge, erfolgsorientierte Ellenbogendeutschland. Schnell aus dem bisschen Kohle mehr Kohle machen und damit ab in den Süden. Leider würde ich später nur dreihundert Mark Rente bekommen, ich hatte als Freiberufler nie Rücklagen gebildet. Immerhin hatte ich schon vier Jahrzehnte auf dem Buckel und einen hohen Leberwert. Ich hatte mir angewöhnt, nicht mehr am Tage zu saufen, erst abends ab zwanzig Uhr genehmigte ich mir bis Mitternacht ungehemmten Alkoholgenuss. Zuerst zwei bis drei Doppelte, die ich anschließend im Körper mit Rotwein verdünnte. Im Sommer Bier statt Wein. So hatte ich 'ne echte Chance, vielleicht sogar älter als sechzig zu werden.

Frankfurt. Vor über einem Jahrzehnt hatte ich die Mücke gemacht. Nun war ich wieder zurück. Ich holte mir meinen zerschlissenen Leinenkoffer vom Transportband und ging zu den Zollbeamten. Sie guckten in meine Ersatzpapiere, prüften im Computer nach, ob etwas gegen mich vorlag, und reichten mir den abgestempelten Pass mit der Bemerkung zurück, innerhalb von zehn Tagen beim Ordnungsamt meinen Ausweis zu beantragen. Unter meinem Namen lag also nichts mehr vor. Gut so.

Mein Koffer war leicht, und ich beschloss, zu Fuß durch die Stadt zu gehen. Damals war dieser Koffer vollgestopft mit neuer Wäsche mit mir nach Spanien gereist. Nun war nur wenig drin, eben das, was ich mir vor dem Abflug von Karls Geld gekauft hatte.

Ich fuhr mit der Bahn zum Hauptbahnhof und stieg dort zur Kaiserstraße hoch. Zuerst wollte ich bis zum Anlagenring und dann durch seine angenehme Grünzone zur Oper spazieren. Sehen und aufnehmen, was sich alles verändert hatte. Die vielen neuen Hochhäuser beeindruckten mich sehr!

Ich erreichte in wenigen Minuten die Taunusanlage und schlenderte erwartungsvoll Richtung Alte Oper. Als ich damals geflüchtet war, war gerade ihr Wiederaufbau eingeleitet worden.

Die letzte Parkbank vor dem Möwenpick war unbesetzt, und ich machte es mir auf ihr bequem, weil sie einen tollen Ausblick bot auf den neu erstandenen Kulturtempel mit seinen Figuren, Säulen und dem Pegasus auf dem Dach. Davor der plätschernde, riesengroße Brunnen. Wow! Und die schicken Cafés und die gut gekleideten Besitzbürger. Ich kramte ein mitgebrachtes Airlinesandwich aus einer Tüte und biss hinein. Am liebsten hätte ich dazu von dem Duty-free-Whisky getrunken, aber ich wollte nicht wie ein Penner wirken. In der angenehmen Nachmittagssonne, die zwischen den neuen Hochhausgiganten durchlugte, kaute ich träumend auf dem Sandwich herum.

Plötzlich schreckte ich hoch, durch irgendetwas gestört. Der Sandwichrest lag vor mir auf dem Boden. Ich musste wohl kurz eingeschlafen sein. Von wegen kurz. Mindestens drei Stunden, und das mitten in der Stadt. Am helllichten Tag. Die Sonne stand sehr tief. Ich schnappte meinen Koffer, den zum Glück keiner geklaut hatte, ging zur Telefonzelle, warf ein Markstück in den Apparat und wählte Veras Nummer. Eine Männerstimme meldete sich.

»Mayer-Langhoff.«

»Ich möchte gerne Vera sprechen. Vera Krause?«

»Die wohnt hier nicht. Falsch verbunden.« Der Mann legte auf.

Was war das denn? Hatte Vera eine neue Telefonnummer? Ich schaute im Telefonbuch nach, doch da war keine Vera Krause verzeichnet.

Vera war keine Mieterin, die Wohnung hatte ihr gehört. Die Chance, dass sie noch an der alten Adresse wohnte, war groß. Ich marschierte also Richtung Westend. Knapp fünfzehn Minuten später erreichte ich mein ehemaliges Wohnhaus. Und war schockiert: Der Name Krause stand nicht mehr auf der

Klingel. Ich drückte auf den Namen des Käufers meiner ehemaligen Wohnung. Der meldete sich über die Wechselsprechanlage und informierte mich, dass die nette Frau Krause leider vor einem Jahr an Brustkrebs verstorben sei.

Ich klappte zusammen. Vera nicht mehr da?

Das würde bedeuten, dass auch mein überwiesenes Geld weg war. Ich sah keine Möglichkeit, an das Geld zu kommen, hatte keine Ahnung, wo es überhaupt war. Blieb mir also nur das, was ich am Körper trug.

Ich zog in die Dachkammer eines billigen Hotels im Bahnhofsviertel und fand zum Monatsende eine heruntergekommene Einzimmerwohnung im preiswerten Hoechst. Wochenlang streunte ich wie ein entlaufener Hund nachts durch Frankfurt und verpennte die Tage. Oft war ich total besoffen und weinte mir vor Selbstmitleid die Augen aus. Ich wusste, dass ich Veras Liebe mit Füßen getreten hatte. Und ich würde es nie wiedergutmachen können. Liebe Vera. Ich war so blöd gewesen.

Zum Jahresende riss ich mich zusammen, verkaufte meine Rolex und den Goldschmuck und erwarb einen Kleinbus. Den wollte ich als Wohnmobil ausbauen, mit Schlafecke und Kocheinrichtung, Isolierung, Heizung und Außendusche. Die praktische Möglichkeit, jederzeit ans Mittelmeer fahren zu können. Der Bus war technisch okay, sah aber wie ein Haufen Müll aus. Der fleckige Lack war hundertmal ausgebessert und übermalt worden, die Sitze hatten Löcher, und innen war die Kiste verdreckt, verschrammt und verrostet. Weil ich mein Geld zusammenhalten wollte, besuchte ich die Flohmärkte des Rhein-Main-Gebietes, kaufte mir da einen preiswerten Stuhl, dort eine gut erhaltene Matratze. So richtete ich mir für Peanuts meine kleine Bude gemütlich ein. Und lernte interessante Leute kennen: die Altwarenhändler. Viele von ihnen nannten sich Kunst- und Antiquitätenhändler. Sie verstanden oft sehr viel von alter Kunst und wertvollem Kunstgewerbe der Vergangenheit. Und ebenso von den absurdesten Sammelgebieten wie Magarinebilderalben, Uniformen, Autogrammkarten und altem Spielzeug. Nach Flohmarktschluss trafen sie sich in den Szenekneipen und feierten ihre geschäftlichen Erfolge. Ich freundete mich mit einigen von ihnen an: Aufkäufer, Standbesitzer, Großhändler und Entrümpler. Nach dem Erwerb einer kleinen Gemälde- und Stichesammlung aus einem Nachlass begann ich 1988 auch mit dem Handel. Zuerst als Händler zwischen Entrümplern und Verkäufern, dann mit meinem eigenen Marktstand.

Schnell lernte ich einige Spielregeln dieses neuen, überall in Deutschland wachsenden Marktplatzes und begann systematisch, erste Verkaufstouren zwischen Main und Nordsee zusammenzustellen. Am Jahresende konnte ich – dank meiner bescheidenen Ansprüche – bereits vom Handel leben. Die Bilder und Drucke nahmen nicht viel Platz im Transporter ein, und ich hauste auf den Markttouren immer bequem in meinem fahrbaren Zweitwohnsitz. Das war der Beginn meines unabhängigen Zigeunerlebens. Schon am Abend vor der Flohmarkteröffnung fielen wir Händler wie die Hunnen in die Marktviertel ein und campierten, meist in kleinen Gruppen, an Flussufern, hinter Bahnhöfen und in Gewerbegebieten, um am frühen Morgen pünktlich den Stand aufzubauen. Je nach Möglichkeiten soffen wir gemeinsam in den bekannten Kneipentreffs, auf städtischem Wiesengelände oder auf den für uns abgesperrten Marktplätzen. Da grillten wir Würste, spielten Gitarre und schacherten schon vor Marktöffnung mit den anderen Händlern. Trödler kauften von Müllverwertern, Großhändler von Entrümplern und Fachhändler fanden ihre gesuchten Spezialobjekte bei Einzelhändlern. Es ging aber erst richtig los, als es im Jahr danach zur Wiedervereinigung kam. Wie die Heuschrecken zogen wir in den Osten und kauften bis zum Bankrott Schätze preiswert auf. 1989 bis 1993 erlebten wir goldene Jahre. Ich bildete so viele Rücklagen, dass ich mir ein Bankfach mieten musste, weil wegen der Steuer alles bar – also meist schwarz – lief und ich nicht beklaut werden wollte.

Mit der Zeitungsbranche wollte ich nichts mehr zu tun haben. In den ersten Monaten vermied ich jegliche Berührungen mit ihr. Die Zeit als Reporter hatte mich irgendwie fürs Leben versaut. Nicht nur, weil ich gescheitert war, sondern auch, weil ich tagtäglich mit den Schicksalen anderer Menschen aus nächster Nähe konfrontiert worden war. Ich hatte gesehen, wie sie gelitten hatten, einstecken mussten, kräftezehrend über sich hinausgewachsen waren, ich hatte ihre bitteren Niederlagen und die schlagzeilenmachenden Triumphe gesehen. Das alles wollte ich nicht mehr miterleben.

Trotz der Zurückhaltung bekam ich die Entwicklungen mit, die die Meinungsvielfalt unseres Landes erstickten. Das führende deutsche Presseimperium wuchs durch den Aufkauf alteingesessener regionaler Tageszeitungen, die in finanzielle Schieflage geraten waren oder deren Erben kein Interesse an der arbeitsintensiven Weiterführung hatten. Aber viel mehr noch wucherte es –

verborgen für die Allgemeinheit – durch den Aufbau lokaler Tochterblätter mit überregionalem Inforahmen, durch die Schaffung neuer Zeitschriften sowie das Aufkaufen erfolgreicher Anzeigenblätter. Man spekulierte bereits auf das zukünftige Post- und Mobilfunkgeschäft. Der Sänger-Konzern gewann durch clevere Aktionen Jahr für Jahr an Boden: Ganz geheim kaufte er sich, über seine in der Öffentlichkeit unbekannten Tochterfirmen, in Kiosk- und Bahnhofsbuchhandelsketten ein. Es folgte die Akquirierung von Verkaufsrechten in Tankstellen und Supermärkten. Sogar durch Übernahmen von Medienvertriebsorganisationen eroberte er eine beinahe flächendeckende Präsenz in Flughafen- und Airlinebereichen sowie staatlichen Institutionen.

All das kostete natürlich viel Geld. Die Insider fragten sich allmählich, wie der Sänger-Konzern überhaupt flüssig bleiben konnte, woher er das Geld hatte. Und da kamen Stück für Stück interessante Details ans Licht. Schon in den Aufbaujahren hatte Sänger auf den Caymans eine Großbeteiligung an der privaten Banco de Juárez gekauft. Diese Beteiligung an einer Schwarzgeldbank finanzierte nun nach über einem Jahrzehnt die Expansionskäufe. Als ich davon in einer amerikanischen Wirtschaftszeitschrift las, wurde ich stutzig. Juarez? Das Boot von Chris. Gab es da Zusammenhänge?

Anfang 1994 saß ich eines Abends in der überhitzten Bude eines Flohmarktkameraden, bei Rainer, einem gescheiterten früheren Werbefachmann. Draußen tobte ein Schneeunwetter. Wir tranken einen guten Wein und zappten durch die Fernsehkanäle. Mitten in einer Talkshow blieben wir hängen, weil uns das Thema interessierte: »Das manipulierte Menschenbild der Medien.« Gäste waren Journalisten, Politiker, Verleger, ein junger Unidozent und eine Werbefachfrau.

Der zukünftige Professor regte sich über die glücklich-fröhlichen Mediendarsteller auf, weil sie für ihn ein künstliches Menschenbild repräsentierten. Bejahende Fratzen, die logen, falsch informierten und eine Scheinwelt projizierten. Das bezog sich auf Werbeaktionen und umsatzfördernden Promiklatsch. Die attraktive blonde Verlegerin mit getönter Chanel-Brille nahm den Ball auf und äußerte lächelnd, etwas Medienverlogenheit sei nicht immer nur schlecht.

»Künstliche Frohmasken animieren den Konsumenten, den erfolgreichen Vorbildern nachzueifern und Initiativen zu ergreifen, um Dinge positiv für sich zu verändern.« Während ihrer Argumentation blendete der Sender ihren Namen ein: Kathrin Liesel Sänger-von Traber.

Kati! Mein Gott, ich hätte sie fast nicht erkannt. Katis Georg damals war nicht der Dorfschreiner, sondern George Sänger gewesen. Wahnsinn! Und sie war durch dessen Tod seine alleinherrschende Nachfolgerin geworden, eine mächtige Königin im Medienreich, umgeben von Speichelleckern, Arschkriechern und erfolgsgeilen Ja-Sagern. Der zukünftige Uniprofessor unterbrach sie.

»Sie, gerade Sie, sind doch bekannt als Hüterin eines menschenverachtenden, gigantischen Spinnennetzes, das von Lügen, Intrigen und Machtspielen genährt wird. Von Ihnen geführt, geprügelt und misshandelt. Ihre Haifische zerfetzen tagtäglich mit dem geschriebenen Wort. Und noch viel schlimmer, sie vernichten mit dem ungeschriebenen Wort! Durch Totschweigen. Sie sind eine Verbrecherin und führen hier ganz unverschämt das große Wort. Der Hai ist eine seelenlose Fressmaschine, ein Monster. In seiner maßlosen Gier kennt er kein Gefühl für Fairness, Mitleid, Werte. Lernen Sie endlich einmal Anstand: Wer marktbeherrschend ist, trägt auch Verantwortung. Kapieren Sie das doch! Für unser aller Leben. Warum lassen Sie Ihr verselbstständigtes Firmenmonster einfach so unkontrolliert laufen? Sind Sie nicht kompetent genug oder nur zu feige einzugreifen? Schämen Sie ...«

Der Talkmaster unterbrach ihn verärgert.

»Unser Diskussionsabend soll fruchtbaren Anregungen, Denkanstößen dienen und nicht unverschämte Beleidigungen gebären. Lassen Sie das! Frau Sängers Publikationen sind für verantwortungsvolles, gerechtes Informieren und Aufklären durch sachliche, faire Berichterstattung bekannt. Gerade hat sie von unserem Bundespräsidenten das Große Verdienstkreuz am Bande erhalten ...«

Rainer lachte auf, griff sich die Fernbedienung und schaltete den Fernseher aus.

»Der Blödmann redet sich um Kopf und Kragen. Das will ich gar nicht miterleben. Morgen wird er von über hundert kontrollierten Medien geviertteilt. Die wählerstimmengeilen Politiker, die an den Machthebeln seiner Bildungsmaschinerie sitzen, müssen ihn doch jetzt wie eine heiße Kartoffel fallen lassen. Er wird in Kürze mit einem unbedeutenden Job im Keller seiner Uni landen. So ein Dummkopf!«

Ich nickte ihm zu und sagte nichts, denn ich war mit meinen Gedanken in der Vergangenheit. Sylt, Sommerabende am Mainufer, die junge Kati in meinen

Armen. Sie war eine kleine Freche gewesen, die sich nahm, was sie wollte. Jetzt war sie Deutschlands einflussreichste Frau. Vor der alle Angst hatten: Moderatoren, Politiker, Unternehmer, Beamte. Einfach nur so, ruckzuck, durch eine clevere Heirat aufgestiegen. Unglaublich!

Meine Kati – nun die ignorante Erbin dieses unheimlichen Apparates, der kontrolliert und zerschlagen werden müsste. Gruselig! Und wo war nun die mahnende Nachfolgegeneration der wachrüttelnden 68er-Bewegung? Gab es überhaupt eine neue Generation, die bereit war, auf die Straßen zu gehen und mit Herzblut für die Meinungsfreiheit und -vielfalt zu kämpfen?

Rainer hatte inzwischen eine Flasche Doppelkorn geöffnet und zwei Schnapsbecher bis zum Rand gefüllt.

»Alter, aus der verlogenen Medienscheiße sind wir zum Glück raus. Dem Hamsterlaufrad entkommen. Wie gehen eigentlich deine Geschäfte? Bist du mit deinem jetzigen Leben zufrieden?«

Ich schüttelte den Kopf, lehnte mich zurück, griff mein Glas und prostete ihm zu.

»Nein, mein Freund. Nein! Es ist an der Zeit, dass wir aufbegehren und uns wehren. Ich habe einen Plan!«

Weil ich nicht viel Geld hatte, ging ich morgens regelmäßig in die Frankfurter Büchereien und las dort Zeitungen und Zeitschriften. Um wieder umfassend informiert zu sein über das, was so in Deutschland lief. Stück für Stück schuf ich mir über das Jahr einen Überblick über Finanzentwicklungen, Spekulationsmanipulationen, politische Entscheidungen, Modetrends, Kircheneinflüsse und Umweltgeschehen. Ansonsten wühlte ich mich durch Berge von Einrichtungsmüll, um kleine Schätze zu finden und sie mit Gewinn an den Mann zu bringen – für meine Miete und das tägliche Essen. Allmählich fuhr ich meine feste Flohmarktroute, die mich im Frühling 1994 auch nach Darmstadt brachte. Ein magerer alter Mann – langhaarig, ungepflegt, mit Rauschebart – baute schräg mir gegenüber seinen Stand auf. Bereits vormittags fing er an, Rotwein zu saufen. Er handelte mit ausgewählten, guten Nautiquitäten, die auch mich interessierten. Leider blaffte er frech herum und verhielt sich ausgesprochen arrogant gegenüber Kaufinteressenten, die seine Bemerkungen nicht immer kommentarlos schluckten oder seine Preise herunterhandeln wollten. Korni, das war sein Spitzname, tobte schnell los, und als ein Interessent mehrmals geschickt den Preis für das antike Modell eines englischen Halbschiffes unterbot, ärgerte er sich so furchtbar, dass er es auf den Boden warf und zertrampelte. Kopfschüttelnd verzog sich der Nautiquitätenliebhaber. Die Händler in Kornis Nähe sahen sich betreten an, sagten aber kein Wort, um den Jähzornigen nicht weiter aufzuregen.

Nach dieser Erfahrung hielt ich mich von ihm fern. Einer der Händlerkollegen hatte mir hinter vorgehaltener Hand erzählt, Korni sei mal ein ganz Großer in der Wirtschaft gewesen. Vor Jahren hätte er seinen Topjob durch hinterhältige Intrigenspiele von Neidern verloren. Seitdem lebe er in Unfrieden mit der Welt und sich selbst, war Alkoholiker. Ich hätte ihn bestimmt während seiner Glanzzeit mal im Fernsehen gesehen. Als ich genauer hinschaute, kam er mir tatsächlich irgendwie bekannt vor. Mehr aber auch nicht. Unter den Flohmarkttypen gab es viele, die im Beruf oder Privatleben gescheitert waren und jetzt ein neues, weniger stressiges und erfolgsorientiertes Leben als Aussteiger praktizierten. Schillernde Gestalten waren dabei, weltfremde Esoteriker, Sektenangehörige, Ökofreaks, Altkommunisten, Ex-Sträflinge, Drogen- und Alkoholsüchtige oder einstmals erfolgreiche Karrieremacher, die irgendwann ihren Bettel schmissen und sich eine schöne Zeit, möglichst unabhängig und mit wenig Arbeit, machen wollten. Wer hier den Dreh raushatte, arbeitete nur in den Sommermonaten und lebte den Rest des Jahres in südlichen Gefilden wie Spanien, Griechenland, sogar Florida oder Afrika.

In diesem Jahr wollte ich bis Ende August Kasse machen und von Herbst bis in den März 1995 im südlichen Spanien abtauchen. Die Idee tat mir richtig gut. Allerdings fehlte mir eine Braut. Alleine auf Tour? Nee, keine Lust. Nach zwei kurzen Abenteuern mit sehr jungen Kaffeehausbekanntschaften, die beide in die Hose gingen, weil die Weiber mich sitzen ließen, nahm ich mir vor, zehn Kilo abzunehmen. Mein dicker Rettungsring hatte sie wohl scheu gemacht. Ich zwang mich volle drei Wochen lang, nur von Fisch und Gemüse zu leben. Selbst in den Abendstunden beim Fernsehen aß ich bei Heißhungeranfällen nur von meinem Dosenfischvorrat: Thunfisch, Makrelen und Heringe. Zuvor hatte ich mir immer eine Wurst gebraten, mir die leckersten Sandwiches gebaut oder Kuchen in mich hineingestopft, was mich über die Jahre fett gemacht hatte. Irgendwann zeigte mir die Waage endlich den erfreulichen Verlust von fünf Kilo Gewicht! Ich passte sogar in eine im Vorjahr im Sommerschlussverkauf erworbene Designerjeans. Das gab mir den Superauftrieb. Als ich an einem

Samstagvormittag im Café Laumer den Schriftsteller Bartels traf, tat es mir wirklich gut, als er mir zu meinem augenscheinlichen Gewichtsverlust gratulierte.

»Meine Hochachtung, gehungert oder durch sportliche Betätigung?«, fragte er neugierig und fasste sich resigniert an seinen Bauch.

»Viel, sehr viel Sex, mein Freund. Ich habe mich im wahrsten Sinne des Wortes schlank gebumst. Mit jungen zügellosen, unbefriedigten Ehefrauen aus meiner Nachbarschaft. Wenn ihre Kerle arbeiten, bin ich, der freie Unternehmer, im Haus und als einziger Mann der Hahn im Korb. Da klingelt es dauernd an meiner Tür. Eine löst mit ihren Problemchen die andere ab. Können Sie mir mit zwei Eiern aushelfen? Meine Sicherungen sind durchgeknallt, helfen Sie mir bitte! Herr Behr, könnten Sie mir beim Runtertragen meines Teppichs helfen? Da bin ich natürlich Kavalier und Retter in der Not, im Nu in den Schlafzimmern und repariere«, log ich blinzelnd.

Bartels sah mich ungläubig mit prüfendem Blick an und zuckerte irritiert seinen Morgenkaffee.

»Wie kann einer nur so eine verlogene Scheiße reden. Einer, den ich seit mindestens zwei Jahren nur solo gesehen habe«, murmelte er.

»Okay, okay, ich gebe es ja zu. Ich finde einfach keine, die es länger mit mir aushält.«

»Da gibt's nur eins: Internet!«

»Dieser neue Computerkram?«

»Richtig. Meinen letzten Roman hab ich auf einem Computer geschrieben. Geht tatsächlich viel schneller als mit der Schreibmaschine, und der gespeicherte Text spart später die teuren Satzkosten. Zum Sechzigsten hat mir mein erfolgreicher Bruder, der gestopfte Bestattungsunternehmer, einen Computer mit Internetanschluss geschenkt. Ein Segen, sag ich dir, ein Segen: Schreib ich zum Beispiel in irgendeiner Reisebeschreibung über das Negresco Grandhotel, dann tippe ich in die Suchmaschine nur Negresco und schon sieht man etliche Internetseiten, die sich nicht nur textlich mit dem berühmten Hotel befassen, sondern auch tolle Fotos zeigen. Das spart Zeit beim Recherchieren. Ein paar Minuten später kann ich schon von dem Bauwerk erzählen, seinem grünen Kupferdach und der wehenden Trikolore auf der Spitze. Im Internet gibt's übrigens auch einige smarte Wege, Weiber anzumachen. Auf Tausenden von Kontaktseiten. Komm doch am übernächsten Sonntag zu mir. Sechzehn Uhr? Da leg ich dich mal als Köder aus. Ein Bekannter von mir hat letzten Herbst nach Frauen geangelt und sogar seine Internetbekanntschaft geheiratet. Tatsache! Nette Frau.«

Während er mir das erzählte, entwarf ich auf meiner Serviette spontan einen an eine Bekanntschaftsanzeige erinnernden Text, den Bartels benutzen sollte: »Journalist und Lebenskünstler, 46 Jahre, Antiquitäten- und Kunstfreund, sucht für seine Winterfahrten mit dem Wohnmobil (5 Monate) rund um das Mittelmeer, gleichgesinnte Mitfahrerin bis 40, für gemeinsame Abenteuer.«

Fies grinsend las Bartels den Text und versprach mir, ihn noch am selben Abend auf einige Seiten ins Netz zu stellen.

»Dann kommst du zu mir, und wir schauen uns die Reaktionen an. Bring ein gutes Foto von dir mit. Das fügen wir unseren Antworten hinzu.«

Am folgenden Tag, Sonntag, war Flohmarkt bei Bad Homburg. Ich ordnete meine Ware, füllte den Kühlschrank und fuhr noch am Vorabend hin. Da ich Daueraussteller war, parkte ich direkt auf meinem angestammten Platz und baute bereits in der Dämmerung Verkaufstresen und Showparavent auf. Darüber ein Sonnen-/Regenzelt, das ich im Boden und an meinem Transporter befestigte. Ein Routinejob, der mich eine halbe Stunde Zeit kostete. Das Aufhängen und Aufstellen der Bilder würde am nächsten Morgen nur wenige Minuten in Anspruch nehmen. Anschließend machte ich es mir so richtig bequem: Ich schaltete die Heizung ein, holte mir eine Flasche Bier aus dem Kühlfach und belegte mir zwei Stullen mit Käse, Oliven und Tomatenscheiben. Dabei lief die Tagesschau in meinem kleinen tragbaren Fernseher. Wohl etwas zu laut, denn mein Nachbar auf der rechten Seite brüllte aus dem Fenster: »Stell deinen verfluchten Leierkasten leiser!«

Das tat ich, und zwar so, dass ich kaum den Nachrichtensprecher verstehen konnte. Roland aus Leipzig, seit Monaten mein freundlicher Nachbar, der sehr erfolgreich mit Briefmarken handelte, war eigentlich ein zurückhaltender Mensch. Irritiert öffnete ich das Seitenfenster, guckte zu ihm rüber und stellte fest, dass heute ein mir unbekannter Kleinbus Rolands Platz belegte.

»Roland, bist du das?«, rief ich.

»Nein, du Weihnachtsmann! Ein Ruhe suchender Nachbar, der jetzt absolut nichts mehr hören will, verdammt noch mal!«, schrie der Unbekannte giftig.

Ich schloss kommentarlos und verstimmt mein Fenster und stellte den Minifernseher auf den Tisch, um das anlaufende Abendprogramm leise zu genießen. Nach zwei Flaschen Gerstensaft und zwei Gläsern Doppelkorn schaltete ich Licht und Fernseher ab und schlief auf der Liege ein. Bei Sonnenaufgang wurde ich wach und torkelte zum Pinkeln raus. Plötzlich sprang mich ein wütender Hund an, der aber sofort von seinem Herrchen, meinem Nachbarn, zurückgerufen wurde.

»Halt, Bruno, halt!«, brüllte mein Nachbar und glotzte wütend aus der nur ein Stück weit geöffneten Autotür.

Der Hund erstarrte förmlich. Ich erkannte hinter ihm den cholerischen Korni mit dem blödsinnigen Rauschebart. Er hatte einen Knüppel in der Rechten, mit dem er mir eins auf den abwehrenden linken Ellenbogen schlug.

»Einbrecher, Einbrecher!«

Der Schlag tat verdammt weh. Ich wunderte mich trotzdem, dass er nicht weiterschlug, sondern mich wirr anstarrte und tonlos flüsterte: »Behr, Sie alte linke Mistsau. Das gibt es doch gar nicht! Sie Dreckschwein! Ausgerechnet hier! Habt ihr euch nicht schon genug an mir gerächt, Sie und der Lügner Manfred Feiler mit seiner Stewardess, dieser intriganten Schlampe? Sänger hat sich tatsächlich über Ihre verlogene Sexstory krank geärgert. Und Feiler hat durch die Aufklärung der Sache und seinen Verrat an Ihnen im Endeffekt meinen Sessel übernommen. Ja, weil George Sie nicht sofort killen konnte, musste ich dran glauben. Ja, ja, und Sie hat er zum Glück auch noch gekriegt, über seine Südamerikaconnection, die Juárez-Banditen. Mit einem halben Jahrzehnt im Knast. Da staunen Sie, was?«

Klar staunte ich. Ich studierte Kornis Gesichtszüge und erkannte das stark gealterte Monster Kornbauer wieder. Korni war Kornbauer!

Kornbauer nun als Groschen zählender Flohmarkthändler. Nach einer Ewigkeit trafen wir uns hier im Kleinhändlermief wieder!

»Sie und Feiler haben mich damals um mein Lebensglück betrogen. Der größenwahnsinnige Sänger war nicht Besitzer. Seine lausigen zehn Prozent zählten nicht. Nein, er war zwar der am höchsten bezahlte Strohmann, doch letztlich auch nur ein kleines ausführendes Werkzeug von denen. Die besitzen Banken, Medien, Ölfelder, Großfarmen, Industriefirmen und kontrollieren bereits Staaten der Dritten Welt. Und sie ficken Deutschlands schönste Blondinen. Die da oben, in den Spitzen der Frankfurter Hochhäuser prassen und feiern sie. Als unsere Blondinen knapp wurden, holten sie zuerst in den östlichen Bundesländern Nachschub. Zu Hunderten liefen die dort weg. Und jetzt müssen wir ebenso wie die armen Ossi-Teufel auf die Ostblockstaaten zurückgreifen: Polen, Russland, Rumänien. Da sind noch ein paar Blondinen übrig geblieben. Zweite Wahl, klar, mit ein paar kleinen Fehlern. Aber immerhin echte Blondinen, mit blauen Augen, Stupsnase, dicken festen Titten und wundervoll gerundeten Apfelärschen. Jawohl!«

Kornbauer roch nach Schnaps. Er stieg aus seinem stinkenden Transporter. Barfuß, in langen Unterhosen. Mit einer Flasche billigen Korns in der Hand, die er mir vor die Nase hielt.

In dem Bewusstsein, dass wir beide unbedeutende Größen im gigantischen Weltall waren, dass wir offensichtlich nicht das bisschen Grips im Kopf hatten, um Wichtiges von Unwichtigem zu unterscheiden, und dass wir uns freiwillig in die beschissene Hamsterrolle gestürzt hatten, in der Absicht, unser lausiges Leben oder sogar die Welt zu verändern – bis wir kapierten, dass wir verlorene, rechtlose Seelen sind, nahm ich die angebotene Flasche und soff ein paar große Schlucke.

»Verzeih mir. Ich weiß, ich hab dich damals fertiggemacht, Behr. Aber das war nur für die Sache: Ich musste den größten Verlagskonzern Europas aufbauen. Und weil du nicht meinen Schwanz lutschen wolltest, wurde ich zum reißenden Wolf«, flüsterte Korni.

Bevor er noch wehleidiger werden konnte, machte ich mich schnell vom Acker. Zurück in meinem Bus plagte mich bald ein fürchterlicher Albtraum. Ich flog wie in Webers berühmtem Gemälde »Das Gerücht« durch die Hochhausschluchten der Frankfurter City, als Begleiter einer endlos ineinander verwachsenen Panikmasse von schreienden, brüllenden Schweinen. Vorneweg das behaarte Eberkopfurtier und ihm folgend zigtausend angenabelte Schweine, zur Hälfte Säue, die angenabelte Leiber nach sich rissen, die wiederum, wenn weiblich, weitere angenabelte Körper hinter sich herzogen. Endlos. Und sie trugen alle mir so bekannte gequälte Gesichter: Kowalski, Schrippe, Kati, Vera, Kornbauer, Sänger, Feller. Und ich sah mich selbst.

Eine Woche später, auf demselben Platz, stand wieder mein alter Nachbar neben mir.

»Korni lebt im verlängerten Sommerhalbjahr bei Malaga. Besitzt dort aus besseren Zeiten einen kleinen Olivenhain mit 'ner Burgruine. Kommt erst im November zurück«, erzählte mir Roland, der Leipziger Briefmarkenhändler, und zeigte mir eine fast komplette Altdeutschlandsammlung mit wertvollen

Thurn-und-Taxis-, Bayern- und Baden-Württemberg-Frühmarken. Ich war begeistert. Briefmarken und damit handeln! Das war die Altersversorgung.

»Mein Transporter hat einen Motorschaden. Das wird teuer, und ich bin sowieso pleite. Wenn du mir viertausend gibst, kriegste dafür, weit unter Preis, diese fast komplette Sammlung. Außer dem bayerischen Schwarzen Einser und einer Handvoll anderer Marken ist sie ziemlich vollständig. Dazu gehören noch zwei Alben altdeutsche Ganzsachen mit über vierhundert echt beförderten, frankierten Karten und Briefen von damals. Bombengelegenheit! Hab se auf Kommission. Michelwert? Häng 'ne Null dran und greif zu, Mensch!«

Ich kaufte für dreitausendvierhundert, und das war mein Start als erfolgreicher Briefmarkenhändler. Im Nu erstand ich über Kleinanzeigen und Briefmarkenauktionshäuser günstig alles Mögliche hinzu, um mir ein gesundes Angebot zu schaffen.

Am Nachmittag bauten wir unsere Stände ab, und ich fuhr direkt zu Bartels. Um vier Uhr wollten wir uns treffen. Er wohnte wieder für ein paar Monate als Housesitter in der Kronberger Villa seines betuchten Freundes. Ich beeilte mich, weil er bestimmt etwas Leckeres auftischen würde, denn er wusste, dass ich mit großem Hunger vom Markt rüberkommen würde.

Von Bad Homburg bis Kronberg waren es nur fünfzehn Minuten Fahrt. Ich erreichte die Altstadt und fuhr Richtung Linsenhoff-Gestüt. Kurz vor Mammolshain sah ich die prächtige ummauerte Villa. Ich parkte meinen schäbigen Karren direkt vor dem Eingang und klingelte. Und da stand er, der grinsende Märchenerzähler, unrasiert und nach Schlaf riechend, im Morgenmantel. Kaum im Haus, zog mir der Bratenduft in die Nase. Köstlich! Hammelbraten mit Backpflaumen, Bohnen und Backkartoffeln. Zwanzig Minuten später lag eine Portion verlockend auf meinem Teller. Nach südländischen Kräutern duftend. Dazu schenkte er uns köstlichen roten Spitzenwein ein. Schon um halb sechs waren wir fröhlich und angetrunken. Wir füllten unsere Gläser und gingen in das Büro im Souterrain. Der Computer war angeschaltet. Mein Freund klickte ins Internet und präsentierte mir auf verschiedenen Seiten acht Frauen, die sich mit Foto auf mein Reiseangebot gemeldet hatten. Ich bekam das Technische gar nicht richtig mit, denn ich sah schon alles doppelt. Bartels las mir genüsslich die Texte vor, natürlich mit hundsgemeinen Kommentaren.

»Also, diese Alte könnteste mir nackend vor den Bauch binden. Ich würd trotzdem keinen hochkriegen. Interessant ist die hier, eine junge Friseuse.

Strebt nach Höherem, will ihren Job schmeißen und nur noch Liebesromane schreiben, hahaha. Da will se mit dir mitfahren, um von deinen Erfahrungen zu profitieren. Guck mal die blonde Lesbe. Erstens lässt die dich nicht ran und dann musste noch die Hausarbeit machen. Wärst 'ne arme Sau.«

»Halt, geh mal zurück. Die Dunkelhaarige, warum hast du die weggeklickt? Sieht doch ganz nett aus.«

»Hör mal, Kumpel. Die ist 'n totaler Flachmann, hat nix in der Bluse. Wo willste dich bei der festhalten?«

»Was schreibt sie denn?«

»Ist fünfundvierzig, Ex-Oberstudienrätin, im Vorruhestand. Liebt alte Kunst, einsame Palmenstrände, Sportwagen und glaubt an die Kraft der Kristalle. Okay, die esoterische Macke deutet Depressionen an, darum frühpensioniert. Schlank ist sie ja, aber zu kleiner Arsch in der Hose. Sie hat sicherlich eine gute Pension und fährt bestimmt ein Käfer-Cabrio. Da biste gleich aus dem gröbsten Finanzschlamassel raus. Vielleicht doch nicht so schlecht, wenn du mit ihrer angebumsten Psyche fertig wirst.«

»Schreib ihr, dass ich sie kennenlernen möchte, weil ich sie letzte Nacht in meinem Kristall gesehen habe«, flachste ich. Der Blödmann schrieb ihr das tatsächlich. Und am Montag schlug sie mir per E-Mail ein Treffen im Café Mozart vor, dem ich neugierig zustimmte.

So lernte ich Eva kennen.

Die nächsten Monate studierte ich sorgfältig in Tageszeitungen die angebotenen Gewerberäume. Ich suchte etwas Seltenes, einen Miniladen von möglichst weniger als zehn Quadratmetern, in Spitzenlage in der City und zum Billigpreis. Das gab es nicht. Und irgendwann kam ich auf die Idee mit dem Schaufenster im U-Bahn-Tunnel. Direkt unter der Fressgass, Richtung Hauptwache, sah ich das leere Schaufenster einer Boutique, die Pleite gemacht hatte. Das Fenster war sechs Meter lang und fast drei Meter tief. Mit einer Glastür in die Passage. Hunderte von Passanten gingen täglich daran vorbei. Groß genug für einen Schreibtisch, drei Stühle und einen Metallschrank. Durch den Anruf bei den Verkehrsbetrieben erfuhr ich, dass ich das Schaufenster für nur zweihundert Mark monatlich ab Jahresende mieten könnte. Ich machte sofort den Vertrag. Da war er nun, mein kleiner Briefmarkenladen mitten in der Frankfurter Innenstadt. Klasse!

WINTER IN SPANIEN

Obwohl wir bereits November hatten, war es verdammt heiß in Spanien. Wir fuhren kurz vor Garrucha auf der Küstenstraße. Ich lenkte den Wagen und Eva studierte die Straßenkarte.

»In der nächsten halben Stunde werden wir da sein. Zwölf Uhr, da könnten wir eigentlich zu Mittag essen. Hier unten soll es große, frische Shrimps geben. Das Kaff ist doch Südspaniens Krabbenmetropole«, sagte sie.

»Ja, aber die sind überall ziemlich teuer geworden. Bestimmt auch hier. In jungen Jahren habe ich mir immer ein Kilo gekauft. Ich glaube die waren damals billiger als Schweinefleisch. Das Pulen geht schnell, weil sie so groß sind.«

»Da vorne sind schon die ersten Häuser zu sehen. Fahren wir direkt in die Altstadt, da gibt's jede Menge Restaurants.«

Wir hielten in einer Seitenstraße und verschlossen sorgfältig Türen und Fenster des Wagens. Wertsachen – Kamera, Radio, eine gute Lederjacke und Papiere – nahmen wir sicherheitshalber in einer Reisetasche mit, weil Freunde uns vor zunehmenden Wohnmobileinbrüchen gewarnt hatten.

Von Frankreich aus waren wir fast in einem Stück durchgefahren, schliefen nur fünf Stunden auf einem Autobahnrastplatz. Deshalb hatten wir leider keine Münzen für die funkelnagelneue Parkuhr. Wir marschierten zur Hauptstraße, wo ich an einem Kiosk mit 'nem Hundert-Peseten-Schein Kaugummi kaufte, um an Kleingeld zu kommen. Eva war schon in ein Restaurant in der Nähe unseres Autos vorgegangen. Der Laden lockte mit einer auf Eiswürfeln aufgebauten, tollen Deko aus Meerestieren Gäste an. Und damit hatten sie auch uns eingefangen. Ich ging mit dem Kleingeld in der Hand sofort zurück zum Auto. Als ich es fast erreicht hatte, lief ein junger Lederjackentyp mit einer pechschwarzen Sonnenbrille, der gerade noch dicht an der Beifahrertür gestanden hatte, wie ein Wiesel davon. Ich bemerkte sofort die angelehnte Tür. In der Gummidichtung der verschlossenen Fensterscheibe steckte eine Drahtschlinge. Mit der hatte der überraschte Autoknacker das Auto aufgehebelt. Glück gehabt!

In dem Restaurant bestellten Eva und ich zunächst eine mit Safran verfeinerte, knallgelbe Fischsuppe als Vorspeise und anschließend ein Kilo gekochte Shrimps mit Knoblauchmayonnaise. Dazu tranken wir keinen Weißwein, sondern meinen Lieblingsroten: Carta de Plata. Wir schlürften begeistert die köstliche Fischsuppe und stürzten uns wie die Wilden auf den Langostinoberg. Eine lang entbehrte Fressorgie, bei der alles stimmte: das Ambiente des alten Fischmarktes, der fast wolkenlose Himmel, die sommerlich warme Luft und zwischen zwei Häusern hindurch blickten wir auf das südliche Mittelmeer. Oh Gott, konnte das Leben schön sein! Ich beobachtete Eva, die sich beim Shrimpsknacken abmühte, mit strahlenden Augen das weißrosa Fleisch in die Soße tunkte und es genussvoll verspeiste. Meine virtuelle Internet-Liebschaft war Realität geworden, eine wirkliche Bereicherung meines Lebens. Zuerst hatten wir uns in Cafés und Restaurants getroffen, dann in ihrer großen Wohnung, weil meine zu schäbig war. Wir entdeckten gemeinsame Interessen: Reisen, Antiquitäten, Gemälde, gute Volksmusik, die Mittelmeerküche. Erzählten von unseren Leben, unseren Träumen, von guten und schlechten Lebenserfahrungen. Wir hatten vergleichbare Schlussfolgerungen gezogen und für die Zukunft ähnliche Ziele. Wir wurden nicht nur Liebende, sondern auch Verbündete. Eva war dann später mit mir auf Märkte gefahren. Wir hatten uns leidenschaftlich in dem viel zu engen Wohntransporter geliebt und von zukünftigen, für die Allgemeinheit nützlichen Projekten geträumt.

Nach dem Essen fuhren wir aus der Stadt hinaus, Richtung Westen.

»Jetzt müsste eigentlich dein alter Traumstrand kommen. Der mit den Türkisen«, sagte Eva nach einer Weile, und tatsächlich, bald erkannte ich die Gegend genau wieder und fuhr hinunter ans Meer. Der Strand war gut besucht und etliche Autos parkten am Wegrand. Wir waren die Einzigen mit einem Wohnmobil. Im Wasser war niemand. Zu kühl. Wir zogen zwei Campingklappstühle und einen Sonnenschirm aus dem rechten Außenstauraum und bauten uns eine bequeme, windgeschützte Ecke. Eva kochte Kaffee und vertiefte sich alsbald in ein neues Buch, »Fake«, die fesselnde Story des legendären Bilderfälschers Elmyr de Hory, geschrieben vom amerikanischen Skandalautor Clifford Irving. Ich hielt unterdessen die Radioantenne in verschiedene Richtungen, bis ich endlich Radio de Ibiza empfangen konnte. Die spielten für ihr internationales Publikum herrliche Ohrwürmer, von »Sailing« bis »White Cliffs of Dover«. Bei diesen Liedern hob sich meine Stimmung. Vor mir die heranrollenden, leicht aufschäumenden Wellen, der Strand mit vielen nackten und halbnackten Frauen, in der Ferne große Frachter am Horizont und ab und zu Jachten. Die Möwen kreischten, und meine Gedanken drifteten langsam in die Vergangenheit ab. Vor mir spulten sich wie ein Film meine Erlebnisse auf Sylt ab: meine Ankunft, Katis Haus in Hörnum, Mutter und Tochter am FKK-Strand, unsere Liebeslust in den Dünen. Kati hatte in diesem Urlaub durch mich den erfolgreichen George Sänger kennengelernt. Aus der frechen, kleinen Göre entwickelte sich eine raffinierte Glücksspielerin, die dank ihrer Schönheit einen unermesslichen Schatz fand: ein Millionenvermögen, gepaart mit der Macht, die sie zur Herrin über eine gigantische Powermaschine machte.

Nein, ich wollte jetzt nicht an diese Zeiten und die Zeitung denken!

Angelockt vom kristallklaren Mittelmeer, schlug ich Eva einen Spaziergang am Strand entlang vor. Wir packten unsere Sachen zusammen, schlossen das Fahrzeug ab und liefen barfuß, mit aufgekrempelten Hosenbeinen, durch die sanft ausrollenden Wellen. Dabei suchte ich natürlich hoch konzentriert nach Türkisen. Nach ein paar hundert Metern fand ich einen flachen, hellblauen Stein, den ich Eva schenkte. Sie nahm den schönen Stein, küsste ihn und steckte ihn in ihre Beuteltasche. Dann suchte sie auch nach den Halbedelsteinen und wurde mehrmals fündig.

Meine Gedanken weilten bald woanders. Ich steckte mein nächstes Lebensziel ab. Zum neuen Jahr plante ich den Kauf eines Computers mit Internetanschluss. Und ich plante zwei Websites: eine für den zukünftigen Briefmarkenhandel und eine mit dem Namen volkskritik-bei-behr.de.

Mit volkskritik-bei-behr wollte ich ein gerechtes, von keiner politischen, religiösen oder finanziellen Kraft beeinflusstes, neues Medium schaffen, das ehrlich aufklärt durch die Möglichkeit aller, mit ihrer Meinung zu wichtigen Themen der Zeit zu Wort zu kommen. Wann immer lebenswichtige Ereignisse Schlagzeilen machten, wollte ich betroffenen Parteien aller Seiten genug Raum für ihre Sicht der Situation geben. Also Volksdiskussionen entfachen, die jeder Konsument dann für sich verarbeiten und nutzen konnte. Ich war mir darüber im Klaren, dass das ein hoher, kaum zu erfüllender Anspruch war. Mein nicht erfüllbares Hirngespinst. Aber warum nicht einfach machen? Die Zukunft würde es schon zeigen.

Als die Sonne unterging, bummelten wir zurück zu unserem Strand. Inzwischen hatte er sich geleert. Wir beschlossen, zu bleiben und an diesem wunderschönen Ort zu übernachten. Bis spät nachts saßen wir vor dem Auto, tranken Rotwein und fielen irgendwann angetrunken ins Bett.

Lautes Klopfen weckte mich am frühen Morgen. Es war noch dunkel, als ich nach draußen guckte. Da stand ein Polizeijeep mit kreisendem, blitzenden Blaulicht. Ein Uniformierter der Guardia Civil mit umgehängtem Maschinengewehr brüllte mich auf Spanisch an. Es sei verboten, im Auto auf dem Strand zu übernachten. Ich gab mich einsichtig, setzte mich in Unterhosen hinter das Steuerrad und fuhr hinauf auf die Landstraße, Richtung Westen. Eva schlief fest, bekam das Verjagen vom Strand überhaupt nicht mit. Die Glückliche.

Bis Ende Februar zigeunerten wir an den spanischen Sonnenküsten herum. Ich erlebte die schönsten Monate des vergangenen Jahrzehnts. Eva war ein prima Kumpel, sie ging mit mir durch dick und dünn. So etwas hatte ich bisher mit keiner Frau erlebt.

In der ersten Märzwoche tuckerten wir wohlbehalten von der Autobahn in die Frankfurter City hinein. Nun begann für mich ein neues Abenteuer, mein Briefmarkenladen. Ich kaufte gebrauchte Einrichtungsgegenstände: einen modernen Palisanderschreibtisch mit schwarzem Ledersessel und ein dazu passendes schwarzes, zweisitziges Besuchersofa. An die Wand kam ein Palisanderregal für die preiswerte Massenware, die nach Ländern, Jahren und Fachgebieten sortiert in Briefmarkenalben steckte. Dazu ein richtiger antiker Tresor aus den Dreißiger-Jahren, ein ungarischer Koloss mit riesigem Öffnungshebel und Schlüssel. Direkt am Fenster brachten wir ein leichtes Hängeregal an, in dem ich kleine Briefmarkenlots aus verschiedenen Zeiten, interessante Mehrfach- oder Randblocks, Marken mit Sonderstempeln sowie preiswerte komplette Sätze und dekorative Ganzstücke zu Sonderpreisen anbot. An dem Regal hing ein Schild: »Ankauf/Verkauf und Schätzungen. Behr-Briefmarken Frankfurt. Tel.: 991 66 299«.

Als endlich auch mein Telefon angeschlossen war, feierten wir die Eröffnung. Etliche alte Bekannte aus Frankfurt kamen, und die Freunde aus der Flohmarktzeit, die nun für mich beendet war. Die alten Flohmarktkollegen waren weiter am Ball und erhielten öfter Briefmarkenangebote, die wir gemeinsam verwerten wollten.

Die stark frequentierte Lauflage des Ladens machte sich sofort bezahlt: Ich verkaufte von Anfang an gut, und viele Leute kamen mit interessanten Sammlungen, teils auch aus Nachlässen, die sie aufgrund finanzieller Engpässe veräußern wollten. Im Sommer 1996 war ich finanziell schon ganz schön gestopft. Vor allen Dingen, weil das meiste Geld in diesem Geschäft schwarz lief, am Finanzamt vorbei.

Seit einigen Monaten war mein Internetanschluss geschaltet. In einem Briefmarkenladen läuft manchmal stundenlang nichts. Da hatte ich mit dem Computer ein fesselndes Spielzeug. Ich las auf dem Bildschirm Nachrichten, kaufte per Knopfdruck Ware, linste in Pornoseiten und baute mir mit der Hilfe eines »erfahrenen« zwölfjährigen Schülers meine Website volkskritik-bei-behr. de auf. Jeden Tag las ich ausgiebig meine abonnierten Lieblingszeitungen, *FAZ*, *Neue Presse* und *FR* sowie diverse, meiner Meinung nach überflüssige Boulevardblätter von *Bild* bis *Billig*, gutgemachte Zeitschriften von *Focus* bis *Frankfurt Journal* und viele kostenlose Anzeigenzeitungen. Und natürlich das große deutsche Promiklatschblatt *BUNTE*, ein unterhaltsam prickelndes Märchenschaumbad. Über das Internet kamen etliche wertvolle Blätter dazu: die mutige linke *taz*, der konservativ-religiöse *Rheinische Merkur* mit seinen kritischen, korrekten Schreibern, und reine Internetzeitungen mit aktuellen News.

Natürlich ärgerten mich diverse Meinungsmanipulationen der Gossenpresse oder der regelrechte Volksbetrug von Großabkochern. Ich begann, die Miesesten von ihnen auf meiner volkskritik-bei-behr-Seite anzuprangern: vom schäbigen gedruckten Promiabfall bis zur dumm-dreisten Telefonabzockerei. Viele Leute gaben ihren Senf dazu in Form bissiger E-Mails. Ich stöberte von morgens bis abends in den Medien herum und entdeckte Scheußlichkeiten en masse. Meine Website brachte mich als bizarren Mahner bald werbewirksam in die Medien. Oder als Nestbeschmutzer. Je nachdem.

Ich las oft von Liesel Sänger. Vor allen Dingen von ihren selbstlosen Wohltätigkeitsprojekten. Sie gründete in Berlin ein Zentrum zur Förderung junger Künstler, spendete große Summen für internationale Afrika-Hilfen und finanzierte in der Hauptstadt eine neue Essensausgabe für Penner, psychisch Kranke und arme Alte. Deutschlands neue große Wohltäterin ließ sich gebührend in ihren eigenen Medien feiern. Bei allen großen kulturellen und politischen Anlässen war sie dabei. In großer Garderobe, mit Juwelen geschmückt, stolzierte sie vor den Fernsehkameras herum. Mit fast fünfzig Jahren sah sie immer noch sehr gut aus. Eine blühende, superblonde Schönheit. Ihre Geschäfte liefen erfolgreich, weil ihre cleveren, rücksichtslosen Manager ständig neue Medien aufbauten, aufkauften und Konkurrenten abwürgten. Unter der Hand sorgten diverse hochgestellte Persönlichkeiten dafür, dass Monopolerscheinungen verschleiert oder abgebaut wurden. Unzählige Neugründungen von Tochtergesellschaften mit dubiosen Kaschiernamen täuschten eine Konkurrenzvielfalt vor, die nicht existierte. Weil richtig großes Geld verdient wurde, stieg der Sängerkonzern, wie auch seine Hauptkonkurrenten, in branchenfremde Unternehmen als Anleger ein: Baufirmen, Bauträger, Schifffahrtslinien, die Ölindustrie, und das alles hauptsächlich im Ausland. Ich hatte meine Erfahrung mit der Juárez-Mafia gemacht. War dieser Räuberladen vielleicht auch ein Teil des weltweiten Konglomerats? Wie war dieser von Kornbauer angedeutete, namenlose Partnerhinweis zu verstehen? Hatte er vielleicht was mit dem Hongkongladen, Kowalskis blödsinniger Templeridee, zu tun?

Ich packte auf meinen Internetseiten heiße Eisen an und galt allmählich als versponnener Anarchist. Von den Rechten wurde ich traurig belächelt, was mir gar nicht gefiel, und von den Linken unangenehm hochgejubelt. Von *Billig* und den Tochtermedien wurde ich erwartungsgemäß totgeschwiegen.

TALKSHOW

Am Ende des Sommers 1997 brachte die *Billig-Zeitung* einmal pro Woche eine groß aufgemachte Serie unter dem Titel »Die ewig junge, deutsche Frau«.

Gezeigt wurden bekannte, reiche Society Ladys, die sich durch gesunde Ernährung, viel Sport sowie etliche Schönheitsmittelchen fit und schön hielten, obwohl sie als erfolgreiche Geschäftsfrauen teilweise ausgesprochen stressig und auf Kosten der Gesundheit lebten und arbeiteten. Nach einem Portrait der sympathischen Unternehmergattin Gisela Muth wurde die erfolgreiche Kosmetikfabrikantin Liesel Sänger angekündigt. Kosmetikfabrikantin? Ja! Vor einiger Zeit hatte sie eine kleine Achtmannfirma gekauft, die Haarpflegemittel unter dem Namen Lotuswelle produzierte. Basis dieser Mittel war ein Wirkstoff chinesischer Wasserpflanzen. Das Naturöl brachte, so behauptete zumindest ihre Presseabteilung, den Haaren von Millionen chinesischer Bauersfrauen Glanz und Geschmeidigkeit. Gleichzeitig unterstützte es laut Werbeaussage »wie das berühmte Ginseng« die Kopfhaut bei der Durchblutung und Regeneration.

Der Bericht schien mir ein maßlos übertriebenes PR-Spektakel zur Verkaufsförderung der konzerneigenen Sänger-Produkte und ein Loblied auf die wohltätige Besitzerin des Unternehmens. Alle Sänger-Medien trommelten nacheinander geschickt weitere Werbebotschaften für die Lotuswelle. Überraschend meldeten sich ein paar Konsumentinnen bei Konkurrenzmedien, deren Haut von den Haarpflegemitteln verätzt worden war. Die Haare glänzten prächtig wie bei Susie Wong, fielen aber später teilweise aus und kleine Narben blieben nach der Schädigung monatelang sichtbar. Auf meiner Website kontaktierte mich sogar eine Sozialhilfeempfängerin, die behauptete, dass ihr beim Gebrauch der Lotuswelle etwas von der Flüssigkeit ins linke Auge gekommen sei und sie seitdem dort stark an Sehkraft verloren habe. Die Frau plante, Liesel Sänger auf fünfhunderttausend Mark Schadenersatz zu verklagen.

Gehässige Häme der Konkurrenz gebar Hetzartikel gegen Produkt und Herstellerin. Am schärfsten operierte ein junger Journalist vom dritten Programm in seiner kritischen Verbrauchersendung, der einige der Geschädigten vor die Kamera brachte und Deutschlands Verbraucherinnen vor den negativen Eigenschaften der Lotuswelle-Produkte warnte. Alle Sänger-Medien bissen sich sofort an diesem feindlichen Journalisten fest, deckten mehrspaltig die letzten zehn Jahre seines »verlogen-anmaßenden Werdegangs« auf, Jahre, in denen er von einem durchweg »negativ-linksradikal eingefärbten Freundeskreis« beeinflusst worden sei. In diesem Hetzartikel wurde eigentlich kein fehlerhaftes Verhalten des Journalisten nachgewiesen, sondern nur über seine Freunde und Bekannten hergezogen. Teilweise schrille Leute aus der Untergrund-, Kunst- und Nachtszene Berlins. Das alles führte dazu, dass sich ein bekanntes kritisches Fernsehmagazin einschaltete und zu einer Talkshow einlud. Thema: Was ist an den Beschuldigungen gegen Lotuswelle dran? Eingeladen waren Fabrikantin Liesel Sänger, ihr angestellter Produktionschef und Hautarzt sowie Schriftsteller Bartels – und ich. Alle sagten zu. Auch Liesel, weil sie bestimmt annahm, dass die Sendung wohl auch eine preiswerte Werbemöglichkeit bot. Schon einmal hatte ich von ihr einen Beinaheschiffbruch auf der Mattscheibe erlebt. Warum tat sie sich das erneut an? Weil der Schriftsteller Bartels eingeladen war, ahnte ich, dass mehr laufen könnte. Schließlich konnte der einiges von der Manipulationspraxis dieses Konzerns erzählen.

Ich hatte keine Fernseherfahrung, war bereits tagelang vor der Sendung fertig mit den Nerven. Nervös paukte ich meine sorgfältig erarbeiteten Argumente und hämmerte mir ein, immer freundlich zu bleiben. An einem regnerischen Dienstag war es so weit. Wir betraten das Aufnahmestudio, setzten uns in unsere von zahllosen Scheinwerfern angestrahlten Sessel und grinsten uns gegenseitig verunsichert an. Ich setzte mich in die Mitte, links von mir der nervöse Bartels, den ich mit einem Schulterklopfen begrüßte. Dann kamen Dr. Kaspar und seine Chefin Katharina-Lieselotte Sänger herein. Der Talkmaster platzierte den Hautarzt rechts von mir, daneben Liesel, die mich fassungslos anstarrte. Das Ganze fand in einem kleinen Fernsehstudio mit rund hundert Zuschauerplätzen statt, die alle besetzt waren. Die Liveshow begann mit ihrer bekannten Melodie, und Talkmaster Dupont leitete sie mit einer pfiffigen Erklärung ein. Er stellte seine Gäste einzeln vor, sagte mit drei Sätzen, wer und was sie waren, und kündete die Vorführung eines etwas gekürzten Zusammenschnitts der umstrittenen Verbrauchersendung über Lotuswelle-Produkte an. Als im Film Körperschäden gezeigt wurden, hörte man aus den Zuschauerreihen Pfiffe, und am Ende des Films erfasste die nun auf die Besucherbänke gerichtete Kamera kopfschüttelnde protestierende Menschen.

Liesel durfte als Erste ans Mikrofon und sprach über uralte bewährte chinesische Heilmittel und ihre Anwendung. Sie lobte ihre Produktpalette, die sorgfältig, auf zahllosen Forschungs- und Teststunden basierend, entwickelt worden sei. Liesel gab das Wort an ihren Fachmann Dr. Kaspar weiter, der an mitgebrachten Unterlagen die gesetzestreue Produktentwicklung bewies. Nun ergriff Liesel wieder das Wort und sprach von ihrer generellen Haltung: Aufgrund ihrer bevorzugten Stellung »der Menschheit, auch wenn Entbehrung nötig ist, zu dienen«, durch persönliches, kräftezehrendes Engagement über Deutschlands Grenzen hinaus. Talkmaster Dupont mischte sich ein und begann, ihre Wohltätigkeitsarbeit zu loben. Da fiel ihm Bartels ins Wort und tobte los.

»Diese Frau ist Deutschlands mächtigste Medienschlange, die Lügen ausbrüten lässt und seit Jahren unbehelligt Meinungen manipuliert. Kuschen Sie doch jetzt nicht vor ihr! Nur weil sie gerade plant, einen bekannten deutschen Privatsender zu kaufen? Ich wurde auch zum Opfer dieser ...«

Liesel stand das Grauen über den Ablauf der Gesprächsrunde ins Gesicht geschrieben. Sie saß stumm da, mit einem erstarrten, falschen Lächeln, und ihre Hände zitterten furchtbar.

Ich glaubte, mich einschalten zu müssen, und unterbrach Bartels.

»Richtig, richtig, der rücksichtslose Sänger-Konzern hat Sie, Herr Bartels, tatsächlich durch sein Totschweigen erledigt. Weil er jetzt fast siebenunddreißig Prozent des deutschen Periodikamarktes beherrscht, lesen rund fünfundzwanzig Millionen Leser nichts mehr von Ihnen. Fast die Hälfte aller Fernsehzuschauer werden Sie nie mehr auf der Mattscheibe sehen, weil sich doch Deutschlands Fernsehmacher nur an erfolgreichen Menschen orientieren! Die bringen dich nur, wenn du es irgendwie hingekriegt hast, häufig in den Druckmedien präsent zu sein. Der Gründer George Sänger hat mit seiner Erfolgssucht einen furchtbaren Weg eingeschlagen. Warum haben Sie, Frau Sänger, Sie als Trägerin seines Vermächtnisses, nicht das Steuerrad herumgerissen und reformiert zum Wohle aller?«

Die Zuschauer klatschten Beifall.

Plötzlich gab es einen Aufschrei. Ungehindert vom Sicherheitspersonal rannte eine unscheinbare Frau blitzschnell auf die Bühne und sprühte Liesel irgendetwas ins Gesicht. Liesel stand auf, torkelte, versuchte sich die Flüssigkeit aus dem Gesicht zu wischen. Ich sprang zu ihr hinüber und half ihr mit meinem Taschentuch. Die inzwischen von zwei Uniformierten gepackte Attentäterin brüllte: »Spüren Sie Ihren furchtbaren Dreck mal am eigenen Körper, Sie Verbrecherin! Das ist Ihr ungefährliches Haarspray!«

Die aufgebrachte Frau war die – nach ihren eigenen Angaben – halb erblindete Lotuswelle-Konsumentin, die mich angemailt hatte. Laut weinend wurde sie von der Bühne gezerrt. Ein Sanitäter kam zu uns gerannt, und wir führten Liesel in ihre Garderobe – der Sanitäter, Dr. Kaspar und ich. Die Sendung lief weiter, während der Arzt Liesels Gesicht wusch und sie auf den Krankenwagen wartete, der sie in eine Augenklinik fahren sollte. Liesel bat Dr. Kaspar, für einen Moment den Raum zu verlassen.

Als wir alleine waren, sagte sie:

»Ich weiß, was ich dir damals angetan habe und warum du gegen mich bist. Verzeih mir bitte, dass ich dich verlassen habe. Ich habe George tatsächlich geliebt, viel mehr als dich. Wir waren sehr, sehr glücklich. Und an der heutigen Situation – deiner und meiner – bist du nicht so schuldlos, wie du denkst. Du hast – Feller und seine Lebensgefährtin sind meine Zeugen – George sehr Böses nachgesagt. Die ganze internationale Presse hat ihm danach seinen Ruf, sein Leben zerstört. Obwohl unschuldig, klebte für immer dieser Schmutz an seinem Namen und damit auch an seiner Seele fest. Nach deiner billigen Rache ist er nie mehr richtig glücklich gewesen. Man kann nicht nur mit Schweigen töten. Ein unsichtbarer Makel, den alle zu sehen glauben, ist noch viel schlimmer. Du hast sein Leben irgendwie zerstört und meins mit. Deshalb habe ich aufgegeben und die Verantwortung für den Betrieb an andere weitergegeben. Ich will nur noch leben. Von Tag zu Tag ein paar schöne Stunden genießen. Das Leben ist so kurz.«

Tränen der Mutlosigkeit und Enttäuschung liefen über ihre Wangen.

In meiner Jugend hatte ich mich oft gefragt, wie das Leben im Jahr 2000 wohl aussehen würde. Nun war ich überrascht, dass generell alles beim Alten geblieben war. Keine kleinen, privaten fliegenden Untertassen. Auch keine futuristischen Großstädte à la Metropolis. Kein Orwell. Was war schon groß passiert?

Kein Schrecken des Kalten Krieges mehr, allerdings ansteigende Unruhen in den islamischen Regionen. Die Wiedervereinigung hatte uns im Westen ärmer gemacht. Die eigentliche Revolution brachte die allgemeine Computerisierung der Gesellschaft. Auch ich hatte Tag und Nacht an meinem PC gesessen

– um Missstände anzuprangern. Erschreckend fand ich die Erkenntnis, dass in Deutschland immer weniger Kinder geboren wurden. Die Normalfamilie mit Kindern galt als spießig. Bemerkenswert hingegen war die ansteigende deutsche Hundeliebe. Und als der Euro kam, wurde alles plötzlich doppelt so teuer. Die Armen wurden ärmer und die Reichen reicher. Tatsächlich? Die geforderte Reichensteuer zeigte, dass es gar nicht so viele Reiche gab. Allerdings wuchsen die Großvermögen weiter ins Unermessliche. Auch die Medienkonzerne. Der Sänger-Konzern setzte auf seine Internetzeitung, die man mit einem neu entwickelten, für alle erschwinglichen Zeitungsdrucker selbst zu Hause druckte. Derweil plante die Konkurrenz die Übernahme der Post. Es tauchten geheime Sänger-Pläne in den Medien auf für ein total neues E-Mail-System. Die innovative Großindustrie konnte aufgrund ihrer Finanzkraft global expandieren. Die soliden mittelständischen deutschen Unternehmen, die – von unseren Großvätern gegründet – mit patentierter Qualität ihr Geld verdienten, stürzten sich Mitte des ersten Jahrzehnts des neuen Jahrtausends mit viel Elan in ostasiatische Filialabenteuer. Das kostete viel Geld und endete oft mit Patent- und Know-how-Klau. Wenn wohlbehütete, risikofreudige Erben sich nach China aufmachten, wurden ihre Ausflüge wegen der knallharten Geschäftsbedingungen dort oftmals zum Desaster. Nicht die alles verschlingende hinterhältige Chinamafia trug daran die Schuld. Quatsch! Wer sich besser informierte, kapierte schnell, was lief. Die Chinesen ließen die gewaltigen, global vagabundierenden Spekulationsgelder in ihr Land fließen. Hielten mit diesem gepumpten, frischen Blut ihre Uraltbetriebe über Wasser und bauten neue Großbetriebe auf, deren echte Potenz durch ständige Expansion kaschiert wurde. Gleichzeitig verbündeten sie sich mit rohstoffreichen, aber bankrotten Drittländern und bauten in diesen, unterstützt vom Wirtschaftsministerium, auf eigene Kosten erhebliche Infrastrukturen auf, die nur den einen Sinn hatten, den Transport der Rohstoffe in ihr Land zu beschleunigen und zu sichern. Das alles führte zu eklatantem Rohstoffmangel und kaum kalkulierbaren Preisanstiegen, die den Westen allmählich in die Knie zwangen, weil er zusätzlich mit nicht konkurrenzfähigen Löhnen und Lohnkosten belastet war. 2020 kam an der russischen Grenze die überraschende „neue Seidenstraße" zum Verlangsamen. Es begann eine chinesische Pokerpartie mit westlichen Staaten über die Wegbereitung. Irgendwann las ich die Nachricht, dass China nun mehr Autos exportierte als importierte. Das nahm kaum jemand zur Kenntnis. Doch es war das alarmierende Signal, dass China nicht mehr mit Ramsch, sondern mit technologisch wettbewerbsfähigen Produkten in die Weltmärkte vorstieß.

Niemals hörte oder las ich, dass der Sänger-Konzern sich in China engagierte. Es hatten sich doch sonst alle auf den Weg gemacht. Liesels Konglomerat stand wie eine Eiche und war anscheinend flüssiger als die deutsche Bank. Ein paar Jahre später jedoch kauften chinesische Spekulanten wie im Rausch die halbe Welt auf. Nach dem Erwerb des Großteils der Deutschen Bank kam in den Nachrichten immer häufiger, dass sie viele gute deutsche Großunternehmen erwarben. Irgendwann gehörte ihnen jeder zweite Wolkenkratzer in Frankfurt. Parallel erstickte die gigantische Flut billiger Produkte weltweit alle Marktaktivitäten. Der globale, von China und den geldgierigen ausländischen Investoren beeinflusste Angebotsanstieg sowie die hochgepeitschten Börsenwerte wurden trotz einiger vorausgegangener Warnungen zum weltweiten Wirtschaftstsunami. Die Chinaaktien fielen ins Bodenlose. Etablierte europäische und amerikanische Betriebe in jeder Größenordnung gingen zugrunde, weil sie wegen der Lohn-, Energie- und Rohstoffkosten nicht mehr konkurrenzfähig waren. Brexit-England war schon länger dicht. Nun verbarrikadierten die USA und Kanada ihre Grenzen und nur einige Marktführer in der Luftfahrtindustrie, bei landwirtschaftlichen Nahrungsmittel-Großproduzenten und Forschungsbetrieben, die sich erfolgreich mit Zukunftsbedarf wie zum Beispiel Gentechnik beschäftigten, konnten mithalten. Und etliche, aufgrund ihrer Anpassungsschnelligkeit fix operierende mittelständische Betriebe, die sich in Marktnischen tummelten, waren noch am Leben. Eine gigantische Weltschuldenblase platzte. Es war allen klar, dass es kein Rezept gab, den ins Schlingern geratenen Riesen zu stabilisieren und zu retten. Chinas Sturz riss alles mit in den Abgrund: Firmen, Banken, ganze Länder und vor allem die Menschen. Die Chinesen kippten hilflos in ihren Wirtschaftssuizid, weil sie keinerlei Erfahrung mit einem Super-GAU im Kapitalismus hatten. Durch die vielen Pleiten und die steigende Zahl der Arbeitslosen herrschten in unserem Land schnell chaotische Zustände. Mein Geschäft lief überhaupt nicht mehr, und als die Stadt in einem großen Zeitungsbericht ihren Plan für die zukünftige Innenstadtsanierung vorstellte, bemerkte ich, dass mein U-Bahn-Verbindungstunnel in diesem Plan nicht mehr existierte. Mein kleiner Laden würde verschwinden. Die Pleite kam nun zu mir. Ich beschloss, meine laufenden Kosten radikal zu verringern, kündigte den Laden, das Telefon und meine Website.

Ich löste meine Wohnung auf, zog in mein Wohnmobil und rechnete mir aus, dass ich vom Ersparten, der lausigen Minirente und meinem Briefmarkenschatz noch mindestens zwanzig Jahre bescheiden leben konnte. Eva, meine Freundin, machte da nicht mit und verließ mich, weil sie genug vom Zigeunerleben hatte. Und weil sie einen wohlhabenden alten Zahnarzt kennengelernt hatte. Im Wohnmobil hauste ich fortan als unpolitischer Weltbürger und Säufer. Ich fühlte mich als kosmopolitischer, liberaler Einsiedler mit Format. Die Kirche hatte bei mir bisher keine wichtige Rolle gespielt. Ich glaubte aber an Gott.

War ich eigentlich glücklich? Im Alter weise geworden? Ich glaube schon, denn ich hatte irgendwie zu mir gefunden. Ich begann einen autobiografischen Roman zu schreiben. Lebte im Winter im warmen Malaga und im Sommer in Deutschland.

Letztes Jahr erlitt ich einen Schlaganfall. Monate im Krankenhaus folgten, und nun, im Frühjahr 2030, schlurfe ich wieder Richtung Opernplatz. Ein Knall in den Wolken ... War das vielleicht der neue unsichtbare chinesische Tarnkappenjet 720?

Die Alte ist wieder da, sitzt auf der versteckten sonnigen Bank. Meiner Bank. Der ozelotgefütterte Wollmantel, die Louis-Vuitton-Tasche. Grauhaarig, mit Stupsnase unter der Chanel-Brille. Sie ist bestimmt mal eine Superblondine gewesen. Irgendwie erinnert sie mich an die Vergangenheit. An Ferien auf Sylt.

Ich mache mich verärgert davon, schleppe mich Richtung Opernplatzbrunnen. Als ich zum Allianzgebäude hinübersehe, hält eine chinesische BYD-Stretchlimousine. Der asiatische Chauffeur steigt aus dem Wagen und eilt zur hinteren, rechten Tür, zieht seine Mütze und öffnet die Wagentür weit für die heranhumpelnde alte Lady. Sie setzt sich, lächelt mir zu und winkt.

Ist das vielleicht Kati – oder Liesel? Sie soll jetzt in Bad Homburg wohnen. Vor sechs Jahren hat die Templer Bank of Hongkong mit einer vorgetäuschten feindlichen Übernahme den Rest ihres Konzerns übernommen, der von den Templern schon lange über seltsame Verschachtelungen kontrolliert wurde.

Der Straßenkreuzer startet und rauscht davon. Ich blicke nach Süden. Dort zeichnet sich die Skyline düsterer Hochhaustürme in den Himmel. Auf allen Hochhausspitzen sind chinesische Schriftzeichen, und darunter steht, etwas kleiner, der jeweilige Name in lateinischen Buchstaben. Ich lese Bank of China, Canton Dragon Inc., BYD Supercars, Neues Deutschland Center, Hongkong

Mercedes International, *Billig-Zeitung*. Die Schriftzeichen auf dem Dach der Templer Bank of Hongkong sind abmontiert. Neue Schilder, die mit einem Hubschrauber herangeflogen und in diesem Moment montiert werden, lassen einen neuen Namen erkennen. Einen indischen. Wind kommt auf. Ein paar Regentropfen fallen. Staub und Abfall treiben über den Opernplatz. Und mit ihnen eine zerfetzte Blutzeitung.

KLAUS BARSKI

Geboren am 8.4.1943 in Bremen. Arbeitersohn.

Kunstmaler in Paris.

Verlagskaufmann bei den Bremer Nachrichten.

Werbechef Singer Nähmaschinen Deutschland.

1967 Heirat mit der Philologin Bonnie Johnston-Barski.

1969 Werbeberater BDW und Gründer der Werbeagentur Barski Advertising, Frankfurt.

1970 Europas größter Kinderbuchproduzent im Auftrag von Western Publishing, USA.

Immobilienspekulant.

1973, Geburt von Sohn Conrad, heute Arzt und Medizinsoftware-Ingenieur in Minneapolis/USA.

1976 Beginn des Aussteigerlebens auf Ibiza.

1985 Umzug nach Florida, Beginn seiner Arbeit als Schriftsteller.

Klaus Barski lebt heute in Königstein bei Frankfurt.

Bisherige Veröffentlichungen:

Prügel für den Hausbesitzer, Solibro Verlag, Münster 2012.

Lebenslänglich Côte d'Azur. éditions trèves, Trier 2005.

Exil Ibiza. éditions trèves, Trier 2003.

Der deutsche Konsul. Edition Nautilus, Hamburg 2001.

Der Loser. Libro Verlag, Wien 2000.

Der Frankfurter Spekulant. Karin Kramer Verlag, Berlin 1999.